岩波現代文庫／学術 339

江戸の板本

書誌学談義

中野三敏

岩波書店

目　次

板本書誌学のすすめ――序にかえて …… 1
第一章　板本というものの性質 …… 7
第二章　板　式 …… 27
一　整版と活字版の盛衰 …… 28
二　整版の技法・近世木活 …… 35
三　銅版・色刷り …… 42
四　田舎版 …… 48
第三章　書　型 …… 55

第四章　装　訂……67
一　巻子本・帖仕立て……68
二　糸綴じ本(大和綴じ)……79
第五章　分　類……93
一　江戸時代の分類意識……94
二　地本の分類……110
三　分類意識の変化――明治・大正期……121
第六章　板本の構成要素――書肆の受け持つ部分……125
一　表　紙……126
二　題　簽……149
三　見返し・扉付魁星印……162
四　封切紙……172

五 奥付・刊記……174
六 予告・広告・蔵版目録……183
七 蔵版・蔵版印・蔵版記 付 入銀……192
八 袋……196
第七章 板本の版面……207
一 匡郭・界線・罫……208
二 柱記……213
第八章 本文の構成要素──著述内容に関わる部分……223
一 題字・序・凡例・目録……224
二 口絵・本文・挿絵・跋……230
三 内題・尾題・作者名……237
四 印・落款……243

五　正誤表……251
六　読者による書き入れなど……253
1　識語・奥書き・小口書き……253
2　蔵書印……258
第九章　刊・印・修――板(版)・刷り(摺り)・補(訂)……261
付論　板株・求板……279
あとがき……289
現代文庫版あとがきにかえて……293
板本書誌学関係文献(鈴木俊幸　作成)
索　引

板本書誌学のすすめ——序にかえて

先年刊行された「日本古典文学大系」の月報には、山岸徳平博士の「書誌学の話」が連載され、後にまとめられて岩波全書『書誌学序説』となった。博士のお人柄そのままに、きわめて高度な内容が肩のこらぬ語り口で諄々と説かれており、いわゆる「書誌学」の大綱は網羅されているといってよい。稀代の書物好きでもあられた博士の実体験に基づく記述だけに、本書を通覧すれば自然と奈良・平安から鎌倉・室町の古写本・古写経類を初めとして、春日版《かすがばん》・五山版《ござんばん》等、室町までのいわゆる旧刊本[*1]、さらには江戸初期の古活字本[*2]に至るまで、本邦の稀本・善本を取り扱うための書誌学的知識はほとんど余す所なく理解できよう。そして本文の末尾にはなお古活字以降の「整版本《せいはんぼん》」[*3]、即ち江戸期のごく普通本である「板本《はんぽん》」についての章が付け加えられているのだから、『書誌学序説』としての全体的まとまりを十分に配慮した構成を目指されたものである事は歴然としている。

＊1　我が国で、室町時代末期までに出版された本。

＊2　文禄(十六世紀末)から慶安頃まで、約半世紀にわたって出版された活字本。朝鮮渡来の技術によるものがほとんどといわれるが、天草や長崎で行われたキリシタン版と呼ばれる西洋式のものによるとする説もある。

＊3　版画を作る時の要領で、文字や絵などを裏返しの形で板木に彫り込み、刷り上げて綴じた本。

ただしその巻末の「整版本」の部分の頁数をみると、それ以前の二五〇頁に対し、僅々二五頁というもので、これを要するに本邦書誌学の大綱は近世以前に尽き、近世に入れば精々《せいぜい》古活字本までをおさえれば事足れりとする意識によるものと言えば、当らずといえども遠からざる所ではなかろうか。かかる意識は一面当然のことでもあった。というのは当時の通念として、江戸の整版本などはそれこそ日常実用のごく普通本であり、おそらく当時の書籍が百五十万点あったとして、多分その中の百万点近くが整版本であったとしてみるがよい。稀本・貴重書(五山版や古活字版のような類い)の取扱いを喫緊のこととする書誌学にあっては、そのようなものを敢えて俎上にのぼせる必要性はほとんど感じられなかったという事情が存在していよう。またすべてが手書きの「写本」に対して、「整版本」として板木で刷られたものである以上は要するに同じものであるはず、書誌学的操作はほとんど必要なしとする暗黙の了解があったともいえよう。しかしその時点からも既に三〇年を経た現在、右のような常識はやはり若干の修正を余儀なくされる時点に立ち至ったと言える。

考えるまでもなく、近代機械印刷以前の古書籍として現存する古書のほとんど九割は江戸期の整版本および江戸期の写本類が占めるに違いない。そして、書誌学が真に古典学の補助学としての実効を持つものであるならば、また書誌学の重要な分野として分類・整理といった目録学が認められるとするならば、現存する本のわずか一割にも満たないであろう稀本・貴重書のみを主たる対象として満足すべきでない事は当然のことだろう。その上、従来の「整版本」に対する認識の内、特に板木で刷られた本だから皆同じものであるという認識は、刷りの先後ということまで問題とするようになった現在の研究水準から考えて重大なずれがある事も指摘できる。それについてはなお一章をたてて後述するが、ともあれ「整版本」の書誌学はかつては不要のものと認識された時期もあったかもしれないが、今やその必要性は大いに高まっていると言うべきであろう。特に普通の写本や版本を対象とするという認識に立った場合には。

そのような事態を踏まえて、本稿では特に「整版本」の書誌、それもごく普通本を取り扱うについての書誌学的知識を、何くれとなく書いてみようと思いたった。従って、板本とはいっても旧刊本や古活字本等の稀本・善本類に関する事項は、ここにはほとんど触れることはない。既に川瀬一馬博士に五山版・古活字版研究の大著があり、反町弘文荘蒐集の『古版本目録』『古活字本目録』は優に専門の目録としての使用にも堪える内容である。それに前述の山岸博士の著もそなわって余す所はない。ごく近年では『ビブリア』91号に、大内田貞郎氏の「木版印刷本について」の論があって板本印刷の方法様式の沿革に関する行き届いた考察も公にされている。筆者ごときが、ここに何程かの筆を加えても、それは屋上屋を架すどころか、東大寺大伽藍の屋根の上に鳩部屋を作るほどにも当るまい。本稿ではその分際をわきまえて、山岸博士がその著の末尾に置かれた「整版本」の項を、わずかに補足する事ができれば能事畢《おわ》れりとするものである。

言わずとものことだが、書誌学とは畢竟《ひっきょう》、書物を物として扱う技術を学ぶことと言うに尽きていよう(これにはおそらく反対の意見もあるだろうが)。内容の芸術性や思想性をひとまず措《お》いて、何はともあれそこに確かに存在する物体としての書物の性質を見きわめることであり、いわば書物の物理学である。従って敢えて極論すれば、書誌学の実行に当っては、書物の内容に関わる必要はないとも言える。その代り、それぞれの時代の確かな産物としての書物そのものがある。古典学が学問として成り立つためには、その作品が書かれ、発表されたその時点に立ち戻って、その意味を考えるしか道はないと思う。その場合未だ時間を遡るタイム・トラベルを体験し得ない我々に、最も確かに、物としてその時代を示してくれるのが、その原本であり、それを手にとる事はまさにその時代を手にとる事なのである。その点で、いわゆる文芸学的立場とは対極的な位置にあるのが書誌学であるとも言えよう。ではその場合、美的、文芸的、哲学的な感性はまるで不必要かと言うと、それも決してそうではあるまい。物理学には優雅で鋭敏な洞察力や感性などは不必要だとする人がいるとは、筆者には考えられないからである。

書誌学とは存在する本そのものを手にとって数量化し、記号化する作業、当節流行の言い方をすれば、実在の物を「情報」に変える技術そのものである。しかし、「情報」というものは、実をいうとそれを作った本人にしか、その十全の意味は探り出せないのであって、従って書誌的「情報」を真に必要とする人は、必然的に書誌学の技術をみずから体得しなければならないことになる。他人の作った書誌情報は、ほんの目安にしかならない事を銘記すべきであろう。人文科学であれ自然科学であれ、本来、「情報」というものの本質はこのようなものであろう。昨今の「情報」ばやりの風潮は、そうした「情報」の受け手になるだけで何かが摑めたような幻想を持つことによって成り立っているような気がしてならない。確かな手ざわりを忘れてはならないはずである。

なお、書誌学の用語の一々に関しては、現在まだその内容に若干のゆれがあるように思われる。従って本稿では筆者の最も信頼する書誌学者長沢規矩也先生の労作『図書学辞典』(昭和五十四年、三省堂刊)に主として依拠したことをお断りしておく。

第一章　板本というものの性質

さて、事新しく「板本の書誌学」などという言挙げをする以上は、まず初めにそれを必要とする理由を述べておかねばなるまい。そしてそれはまさに板本というものの持つ独特の性質を述べたてるという事になるだろう。

第一にあげるべきは、板本は印刷された本ではあるが決して近代機械印刷の書物と同じ性質のものではないという事である。無論、印刷された本である以上、複数の同じものが生産されるのだから、厳密にいえば同じものは一つもない手書きの写本時代の本との性質の違いほどには大きな違いはないのだが、それにしても近代の印刷本とはやはり違う。どこが最大の違いかといえば、根本はすべてが手造りであるという事と、それに関連して一度の印刷部数が近代印刷の場合とくらべて極めて少ないという事の二点に帰着するように思う。

江戸期の板本のあれこれを若干でも買い求めた人ならば誰しも経験する事と思うが、たとえば五巻五冊の書物の巻一か二か、いずれにせよ一、二冊を欠いた端本《はほん》を求めて、さて、その欠けた部分を別の機会に別の本で補おうとした時、何度買い求めてもピッタリと揃った五冊本にする事が出来ずに、何となく不満足な感じを懐くという事がある。

同じ本でちょうど自分の持ち本の欠けた巻を何度も見かけるのだが、いざ買って帰ると、本の縦横の寸法がどうしても合わずに不揃いになってしまう。万が一同じ寸法でおさまる場合も、表紙が違う、題簽《だいせん》が違う、角の花切《はなぎ》れがついていない、小口《こぐち》(図1参照)が妙に白っぽいか逆に汚れすぎている等々、そして結局はそう何も神経質になる事もあるまいと、不揃いのままでもとにかく全巻揃った事をよしとして一件落着した事にしてしまう。これは一冊で完本の場合も全く同じことで、少々蔵書らしきものが増えてくると、安ければ、つい同じ本を二部も三部も買い込むことがあって、さて、ハタと気づくのは、同じ本でも表紙・寸法・綴《と》じ糸・題簽等、その外型のみをとっても全く同一の本というのは極めて少ないという事実である。このような事例は何故起るのか。それは前述した通り、板本というものがすべて手造りであり、しかも一度の印刷部数が極めて少なく、よく売れた本でも少部数ずつ、何度も何度も刷出しを重ねて大量の出廻りになるがゆえの出来事と理解し得るように思う。

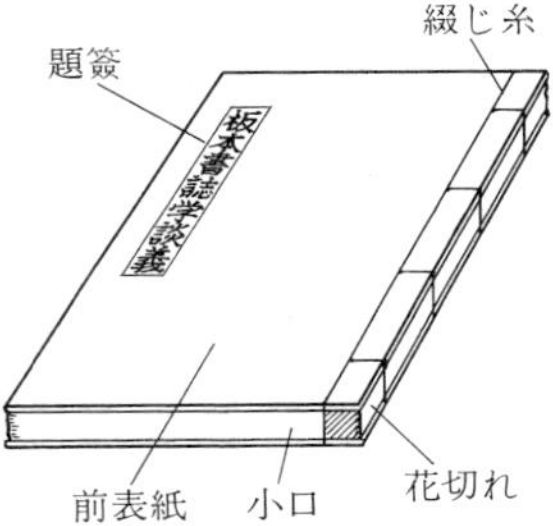

図1

板本というものは、著者の手元を離れた原稿が、板《はん》下《した》書き*1(筆耕)の手によって板下となり、彫師《ほりし》(刻工)の手で板木に彫りつけられ、刷り師によって刷り上げられ、丁合《ちょうあい》[*2]によって頁が整えられ、紙の天地を化粧だちして寸法を整え、綴じ職人がコヨリで中締め[*3]をして表紙をつけ、糸で綴じあげ、題簽が貼りつけられ、袋[*4]に入って店頭に並ぶまで、すべてが手造りであり、機械に頼る部分は一つもない。そしてその初板・初刷りというのは一体何部ほどが作られるのか、これはそれぞれの書物の種類・内容によってまちまちであろうから、厳密な答えはできがたいが、江戸も後期の通俗的な草子《そうし》類以外は、多くても百単位の部数であることはまず間違いあるまい。そして初板・初刷りが店頭で売り切れそうになった頃を見はからって、二度目の増し刷りがなされ、それが売り切れる頃三度目、さらに四度目と刷りが重ねられる。

＊1　木板本の板木彫りに使う、薄紙に書いた浄書原稿。これを裏返しに板木に貼って彫り込む。

＊2　普通は二つ折りにした刷上りの各丁(二頁分)を、一丁ずつ順序通りにまとめて一冊分に取り揃える製本工程。

＊3　丁合をとった刷本を締めつけ、仕上り寸法に裁つ前に一冊ずつコヨリで二か所ほど「下綴じ」をする、その工程。

＊4　新板の本を店頭に並べる際に、帯封状の紙の中にすっぽり収めて、本を保護した。これを袋という。表面に書名や著者名などを刷り込む。後には美しい色刷りにして人目をひくようにしたものが増えた。初発はわからぬが、享保頃には確かに存在した。

この増し刷りの部数に関しては、筆者が以前名古屋の大板元《はんもと》永楽屋[*5]の御当主に尋ねた時の答えに、家では増し刷りは三十部と定めてあったようだという事だった。永楽屋は宣長《のりなが》モノの大板元であり、その増し刷り云々も宣長モノに関するお答えだったと思うが、多くの場合に当てはまる数字と思ってよかろう。即ち、やや堅い本の場合、初板・初刷りは百数十部から数百部、二度目以降の増し刷りは三十部ずつ、増し刷りの度数は早い時で数か月、遅い時で数年に一度といった所が平均的なものだったろう。そしてすべてが手造りという製本工程にあっては、一度目と二度目三度目で化粧だちの寸法が違ったり、表紙に用いる紙が変ったり、本文に用いる用紙の質が異なるのは、むしろ当然のこと。即ち初板・初刷りの百数十部から数百部は全く同じものができ、二刷り、三刷りの三十部はまたそれぞれに同じではあるが、ともかく刷りの度数が違えばおのずからその外型はそれぞれに異なった本が生まれ、増し刷りの時間的間隔があけばあく程その違いは大きくなっていくと考えられよう。その内に板木の持ち主が代われば、その時点で奥付《おくづけ》等もかえられるのが普通である。外題《げだい》変えもある。埋木《うめき》*6による内容の手直しもある。さらには、少部数の印刷ということから、一部単位でも注文者の好みに応じた製本をしてくれるという事もある。

＊5　安永(一七七二―八一)のころ開業。名古屋藩校の御用達として漢籍類を販売し、また、本居宣長の主要著作を中心とする国学の書籍を多く刊行した。

＊6　伝存の板木の一部分を削り去って、新しく木をはめ込んで、その部分に訂正の内容を彫り直したもの。入木。

そのようにしてできた江戸期の書物のすべてはまた最低百年以上の年月を経て現在に至っている。おそらく現存する書物のほとんどは初刷り本中の数部、二刷り本の中の数部、三刷り本の中の数部、板元が変ってからのものが数部といった調子で残るものに違いあるまい。その結果、同じ本を何部集めてみても、外型・内容共に全く同一の本はほとんど無いという結果となる。即ち江戸期の板本というものは、印刷された本である事は間違いないが、全く同じ本というのはほとんどなくて、大概は外型・内容のどこかが違う本として現存するという事になる。即ち板本というものは時間的にもまさにそうであるように、江戸以前の写本と近代活字印刷の本とのまさしく中間に存在する本としての性質を備えているのである。

ここまで、書物の外型の事ばかりにこだわった書き方をしてきたので、不審の感を懐かれた向きもあるかもしれない。書物で大事なのはあくまでも内容であるはず、外型が違えば内容が違ってくるというのならともかく、そうでなければ外型の違いなど別に大したことではないのではないか、というのは極めて正論ではあるが、一方、古典籍においてはこの正論に若干の修正が必要である。

「江戸時代は身分社会だから、すべてについて身分がある」とは宗政五十緒氏の言であるが(『文学』第49巻11号所収、座談会「近世の出版」)、けだし名言である。

この言葉に沿って今少し述べれば、人に関わるすべての事物に身分があるわけで、書物などというものは人と関わる所最もはなはだしいもの。猿は本を読まない。従って江戸時代の書物には明らかに身分があった。そして身分というものは、制度として機能する以上は、それが表面にあらわれなければ意味がない。武士の二本差しに絹布の衣類、町人は無腰、百姓の棉服《めんぷく》、布子というので外からみただけで身分も明白となる。書物の身分もまさにその通りで、それは最も端的に外型にあらわれるものなのである。物事すべて例外はあり、やつしの意識はあろうが、一般的にいって江戸の板本は、ややその扱いに馴れてくれば、外型を見ただけで大まかな内容・種類と時代の見当がつけられるのも、まさにこのゆえである。長沢規矩也先生は生前、中身を読まなければその本の種類がわからぬようでは心もとないと言われた。漢籍、歌書、俳書、さらには絵本、節用集、手習いの法帖《ほうじょう》。小説類でも仮名草子、八文字屋本、さては洒落本《しゃれぼん》、黄表紙、人情本に至るまで、とにかく江戸の板本は、それぞれのジャンルに、それぞれ動かし難い定型を持つ。

また先生は、図書の分類・整理の心得として、『湖月抄』や「群書類従」が何組もバラバラに混在してしまっているような現場にブチ当った時は、まず外型で大まかな山を作り、その山の中で今度は表紙の色や柄を手がかりに同類本をまとめれば簡単だと、手をとって教示された。その後現場で何度かこのような状況に直面したが、たいていは外型の縦横の寸法をキチンと合わせさえすれば、自然に同類本の山ができる運びになること、妙である。これはまた、古本屋の店先に崩れそうにつみあげられた端本の山(最近はこういう古本屋もトンと見かけなくなりましたが)の中から、目指す一揃いだけを撰《え》りわけようとする場合も当然極めて有効である。

ことほど左様《さよう》に板本というものは、その外型が内容をおのずからに示唆するものなのである。という事はまた同じ本でも外型が違えば明らかにその刷り出しの年時を異にし、従って内容にも大小・軽重さまざまではあるが、何がしかの異同が生じているものと考えてまず誤るまい。即ち板本における外型の位相差に着目することは、その分類・整理に極めて大きな働きを持つのみならず、内容の変動を感知するための最も敏感な目盛りとなるものなのである。しかもそのように、外型が書物の身分をあらわすものである以上、その書物の品格というものが、動かし難くあらわれるものであること、これも板本の持つ独特の性質の中の一つに数えることができよう。

光悦《こうえつ》本を例にあげることは、やや常套に過ぎようから、他の例を探せば、例えば俳書の中に大名俳書と呼ばれるものがある。俳諧を嗜む大名は近世初期から結構数えることができて、諸々の句集に連衆《れんじゅ》の一員として顔を見せるものは多いが、享保(一七一六―)頃からはますますその趣味が嵩《こう》じて、自ら撰者となり、或いは自詠の句集をまとめて刊行するなどの挙に出るものも数多い。そのような大名自撰・自詠の句集の板行されたものを大名俳書と呼びならわしていて、正徳には肥前大村藩主蘭台公の『誰袖《たがそで》』、享保に同じく『夜桜』など。やや下っては安永に赤穂侯森傘露の『秋香亭句集』、さらに下って雲州侯不昧《ふまい》の弟雪川の『為楽庵雪川句集』、子月潭の『露滴斎句集』、松平佐渡守沾嶺の『桂の露』(図2・3)、姫路侯酒井銀鵝の弟抱一《ほういつ》の『屠竜之技』等々、いずれもその外貌に大らかさと趣味の洗練ぶりが如実にあらわされていて、これこそ上々の品格という以外は言いあらわし得ない感覚が溢れている。俳諧はもともと俗の領域にあるもの、その俳諧の集にして、これだけの品格を備えるのは、さすが大名なるかなというほかはないが、無論俳書以外でも富山侯前田利保の『本草通串証図』や薩摩公の『質問本草』等の本草書《ほんぞうしょ》、大洲侯加藤文麗の『麗画選』や姫路侯酒井忠道の和刻本『佩文斎耕織図』等々、いずれもやはり大名本としての品格に満ちみちていて、一見してそれとわかる作りになっている。

と言えばここでもまた、本は内容こそがすべてで、作りの凝《こ》り具合や贅沢さ、豪華さを品格などと称して持ち上げるのは鼻持ちならぬという評語も十分予測できるのだが、ものに凝るにもスッキリした凝り様とゴッテリした凝り様があって、その品定めは一瞬の内に行われ得るものであるならば、書物の品格というものは、やはり身分社会の所産としての文化である以上、避けようもなくあらわれるものであり、それを拒否する見方というものは、所詮、江戸の板本とは無縁の衆生《しゅじょう》であると言わざるをえまい。

また、書物の身分ということに関しては、書誌学とは若干ずれる所ではあるが、江戸

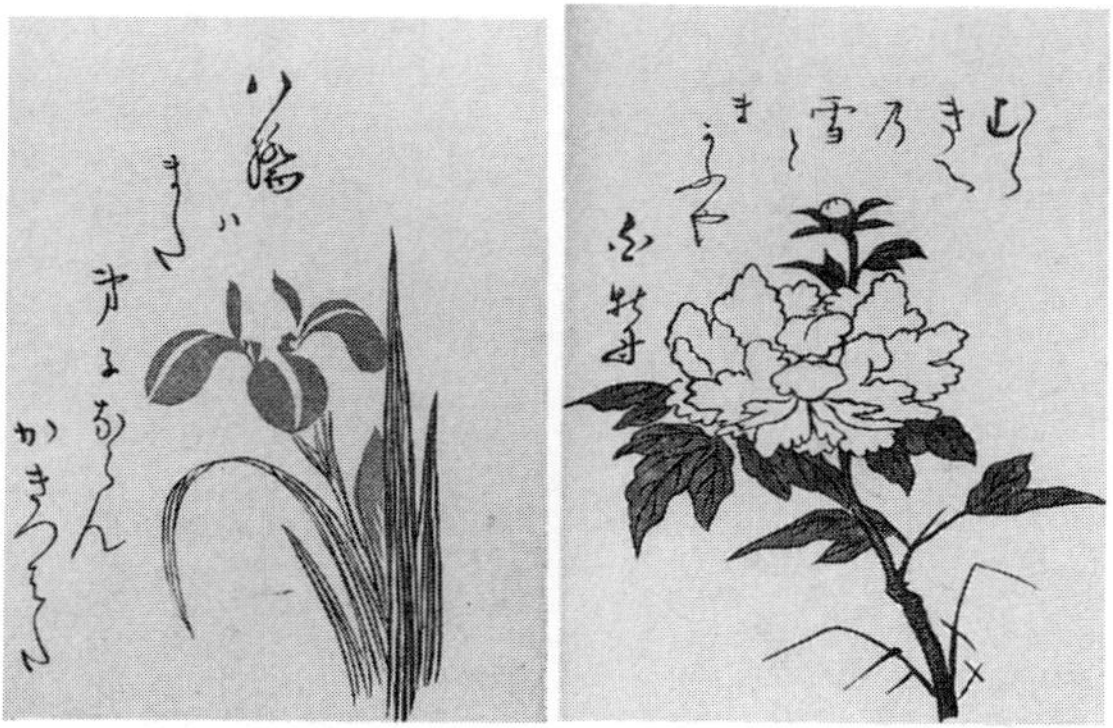

図２　『桂の露』(東京大学附属図書館蔵)

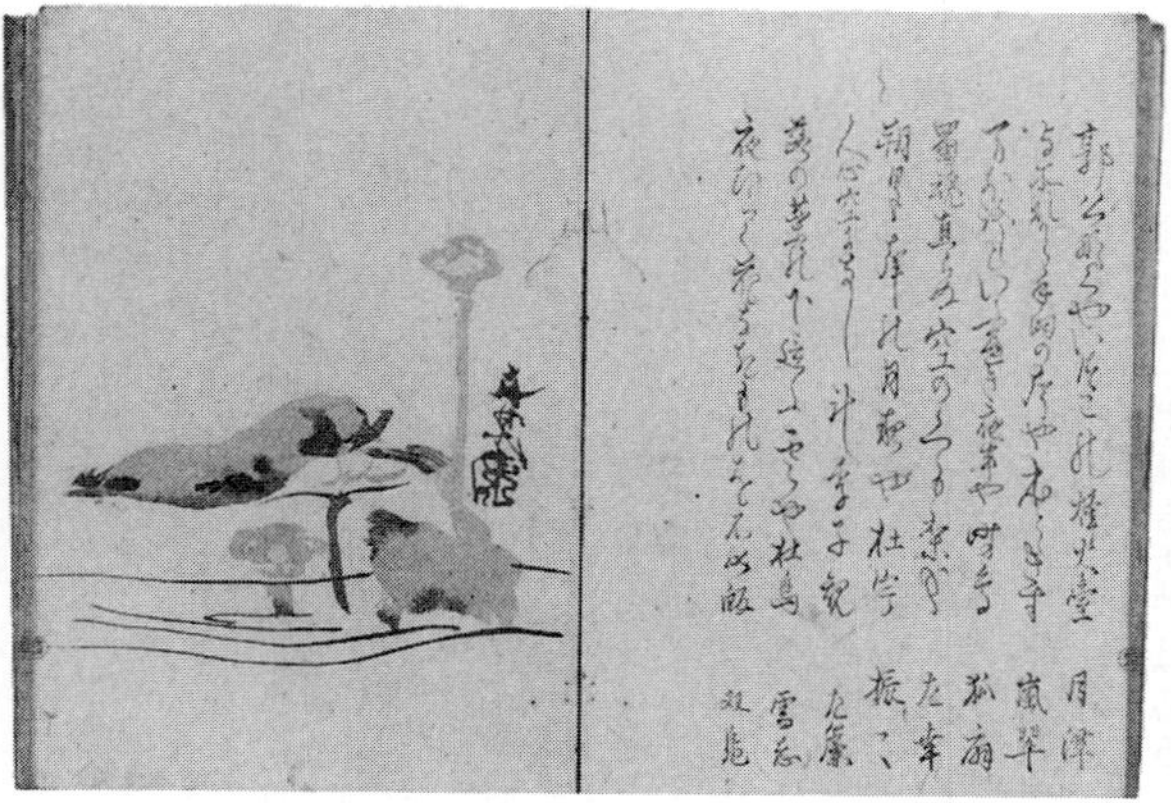

図３　『桂の露』

期の文芸弾圧として悪名高い寛政改革の洒落本禁令なども、「物《もの》の本」と「草子」[*7]という、まさに書物の身分を考慮した上で、その処置について考えれば、決して文芸や思想の弾圧などと言えるような事柄ではないことなども一目瞭然なのだが、これについては既に何度か述べたこともあるのでここには省く。いずれにせよ書物の身分ということを観点に入れて考えることは、書誌学のみならず、江戸の文化史を考察する上では極めて重要なことなのである。

＊7　「物の本」は典籍というに等しく、伝統文芸や道徳・思想に関する書物類。そしてそのような書物の出版を手がける本屋を「物の本屋」とも称して本格的な出版書肆《しょし》とみなした。「草子」は「物の本」に対してより通俗的・娯楽的で廉価な、安っぽい書物類。これの出版を手がける「草子屋」は「物の本屋」より一段格下の本屋とみなされる。

本章の初めに板本の特徴としてすべて手造りであることを重視せねばならぬ旨を述べたが、この手造りという事についても、なお若干述べておきたいことがある。

手造りであることは、機械作りの製本作業とくらべて著しく時間がかかり、今日的な意味での大量生産に向いていないことは言うまでもない。しかしそれゆえの温もりがあることもまた言うまでもない。それはさて置き、手造りであるからには、それがかなりひどい状態に破損していたとしても、すべて人の手によって修理・修復できるという事、これも板本の極めてすぐれた性質と言うべきである。機械作りの近代製本技術による書物は一見堅牢な装訂のごとくに見えて、決してそうではない。発行所から送られてきた書物の荷造りをほどいてみると、既に中で貼《は》り見返《みかえ》し*8のノド*9が破れて、中の布切れが顔を出し、表紙がグズグズになっている事など、誰しも一度や二度は経験するに違いない事だが、しかもその場合一般的には専門の製本屋以外手の施しようはない。

*8　見開き二頁大の厚手の紙で、一方を表紙裏に貼り込み他方を遊び紙としたもの。見返し。
*9　本を開いた場合、中央の綴じ目に近い部分。

これが板本となると、いわば紙を糸でからげただけの、実に頼りない外見なのだが、本自体の軽量さと極めて簡略な造りが幸いして、そうした事故はほとんど起らない。よしんば糸が切れていたにせよ、その繕いは木綿針と手頃な糸がありさえすれば、その場でできる。筆者のような不器用な人間でも間違いなくできるのだから、これはもう敢えて誰にでもできると断言して差支えはない。表紙が折れたり、中身の紙がヨジレたりしていたとしても、少し丁寧に折れ目をもと通りにし、上に少し厚手の、広辞苑でも載せて半日もおけば元通りになる。紙のヨジレ位は指先で皺のばしをして手の平でしばらくおさえれば、二、三分で大体は直る。体温によるアイロンの代用である。江戸時代の誰かが折り曲げたままの状態で、百年を経て手元へめぐってくるような事もそれほど珍しくもないので、そんな場合でも前述のような手順でほとんど元通りになる。これすべて和紙という、世界に冠たる文化財の持つ極めつきの柔軟さと強靭さのゆえである。同じような姿でも唐本《とうほん》の紙はこうはいかない。江戸の板本というものは、このように、和紙の柔らかさと軽さと、それゆえの勁《つよ》さとを、極めて簡略な手作業によってまとめて一冊の本に造りあげているものなのである。

本自体の軽量さという事について、いまだに忘れられない話がある。昔の古書肆は店先には番頭か主人かが座って客の応対をする。書物は大概店の二階を庫代りにして積んであり、主人の座る場所の上が広くあけてあって、丁稚《でっち》は二階にいる。客の注文の書物がちょうど在庫していた時、主人は座ったまま二階の丁稚に書名を告げる。それが一冊本や二冊本であった場合、丁稚はそれを主人の手元に投げて降ろす。それが丁度主人の座っている面前にピタリと落ちるように投げるのが、丁稚の習得すべき手業なのですと、今ではこの話を古書肆の老人に聞いたのだったか、何かの本で読んだのだったかも定かではないが、板本の性質にてらして、いかにもあり得る話である。これが近代の活字本だったらどうなるか想像をめぐらすまでもあるまい。第一、木造の店の半びらきの二階を書庫にするなどという事がどだいできない話であろう。投げても踏んづけても、折りまげてもひねっても、少々のことではビクともしない書物、そして万一こわれてもすぐその場で修繕することの可能な書物、これが板本というものなのである。板本の書誌学はこのような板本の美質を十分理解する所から始めなければならぬ。

何やら板本礼賛といった趣になったが、ついでにもう少し脱線することを許されたい。

それは右のような板本の美質とコピーの問題である。現在、国内のほとんどの図書館で、明治以前の写本・板本類のコピー複写は禁止され、写真複写のみが許されていると言ってよい。何年か前までは特に貴重書と認定されたもののみが禁止され、それはそれで正しい処置だったと思っている。しかしこの二、三年で随分きびしくなっており、和本類は全面禁止という所が多い。理由は本を傷めるからというのが第一であろうこと、確かめるまでもあるまい。では本当にコピーは写真よりも和本を傷めるのか。筆者はほとんどそんな事はありえないと思っている。版権・著作権に抵触しないというのもさることながら、前述した板本の美質に基づいてはっきりとそういえる。軽量で簡略な装訂で、しかも折れ曲りやねじれに抜群に強い性質を持った和紙の本は、コピーごときで簡単に傷むような、そんなヤワなものではない。コピーで一番傷みやすいのは、むしろ現在コピー禁止になっていない、明治以降の堅い装訂の活字本や雑誌類にきまっている。禁止処分にするのなら第一にそうした活字本類をあげるべきであろう。

筆者が何故このように板本のコピーの問題にこだわるのかといえば、書誌的な事柄の調査をする場合、コピーが出来ないのは致命的とも言えるほどの障害になるからである。それは特に、書誌調査の眼目ともいうべき刊と印と修の問題(第九章参照)を調べるためにコピーほど有効な手段はないからでもある。同一の板本の伝本相互の間の刊行時点や印刷時点の先後――これを初板や再板、初印本や後印本などという――を決定するためには、その二本を机上に同時に並べて、肉眼で判断するのが最も簡単かつ最良であり、またそれしか方法はないのだが(何故それしか方法はないのかについても後章で述べる)、一本がA図書館、もう一本がB図書館の蔵本であった場合、どちらか一本を持ち出さない限り当然それは不可能事となる。そこで一本のコピーが許されれば、次善の策として、一本の原本の横にもう一本のコピーを並置することによってほとんどの問題を解決できる。それなら写真で良いだろうと言うのは、残念ながら素人考えで、この場合問題は板本として刻まれ刷られた文字や絵の一点一画の違いや、匡郭《きょうかく》の線の切れ目の比較確認(第二章・第一節参照)がすべてなのであり、その場合、写真はほとんど役に立たない。何故なら写真は原寸大ではないからである。もちろん極めて熟練して、俊敏鷹のごとき眼力を持っていれば、それも可能かもしれないが、すべての研究者にそれを要求することは不可能であろう。原寸大にひき延ばせば良いとも言えようが、そのための技術とそれにかかる費用を考えれば、これも到底国文学者の現況ではおぼつかないこと言うまでもない。そんな事よりコピーが許されれば右のすべてがいとも簡単に解決するのである。

本当にコピーは板本を傷めるのか。また、写真はコピーより本を傷めないのか。

板本の紙が極めて柔軟で強靭なことは前述の通りで、おそらく誰しも異論はなかろうと思う。コピーによって本の傷むことがあるとすれば、それは見開きに開いてコピー機械に押しつけた場合に綴じ糸が切れるか、あるいは逆に糸が強すぎて、その部分の紙が破れるかのどちらかであろう。これは確かにありえることである。しかしここでも板本の美質は十分に生きている。

まず「綴じ糸」について言えば、板本は軽量で簡略な装丁であるゆえ、糸ぎれの危険はあったとしてもごくわずかである。万一板本の糸が切れたとしても話は簡単で、サッサと新しい糸で修理すればよい。その気になればその場でもできる。

背割れや綴じ離れの危険が極めて大きいのはむしろ活版本や雑誌なのであって、しかもいったん綴じ離れ等が起ったら、修理の困難さは板本の比ではない。だから、何度もいうが、そういうものこそ、コピーを禁止すべきなのである。

板本の糸を代えるなんて言語道断という人もあろうが、考えてみて欲しい。現存の板本類というのは皆百年以上の甲羅を経た代物ばかりである。御江戸名物の火事や地震をくぐり抜け、戊辰の役の戦火を乗り越えて生きのびてきた。その間には、何度も糸は切れたはず、その度に糸は代っているのである。

板行された時点での「もと糸」をとどめた本が、もし残っていたら、それこそ即座に貴重本として指定し、コピーを禁止しなければなるまい。図書館の司書はそういうことをこそ判断しなければならないはずである。

「もと糸」の残った本は稀ではあるが全く無いわけではないので、それにつき筆者には苦い経験がある。ある出版社に絵本の複製を作るについて、筆者の蔵本の借用を申し込まれた。その本は幸い、部分的に「もと糸」が残り、一部分を後人の手で継ぎ足してあった。そこで糸は切ってもよいから、その「もと糸」は是非大事に保存してほしい旨を申添えて送ったところ、用がすんで返却されて来たものには、わざわざ「もと糸」を大事に別紙にくるんでつけてあったので、此方もその配慮に喜んで包み紙を開いた。ところがなんと先方が「もと糸」と思って後生大事に送ってくれたのは後人の継ぎ足し糸であり、肝心の「もと糸」は影も形もなかった。やはり「もと糸」は貴重なものと考える認識は徹底させるべきであろう。

さて、和紙はおおむね楮紙《ちょし》[*10]と斐《ひ》紙《し》[*11]の二種に大別できるが、本稿でとりあげている江戸期のごく普通の板本類は、その九割までがごく粗末な、しかし強靭な楮紙系の紙が用いられている。そのような本をコピーする時に糸が強すぎて紙が切れるようなものがもしあれば、それは糸が不必要に太いか、後人の不注意で、綴じ直した時に綴じ代を異常に狭くした不細工な本に違いなく、そんな綴じ方の本を放置しておくと、それだけで本を傷めてしまうのであるから、司書はそれを事前に見わけて適当な綴じ直しをすべきである。糸の弱さはむしろ本を無理に開いたりした時、糸が切れることによって、紙を傷めないですむという美質と考えるべきであろう。そのために、現存する和古書の大半は、既にもと糸はなくなって、綴じ直されたものがほとんどなのである。

他方、斐紙系の紙は折り曲げると弱く、あるいは写真やコピーのために間《あ》い紙《し》[*12]を入れる時に折れ目から切れたりする。従って斐紙系の紙を用いた書物は、楮紙系の書物と同じ扱いをするわけにいかない。

＊10　主として楮《こうぞ》を材料として作る。繊維質が多く、紙質は荒いが強い。
＊11　三椏《みつまた》や雁皮《がんぴ》を材料とする。光沢のあるすべすべした高級紙で、あまり虫はくわないが、弱い。
＊12　袋綴じの紙の間にもう一枚挿入して、裏うつりしないように施す用紙。

ここで筆者は、前述した「もと糸」をとどめる貴重本の他に、コピーの対象から除外すべき四つの場合をあげておこう。

(一)　板本の中でも一割に満たぬであろう斐紙系の板本。
(二)　江戸期以前の古写本や旧刊本の類。これは斐紙系の紙を用いたものが多い上に、その貴重性や稀覯性から言って自由なコピーを禁止する処置がとられるのは当然であろう。
(三)　板本類の中で宝暦・明和期以降に出現して来る色刷り絵本の類。これは、その色彩の微妙な調子を崩す恐れが十分にあるので、コピーの禁止はやむをえない。筆彩本も同様。
(四)　ひどい虫損や稿者の書き込みのある付箋が多く糊づけされているような稿本の類。

右の四類に該当する古典籍というのは、おそらく現存する古典籍全部のせいぜい一割から二割という所であろう。

以上を除いた江戸期の大部分の書物に関しては部分的なコピーは何ら差支えは無いと思うが、その場合にも、図書の取扱いに十分習熟した図書館の職員がコピーの作業に当るという条件はどうしても必要であろうと思う。

それでも比較的短期間に一本のコピーの要求が重なった場合、やはり危ないという声も出ようが、これはほとんど杞憂にすぎまい。数字で示せないのが残念だが、同一本に出納が集中するなどという現象は、現状から見て余程のことがない限り、ありえないことと思う。図書館で古典籍を請求して読みかつ複写を求めるという挙に出る人種などというものは、極めて少数なのである。現在最も利用者が多いと思われる国会図書館を例にとっても、一般の書籍部の出納が相変らずの猛烈な混雑状態を示している中で、近年一般書籍部から分離され、二階の片すみに設けられた古典籍部の静けさは誠に対照的であり、この英断にはまさに拍手を送りたい。しかもコピーと写真撮影とはほとんど同じ作業と言えるのだから、稀に行われるコピーと写真撮影を区別して、一方だけを禁ずべき合理的な理由は見当らない。もし、同一本に対する複写の要求が、短期間の内に重なるなどという事態が起った時はまさに異常なことなので、図書館はその旨を請求者に告げ、断乎として、その要求を一時拒否すれば良いだけの話である。

念のために書きそえるが、以上の意見はもちろん、江戸期のごく普通本について書誌的な調査を是非必要とする場合を考えてのものであり、無差別に何でも誰にでもと言うのではないこと言うまでもあるまい。そして右の意見は、従来も事あるごとに個人的に述べてきたし、筆者の親しい図書館関係者の方々には特に意見をお尋ねしたこともしばしばであったが、これまで納得のいく反論は聞けなかった。

第二章　板式

一　整版と活字版の盛衰

板本の「板式」に「整版」と「活字版」の二つがあることはこれまでにも何がしか触れてきたが、もう一度念のために、長沢規矩也先生の『図書学辞典』の記述をここに引用しておく。

整版　字、または絵、または図を、板木に逆文字などで彫り込んで、その面に墨を塗って、その上に用紙の表をあてて、刷り上げてまとめた本。狭義の刊本・版本は同義。一枚板。木版本。刊本。刻本。槧本《ざんぽん》。雕本《ちょうほん》。墨板《すみはん》。

活字本　一字ずつ彫刻または鋳造された文字を組み合わせて版を作り、この組版に墨を塗って印刷した本。活字印本。活字版。一字版。植字版。植字本。聚珍版《しゅうちんばん》。排印本。集字版。活版。活刻。植版。

必要な語義が簡潔・正確に述べられ、さらに唐本における同義語までが示されて余す所はない。以下の本稿も全くこの語義に即して述べることになる。

さて、右の二種が我が国のいわゆる板本の九割以上を占めることは間違いないし、なかんずく「整版本」がそのまた九割方を占めるであろうことも既述したが、実はいま一つ、それにくらべれば数は少ないが、現実に存在する板式がある。江戸時代には「石摺《いしず》り」と呼ばれ(寛文十年の『書籍目録』に既にこの称がある)、現今では「拓本《たくほん》」と呼び慣れている板式である。ごく近年ではその絵画性を重視する方面では「拓版」という用語も用いられている。本来の「拓本」は一枚摺りを言うわけだが、特に「法帖《ほうじょう》」と呼ばれる書道の御手本用にまとめて帖装本の形にしたものが作られ始め、数や種類の上からも馬鹿にならない量のものが刊行されているので、これも是非江戸板本の板式の一種として提示しておかねばならぬ。これまた『図書学辞典』を引用すると次のごとくである。

石摺本　拓本をまとめて本の形(多く帖装本)にしたもの。石本。搨本《とうほん》。打本。

拓本　木版印刷の源流となったものといわれるもので、石碑なり、金属なりの面に軽く水を打ち、紙(の裏面)をその上にあてて、面と紙との間の空気を抜いて、紙を面に密着させ、半がわきになったときに紙の表面から、拓本用の墨を塗った「たんぽ」の底面でたたいて、面の文字なり画像を紙面に出す方法。

即ち、石碑や金属の碑文を写しとるための方法であり、それで写しとった一枚一枚をまとめて本の型にしたので石摺り本という呼称となったわけだが、石ではなくて木を用いる場合にも、この称を用いており、我が国において「石摺り本」と称ばれるもののほとんどは、実際は木版であることは注意しておくべきであろう。その「法帖」の類にも大別して「左り版」と「正面摺り」という二種類があり、厳密には拓本の方法を用いて作られているのは「正面摺り」であって、「左り版」は「整版」の方法をそのまま用いて、単に文字を陰刻にした版を作るのみのことであるのに注意する必要があることは後述する。

次に、以上の三種類の方法によって作られた版本の沿革を述べる。

江戸時代以前の旧刊本の場合、これは決まって「整版」によって作られていた。もっとも、最古の刷りものである法隆寺の「百万塔陀羅尼《だらに》」ははたして木版か金属版か、摺刷による印刷か、圧印による印刷か、現在なお結論は出ていないようだが、そのような上れる世の事はさておき、高野版《こうやばん》や五山版といった旧刊本類はすべて木版の整版本であることは間違いない。ただしこれにもバレンを用いて、上になった紙の裏面を摺擦して刷り上げるものと、からかみを仕上げるように、料紙の表に板木を押捺して作る、即ち圧印をするものとの技法の違いがあり、近年、大内田貞郎氏の説によれば、巻子本《かんすぼん》の春日版は、先に料紙を一巻分貼り継いでおいて、その上に印刷し、冊子仕立ての高野版は両面刷り、綴葉装《てっちょうそう》で、いずれも圧印方式であり、五山版は擦印であろうという。その見分けかたは、擦印の場合、凸状になった裏文字に摺擦の際の光沢が見えるが、圧印の場合はそれが見えないとされる(『ビブリア』91号所収「木版印刷本について」)。ともかく、これら旧刊本に関しては、川瀬氏の『五山版の研究』や、山岸氏の『書誌学序説』を精読されることをおすすめする。

文禄・慶長の頃、朝鮮渡来の技法として活字版の技術がもたらされたことは、こと新しく説くには及ぶまい。ほとんど同時にキリスト教宣教師による西洋の活字印刷技術も流入したが、キリシタン版と呼ばれるこれらは、おおむね天草や長崎でごく少部数が印刷されたに過ぎず、その中には日本式の摺擦を用いたものや、連続体活字の先鞭をつけたものなど、日本の古活字版との交流の面で多くの興味深い問題を含んではいるものの、大勢にはほとんど影響しない。それより朝鮮式の活字印刷術の定着と普及はきわめて目覚しく、慶長から慶安までほとんど半世紀ほどの間は、我が国の書物刊行はもっぱらこの方法によって行われ、およそ五百種ほどのものが作られたといわれる。ただし、ごく近年、森上修氏の説によれば、朝鮮式はすべて蜜蠟などを用いた付着式だが、我が国の古活字版はすべて自立活字による組立式であり、これはキリシタン版に学んで、印刷のみ、伝統的な擦印によったのではないかという。そのようにして刊行された書物は、現在「古活字版」の名で呼ばれ、稀覯本として珍重される。

この古活字版の摺刷技術の中でも、主流となるものは擦印であるが、光悦本(嵯峨《さが》本)は両面印刷の綴葉装なので紛れもなくからかみ式の圧印によるとは、これも大内田氏の論にみえる。とまれこの古活字版についても、既述した通り立派な専門書がいくつもあり、研究論文も数多いことゆえ、最初にお断りしたように、江戸期のごく普通本である板本の書誌学をこころみる本稿では、それには触れない。ただ古活字版と整版の見分け

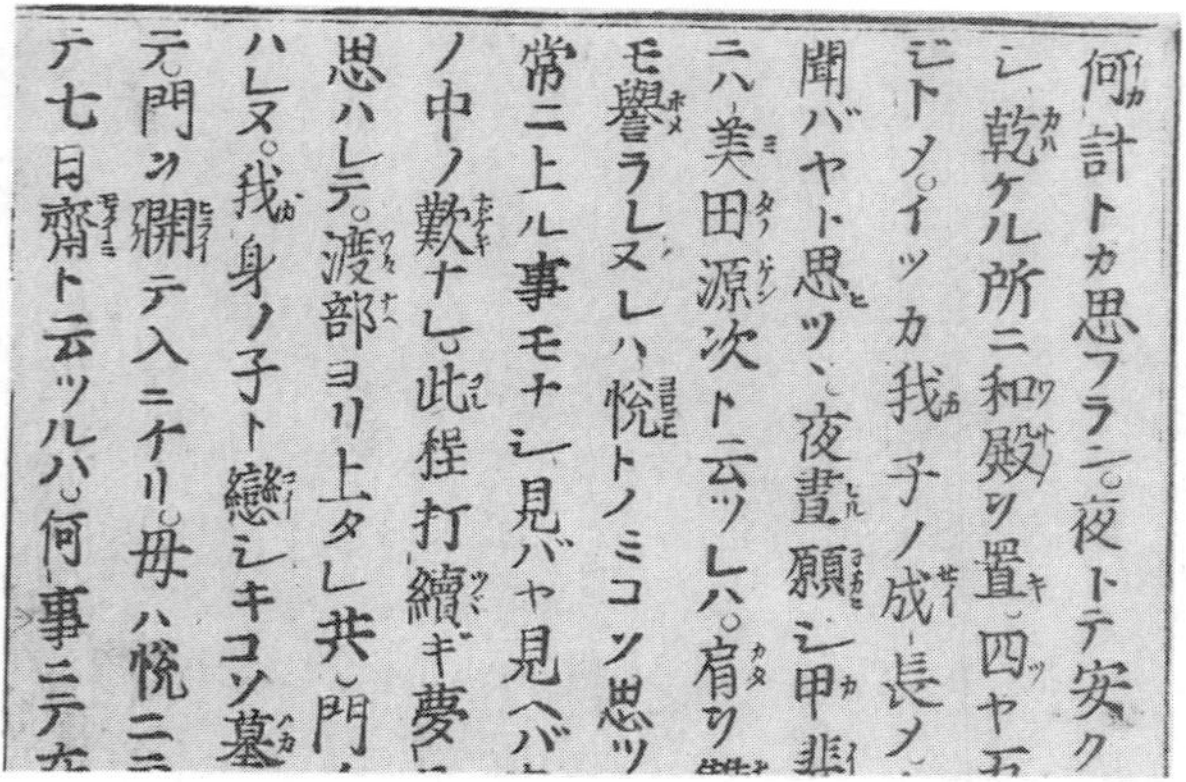

何《イカ》計トカ思フラン。夜トテ安ク
シ乾《カハ》ケル所ニ和殿《ワドノ》ヲ置《オキ》四《ヨツ》ヤ五
ジトメ。イツカ我《ワ》子ノ成《セイ》長メ。
聞バヤト思ツヽ。夜晝《ヒル》願《ネガヒ》シ甲斐
ニハ美《ミ》田源次ト云ツレハ。肩《カタ》ヲ並
モ譽《ホメ》ラレヌレハ悦トノミコソ思ツ
常ニ上ル事モナシ見バヤ見ヘバ
ノ中ノ歎ナレ。此程打續キ夢ニ
思ハレテ。渡部ヨリ上タレ共。門ヲ
ハレヌ。我《ワガ》身ノ子ト戀シキコソ墓《ハカ》
テ。門ヲ開テ入ニケリ。母ハ悦ニ
テ七日齋ト云ツルハ。何事ニテ有

図1　活字本　右上の枠の隅が開いている.

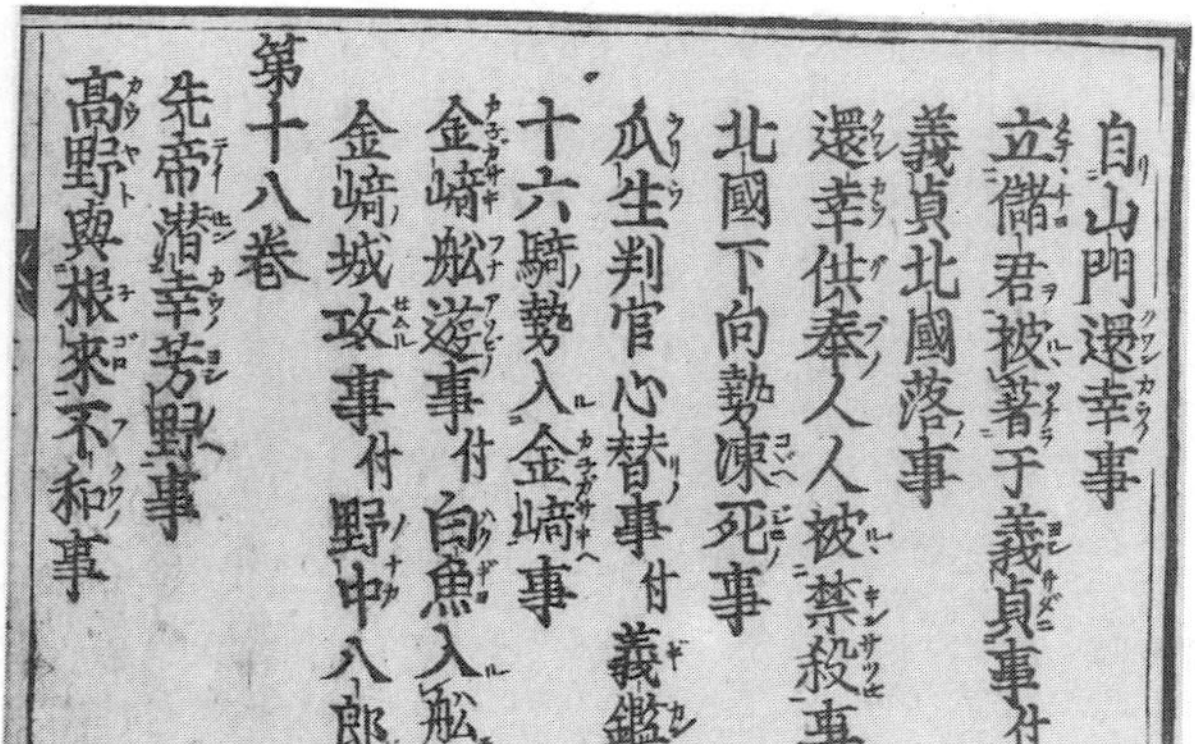

自山門還幸事
立儲君被著于義貞事付
義貞北國落事
還幸供奉人人被禁殺事
北國下向勢凍死事
瓜生判官心替事付義鑑
十六騎勢入金崎事
金崎舩遊事付白魚入舩
金崎城攻事付野中八郎
第十八巻
先帝潜幸芳野事
高野與根來不和事

図2　整版　右上の枠の隅に切れ目がない.

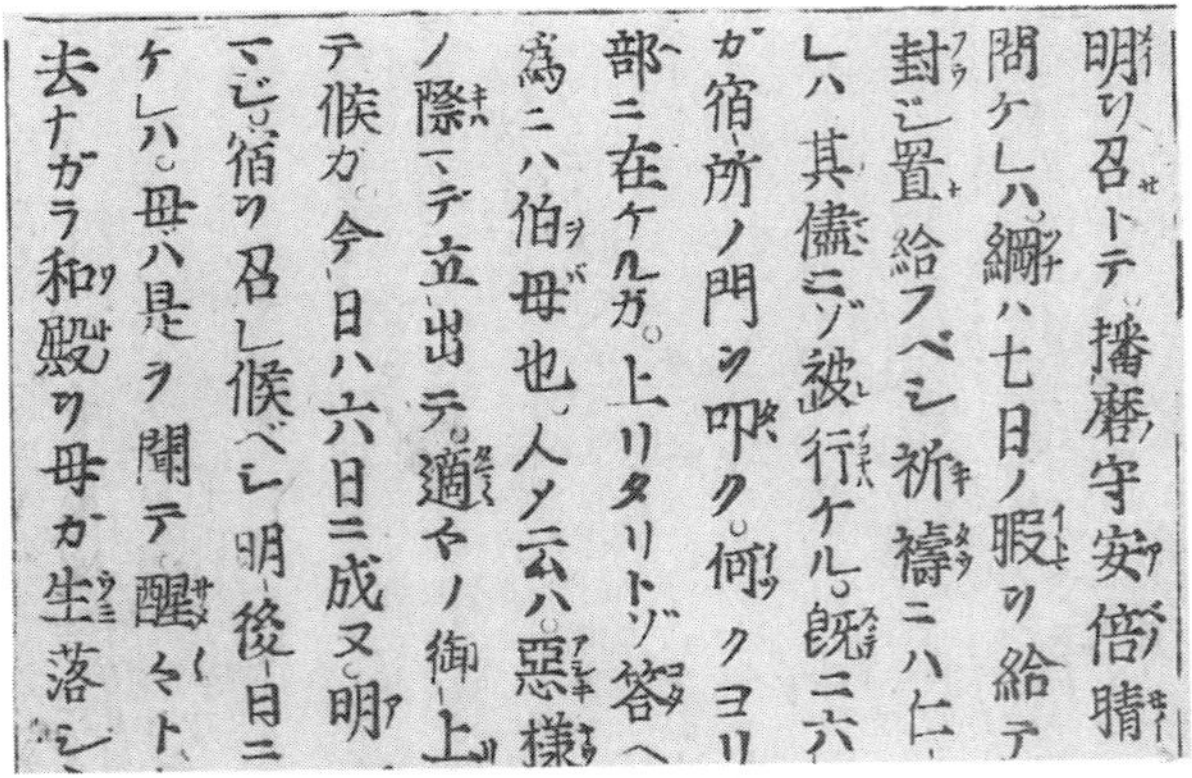
明ケ召トテ播磨守安倍晴
聞ケレハ綱ハ七日ノ暇ヲ給テ
封ジ置給フベシ祈祷ニハ仁
レハ其儀ニゾ被行ケル既ニ六
ガ宿所ノ門ヲ叩ク何ツクヨリ
部ニ在ケルガ上リタリトゾ答ヘ
為ニハ伯母也人ノ云ハ悪様
ノ際マデ立出テ適ヤノ御上
テ候ガ今日ハ六日ニ成ヌ明
マジ宿ヲ召シ候ベシ明後日ニ
ケレハ母ハ是ヲ聞テ醒々ト
去ナガラ和殿ヲ母ガ生落シ

図3　活字本　文字の墨付きに濃淡部分がある．

かたについては、版面に匡郭《きょうかく》を持つものは、その枠の線の四隅に何がしかの透き間のあるものが活字で、全く透き間のないものが整版という、簡単な判別法があるが(図1　活字本、図2　整版)、匡郭を持たぬものの場合は、字面に見える墨付きの濃淡により、濃い字の前後左右に淡い字があるという(図3　活字本)、原始的植字印刷のまぬがれ難い特徴による判別を行うしかない。しかし、この方法がかなり熟練した眼力を必要とするものであることは、古活字版を覆刻した整版本の二、三を(たとえば古活字覆刻の『伊勢物語』や『藻塩草』など)見た人には、容易に納得されるであろう。その他活字版の場合は植字工の不注意によって、文字が逆転していたり、左右に歪んでいたりする事が生じ易く、それが目安にもなるが、これもその通りに覆刻した整版本があったりして、なかなか容易ではない。

ところで、これほど隆盛を誇った古活字版による書物刊行の流れが、寛永末から慶安までを境としてパッタリと途切れ、再び旧刊本時代からあった整版による刊行へと逆戻りしてしまった。以後、江戸時代を通じて、書物刊行の大勢は整版印刷によるものとなる。

この理由については、従来から諸家により、大量印刷に適しないためとか、挿絵を入れる必要性のためとか、振り仮名や返り点を施すのに不便なためとか、何かと忖度《そんたく》されているのだが、なお結論をみるには至っていないと言うべきであろう。

この問題に関する私の考えはきわめて単純で申しわけないが、一応書きとめておこう。それはまさに寛永末年というこの時期から、我が国では書物刊行が営利事業の一形態として成り立つようになったという一事に帰着すると思う。即ち職業的本屋の出現である。

それまでの旧刊本はもっぱら寺院等の、営利を目的としない内部的な刊行事業であり、古活字も大勢はその例に洩れない。しかし慶長十三年に『五家正宗賛』を刊行した中村長兵ヱ尉というのは、おそらく文献に明証を持つ最初の民間の本屋であろうし、さらに慶長十四年板の『古文真宝』の奥付には、はっきりと「本屋新七」の名が見える。そして寛永年間には京都に百軒余の本屋が数えられるという(奥野彦六『江戸時代の古版本』)。今や出版は完全に営利事業として町の本屋の手にゆだねられた。

この時、営業としての本屋にとって最も基本的な財産は、刷り上げられ製本された書物ではなく、その元である原版即ち板木そのものであることは言うまでもない。何時でも注文に応じて増し刷りの出来る態勢を保持すること、そして子々孫々にわたって営業を続けるためには原板を持ち伝えることが何よりの条件であろう。整版とはとりも直さず板木という原版を作ることであり、少々場所はかさばるが、板木を保存することによって何時たりとも増刷は可能である。即ち財産としての板木が残せるというのが、整版の最大の利点である。

一方、活字版はこの点に致命的な欠陥があった。刷り上げるごとに組版をバラしてしまえば、残るものは刷り上がった書物だけであり、増刷の場合は又一から組み上げねばならぬ。したがって寛永末年の時期に、今でいう紙型を残す方法が発明されていたならば、恐らく活字版は途絶えることはなかったに違いない、というのが私の考えである。

二　整版の技法・近世木活

整版による本屋の営業はその後隆盛の一途をたどり、井上隆明氏の御労作『近世書林板元総覧』(昭和五十六年、青裳堂刊)によれば、その数六千を越す。その間特筆すべき活動を示した本屋も多々あるが、それらについてはまた後に述べることもあろう。今は先

図4　左り版

を急ぐ。

整版印刷の技法の一に、書道手本の「法帖」に用いられる「左り版」がある事は前述した。普通の整版印刷の場合、板木に彫りつけられる逆文字は凸面となり、文字面に墨を塗って黒字に刷り上げられる。その文字を凹面に彫って、字を白抜きに刷り上げるのが「左り版」であり(図4)、この場合の「左り」とはおそらく後述する「正面摺り」に対して、こちらは逆字に彫ることを指していうのであろう。逆字は整版の通例であるが、法帖類にのみわざわざ「左り版」の名称が用いられたのは、「法帖」は本来中国渡来の拓本を言うのが通例で、それをあえて整版で作るために、この呼称が生じたと思われる。

「法帖」の板本は慶長期から「四《し》体千字《たいせんじ》文《もん》」等が何種か出ており、その中には通常の黒文字の整版本から、白字の左り版も早くから存在する。しかし何よりも書体の気韻生動を眼目とする「法帖」にとって、逆文字の左り版では彫りあげる時にどうしても字勢が死んでしまうきらいがある。そこで中国渡来の原拓による拓本類が珍重されたであろうことは十分推察し得るところだが、その拓本方式を板木に応用した法帖製作に我が国で初めて成功したのが、帰化人の子孫で幕府儒官の高玄岱《こうげんたい》であり、宝永初年に『草書千字文』、正徳二年に『白雉帖《はくちじょう》』を刊行、その後細井広沢が正徳五年に『太極帖』を刊行して、ここに打碑法、即ち「正面摺り」による板本刊行の方法が定着したと言われる。

「正面摺り」とは凹字逆彫りの左り版ではなく、板木そのものを碑石と同じく凹字の正面彫りにし、上から紙をかぶせて拓本をとるのと同じ要領で打ちあげてゆくもので、筆勢を殺さない板木を作ることができる点に「法帖」としての利点がある。その後、韓天寿等の努力により、この正面摺りの方法は完成するが、なお江戸期を通じて「左り版」の法帖も多く刊行されており、両者共に「石摺本」の名で呼び慣らわしているので、やや混乱が生じている。

「正面摺り」には、墨の部分を光沢のある漆黒に仕上げる鬱金《うこん》拓と、薄墨に仕上げる蟬羽《ぜんう》拓とがあるが、さらに明和頃になると京都の画師伊藤若冲《じゃくちゅう》や南蘋《なんぴん》派の藤田錦江《きんこう》などによって絵画にも応用され(『乗興舟』など)、天明二年の『賞春芳帖』(図5)はその広告に「正面摺」と明記してある。中国では、はやく明末頃には、墨一色ではなく色刷りの技法もあみ出されて画帖や掛け物などにも仕立てられているものがあり、我が国でもそれを真似て天明六年には『石ずり千代之袖』と題した雛型《ひながた》本もある。これらを総称して、近年では「拓板画」という言葉も作られた。

「正面摺り」と「左り版」の法帖は、いずれも字面が白抜きとなり、見分けがつき難

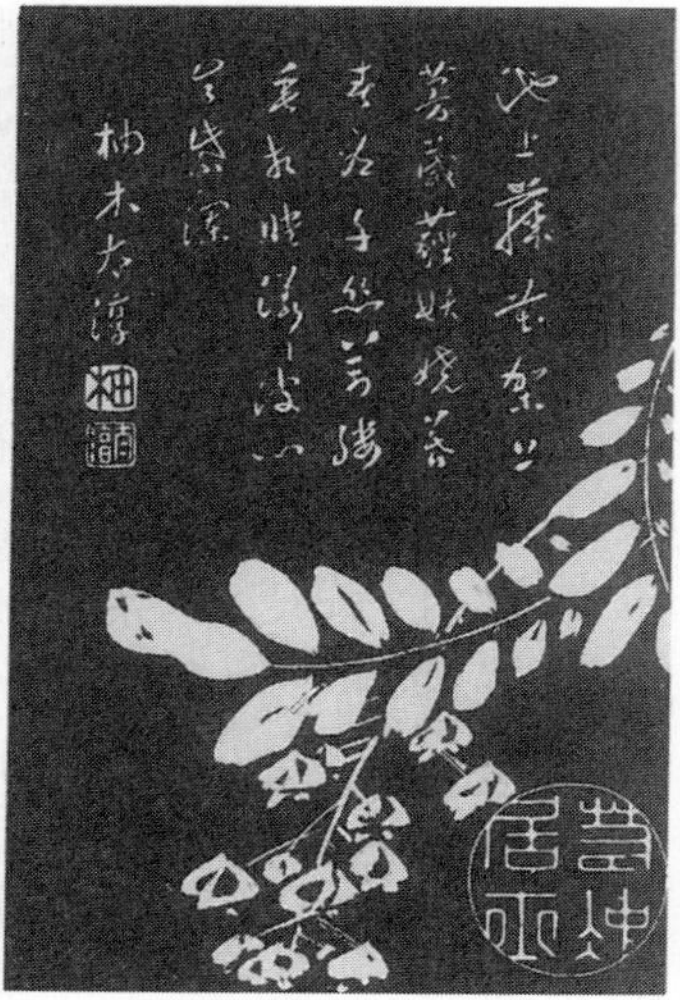

図5 『賞春芳帖』

図6 正面摺り法帖

いが、「正面摺り」は拓本と同じ要領で、墨を打つ前に水で紙を濡らして密着させるため、かわいた後、白抜きの文字の部分の紙が立体的になり、白字部分全体にこまかい皺を持つのが特徴である（図6。ただし、細部は写真によっては無理で、現物に当って判断していただくほかはない）。

さて、明和を過ぎて天明末から寛政の頃、校勘学《こうかんがく》の先駆け吉田篁《こう》墩《とん》が、当時舶載されたばかりの「武英殿聚珍版程式」に拠る木活字印刷を心がけて二、三の書物を刊行する一方、『活版経籍考』を著わして、東洋活字版研究の端緒を開く。既述した通り寛永末年、古活字印刷から整版印刷へ変った後、活字印刷はごく一部の人の間で、辛うじてうけつがれ、増上寺内の学僧のための縁山活字本や、植工常信による禅籍類、真言僧如環《にょかん》による密教教典等、もっぱら仏書類が元禄から寛延・宝暦頃まで細々と刊行されてはいたが、それらはすべて古活字時代と変らない活字印刷法に頼って行われていた。

ところが篁墩によって企てられたのは、中国清朝の乾隆《けんりゅう》帝の勅命による武英殿聚珍版と名づけられた、罫線と本文との二度刷り方式(図7。罫線上に文字が乗っていて、明らかな二度刷りであることがわかる)を受け入れようとするもので、この辺りから本邦出版史に再度活字版が登場して来ることになる。これを古活字本と区別して、従来「近世木活《もっかつ》」と呼びならわしている。もっとも武英殿方式は、本場中国でも一般にはむかなかったようで、民間ではより簡略な方式が用いられ、我が国でもそれは同様だった。既に営利事業として大規模な出版

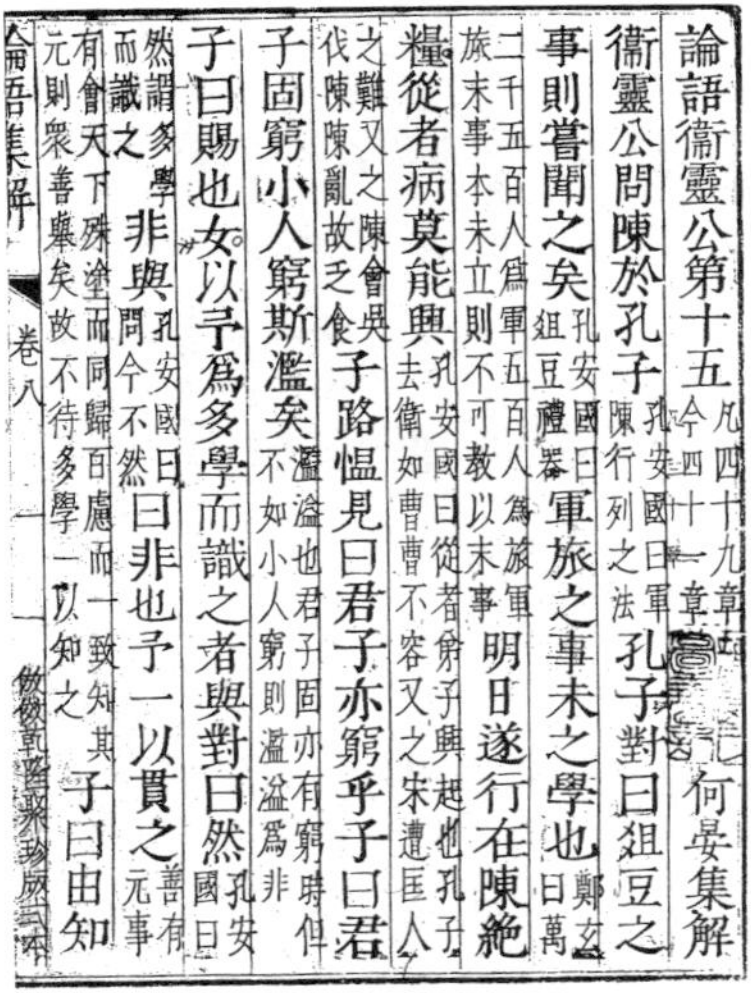
論語衛靈公第十五 凡四十九章 今四十一章 何晏集解
衛靈公問陳於孔子 孔安國曰軍陳行列之法 孔子對曰俎豆之事則嘗聞之矣 孔安國曰俎豆禮器 軍旅之事未之學也 鄭玄曰萬二千五百人爲軍五百人爲旅軍旅末事本未立則不可教以末事 明日遂行在陳絕糧從者病莫能興 孔安國曰從者弟子興起也孔子去衛如曹曹不容又之宋遭匡人之難又之陳會呉伐陳陳亂故乏食 子路慍見曰君子亦窮乎子曰君子固窮小人窮斯濫矣 濫溢也君子固亦有窮時但不如小人窮則濫溢爲非
子曰賜也女以予爲多學而識之者與對曰然 孔安國曰然謂多學而識之 非與 孔安國曰問今不然 曰非也予一以貫之 善有元事有會天下殊塗而同歸百慮而一致知其元則衆善舉矣故不待多學一以知之 子曰由知
論語集解 巻八 一

図7 『論語集解攷異』吉田篁墩校刊.

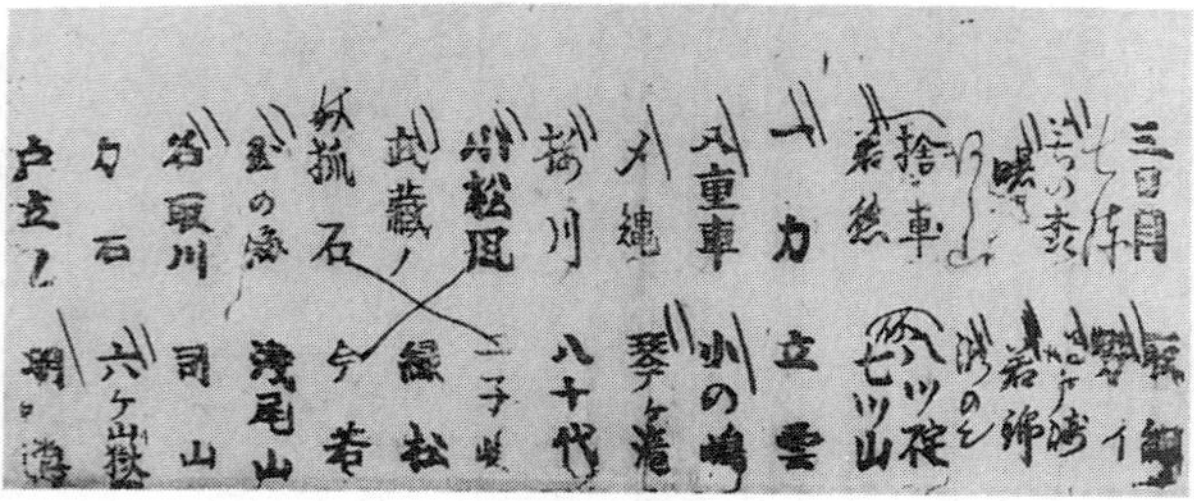

図8　「角力取組表」

業者にリードされていた整版印刷業界とは違って、この近世木活はおおむね個人のごく小規模な自費出版にむいた方式として滲透し、極端な所では庭の桜の朽木を利用して自ら活字数千箇を作って自詠の歌集を刊行する(丹羽謝庵『天龍開山の御歌』)などというものから、一方幕府医学館による『医方類聚』二百六十六巻などというごく大部な官版類まで、おおむね千部を超える種類を数えることができ、時代も江戸をこえて明治二十年代に至るまで生き残って近代活字印刷への橋渡しの役も果たしたもののごとくである(多治比・中野共編『近世活字版目録』、青裳堂刊、参照)。

享保の改革以来、我が国の出版業界はかなりなところまで整備され、統制される形ができ上っていたが、この木活印刷はその統制の外側に置かれていた形跡がかなりに濃いと言える。木活本は書籍とみなさず、ごく個人的なメモか手控え資料といった扱いと言ってもよく、大田《おおた》南畝《なんぽ》の言によれば、例の寛政の考試の問題も、木活で刷ったものが当日配布されたという(『科場窓稿』)し、角力《すもう》の勝負附け(図8)のごときも、当日分をすぐに刷り出したものが配られてもいる。要するに、ごく簡略な印刷方式として普及したにもかかわらず、書籍あつかいをまぬがれたのはそれだけ大量生産が行われ難いという木活印刷の宿命にもよるが、より適切な理由としてはやはり原版としての板木が残らないということにあろう。即ち、そのようなものは営業形態としての出版業を構成しない。従って書物とみなされず、出版条令の適用も受けないですむ。

従って、出版する側もそれを見こして、正規の出版は許されそうもない時事的な内容の本などをもっぱらこの方式で刊行し、見返しにはわざと「限十部」などとごく少部数の刊行であると断った上で(図9)、実際にはかなり大量の刷り出しを図ったりしたものもあるように見受ける。また明治期に入ると各県の布告や官報などに多く見受けられるのは、やはり製作の手軽さと即時性とが珍重されたものであろう。

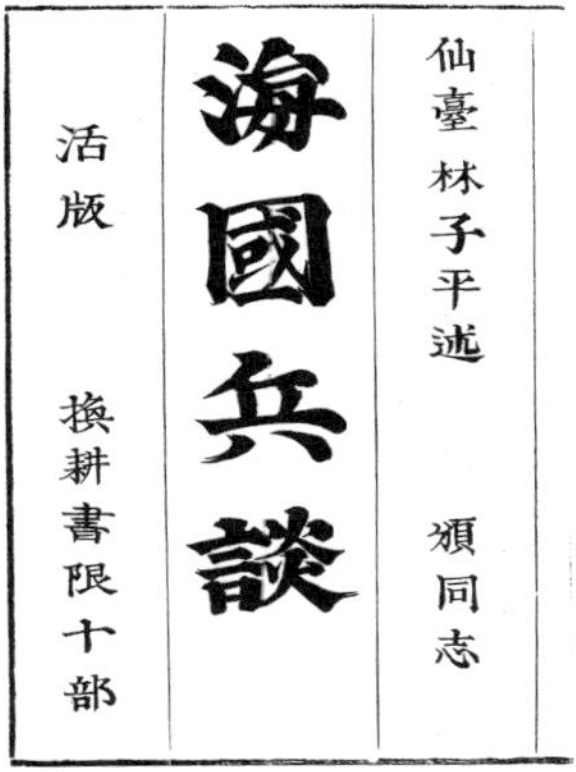

図9　部数限定の断り書

以上、近世を通じて出版方式別に、その沿革を述べてみたわけだが、ここで整理のため時代順を目安として並べてみる。

時代	名称	板式	摺刷法
江戸以前	旧刊本	整版(凸版)	擦印を主とし圧印もある
慶長—慶安	古活字版	活字版(朝鮮方式) キリシタン版(欧式)(凸活)	擦印を主とし圧印もある
寛永—明治	整版本(「左り版」を含む)	整版(凸版)	擦印
正徳—明治	正面摺り	整版(凹版)	拓印
寛政—明治	近世木活	活字版(凸活)	擦印

三　銅版・色刷り

寛政前後からは銅版印刷もあらわれるが、初めは洋学流行の風潮の中で、江戸の司馬《しば》江漢《こうかん》や亜《あ》欧堂《おうどう》、名古屋の牧墨僊《まきぼくせん》などによる、天文、地理学や医学関係の絵図・挿絵等に利用されたものが、それなりの完成度を示すようになり次第に文字部分まで含めた書物全部を銅版で仕上げるものもあらわれる。京の津久井清影こと平塚飄斎《ひょうさい》撰の『首註陵墓一隅抄』中本一冊(図10)などが、所見本中の早期のものだが、これは跋によれば安政六年に作ったものを慶応二年に刊行したものといい、以後は明治に入って『芭蕉翁発句集』や『寝惚《ねぼけ》先生文集』などといったものまで刊行されるが、絵図類と違って書物としての出来栄えは木版本と比べた時、格段に見劣りがして、さまで普及するには至らなかった。同じく石版も幕末期には三代木村嘉平等の努力研究により一応の完成度を示すに至り、明治に入って砂目《すなめ》石版の美人画や絵図類は一しきり流行するが、これも書物の見開きに挿絵として応用された例はほとんど見当らない。

さて、ここで特別な板式というわけではないが、整版本の発展過程に生じて、板本の世界に文字通り極めて華やかな彩どりをそえた多色刷りの版についても一言しておかねばなるまい。

陽成院
神楽岡東地
在同國同郡真如堂門前人家後園中
宇多院
大内山陵
在同國葛野郡仁和寺北宇多野
火葬所同寺真池尾山
醍醐天皇
後山階陵
在同國宇治郡小野隨心院東平林中
朱雀院
醍醐陵
在同國同郡後山階陵南三町許
火葬所来定寺北野
村上天皇
村上山陵
在同國葛野郡田邑郷北中尾

図 10 『首註陵墓一隅抄』

色刷り本の定義は、墨以外の色を用いて刷ったものを言うので、その場合朱や藍といった一色のみを用いて刷った一色刷りと、二種以上の色を用いた多色刷りとがある。ごく初期にはせいぜい一色刷りか二色刷りといった程度であるが、江戸も中期を過ぎる頃から多色刷りの時代に入り、いわゆる錦絵《にしきえ》となって、遠く西欧にもその影響を及ぼすまでに至る。

本邦色刷り本の嚆矢といわれるものは寛永四年頃の刊といわれる『塵劫記《じんこうき》』の見返し絵一面と、寛永二十一年刊の『宣明暦《せんみょうれき》』収載の挿絵六葉とであるが、いずれも丹《に》、あるいは丹と藍の一色か二色刷りで、その後、寛文七年版の『新撰御ひいなかた』に、朱、薄藍、鼠、草色などの一色刷りもあるが、いわば創始者としての史的意義を担うというだけのものであるのは致し方もない。ただしほとんど同じ時期に、中国では既に『十竹斎書画譜』(天啓七年、和暦で寛永四年)や『芥子園画伝』(康熙十八年、和暦で延宝七年)のようなほとんど全巻色刷りの、しかもボカシ[*1]あり、没骨《もっこつ》[*2]あり、空摺《から》り[*3]ありといった、後世の板画の技法のほとんどが出揃ったような大出版が行われており、それらが日本へも舶載されて、知識人の眼を欣ばせていたであろうことは容易に想像し得るが、さて、いつ、いかなる経路でということになると、あまり詳しい事がわからないのは残念である。『舶載書目』類によっても『芥子園画伝』が元文頃に来ていることは明記されるが、それ以前にも将来されたことはまず当然とみてよかろう。

＊1　色を漸次に薄れさせて刷りあげる技法で、板面を斜めに削り斜面をつける「板ボカシ」と、濡れた布で拭ってぼかす「ふきボカシ」の二法がある。

＊2　輪郭線を描かないで直接に色面だけでその形を表現する手法。やわらかな感じを出すのに効果的である。

＊3　色を用いずに、ただ、線彫りの板木を摺擦するだけで板面に凹凸をつけ、効果的に処理する

方法。

それよりも確実に元禄以前の時点で日本人の目に触れた中国の多色刷りの実例として、西国大名肥前鍋島家の支藩鹿島藩主鍋島直條《なおえだ》の蔵品中から、ごく近年発見された一巻の詩箋がある。

主として黄檗《おうばく》僧と思われる人々の手紙や詩を書いた十数点が一巻に仕立てられているが、いずれも現在我々が『十竹斎箋譜』等で知り得る明末詩《みんまつし》箋《せん》の類とも一味違った、「聚雲館」という銘入りの物が用紙として用いられており、前述したような空摺り、ボカシ、没骨等の技法を用い、四、五色刷りのものもある(図11)。手紙の日付は貞享二年乙丑などがあって、確実にそれ以前に日本に将来され、檗僧等の間では日常用いられつけた品物ということになる。ということはそれら檗僧との交流のあった鍋島家、あるいはその詩文の師家筋に当る江戸の林家や、京の公卿家等の間では、当時からこれらの多色刷り詩箋に目馴れていたわけで、事実直條へ贈られた林家一門の詩巻中にも前述

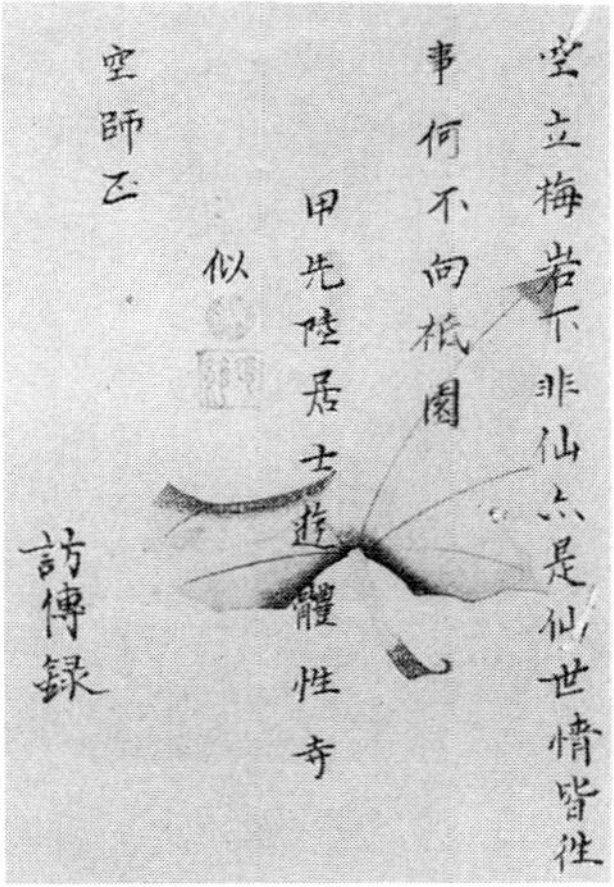

図11　鍋島家旧蔵 **詩箋**

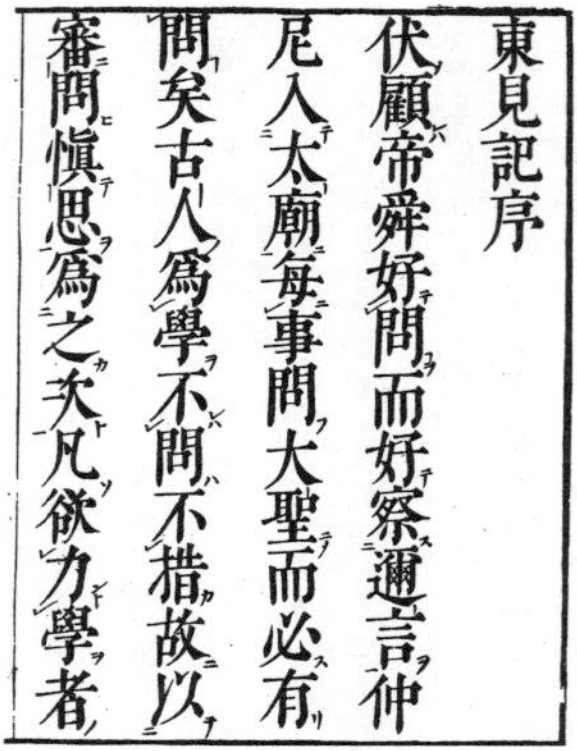
東見記序
伏顧帝舜好問而好察邇言仲
尼入太廟毎事問大聖而必有
問矣古人爲學不問不措故以
審問慎思爲之次凡欲力學者

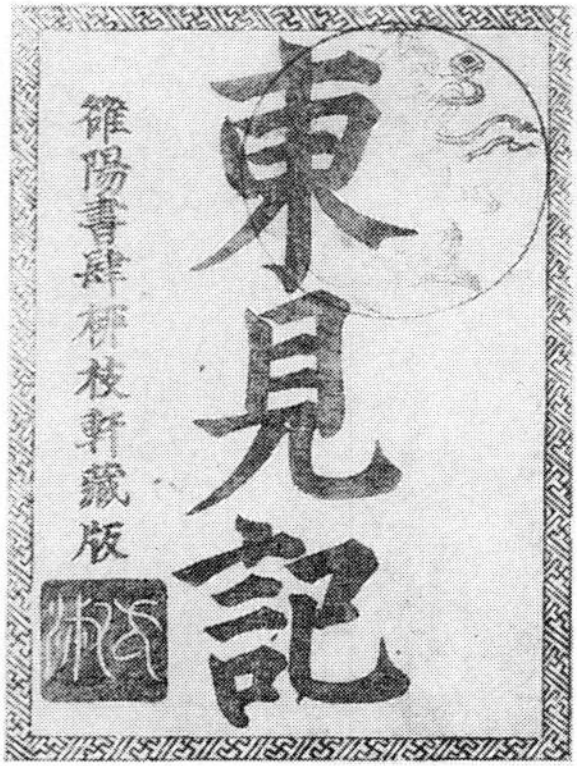

図 12　『東見記』（貞享 3 年刊）　見返しを代赭色で刷る.

のものと同系統の、明らかに中国製の色刷り詩箋類が幾つも用いられており、邦人間でも延宝―元禄期においてすでに日用文房の具の一つに備えられていたものであることがわかる。この人々の間で、本邦製の多色刷り詩箋の開発を望む気持は次第にたかまりつつあったに違いない。

多色刷り詩箋が待望されたとはいっても、技術の開発・定着は多分に時の機運に左右される所が大きいかして、我が国において実際にそれが実現するのには、なお半世紀以上の歳月を必要とした。その間に目立つのは貞享・元禄・正徳といった時期の和本類に、漢籍の封面を模したと思われる見返しや扉（第六章参照）を、藍や香色《こういろ》や代赭《たいしゃ》といった一色で刷り上げて瀟洒な味わいを盛ったものが目立ち始める（図12）。特に京都の大書肆茨城柳枝軒の板に多いようで、明らかに板元の好みによるものであろう。正徳三年板『朱子談綺』には、手紙の書式の解説に、代赭の色板を面として用いた例もある。

そして享保という時期を迎えるが、この時期はいわゆる元和《げんな》偃武《えんぶ》以来、すでに百年を越えて、江戸という時代がまさに成熟期に入る時期に当り、諸々の文化面に目ざましい活力が漲《みなぎ》って、最も江戸らしい文化が芽生える時期でもあった。多色刷りの出版もその一つと見て誤るまい。

この時期、享保十年から元文二年の約十年間には、肥前大村藩主蘭台侯好みの、表紙に二色から四色刷りの多色刷り絵表紙の俳書が十数点にわたって出たことがすでに報じられ(石井研堂『錦絵の彫と摺』)ているが、その現物はようやくごく近年になって、故中村俊定先生の旧蔵本中にある三点を筆者も実見することができた。さらに初世団十郎追善の絵俳書『父の恩』(享保十五年刊)には、四面にわたって、おそらく見当[4]を用いたであろうと鈴木重三氏によって考証される(日本古典文学影印叢刊「絵入俳書集」解題)多色刷り挿絵がある事は有名である。

そして享保を越した頃からに、浮世絵に紅摺絵の時代に入って、紅と若草の二色刷りは普通のこととなり、絵本では『明朝紫硯』(上中二冊のみ・延享三年板)や、『芥子園画伝』の和刻(三集・寛延元年板)など、全丁色刷りの絵本が、カッパ刷り[5]や見当刷りの技法を十分に駆使し、ボカシや空摺りの技術にも習熟して、やがて絵暦《えごよみ》[6]や春信版画を生み出し、錦絵全盛の時代に突入する。以後の消長は専書によって確かめられたい。

＊4　重ね刷りをする際に板木がズレないための目印として、板木の一隅に彫り込む直交する線。さらに、板木の長辺に「引き付け」と称する短線を彫り込み、これら二つの目印によって紙の位置を定める。色板を面として処理するのに必要な技法である。

＊5　合羽刷。彩色を施したい部分を切り抜いた型紙を作り、それをあてて上から刷毛で色を塗り込む色刷り技法。特に上方で正徳頃から流行し、幕末まで行われる。

＊6　その年の月の大小を図示する判じ物の遊び絵で、正月の配り物として明和頃から江戸の武士の間に流行し、意匠と彩色の美しさ奇抜さを競い、錦絵流行の端緒を開いたと言われる。

四　田舎版

この項の最後にもう一つ、「田舎版《いなかばん》」と称される板本について述べておく。当今の時勢では差別用語の烙印をおされかねないので、「地方版」という言い方もあるが、それではやや実体にそぐわない面もあり、やはり「田舎版」の名称の方が結構流布した通称で、かえって暖かみも感じられて、私個人は好きな名称でもある。板式は、要するに粗雑な整版というだけのことゆえ、特にとりたてて言うまでもないといえばそれまでだが、一種独特の板面を呈するものゆえ、ここにそのあらましを述べておくことにする。

江戸期の出版は、享保期までは何といっても京都がその中心であり、江戸・大坂はそれに追随する存在だが、享保を過ぎる頃から逆転し始めて、江戸が首位となり、大坂・京都がそれに従うようになることは、すでに拙稿にも述べたこともあり(『戯作研究』第二章)、常識的な事柄でもある。もっとも、出版物の種類・内容によって三都間の順位は区々《まちまち》ではあるが、ともかく江戸期の出版活動の大勢は三都に存した。そして享保頃から尾張名古屋がそれに加わって、寛政を過ぎるとほとんど三都と肩を並べるまでに至る。

従ってこの三都に加えるに名古屋の四都以外の土地から刊行された出版物を、いわゆる「田舎版」ということにすれば落着くのだが、先述した通り「地方版」ではなくて「田舎版」とわざわざ断るについては、単に四都以外の土地の出版物というだけではすまぬ何かがある。それは端的に版面そのものに現われていて、要するに彫りの粗雑さ、墨色の汚さ、製本の簡略さ等々、現物に当らなければ完璧な説明は無理ではあるが、四都版の書物と較べて、あらゆる面で粗末な出来栄えを示す薄冊をいう。

従来この方面の板本について綜合的に述べられたものは、管見の限り中村幸彦先生の「近世地方版研究の提唱」(昭和四十八年版『長沢先生古稀記念図書学論集』所収)及び、ごく近年朝倉・大和両氏編の『近世地方出版の研究』(平成五年、東京堂出版刊)という成書が出たのみ。その他一枚刷り[*1]や施印本《せいんぼん》[*2]等の個別なものに関しては、長沢先生に草津温泉案内の一枚刷りに関する書誌目録や、井上和雄氏の「施印考」(『書物三見』所収)等があるが、ともかく総括的な考察は中村先生の論のみではなかろうか。

中村先生は「近世地方版研究の提唱」の中で、「出版に関する諸条件として資本主・出版元・彫刻(植字)・印刷・製本・販売(配布)を上げ」て、「地方版を判別する条件として前掲した諸条件の一つでも、地方に関することのあるもの」という規準をたてられ、以下その実例の検証を企てられ、藩版[*3]、あるいは地方の学者や個人の蔵版[*4]といった所から、地方の書肆が自分の所ですべてを製作するものまで、実例をあげて吟味される。

＊1　紙一枚に刷った印刷物。寺社の縁起や名所の案内・興行物の広告や辻番付など。

＊2　主として民間教導を目的として冊子を印刷し、無料で頒布するもの。

＊3　地方各藩の藩主または藩学が出資して作らせた出版物。

＊4　板木を所蔵していること。また、その板木にある出版の権利を言うので、出版の実務とは別である。

確かに「地方版」と称した場合は、以上のような範囲を採りあげるべきは当然であろう。即ち出版に関する諸条件の内の一つでも地方が関与しているものという場合、資金は、藩であれ、個人であれ、地方のものが出して、実際の出版業務はすべて四都の本屋にまかせるといった藩版や地方人の蔵版も、当然「地方版」の範囲に入ってくる。そしてこれらの例は枚挙にいとまなく、その地方の地域性によって、例えば九州地方は大坂の書肆に、信州は名古屋にといった大まかな区別も生じ、さらには俳書は京都の橘屋や大坂の菊舎にといった、内容による専門分担もでき上っている。

しかしこれら出版実務を四都の書肆が受け持った場合、その出来栄えは当然いわゆる四都版と全く変りはなく、少なくとも版面に前述したような歴然たる差はあらわれようはずもない。そこで、あえて「田舎版」と称した場合の条件をあらためて考えると、要するに出版実務のすべてを、ほとんど完全に四都以外の書肆の手によって行うものと規定することが必要となってこよう。無論この場合にも、彫師のみは四都のいずれからか、たまたまその地方に来寓していた誰かに頼む場合とか、種々の事例は生じてこようが、基本的に右のような条件をたてれば、自然にそのでき上った書物そのものも、版面に前述のごとき特徴を如実に示すものが大半を占めることになる。

彫師や摺師の技術一つをとっても、「田舎版」の場合きわめて稚拙なものが多く、文字は一応彫れていても字間、行間のさらい残しが目立って、版面全体が汚れていたり(図13『農家訓』)、板木もあり合わせを用いるからか、変に木理が目立って墨つきが悪く、字が薄れたり、カスレたりする(図14『安産手引草』)。その最大の理由は、私なりに考えれば、おそらく摺刷の際の墨の成分に何か四都の板元に及ばぬものがあると思われるのだが、まだ検証すべき手段をしらない。

もっとも、「田舎版」の中にも、仙台や伊勢、和歌山のような伝統のある大都市の出版物の中には、四都版と何ら遜色のない版面を呈する出版物もあるにはあり、それはや

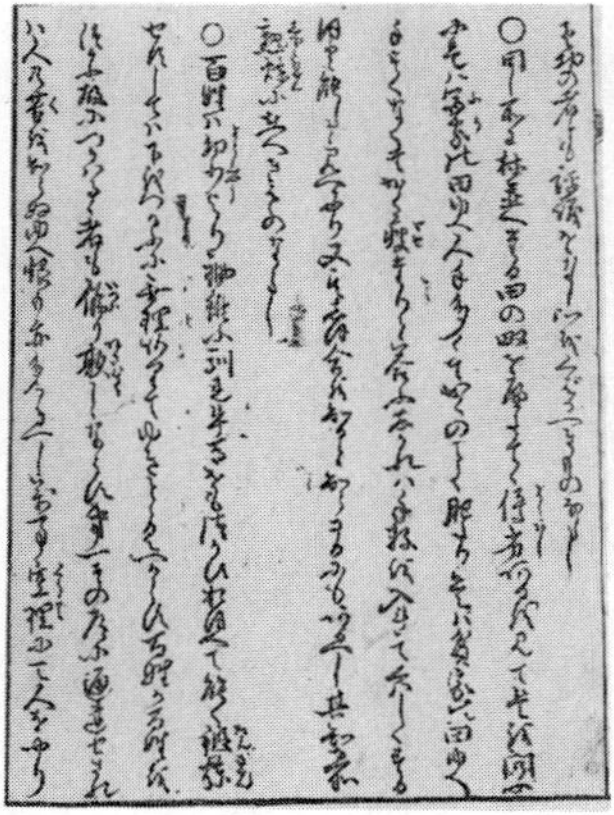

図 13 『農家訓』山崎普山著，寛政 12 年博多推移軒版．

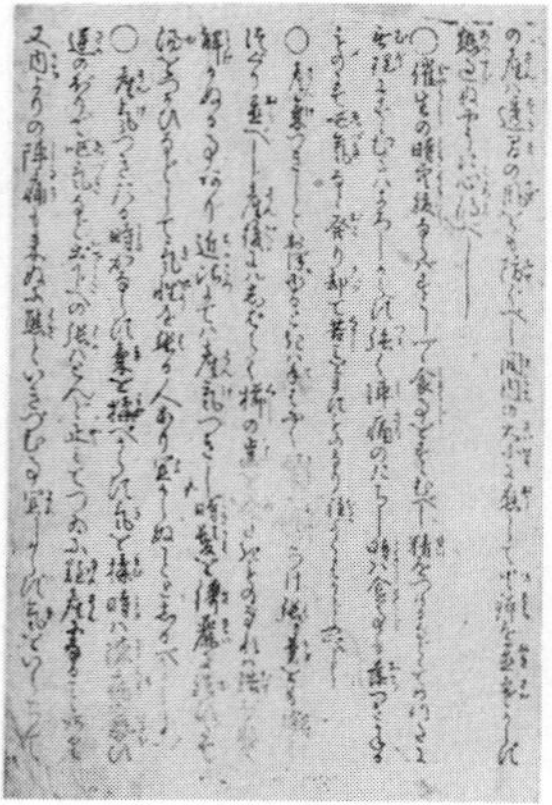

図 14 『安産手引草』安政頃刊，博多版．

はりその土地での経験の積み重ねによって、墨の調合などにも、何らかの会得する所が出て来るからであろう。近世も後期になると、純然たる地方出版でも極めて美麗な色刷りも現われ、文化四年、仙台西村治右ヱ門板の画譜『書画舫』(図15)二冊や、嘉永二年板、久留米中沢嘉右ヱ門彫刻の俳書(題簽《だいせん》がとれていて書名が確定できないが、見返しに「振闒列」とあるもの)等のごときあなどり難い例もあるが、右のような例はもはや「田舎版」の称にはそぐわない。やはり仙台や信州版に多い往来物や、地方花街の細見《さいけん》、あるいは救荒、安産の手引草などの類の、コヨリ綴じ、共紙《ともがみ》表紙に外題刷り付けといった薄冊ものをもって、「田舎版」の代表とする。

すでに四都版の間でも、文字彫りの仕様そのものに、江戸は江戸、大坂は大坂、それぞれ独特の型があって、経験をつめば、その刷り上った版面をみただけで、江戸彫りか大坂彫りかの区別はつく。ところが「田舎版」の場合は、その彫師はおおむねその土地の、板木屋とよばれる看板彫りや一枚刷りの絵図類を彫る職人の場合が多く、その「田舎版」そのものも、単に一枚刷りのものを何枚かまとめてコヨリ綴じにし、書冊の形にした、というにすぎないものが多い。彫りの技術など言うにも及ばない場合がほとんどであるが、その辺りにかえって採算や外見を離れた心意気の通うものがあるのも事実である。こうした「田舎版」の調査・研究はまず現物を収集する所から始めねばならぬことは言うまでもないが、実状はもはや手遅れと言うべき地方も少なくない事柄だけに、どうしてもその地方在住の篤志家や古書店に頼ることが大きいが、中でも名古屋の藤園堂書店、仙台の菅野書店のような先見の明ある古書店の努力は大いに顕彰せられるべきであろう。

図 15　仙台版『書画舫』

筆者の目にとまった「田舎版」のある地方は、北は函館から西は長崎、南は鹿児島に至るまで、おおむね大藩の城下町、大きな神社仏閣の所在地、湯治場・遊廓等の行楽地にはほとんどすべてといってよいほどに散在する。時代的にも慶安三年の伊勢山田における俳書出版を皮切りに、さすがに元禄―享保頃までは岡山・徳島など数えるほどだが、以後寛政―文化頃までに次第に広がって、化政期以降はかなりな盛況をみる。

江戸期の文化は、参勤交代の制度によって、各地方都市と江戸との間に極めて太いパイプが通り、上層知識人の間ではほとんど均質な文化が存在したと見てよいが、一方このような「田舎版」の分布、波及の様子を見ると、さらに下層の人士の間に三都から徐々に広がってゆく文化の波の存在を感ぜしめずにはおかぬものがある。

最後に「田舎版」類を多く著録した書目年表類の管見に入るものをあげておく。

一　『旧仙台領関係出板書目考』(金沢規雄他編、昭和六十二年刊)
二　『越後之板本』(斎藤治吉編、昭和十六年刊)
三　「藩政時代の金沢の書林」(柳川昇爾『書誌学月報』八号・九号。昭和五十六年七月・五十七年一月)
四　「稿本防長刊籍年表」(小川五郎編『防長文化史雑考』。平成五年四月、マツノ書店刊、所収)
五　『近世地方出版の研究』(朝倉治彦・大和博幸編。平成五年五月、東京堂出版刊)

第三章　書　型

板本書誌の基本の一つとして、書型(本の大きさと形)に関する事柄がある。根本的には縦長になるか横長になるかの違いで、それぞれにまた大小があるが、最も普通の書型は縦綴じ本なので、その場合はわざわざ縦綴じ本であるとはいわず、ただ大小の違いによって「大本《おおぼん》」「半紙本」等々と区別し、横綴じ本の場合に限って「横本」という称を用いている。そして大小はおおむね使用する紙の規格によって定まってくるので、以下にその区別を大きい方から略述する。

㈠ **大本**(美濃《みの》本) いわゆる美濃判紙を二つ折りした大きさをいい、それ以上の大きさの物を総称する。美濃判紙にも大中小の三種があり、大は縦一尺か一尺六分(約30センチから32センチ)、横一尺四寸六分(約44センチ)、中は縦九寸五分、横一尺三寸八分、小は縦九寸二分、横一尺三寸七分といった所であるが、通常の書物に用いるのは大体小判のもので、縦約27センチ、横約39センチほどと思えばよい。書物に仕立てる場合は右の一枚紙を横長の形において、二つ折りして袋綴じにするのだから、縦はそのままだが、横はさらに半分になって約19センチほどとなる。美濃判紙の大判や中判を用いたものは「特大本」とか「極大本」などという称を用いる場合もある。近世初期、書物が貴顕の

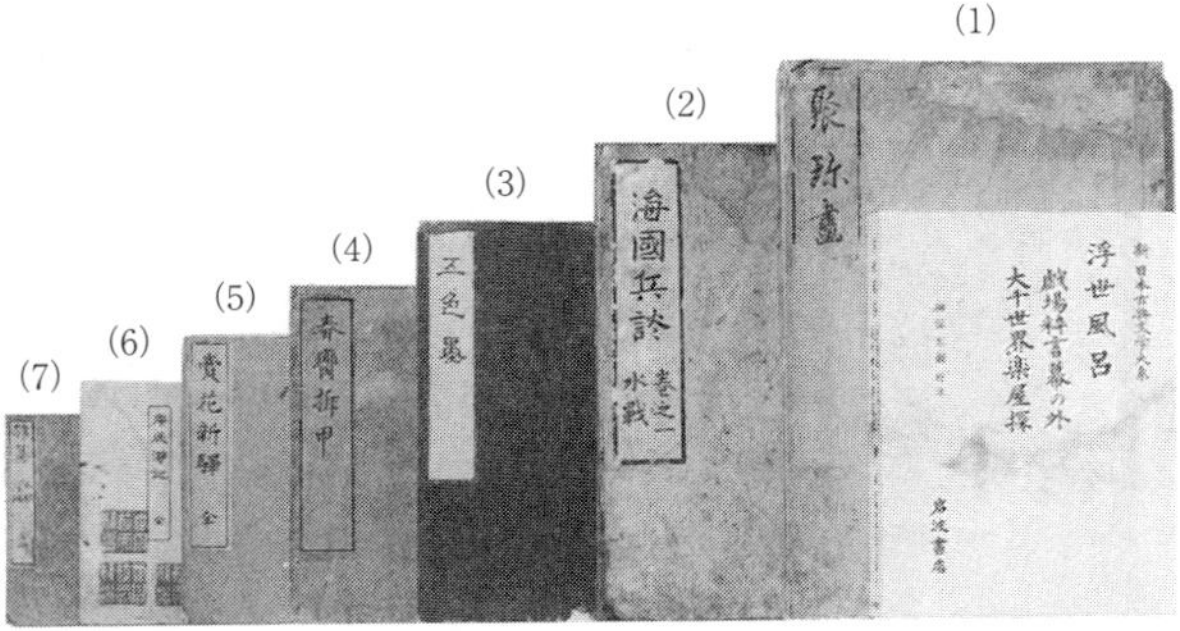

図1　本の大きさ　(1) 極大本：聚珍画帖(探幽模画・享和2年序刊). (2) 大本：海国兵談(林子平・天明6年序刊). (3) 半紙本：五色墨(長水他・享保16年刊). (4) 中本：春鸞拆甲(活々庵主人・明和5年刊). (5) 小本：売花新駅(朱楽菅江・安永6年刊). (6) 豆本(大)：庚辰游記(松浦武四郎・明治13年刊). (7) 豆本(小)：雑纂(李義山他・文久元年序刊).

専有物であった時代にはおおむねこの型のものが多いが、時代が下るにつれて書物そのものの社会的地位や経済性を反映して書型は全体的には次第に小さくなっていくと言えよう。

(二) **半紙本**　半紙判の紙を横に二つ折りした大きさのもの。半紙判は大奉書紙を縦横に半分に切った大きさで、おおむね縦八寸(約24センチ)、横一尺一寸(約33センチ)。従って書物に仕立てると縦24センチ弱、横17センチ弱というのが標準。これは現在の活版本で菊判《きくばん》というのとほぼ同型となる。江戸期を通じて板本の最も普通の型と言えようか。

(三) **中本《ちゅうぼん》**　これは大本のさらに半分の大きさのもので、即ち美濃判紙の四分の一。書物に仕立てた場合、縦は大本の横

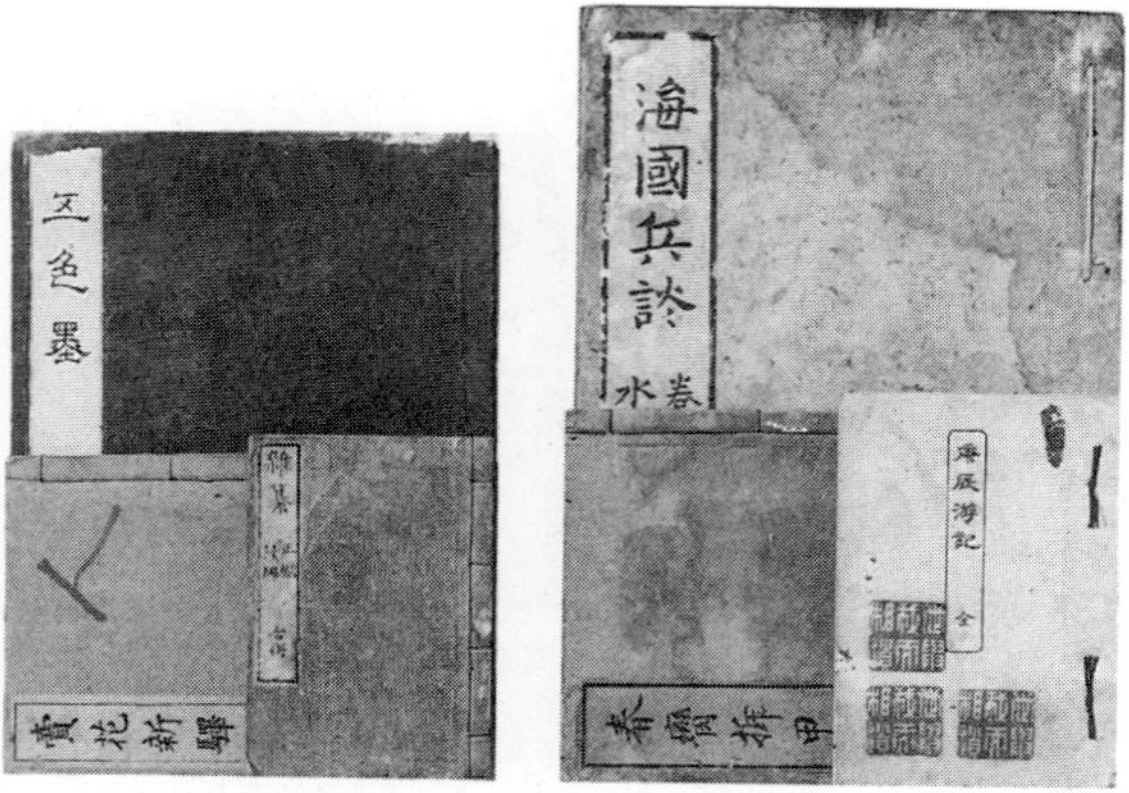

図2　判型の相関関係　右：大本・中本・豆本(大)．左：半紙本・小本・豆本(小)．

の寸法とほぼ同じく、横は大本の縦の半分と思えばよい。美濃紙四つ折りとなるので、二つ折りの場合とは紙の縦横が逆になるから、これは実際に大本と中本の紙をすかしてみれば、紙の漉目が大本は横に中本は縦にと逆になっていることでもわかる。もっとも中本、小本の場合は、紙を縦に使うか横に使うかはそれほど一定してはいないようでもある。小型本ゆえにどちらでもよかったのだろう。従って縦約19センチで横約13センチとなり、現今の新書判より一まわり大きい程度。

㈣　**小本《こぼん》**　これは半紙本のさらに半分の大きさで、即ち半紙の四分の一。書物に仕立てた場合、同じく縦は半紙本の横と同じく、横は半紙本の縦の半分となるので、縦約17センチ、横約12センチとなり、現今の文庫本より心持大きい程度となる。蒟蒻《こんにゃく》に似た型という事もあって、特にこの型の多かった洒落本などに蒟蒻本の称があり、その中本型のものを大蒟蒻とも称する。

㈤ **豆本**　小本よりもさらに小型の本を総称していう。概して実用的な書物というよりも趣味的に作られたものが多く、白河楽翁の歌集『三草集』のごときは楽翁の好みで作られ、林述斎の『家園漫吟』等の漢詩集や歌集『墨田川二百首』はその好みに追随したかと思われる。また田能村竹田の『自画題語』や『泡茶訣』などはおそらく著者の趣味により煎茶の席に備えるべく作られ、富岡鉄斎もそれに従って『鉄荘茶譜』等の茶書を作る。さらには松浦武四郎のようにごく身辺の紀行、過眼録等の雑記を、好んでこの型で刊行した人もあり、「雛本《ひいなぼん》」と称して雛壇に飾る目的で作られたものもある。いずれにせよ趣味性の強いもので、市島春城は自ら二寸以内と基準を定めて三千冊ほども蒐《あつ》めたという(『文墨余談』)。「特小本」「袖珍本《しゅうちんぼん》」「寸珍本」「芥子本《けし》」「巾箱本《きんそう》」「雛豆本」「馬上本」等の異称がある。

㈥ **縦長本**《たてなが》(清朝仕立て、清朝型)　以上の大本から豆本までのそれぞれの中で、縦に比して横幅が特にせばまるように仕立てた書物があり、それを総称して縦長本という。これもかなり趣味的な内容のものに多い。元来が唐本の中でも特に清朝に入って刊行されたものが和本に比べて目立って細長く、これを「清朝仕立」と称したが、和本でもこれを真似てかつてのいわゆる中国趣味を盛り込んだものがこの縦長本である。邦人の印

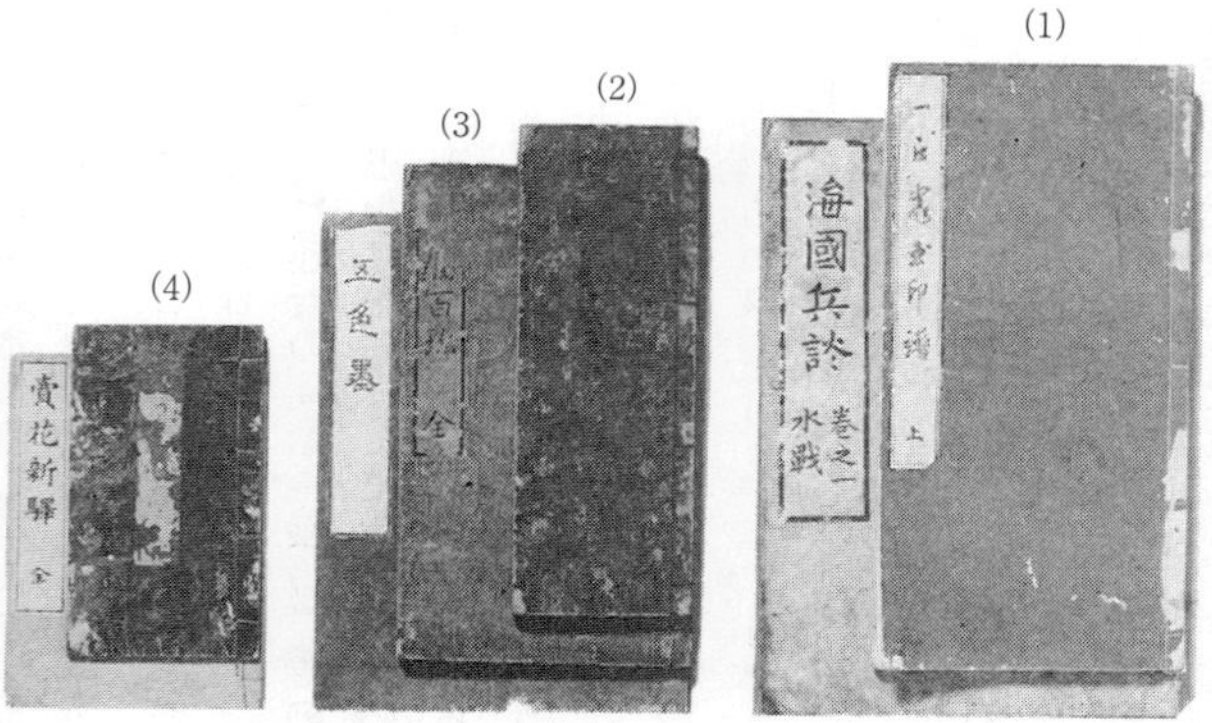

図3　縦長本のさまざま　(1) 大本の縦長本：一片崑玉印譜(永井昌玄篆・宝暦3年刊)．(2) 半紙本の極縦長本：絹布裁要(正木政幹・宝暦14年刊)．(3) 半紙本の縦長本：豆腐百珍(何必醇・天明2年刊)．(4) 小本の縦長本：いたみ諸白(喜和成追悼・天明4年刊)．

譜などに特に多く、それ以外にも例えば『豆腐百珍』正続編(天明二、三年刊)や竹田の『山中人饒舌』(天保六年刊)などは明らかにこの趣味を狙った仕立てである。ただし邦人の詩集などには余り見えず、かえって俳書等に時折見かける。『絹布裁要』(宝暦十四年刊)のごとくに裁縫仕立物の教科書として、図解を入れるのに便利なため、半紙本の縦二つ切りとでもいうような特にごく縦長の型をとったようなものもあるにはある。

　以上が縦綴じ本の諸型である。江戸期を通観すれば、初期の、書物が特に一部の知識人や貴人富家の専有物であった時代には、書型も大きく、用紙も高級な紙を用いたものが多いのが、次第に時代が下って、書物が大量生産されるようになると、経済原則上から当然書型も次第に小さいものが多くなり、用紙も極めて粗末なものまで用いられるようになってくる。無論、道々《みちみち》しい書物は大きく堂々と、品下った戯作《げさく》や趣味的な書物は小さく控え目に、等の内容による区別も当然あり、従って初期の板本でも、遊女評判記のようなものは、後の洒落本と見違えるような小本型式のものが結構あるし、四書五経でも、実用性を重んじた教科書風のものには、懐に入るような小型本が作られたりして、既述の通り、書物の身分なるものがまず書型にあらわれてくることになるのだが、ごく大きな流れとして、江戸期の書物の書型は大型本から次第に中型・小型へと流れている事は否めない事実である。

(七) **横本**　横本は、要するに縦型の極大本・大本・半紙本・中本・小本に用いる紙を横二つ切りにして、横綴じにしたものを言い、単に半紙本を横綴じにしただけというものではない。というのは、それならば先述した通り、紙目が縦になるものが多いはずだし、また袋綴じにした場合、紙の折り目(板心)が書物の上辺か下辺に来てしまうはずだが、実際には半紙本型横本の大半は、同型縦本と同じく横目のものが多く、しかも折り目(板心)はちゃんと左辺にある。さらに横本独特の型として、三つ切り本や四つ切り本があるが、これは別に一項をたてることにする。

まず、大本二つ切り型の横本というのは、比較的珍しい型に属するものといえる。早くは万治三年序刊の『御飾書』『玩貨名物記』等の茶書の類や初期の道三流の医学書、宝永・正徳期あたりから寛政以降までの御家流《おいえりゅう》の法帖などに時折見かける程度で、あるジャンル独特の型として定着したというようなものではない。

大本二つ切り型の横本には、やや大ぶりなものと小ぶりなものとの二通りがある。という事は、即ち大本二つ切り型横本の場合は大・中の美濃紙をそのまま横二つ切りにしたものであって、そのため大ぶりなものや小ぶりなものが生じているのであろう。寸法は大ぶりなもので縦16センチ、横22センチ、小ぶりなもので縦14センチ、横20センチあたりが標準的な所か。ただ、独特の造本形式を持つ八文字屋版の横本浮世草子類は、縦目のものが多いのは、明らかにその造本様式の特殊性によるものであり、それについては後述(第七章・第二節)する。そしてこれら大本二つ切り型の横本に「枕本《まくらぼん》」の呼称があるのは、いかにもその型が枕に似ているという事の他に、前述の八文字屋本の好色物や西川風の春画本に、特にこの型をとるものが多かったことにもよるものかと推察する。

半紙本二つ切り型の横本は同じく通常の縦型半紙本を真中から二つ切りにした型となるので、寸法は縦が12センチ弱、横は17センチ弱となる。

右の半紙本二つ切り型の横本はちょうど、懐へ入れて持ち歩くのに便利な型という事で、「懐中本」の称もあり、そのため、内容的にも初期の細見や役者評判記のようなごく実用向きのものが多い。

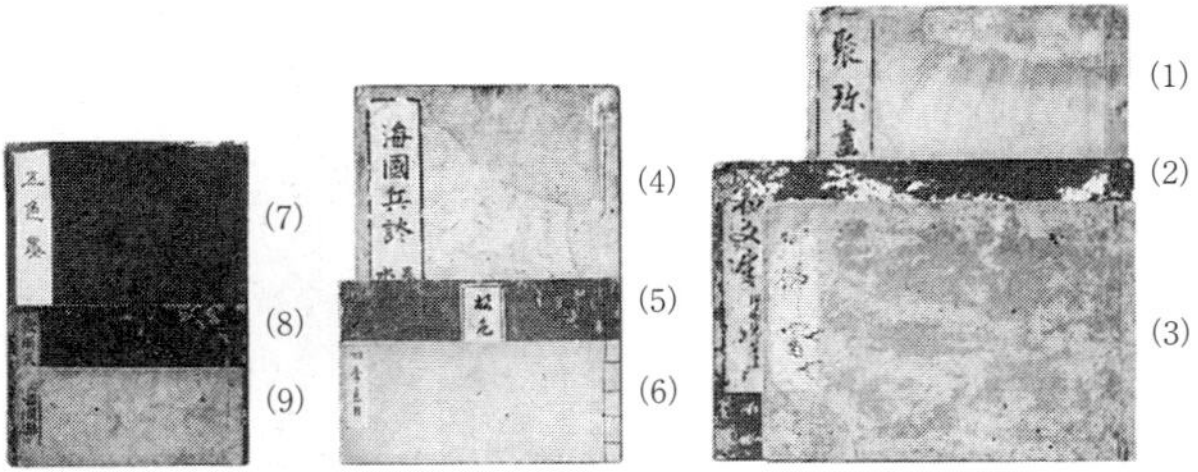

図4　横本のさまざま　(1) 極大本：聚珍画帖(享和2年序刊). (2) 二つ切り：和文章(宝暦8年刊). (3) 二つ切り：御飾書(万治3年序刊). (4) 大本：海国兵談(天明6年序刊). (5) 二つ切り：諸色染手鑑(安永5年刊). (6) 三つ切り：四季色目(文政13年刊). (7) 半紙本：五色墨(享保16年刊). (8) 二つ切り：風雨天眼通(安永5年序刊). (9) 三つ切り：茶器価録(安永9年刊).
(1)は縦型の極大本であるが, (2)(3)はその二つ切りではなく, さらに大判の紙の二つ切りである. これほど大判の用紙は縦型本にはほとんど用いられない.

(八) 三つ切り本、四つ切り本　前述した横本のいずれもは、要するに美濃紙や半紙を横に二つ切りにした本であったわけなので、横本といわずに二つ切り本と称しても良いのである。そして三つ切り、四つ切り本も全く同じ事で、要するに美濃紙や半紙を横に三つ切り、四つ切りにした本を意味する。美濃紙の三つ切りは縦9センチ弱、横19センチ弱、半紙の三つ切りは縦7センチ弱、横16センチ弱というのが標準で、四つ切りは縦の寸法がさらに短くなるわけである。ただし、三つ切り本は多いが、四つ切り本となるとあまり見かけない。内容的には二つ切りの横本よりもさらに実用向きのものとなって、米の相場付だとか、器物の物価表、

図5　枡型本　『奥のほそ道』(元禄15年刊，雲英末雄氏蔵)

さらには人名録類や忌辰録の類いといったものが多い。

(九)　枡型本《ますがたぼん》　縦長でもない、横長でもない、ほとんど縦横同寸の正方形に近く仕立てたものを枡型本と称している。これは鎌倉・室町期の歌書や物語の写本に多かった形だが、近世に入っても、同じ類の写本には時折見かけるものの、板本としては極めて稀に見るもので、従ってこの型に仕立てられた板本というのは、そこに何らかの著者や板元の意図が示されているものと見ねばならない。好例は芭蕉の『奥の細道』の板本で、元禄十五年京井筒屋から刊行され、その後も明和・寛政と補改刊行されているが、元禄七年成立の芭蕉定稿清書本の時点から、枡型本の形をとり、初板本はその清書本の表紙・題簽その他に至るまですべてを模して作られ、以後の改刻本もそれを踏襲していることがわかっている。即ち板本『奥の細道』は、門人・後輩らの芭蕉敬慕の念の凝集として、芭蕉生前の清書本の姿をそのまま世に伝えようとしたものであることは疑いようもない。そして枡型の清書本を作らせたのは明らかに芭蕉の意志であってみれば、芭蕉は本書を鎌倉・室町期の歌書につながるものとする意識を濃く持っていたとする意見（石川真弘「「わせの香や分入右は有磯海」考」、大谷女子大学紀要、第二十号第一輯）があるのはもっともな事と言わねばならない。芭蕉追慕の念の極めて高かった蝶夢の『筑紫紀行』も枡型で、これは『奥の細道』の跡追いであろう。淡々の『淡々発句集』にも枡型本があるが、これには通常の半紙本もあって、所見の枡型本は明らかに献上本と思われ、これも淡々が献上する相手の趣味を見合わせて特別に仕立てたもののようである。ともかく江戸期の書物における書型の如何はそのまま著者の意識や、内容の如何を探る手がかりにもなり得ることの好例である。

第四章　装　訂

一　巻子本・帖仕立て

書物の綴じ方や製本の仕方を装訂《そうてい》という。書誌学一般としては、結構複雑な問題を含んでいるが、それはおおむね近世以前の古写本・旧刊本時代にかかわることで、古活字本以降の板本時代ともなると、それほど複雑なものではなく、巻子本《かんすぼん》か帖仕立《ちょうじた》てか糸綴じをした冊子本かの三種類に大別できる。

㈠ **巻子本**　『図書学辞典』を孫引きすれば「絹や紙に書き、中心に軸を置き、それに絹や紙を巻きつけた古い形の本」とあって、唐代の書籍の代表的装訂であり、宋代にもあり、日本では江戸時代にもあったとされる。今でも書物を一巻、二巻と数えるのは、この形式から出た名残りである。「古い形の本」という説明でもわかるように、おおむね板本以前の写本時代に行われた装訂だが、江戸期の板本にも結構用いられている。その場合、基本的には、通常の板本と同様に一枚一枚の紙を摺刷しておいて継ぎ貼りして巻いたものと、「まき刷り」と称してあらかじめ紙を継いでおいて摺刷するものとの二通りになる。これは紙の継ぎ目に文字がかかっているか、いないかによって簡単に知ることができる。また前者の場合には、初めから巻子本として仕立てられたものと、最初は通常の冊子本として仕立てられたものを、後に何らかの理由で綴じ糸をはずしてバラバラのものとし、あらためて継ぎ合わせて巻子に仕立てたものとがあり、後の場合はなかなか見分けがつき難い。特に板心に柱題や丁付けのような文字の無い、折り本の画帖仕立て(後述)のものを、巻子に仕立てかえたもの等は、版面に折り目がはっきりと残るものは簡単だが、そうでない場合は判断を下しかねる場合が多い。また逆の場合も当然あり得る。

板本の巻子本として有名なものには、春日版[*1]や高野版[*2]のような旧刊本のものを除けば、古くは文禄版といわれる『高野大師行状図絵』十巻や、古活字に丹緑筆彩の『寛永行幸記』三巻、元禄頃と思われる、軍陣の備えを駒絵で示した一巻、さらには正徳元年刊・奥村政信画『朝鮮信使来朝図巻』一巻などがあり、明和期には珠玉のような若冲《じゃくちゅう》の『乗興舟』一巻(明和四年刊)、安永期には和刻の「蘭亭脩禊図巻」(安永八年刊)、天明期には鶴岡芦《ろ》水《すい》の『隅田川両岸一覧』二巻(天明元年刊)、蕙斎《けいさい》の『江都名所図会』二巻(天明五年刊)、文晁《ぶんちょう》の『松島一覧図』一巻(天明七年刊)など、寛政以降にも、応永版といわれる『融通念仏縁起絵』を模刻した二巻が享和の跋を付して出され、また同書の大念仏寺本を天保十五年に詮海《せんかい》が模刻したものなど、文政には陰刻の『孔門諸子像賛』一巻などがあったりする。右の内『寛永行幸記』は同じ巻子本にも古活字や整版等数種があるが、大判の美濃紙一枚一枚に摺刷した後、継ぎ貼りして仕上げたもので、各々の紙の右端に巻数と丁付けまでを刻してあり、あるいは冊子仕立てのものもあるかと思われ、『高野大師行状図絵』は後に明らかに冊子本十冊または五冊に仕立てて『高野大師行状起』の外題《げだい》を付したものがある。『両岸一覧』にも折帖二冊に仕立てたものもあるが、巻子本の方はおおむね手彩色が施されているのに、帖仕立ては墨刷りのままのようなので、おそらく初印は巻子本で後に帖仕立てにしたものも売り出したのであろう。『江都名所図会』は後述する絵半切レ風の淡彩刷りにした好もしいものだが、これはやはり一枚一枚刷りあげて継いだもの、たまに帖仕立てのものを見るが、これは後人の私意によるもののようである。天保版の『融通念仏縁起絵』はあらかじめ紙を継いでおいて刷ったもので、継ぎ目にはっきりと文字が乗っているのがわかる(図1)。

＊1　平安末期から鎌倉時代にかけて、奈良の興福寺で出版された経典。広義では、江戸時代に至るまでの興福寺や春日神社の出版物の称。

＊2　高野山中の出版物。初めは贅沢な作りだったが、南北朝時代になると、用紙も版や刷りも粗悪となった。江戸初期には大量の古活字本が出版された。

以上、板本の場合、巻子本仕立ては極めて特殊な形式というべきで、絵巻を主として、数も少なく、従って多分にその内容や、著者・刊行者の趣味性を反映したものである場合が多い。

(二) 帖仕立て

帖仕立ては元来、巻物を巻く代りに、何がしかの幅をきめて折り畳み、

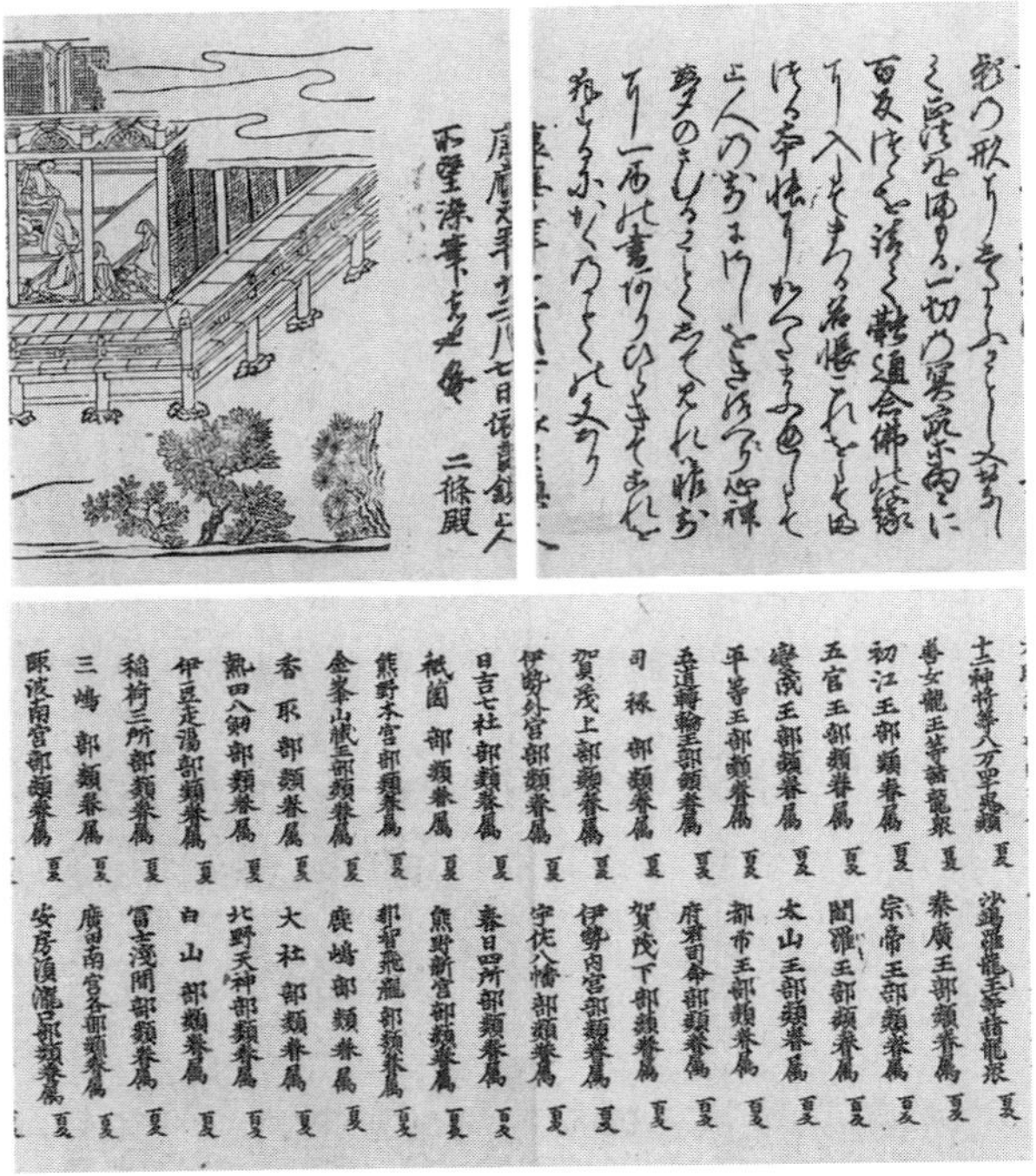

図1　まき刷り本『融通念仏縁起絵』の紙の継ぎ目.

前後に表紙をつけて製本するものを言う。これは巻子本の場合、たとえば最後だけを見たいと思っても、最初から全部巻き広げ、終るとまた巻き戻すという面倒があるため、それを解消する手段として思いつかれたに違いないので、最も基本的には巻子本から直接派生した形式としてよいが、近世板本の時代に入ると、かつて写本時代に考案されたいわゆる胡蝶装《こちょうそう》*3の内の粘葉装《でっちょうそう》*4にみられる糊づけによる製本方式をも採り入れている。従って板本の帖仕立て形式は要するに糸綴じをしないという事を条件として、(イ)に折帖仕立て、(ロ)に画帖仕立て、(ハ)に包背装仕立ての三種を考えればよかろう。

*3 粘葉装と綴葉装(列帖装《れっちょうそう》)との総称。
*4 印刷または筆写した本文用紙の一枚一枚を字面を中にして二つ折りにし、折目の外側に糊をつけて貼り合わせ、表紙を糊付けする製本の方法。

(イ) 折帖仕立て

帖仕立ての最も基本的なもので、元来が仏典・経文などには極めて多いが、特に書道の法帖などに多いため、「法帖仕立て」の称もある。邦人の法帖も、元禄・享保頃までは、板行された法帖のまずほとんどが折帖ではなく、糸綴じの冊子型のものが普通で、肉筆帖の中にのみ帖仕立てが散見する程度であり、板本折帖の所見のものでは、烏石《うせき》の『功力氏鏡銘』一帖(元文五年跋刊)が最も早いものに属する。法帖ではなくて画帖というべきものの折帖仕立てのものに有名な師宣《もろのぶ》画の『東海道分間絵図』五帖(元禄三年刊)、正徳三年刊・貝原益軒編の日本三景に吉野山を加えた『扶桑名勝図』

四帖があり、これなどが折帖仕立ての板本では早い方に属しよう。しかし寛政を過ぎる頃からは法帖類にも極めて多くなり、やはり中国趣味の一例と思われるが、板表紙を用いたものも多くなる。その他暦類は伊勢暦を初めとしてこの型をとるのが普通であり、ちょっと変った所では婦女子の手習い用紙として作られた「絵半切レ」が、やはりこの型をとる。これは使用者の趣好と用途を勘案して、おおむね武者絵や名所絵、あるいは敵討《かたきうち》や年中行事などの絵柄を、軽く淡彩で用紙に刷り込み、その上に手習いの文字を書いてゆくようにしたもので、古くは享保頃かと思われるものからあるが、おおむね化政期以降に盛んに作られたようである。古いものは用紙に雲母《きら》をひき、その上に緑や薄墨で模様を手書きにしたものが多く、後になると薄い紅で板刷りとなるものが多い。先述した蕙斎の『江都名所図会』なども、あるいは元来はこの絵半切レとして作られたものかとも思う。特に後期には上方出来のものが多く、絵師の署名などはほとんど入ってはいないものの、上方絵の画風の如何や合羽《かっぱ》刷《ず》りの様子を知るのには便利である(図2)。

(ロ)　画帖仕立て　これは紙を折り畳んだものではなく、粘葉装の製法を応用したと思われるもので、摺刷された本文用紙を中表《なかおもて》に——即ち印刷面を内側に——折り、それを重ね、印刷されていない面の両端に糊をつけて貼り合わせ、最後に折帖仕立てと同じように前後に厚手の表紙か板表紙をつけたものである。画帖類にもっぱら用いるので「画帖仕立て」と称するのが良かろう。

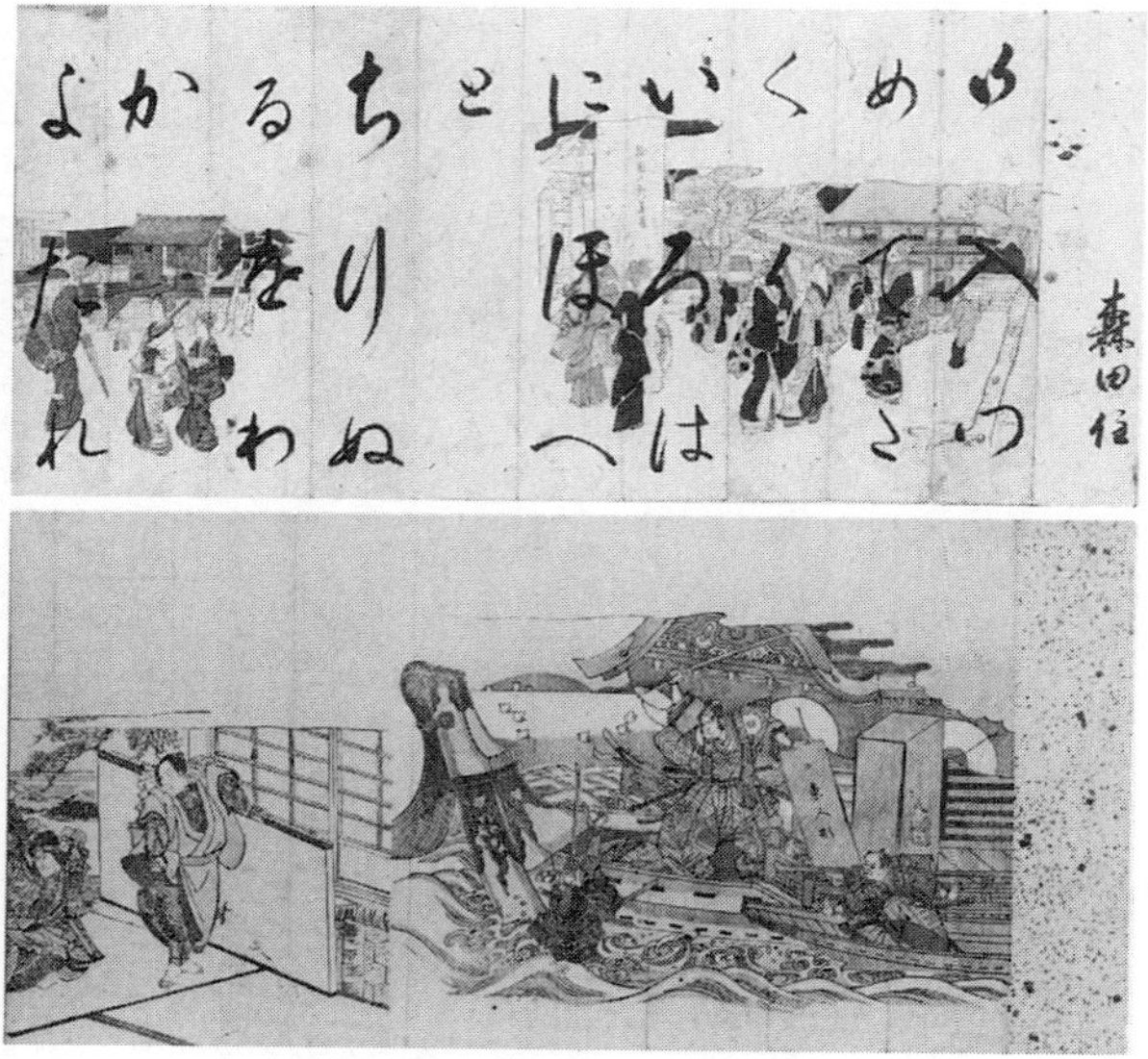

図 2　いずれも幕末の上方の絵半切レ　上の絵半切レには手習いの書込みがなされている.

この仕立ては中表に折るため、用紙一枚分の印刷面全体を見開き一面として見る事ができ、画を鑑賞するのに最も都合が良いので、画帖類に用いられる(図3上)。綴じ糸を用いた冊子型の本は、外表に折って袋綴じにするため、見開きにした時、真中に左右の匡郭の線や綴じ代の白紙部分が生じて(図3下)、それでも文字部分は別段かまわないが、絵の場合、見開き一面の絵が左右に分かれてしまうことになって、鑑賞には適しない。これはまた、板木を彫る者にとっても見開き一面の絵を左右に分けて片側ずつ彫らねばならないので生き生きと彫りあげるのが難しく、結局鑑賞をさまたげる。しかし絵本類も江戸の師宣、上方の祐信《すけのぶ》あたりまではすべて糸綴じの冊子型であり、元禄十五年刊の大森善清画『しだれ柳』一帖や、享保十四年板書籍目録の「絵本」部に記録される折本二十四部、また宝永中刊といわれる政信画『役者絵尽し』一帖、『華洛細見図』十五帖等が画帖仕立てとしてはごく早期のものといえる。以後寛政に入ってすぐ、書肆蔦屋重《つたやじゅう》三郎《ざぶろう》(蔦重)が歌麿・北斎といった画師を動員して精巧美麗な狂歌絵本の数々をこの型で作り始める頃から、画譜・絵本類の中にこれに従うものが目立つようになる。ただし通常の冊子型の絵本類も引き続き作られ、全体的には冊子型の絵本の方が遥かに多い。その場合やはり、画帖仕立ての画譜・絵本は上製本、特製本、冊子型は普通本といった感覚で作られていたというべきであろう。

画帖仕立ては前述のごとく画譜・絵本としては製作面・鑑賞面にきわめて秀れた性質

図３　上：画帖仕立て（光琳画譜）　下：冊子型（鶯邨画譜）

を持つ仕立て様ではあったが、ただ、糸綴じをしないで、糊で貼り合わせせただけなので、後人の心ない仕業によって、途中の絵の一面か二面を引き抜かれやすいという欠点も持つ。前記の蔦重板狂歌絵本のいずれかで、たいてい五、六面の絵を持つはずが、歌麿や北斎といった有名画師の絵は抜き取られ、隣松や等琳といった所のやや地味な絵だけが残っているものとか、狂歌ばかりで絵は一面もない『男踏歌』や『狂月坊』だとかに出くわすという経験をお持ちの方は少なくあるまい。実際、これら狂歌絵本類に含まれる絵の数や種類を一々そらんじるのはよほどの専門家でなければなし難いことだが、さいわい、途中を一枚でも二枚でも抜き取られた本は、小口の部分にその微かなしるしが必ずあらわれており、抜き取られた前後の糊付けにも、たいてい何がしか不自然さが残るものゆえ、完本か否かの見当をつけるのはそれほど難しい事ではない。

(ハ) 包背装仕立て

本書は唐本の装訂用語の一で「字面を外表にして紙を重ね、紙の断面の方の余白部分を、かんぜよりなどで二か所とじ、その上から、本文用紙の一枚強の大いさの厚手の紙を使って、本文の折り目とは反対の方から表紙でくるんで、紙の断面と表紙の背の裏の部分とをのりづけにしたもの。元から明の中葉へかけての代表的な装訂」(『図書学辞典』)とあって、唐本としては比較的多い装訂である。要するに下とじをした粘葉装という感じであろう。しかし和本の板本でこうした姿の物は五山版にはあるが江戸期に入ってからはほとんどなく、所見本ではわずかに文晁の『画学叢書』や『本朝画纂』のみであり若干違った説明が必要である。簡単に言えば、中身は前項の画帖仕立てで即ち中表に折ったものと重ねて表紙だけを右の説明通りのくるみ表紙にしたものといえよう。即ち、前後各々個立した厚手の表紙をつければ画帖仕立て、ほとんど本文と共紙とも言えるような表紙で背中からくるんだものが包背装と思えばよい。そしてこのような装訂は日本独自のものではなく、やはり中国に発するものと思われる。好例は『十竹斎書画譜』や『芥子園画伝』の唐本で、いずれも画帖仕立てもあれば、ここにいう包背装のものもある。日本でもおそらくこの『十竹斎書画譜』などの包背装を真似た画人が、最初は自身の画稿などを簡略に手元で装訂した所から始まったものと思う。そしてこの種の装訂の板本は、これも近世初・中期にはほとんど見えず、所見の最早期のもので、天明元年十一月刊・丹羽謝庵の『福善斎画譜』私家版あたりになる(これも、後印本《こういんぼん》は皆画帖仕立てになっている)。ついで寛政十二年刊・紀竹堂の『竹堂画譜』など。化政期になると、特に文晁はこの装訂が気に入ったらしく、文化十四年刊の『写山楼画本』初印本を、この装訂で出す。ただし、文政期の『画学叢書』や『本朝画纂』といった叢書類は、前述した通り、外表に折って下綴じをした型の包背装として出しているのが、珍しい。また、やはりこの頃の刊らしい和刻本『十竹斎書画譜』の数種の板もみな唐本に倣ってか画帖仕立ての包背装の型をとる。

以上、帖仕立ての説明を終えるが、この型は要するにその機能面の特徴を活かして、古くは経巻、下ってはもっぱら書画譜・書画帖として用いられたものであり、特に画帖仕立てや包背装といった様式は、我が国ではようやく享保前後から板本の装訂様式の一つに採り入れられ、後期に入って盛んに行われるようになったものと言える。

二　糸綴じ本(大和綴じ)

巻子本や帖仕立ては糊を用いるが、糊の代りに糸で綴じ合わせる装訂を糸綴じ本といい、江戸期板本のおそらく九割を占めるかと思われる装訂法である。これにもいわば古式と新式とあって、古式は本来写本時代の我が国における代表的な装訂法と思われる「大和綴じ」(綫綴じ)を板本にも用いたもの、新式は中国のいわゆる「線装本」をそのまま用いた「袋綴じ」の二つにわかれる。そして江戸期板本のほとんど九割までは、この「袋綴じ」本となっているものと見てよい。

(一) 大和綴じ

この装訂に関しては、従来の解説類にかなりの混乱が見られる。まず、その呼称がまちまちで、「綴葉装」「列葉装《れつよう》」「列帖装」等々さまざまな呼び方があり、そのため「胡蝶装」や「粘葉装」など、まったく種類の違う装訂法とも混同されているのが現状である。いま拠るべき最良の成果は「胡蝶装と大和綴」の副題を持つ田中敬氏の『粘葉考』(昭和七年、巌松堂古典部刊)の説であろう。そこで用いられた「大和綴じ」

の呼称こそ、この装訂法に最もふさわしいものと思えるので、本稿ではその呼称に従い、以下、田中説に沿って記してみる。

「紙を数枚重ね、一緒に二折して一折帖《おりじょう》となし、斯《か》くして得たる折帖数帖を、更に糸で合綴して一冊に仕上げたもの」というのが『粘葉考』の中で最も簡便に述べられた「大和綴じ」の解説部分の抜き書きである。即ち現存する所では平安末期、元永写本『古今集』あたりを最古として、以来鎌倉中期から江戸中期あたりまでの和歌・和文に関する写本類のほとんどが持つ装訂様式であり、特に室町から江戸中期までの公卿・大名の遺品となる国文関係の写本類には極めて多い。

先述の田中氏の説明は余りに簡略な部分を引用したので、若干わかりやすく補足すると次のごとくになろう。

紙はおおむね鳥の子の厚手の紙を、三、四枚から十枚程度一重ねにし、それを中表に折り、折り目の天地に近づけて、二か所に二つずつ都合四つの穴をあける。二穴の間隔はその本の外型の大きさによっても異なるが、半紙本位の大きさならば、おおよそ三センチほどにし、その折を数帖一まとめに糸綴じをする。その糸綴じ法は、まず二筋の糸を用意して、それぞれの糸の両端に針をつける。即ち針は四本を用いる。そして、初めの一折帖の二穴を一筋の糸で内側から外側へ向けて通し、残りの二穴も同様にし、外側に出た糸で次の一折帖を、今度は外側から内側へ通して、内側の折目に沿って糸を上下

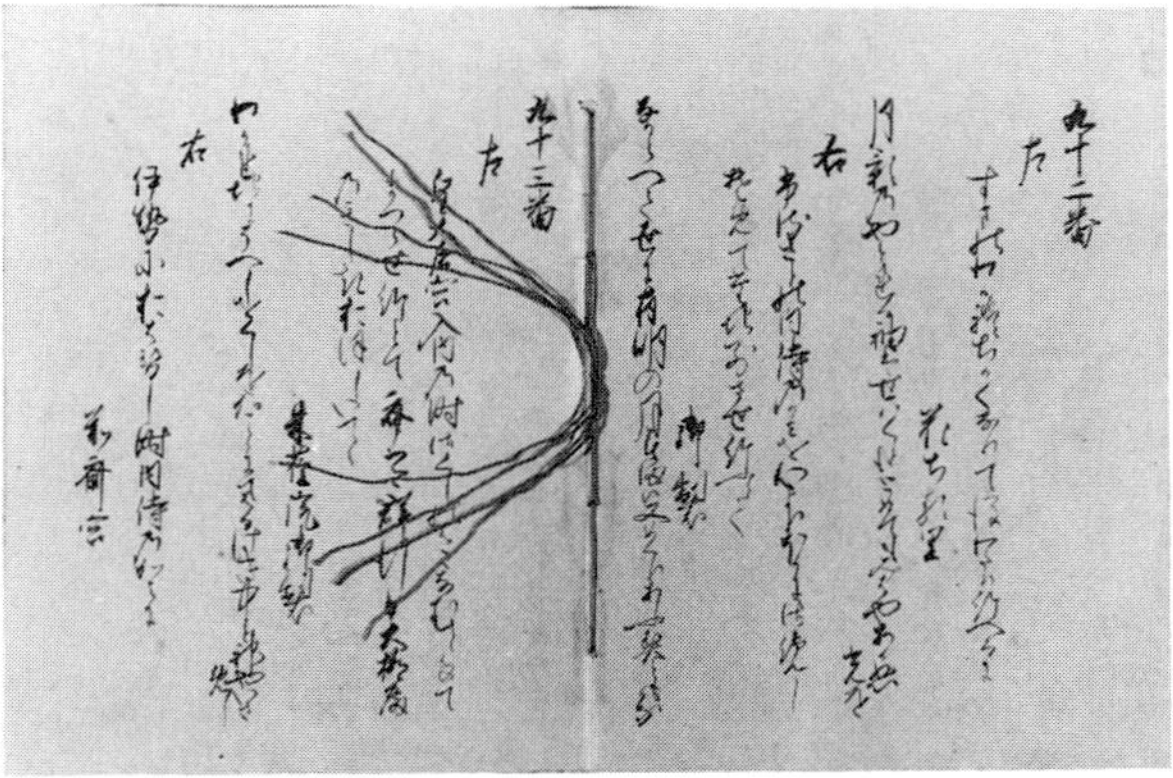

図4　大和綴じの古写本『後百番歌合』(近世中期写)

交差させて、再度外側へ出し、以下同じ手順で数帖を綴じ合わせて終帖の内側で糸を結び合わせる(図4)。

また表紙は裏表二枚、別々に厚手の模様紙か錦綾の布等を用い、本文の紙面より横幅を五ミリから一センチほども大きくしておいてその部分を背中に折り込み、初帖と終帖にかぶせて、折り込んだ部分を糊づけにする。以上文章で表現したのでは隔靴掻痒の感を到底まぬがれ難いので、実物を手にとってご覧いただくか、あるいは前記『粘葉考』付載の解説図か榊原芳野の『文芸類纂』巻八の図、近年では遠藤諦之輔氏の『古文書修補六十年』(昭和六十二年、汲古書院刊)に「胡蝶装」の付図として出ているものを参照されたい。

右のごときを「大和綴じ」と称するのは、

この装訂法が、中国には絶えて見られないところからの呼称であり、きわめて妥当な称ではあるが、文献にこの呼称があらわれるのは、江戸中期の医官望月三英(明和六年没)の『三英随筆』に「大和とぢと言書物有」之、先は歌書古へ多く有、町人の覚帖も大和とぢ也」とあるのが初例であるらしい。「町人の覚帖」即ち大福帳も確かにこの綴じ方を用いるので、別に「大福帳綴じ」の称もあるが、これでは俗に過ぎて、平安・鎌倉の歌書類の呼称にはふさわしくない。長沢規矩也先生は「綴葉装」「列帖装」「列葉装」の称をあてられ、山岸徳平博士は『書誌学序説』において「綴帖装」とか「列帖装」とでも称せらるべきかともいわれるが、これでは、重ね折りをせず、糊しか用いない「粘葉装」と、音のうえで、まぎらわしい。また、ごく近年『古文書修補六十年』を刊行された名人遠藤諦之輔氏が右書の中で、「胡蝶装」として詳しく解説しておられるのは、あきらかに、ここにいう「大和綴じ」のことであり、一方長沢先生や山岸博士は、「胡蝶装」は「粘葉装」の別称とされる。かくも区々では困るので、いずれにしても統一された呼称が必要であろう。私には「大和綴じ」の称が最もふさわしいように思う。ただし、この後に述べる袋綴じの綴じ方の一つにも、従来「大和綴じ」とよばれる装飾的な糸のかけ方があり、おそらく山岸博士はこれとの混同を避けるためにおおむね漢籍に範を取る書誌学用語らしい別称を考えられたものであろうが、別称を考えるなら、むしろそれほど実例に出くわす事のない袋綴じの一種の方に別称を与えるべく、歌書・国文の書物にふさわしい「大和綴じ」の称は、我が国古典の代表的な装訂として残すべきであろう。藤堂祐範氏の『浄土教版の研究』(昭和五年刊)でも、はやく、この称が用いられている。なお、ごく近年では、書陵部の櫛笥節男氏に、従来の粘葉や列帖の呼称を改めて大和綴にすべしとする説あり(『書陵部紀要』48号)。この大和綴の称例は室町期からあるとされる。

ところで、この「大和綴じ」は何度も述べた通り、江戸期に入ってももっぱら写本に用いられることが多く、板本に用いられた例は極めて少ない。田中敬氏の『粘葉考』下巻に収められた同氏経眼の書目を見ても「大和綴刊本」として掲げられるのはわずか四種、その一は光悦謡本百種(図5)、二は同じく元和卯月謡本百種、三は『天台例時懺法』二冊、四は天文十年板『声明集《しょうみょうしゅう》』一冊、以上である。私見では、なお『浄土和讃』『高僧和讃』『正信偈《しょうしんげ》』など浄土系仏書の枡型本で元禄頃の板と思われるものが寛政頃まで刷り出されているものを寓目したにすぎない。即ち刊本としてはごく初期の謡本か、仏書の、それも懺法、声明、和讃類といった極めて実用的なものに限られている。

写本や大福帳に多くて、板本類にほとんど見当らぬというところにこの大和綴じという装訂法の特性を見つけることができるわけで、この一折りずつ幾らでも継ぎ足すことが可能な型式というものは、要するに最初から全体の分量が決定しておらず、どんどん増殖していく可能性のある書物の場合に極めて有効性を発揮する。つまり、写本や大福

図5　光悦謡本『鸚鵡小町』
表紙：外側から綴じ糸は見えない.
本文：折りと折りの糸綴じ部分.

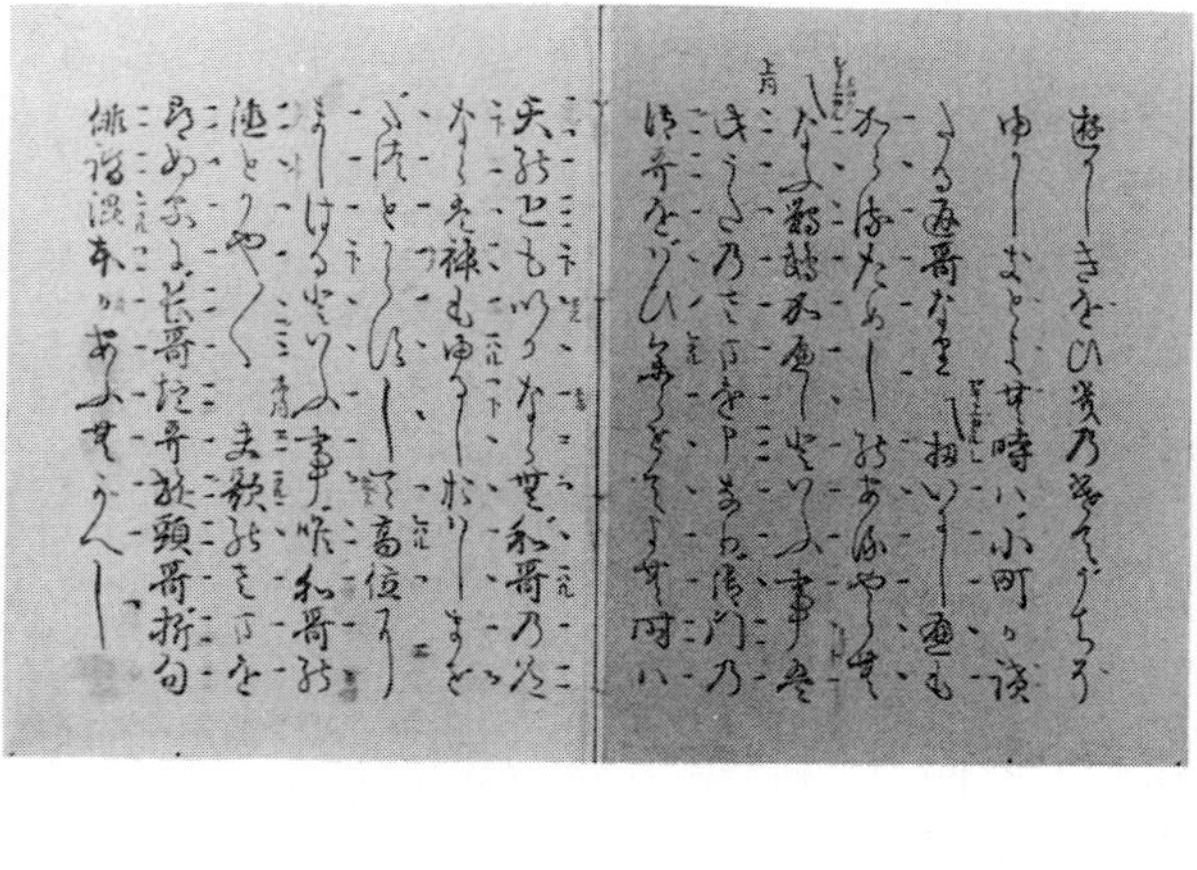

帳に最適なのである。板本というものは、綴じる時には既に分量の決定している場合がほとんどなので、敢えてこの型式を用いる必要はなかったのだろう。それでも実用的な仏書の板本に何がしか見えるのは、田中氏の推察によれば、折本では片手で繙《ひもと》く場合に不便であったからかという。あるいはまた、おそらく必要な時は一折りか数折りでも、そこから抜き出しても使えるという性質が重宝がられたものかとも思われる。光悦本や元和卯月本の場合はその製作者の趣味が、たまたまこの型式をとらせたものか。即ち鎌倉・室町の歌書・国文の書物の様態をそのまま板本に再現しようとしてこの装訂を選んだものであったろう。もっとも光悦謡本にはいわゆる素紙《すがみ》刷りの並製本もあって、こちらは通常の袋綴じになっているが、これは並製本にまでその趣味の徹底を期することがなかったか、あるいは並製本は既に光悦自身の与り知らぬ出版であったかのいずれかであろう。

そして、板本で大和綴じの装訂をとる場合は必然的に一枚の紙の両面に印刷することになるが、これは前掲の田中氏所見本四種、及び私見本三種の全部がそうであって、胡蝶装や粘葉装のように印刷面と白紙とが二頁ずつ交互にあらわれるということはない。ただし前掲七種の内、私が眼にし得たのは謡本の二種と仏書の三種の五種のみだが、これはいずれも板面に雲母もしくは胡粉《ごふん》をひいて印刷したもので、その印刷方法は、田中氏は高野版を含めていずれも摺刷による両面刷りと考えられたようだが、第二章・第一

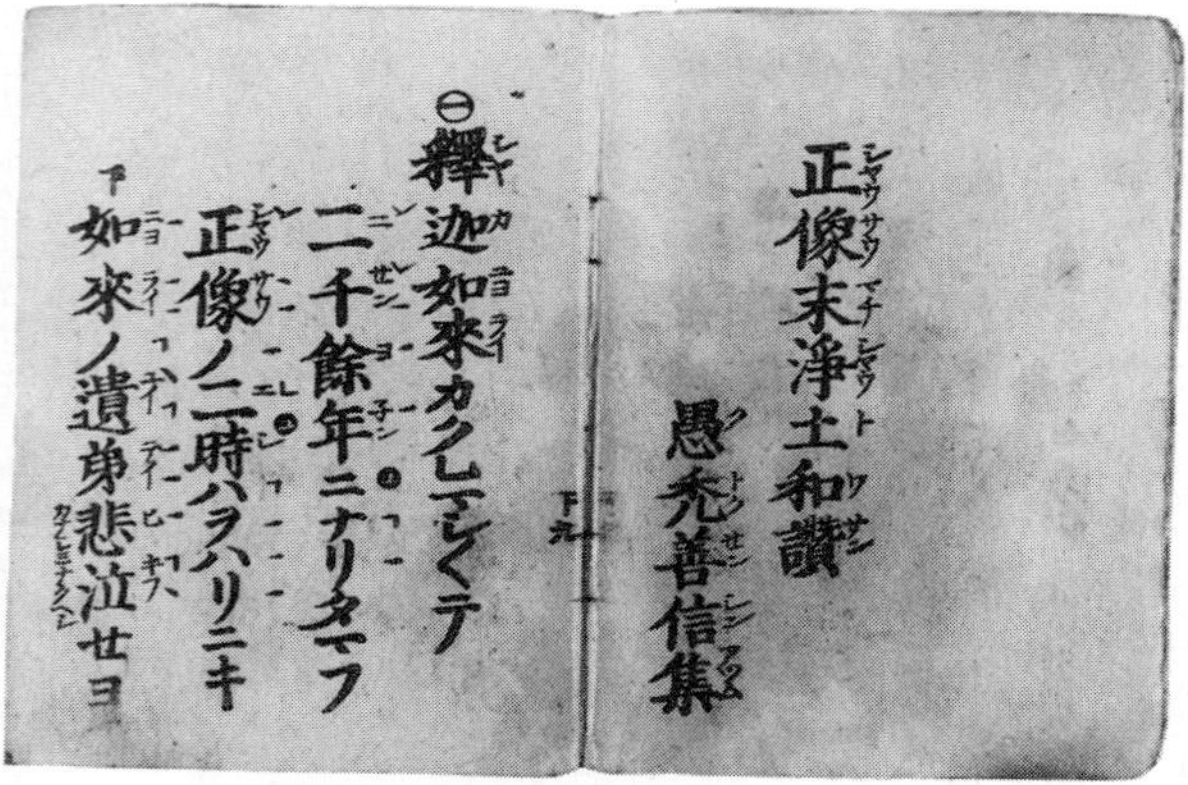

図 6 『正像末浄土和讃』(元禄年頃刊)　ノドの部分に丁付け(「下九」)が見える.

節に述べた通り、近年大内田貞郎氏によって、バレンによる擦印ではなく、からかみ式の圧印によると論定された方法を採っているようである。結局、近世に入って大和綴じの板本が多く作られなかったのは、あらかじめ分量が定まってしまうから増殖可能な大和綴じにする必要がないという前述の理由に加えて、この両面印刷という圧印方式が結局はかばかしい定着を見せ得なかったということにもあるのは言うまでもあるまい。

なお、光悦本や元和卯月本には丁付《ちょうづ》けの刻は見当らぬが、仏書の場合は各紙の表中央折目の所に、それらしい符号や数字が刻されていること、私見のものも、田中氏報告のものもいずれも同様である(図6)。丁付けの付けかたは当然袋綴じの場合とは違い、それぞれ三枚ずつの折帖を二折りで一冊とする場合を例にとれば、まず初折りの一番内側の一枚目を「一」として、順次外側に「二」「三」となり、次に二折りの一番内側に「四」とあって、以下「五」「六」とつける。従って、書物を首頁からめくってゆけば、見開き左頁のノドに順次「三、二、一」、次いで右頁のノドに「一、二、三」とみえ、二折りに移って左頁のノドに「六、五、四」、続いて右頁のノドに「四、五、六」の順となる。従ってこの丁付けは、読者にとってのものではなく、あくまで製本時の丁合いの符丁にすぎないこと、言うまでもない。

㈡ **袋綴じ**（線装本）　前述の大和綴じの場合とは反対に、この装訂法は、江戸期板本の最も普通のもので、板本のみならず写本類も江戸期に入るとまず九割までがこの装訂となる。そしてこの装訂は元来中国の線装本に始まるもので、日本では五山版の末期あたりから、この装訂が普通のこととなった。（五山版も鎌倉末から南北朝頃までは、前述の包背装によるものが多い。）印刷面を外表に二つ折りにした紙を重ねて、折目と反対側の余白部分を上下二か所ほどコヨリなどで中綴じをし、前後二枚の表紙をつけ、その上から背に近い部分に四、五か所の穴をあけ、その穴を順に糸で綴じあげて作る。

糸の綴じ順や、初めと終りの針の用い方については、遠藤氏の『古文書修補六十年』に図示されるのがわかりやすい。

〝袋〟というのは、一枚ずつ二つ折りにして、折目と反対側を綴じた本文紙の一枚一枚がちょうど、天地を明けた袋状になるところからの呼称である。「線装」というのは、日本語では〝糸綴じ〟に当るもの。唐本・朝鮮本・和本を通じて最も普通の装訂であることは既に述べたが、やはりこの三国間でそれぞれに特徴があり、唐本はおおむね表紙に用いる紙も本文と共紙のような薄い紙を用い、四つ穴で、細い糸を二本掛けして用いる。朝鮮本は本の形も大きく、本文用紙も厚手の紙を用いるので、表紙はより厚く丈夫なものを裏張りをして用い、穴も五つ穴で糸も丈夫な太い糸を用いる。和本は朝鮮本の影響を受けることが濃いようで、表紙は裏張りをした厚手のものを用い、穴は、書型が朝鮮本ほど大型ではないので、四つ穴、糸も唐本と朝鮮本の中間程のものを用いている。ただし、近世ごく初期にはやはり朝鮮本にならった大型本・五つ穴のものが散見し、後期になるとまた、絵本・歌集・詩集などの大本に結構五つ目のものを多く見かけるようになるので、あながち和本は四つ目と断定するわけにはいかぬ。たとえば手元に見当るものを列記すると、綾足の『海錯図』(安永四年)や、春章・重政の『青楼美人合姿鏡』(安永五年)等の大ぶりな画本、源保之の『広吟万玉集』(天保十年)、本居大平編の『八十浦の玉』(文政十二年)、高橋残夢の『やまとにしき・からにしき』(嘉永五年)等の歌集、萩原緑野の『石桂堂詩集』(嘉永七年序)や、建仁寺杞憂庵の『五十六字詩』(慶応四年)などの詩集類と数多い。

四つ穴綴じを書誌学用語では「四針眼訂法」、五つ穴を「五針眼訂法」などとも称するが、いかにも唐本の書誌学用語そのままといった感じがあるので、和本の場合、四つ目綴じ、五つ目綴じの方がよりふさわしかろう。

唐本と和本では同じく四つ目でも、あける穴の間隔に若干の違いがあって特徴となる。即ち和本は四つ目によって区画される五つの部分の内、上下の二部分を除いた中央の三部分の間隔が同じになるようにあけるが、唐本では、中央三部分の真中の部分をやや狭い間隔にあける(図7)。さらに清朝康熙《こうき》年間には、上下の綴じ穴と、各上下の右角との間に、もう一つ穴をあけて糸を通し、角のまくれを防ぐように仕立てた、いわゆる「康熙綴じ」という装訂法が生まれる。この場合は六針眼訂法ということになる(図8)。そして和本の場合も、著者や発行者の好みによって、中国趣味を意識した仕立てかたとして、右の唐本式や康熙綴じの仕立てを敢えて行ったものが宝暦頃から目立ち始め、特に幕末・明治の文人趣味の反映として結構多いことも注意すべきである。その他、著者や板元の好みに応じて変った綴じ方が試みられているようだが、たとえば寛政三年に『県居歌集』と共に刊行された宇万伎《うまき》の『しづ屋のうた集』一冊は、やや大ぶりな本の右端綴じ代に、天・地・中央と三か所にわけて、それぞれに並行して四つずつ、全部で十二の綴じ穴があり、天と地は四つ穴にたすきがけに糸がかかり、中央は平行にかかる。これは裏側の方はちょうど逆で、天・地が平行で中央がたすきがけとなる。このような綴じ方を何とよぶのかはわからない。十二針眼訂法ではさっぱり実状が目に浮ばないので、

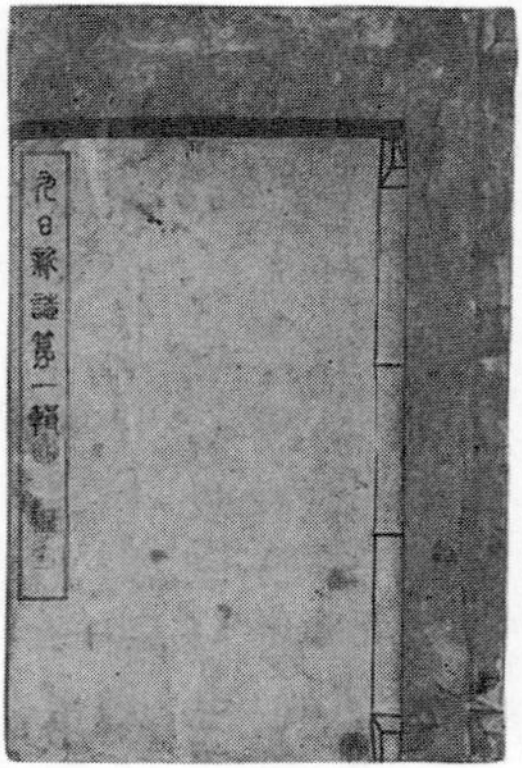

図 8　康熙綴じ（和本）
『九日新誌』（名古屋旭廓評判記）（半紙本 1 冊・明治 10 年刊・梅窩仙史著）
『白雪斎詩集』（和刻本）（大本 2 冊・宝暦 3 年板・柳里恭跋）

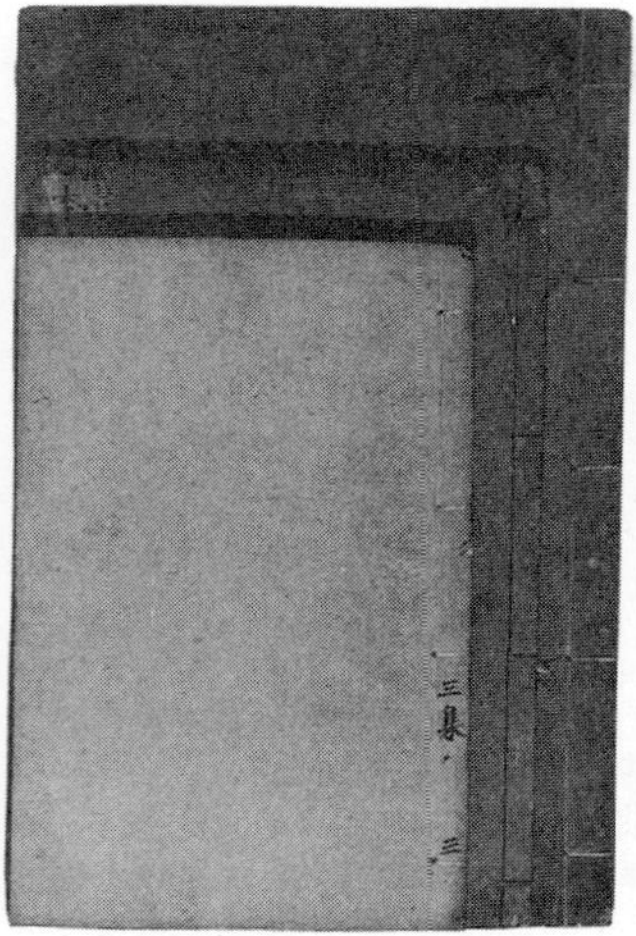

図 7　四つ目綴じ・五つ目綴じ
唐本：『伝家宝』三集（清刊・石天基撰）．四つ目．
和本：『本朝名臣言行録』（大本 2 冊・安永 5 年刊・梅沢西郊著）．四つ目．
韓本：『槃澗先生文集』（孝宗甲午〈和暦承応 3 年〉序刊）．五つ目．

結局化粧綴じといっておくほかはなかろう(図9)。

㈢ **結び綴じ**　袋綴じにするのと同じような下拵えをした上で、表紙の上から二か所ほどを平打ちの紐か房紐のような紐で結び綴じにしたもの。従来の書誌学用語で「大和綴じ」と称されていたものだが、本稿では前述の通り、列帖装(綴帖装)を「大和綴じ」と称するべく提唱したことゆえ、従来の「大和綴じ」をその俗称として用いられていた「結び綴じ」と称してみたものである。このような装訂法は、それほど多く見られるものではなく、やはり何がしか趣味的な匂いを感じさせるものであり、早くは享保十一年

図9　変り綴じ・結び綴じ
『歌妓廿四時』(中本1冊・明治16年序刊・雀志紫香両吟・玩古道人詩)
『しづ屋のうた集』(大本1冊・寛政3年刊・加藤宇万伎歌集・秋成編)
『集古浪華帖』(極大本5冊・文政2年跋・森川世黄編)

の『秋の雛』を初めとする露月俳書の数点があるし、近世後期には、『集古浪華帖』(文政二年板、同十三年板)(図9)、『梅園奇賞』(文政十一年板)、『文華帖』(天保十二年板)、『冠帽図会』(天保十一年跋刊)等々のごとく、ごく大型の考古図録風の板本によく用いられ、明治に入っても同じく『好古麓の花』(明治十二年刊)や『秋琴堂鑑賞余興』(明治十四年刊)等の諸書に見え、さらには現在でも記念写真帖等によく用いられている。北野学堂蔵版の『論語』二冊(嘉永元年板)や『北野藁草』十冊(天保十二年序刊)などもこの装訂であるのは、北野好みとでもいうべきか。

第五章　分　類

一　江戸時代の分類意識

これまででおおむね、板本の版式、書型、装訂等については記し終えたと思うので、次は一冊の板本における各部分の名称や、その沿革について筆を進めるべきところであるが、その前に、板本というものはその内容によってどのような種類があるものなのかを瞥見しておこうと思う。とはいえ、板本の内容による種類ということになれば、要するにすべての刊行物の内容を分類列挙するということなので、現今の十進分類法の分類項目をなぞるようなものと思われようが、やはり江戸期には江戸期の独特な名称や分類があるので、何はともあれ江戸の書物については江戸人の分類意識を理解して、それに馴れることが大事であろうと考える。そこで、一つの便法として、寛文期(一六六一—七三)に始まる「書籍目録」類にたてられた、当時の分類の名称を列記し、若干の説明を付してみることにする。

現存の「書籍目録」は、寛文六年頃の刊かといういわゆる寛文無刊記本を最も早期のものとし、以下、享和(一八〇一—〇四)頃までの二十数種が現存するが、即ち出版業者による蔵版、販売目録と考えてよく、巻頭に内容の惣目録を置いて、以下、その一つ一つの分類に相当する出版物の書名、著者名、冊数、板元等を記す。中には、書名を内容分類ではなくて、単にいろは分けにしたものも多く、また、一つ一つに売価を明示したものなどもあり、従来から書誌学の参考資料として活用され、翻印や影印も、禿氏祐祥氏編の『書目集覧』や、正宗敦夫氏編の「古典全集」などに、部分的には備わっていたが、近年、慶應義塾大学の蔵書が最も完備して、その内の重要なもの十五点が「江戸時代書林出版書籍目録集成」の名で影印刊行されており、今、その部類分け目録の内の主要な五点を選び、各巻の惣目録と所収点数を抜き出して一覧表にしたものを別表として掲げる。

(一)　**和漢　書籍目録**（寛文六年頃刊）

経	七六
天台并当宗	三六一
法相	一〇
律宗	二八
倶舎	一二
真言	一八八
禅〔洞家　済家〕	二六六
浄土并一向	二四五
外典	二三六
詩并聯句	六七
字集	三八
神書	四五
暦書	二八
軍書	九八
医書	一八一

歌書　一二五
和書幷仮名類　一九五
連歌　一七
俳諧　五六
舞幷草紙　一六二
往来物幷手本　一二八
釣物幷絵図　二九
（三二門、二五九一部）

(二)　増補　書籍目録（寛文十年刊）

天台宗〔諸経註　論議書〕　三四七
当宗　六一
倶舎　一四
律宗　三七
華厳　二〇
法相　三五
真言　三三〇
禅家〔洞家　済家〕　三八二
浄土　二六四
一向宗　八〇
仮名仏書〔諸宗法語　因縁　物語　儒仏論〕　一一六
儒書〔経書　歴代　理学　道書　伝記　古事〕　三四九
文集幷書簡　五二
詩幷聯句　一二五
韻書幷字書　七六
神書幷有職　七九
暦書幷占書　五四
軍書幷〔兵法書　弓書　鉄炮書　馬書〕　一三二
医書　二五七
仮名和書〔五常書　孝行書　心学書　教訓書〕　八八

歌書幷物語	二三三
連歌書	二八
俳諧書	一三三
女書	二〇
謡本〔謡抄　鼓抄　狂言　非言〕	三〇
算書	一八
盤上書	一二
茶湯書幷華書	七
躾方書幷料理書	一一
名所尽〔紀行　寺社縁起〕	二八
名画尽	二二
狂歌集幷咄本	二五
舞本幷草紙	二〇〇
往来書幷手本	九三
石摺幷筆道書	七七
掛物〔国図　石摺　諸文　系図　絵〕	五五

（三六門、三八八〇部）

(三)　改正　広益書籍目録　巻三　（貞享二年印）

仮名和書
歌書並狂歌
連歌書
俳諧書
女書
謡書
糸竹書
算書
盤上書
茶湯書
立花書
躾方書
料理書
名所記

紀行
雛形幷絵尽
咄本
舞幷草紙
物語書
好色幷楽事
往来幷手本
石摺幷筆道書
掛物並図
（二三門）

(四) 新撰 書籍目録

（享保十四年・京都永田調兵衛刊）

天台宗
日蓮宗
倶舎宗
華厳宗
法相宗
律宗
真言宗
修験道書
禅宗
植字板録
僧伝
浄土宗
一向宗
諸宗経幷末書類
諸宗折経類
仏書仮名物類
儒書並経書
文集並書翰
詩集並聯句
歴代幷伝記
故事類

字書類
暦占書
軍書類
通俗書
神書並有職
医書
歌書並狂歌
誹諧之部
雑書
筆道並石摺類
図類並掛物
謡書
算書
盤上書
茶道書
立華書
名所類
雛形並彫物雛形
往来手本類
女書幷手本類
絵本類
咄書
仮名物草紙類
（四四門）

(五)　新増　書籍目録（宝暦四年・京都永田調兵衛刊）

諸宗経部　一八
天台宗　四八
日蓮宗　三二
華厳宗　四
法相並倶舎三論　八
律宗　一四
真言宗並修験　四七

禅宗	七一
浄土宗	九五
一向宗	六五
僧伝	一〇
仏書雑部	二一
法語かな仏書	一三
経書儒書	一〇六
諸子	二二
文集	五一
尺牘	二〇
詩集	一二四
歴代並紀年伝記	二八
故事並雑書	六七
小説	九
韻書字書	四一
印譜	八
節用集	二三

書法	六
石摺	三〇九
神書	三二
有職和書	八
兵書並軍書	一九
天文暦並占卜相法	二九
医書	一一一
歌書	四七
狂歌	二八
誹諧	四三二
教訓	一九
奇談	五七
軽口咄本	一八
風流読本	九五
雑書	七五
算書	二四
象戯	二

往来手本物	七八	枝曲	九
女書	一九	謡	四
女手本	三九	地理名所	三七
茶道	一二	図	三〇
香之部	七	絵本	一六三
立花	七	雛形	二九
料理書	四		

（五四門、二六九四部）

この表について若干の説明を試みる。

最初に、㈠として掲げた寛文無刊記本は、現存する板行された書籍目録の最初のもので、内容により寛文六年頃の刊かと推定されているもの。即ち本書のごときが刊行されるようになったのは、とりも直さず出版業が営業として完全に軌道に乗ったことを証するものでもある。この書により当時の分類意識を瞥見する。

まず全体が二十二門に分類され、初めに「経《きょう》」とあるのは「正信偈《しょうしんげ》」や「和讃《わさん》」などまで含めた仏教経文のことで、約八十部を記す。以下「天台幷当宗」から「浄土幷一向」までの七門は、諸宗派別の仏書で、ここまでの八門で約千二百部と、全体で約二千六百部の内の半分を占めるのは、当時いかに仏書の刊行が盛んであったかがわかる。というよりも、仏書刊行を中心として、当時の出版業は成り立っていたというべきであろう。「当宗」というのは「日蓮宗」を指しており、即ち、この目録出版そのものが、日蓮宗関係者によってなされたことを物語る。この名目は、元禄十二年(一六九九)板において初めて「日蓮宗」の名目がたてられるまで踏襲されている。

「外典《げてん》」は、仏教側からみて仏典を「内典」というのに対して、儒書の類を言う名称で、さすがにこの中世以来の名目は、次の㈡寛文十年板からは早々と「儒書」に改められ、以後さらに細分化されて行く。

次の「詩幷聯句」「字集」については説明には及ぶまい。さすがにこの時期までは邦人の漢詩集は「百人一詩」一種のみという状況で、ほとんどは中国詩集の和刻である。「字集」は本文中の部立てでは「字書」とあり、おそらく「集」は「書」の誤刻であろう。「神書」は即ち神道書であり、記紀・旧事記などから「有職」の諸書を含む。「暦書」は本文部立てには「暦占」とあり、天文・暦・占書を含む。「軍書」には弓馬・鉄炮に至る軍法書から『大坂物語』『島原記』等の軍記を含む。「医書」はさすがに漢方ばかりで、無論本草書《ほんぞうしょ》をも含む。「歌書」には日記・物語等いわゆる和歌・和文のすべてを含む。

次の「和書幷仮名類」は最も雑然とした内容を持ち、年代記、算法書、碁、将棋、茶、料理、謡、雛形、道中記、名所記、武鑑、教訓本、それに遊女評判記や狂歌本まで含めたいわゆる娯楽的・実用的な仮名草子類といったところがまとめられて、それでも点数は二百部に満たない。教訓本の中にも『念仏草紙』『水かゞみ』等の仏教もの、『心学五倫書』『大和西銘』などの儒教もの、そして『女訓抄』『身のかゞみ』等の女訓物と、ともかく仮名書きの実用書・教訓書がまとめられるものの、後出する「舞幷草紙」との区別がつかぬものも多数目につく。

「連歌」「俳諧」は言うまでもあるまい。次の「舞幷草紙」は幸若《こうわか》の舞の本から『うらしま』『ぶんしやう』等の御伽草子《おとぎぞうし》類を初めとして、『十二段草子』や『中将姫本地《ちゅうじょうひめほんじ》』などのいわゆる室町物語集に、前述した通り仮名草子の男色物や遊女評判記までを含めて「和書幷仮名類」と区別のつかぬ物までが並ぶが、ともかくこちらは当代の通俗文芸作品といった部立てであるらしい。

「往来物幷手本」は文字通り、往来物《おうらいもの》と書道の手本類で、この頃はまだ和様の手本の方が若干数も多い。次の「釣物幷絵図」の「釣物」とは板行の掛軸類を言い、天台の三大部や起信論を掛軸仕立てにしたものなどから、漢方の経絡図や銅人図があり、「絵図」にはもちろん板行の地図類を指しており、世界図・日本図から京・江戸・大坂の三都図に内裏《だいり》図、高野山、日光、鎌倉といった名勝図類があがっている。

以上が寛文期までの書物屋の分類意識の大体であるが、これが(二)の寛文十年板になると、部立ても三十六と一挙に十四部門も増えて細分化し、以後もこの細分化の傾向がとどまらないのは、出版文化の進展に伴う当然の現象であろう。

㈡寛文十年(一六七〇)板では「仏書」の末に「仮名仏書」の一門ができて「仮名法語」の類や、㈠の「和書并仮名類」に見えていた仏教教訓書の類がここにまとめられる。また、㈠の「外典」は「儒書」と改まり、その中でさらに「経書、歴代、理学、道書、伝記、古事」と六つの下位分類が生じているのが、思想界における仏教に代わる儒学の興隆を如実に示していて面白い。特に「理学」に朱子学の、「道書」に老荘と諸子の諸書が示されるのがいよいよ本格化した儒学の時代をおもわせる。「文集并書簡」の部門も新しく立てられ、中には『南浦文集』『羅山文集』等、本邦儒家の詩文集が着実に増えてきたのが見てとれる。「仮名和書」の部門も、㈠の「和書并仮名類」から仏教教訓書がはずされて「仮名仏書」の門が立てられたことにより、よりすっきりとした教訓書の部門となり、また同じく㈠の「和書并仮名類」から女訓物をとり出した「女書」の他、「謡本」「算書」「盤上書」(碁・将棋・双六等)、「茶湯書并華書」「躾方《しつけかた》書并料理書」、「名所尽」(道中記・紀行類)、「名画尽」(雛形・武鑑等を含む)等がそれぞれ一門として立てられ、この部分の細分化が最もはなはだしい。「狂歌集并咄本」の一門ができたのも、当時の流行を証するもの。㈠の「往来物并手本」は㈡では和様のみの部立てとなり、別に「石摺并筆道書」が唐様の法帖を指す部門として細分化した。「石摺」は既に述べた(第二章・第二節参照)通り、実際の石拓ではなく、板木を用いた左り版の法帖が大半である。

「釣物《つりもの》」は、「掛物」に改められている。

次に延宝三年(一六七五)の板があるが、これは(二)とそれほど違わない。それでも仏書の末に「僧伝幷編年」の一門が増え、「儒書」の下位分類が独立した一門ずつとなって「歴代幷伝記」「故事」「雑書」と三門増えるのもますますの儒学の時代を思わせる。また「狂歌」が「歌書」に付き、「咄本」が独立するのもやはり時勢の好みであろう。

(三)貞享二年(一六八五)板もほとんど延宝三年板を踏襲するが、やはり「糸竹書《いとたけしょ》」「立花《りっか》書《しょ》」「料理書」「紀行」などが、それぞれ「茶湯書」「躾方書」「名所尽」などから独立して一門となるなどの細分化が目立つが、何より「物語書」と「好色幷楽事」の二門が独立してできたことが、時勢を偲ばせるものがある。即ち「物語書」の部門では室町物語に加えて仮名草子の多くをまとめ、さらに「好色幷楽事」に西鶴《さいかく》ものなどを含めた遊女評判記や好色本を一つにして、いよいよ浮世草子の時代に入ったことがわかる。

次の元禄五年(一六九二)板は(三)とほぼ同一だが、唯一「禅宗」の部門に従来の洞家・済家の他に「黄檗《おうばく》」が加えられたところに新しい風潮を見てとれる。部門も四十六門と増えた。

次の元禄十二年板もほとんど変らない。

(四)の享保十四年(一七二九)板は、享保の改革の直後でもあり、吉宗の学芸奨励の意向をうけて学芸界や出版界もおおいに奮い立った頃でもある。この目録で目につくのは、仏書の末に「真言宗」に付して「修験道書」の一門と、「禅宗」に付して「植字板録《うえじばんろく》」の一門が加わり、前年までの「好色幷楽事」の門が消え、代りに「仮名物草紙類」が立ち、新しく「通俗書」と「絵本類」の二門が増えたことなどであろう。「修験道書」の独立に関しては特に言及する材料を持たぬが「植字板録」とは木活字印刷のことで、既に古活字の時代は終って整版全盛の頃ではあるが、元禄から宝永・正徳の頃、京都で「植工常信」と署名した活字版の禅籍が四十余部も刊行された。その内の三十八部をまとめて記録したのが、この部立てであり、これはたまたまこの目録に限った処置である。「好色幷楽事」が消えたのは無論享保の改革政治の一環として、風俗矯正を目的とした好色本の禁令が発せられたためで、すぐ前の正徳五年(一七一五)板目録では「好色本」の部立てに八十余種の書名が記されて、この部門の繁栄ぶりが誇示されていただけに、これは国家としての体面を整えるうえからも、止むをえぬ処置であったと見るべきであろう。「通俗書」とは『通俗十二朝軍談』を初め『忠義水滸伝』や『国姓爺忠義伝』等に至る唐山の軍談類の和訳本を指すもので、二十二部が著録される。元禄五年刊の『通俗三国志』に始まり、中国小説の翻訳・翻案ブームの火つけ役となったもので、以後、「通俗もの」という成語にもなり、いかにも享保の時勢を反映した部門といえる。「絵本類」もこの目録で初めて部門立てがなされたもので、師宣絵等から大森善清や上方の祐信あたりまでの浮世絵系と、橘守国《たちばなもりくに》や大岡春卜《しゅんぼく》等の絵手本類に至るまで、ともかく集めておいたもの。そして最後に置かれた「仮名物草紙類」は、以前の目録では「舞幷草紙」に当るものだが、さすがに「舞の本」や「御伽草子」類が流行遅れとなった今、それらをはずして、一風・文流・其磧《きせき》・自笑といった浮世草子、八文字屋本をもっぱら集めて一門とした。ただし「好色」を外題《げだい》とする一群の浮世草子類は一切省かれているのは言うまでもない。

㈤宝暦四年（一七五四）板になると、部門類は五十四門に増えて、これまでの最大となる。ただし総体的には㈣の享保十四年板を踏襲して、さらに細分化する方向に向っている事は歴然としている。享保改革による出版制度の整備の影響は着実に見え始めて、出版界は活況を呈し始めるが、特に宝暦元年の吉宗と大岡越前の死没の影響は極めて大きく、出版界はまるでタガのゆるんだ状態となって出版点数の増加に目ざましいものがあることは、私自身既に諸処に述べたことでもあるので今は略す。ともかく、その活況ぶりをモロに示すことになったのがこの宝暦四年目録であり、部門の急増は当然出版点数の増加と緊密な関係にあること言うまでもない。そして、ここでの部門の増加には二つの傾向が見てとれる。第一は徂徠《そらい》学の流行による学問・詩文の盛行であり、第二は出版の盛況に伴う娯楽的読物類の急激な伸展である。

　前者との関連で増えた部門には、まず経学の次に登場した「諸子」の一門がある。これは無論、古義堂や蘐園《けんえん》の古学提唱による諸子百家学の盛行を反映するもの。同じく㈣

ではまだ「文集並書翰」と並置されていたのが、㈤では「文集」と「尺牘《せきとく》」の二門になる。これも蘐園古文辞流行の影響であること言うまでもない。ついで「小説」「印譜」といった目新しい部門が生じており、これまた蘐園に主導された当時最先端の中華趣味の定着による。娯楽読物類の伸展に即して言えば、㈣ではまだ「仮名物草紙類」の名でまとめられていたものが一挙に細分化して、「教訓」「奇談」「風流読本」の三部門を生じ、八文字屋本類を「風流読本」、新しい談義本や読本類を「教訓」「奇談」として分類した。なお、この頃からいわゆる江戸戯作《げさく》とよばれるジャンルが急伸展するが、それらに加えるに歌舞伎関係の劇書の類は、地本屋とよばれる一ランク下位の本屋の出版物として、ここに用いる書物屋仲間の書籍目録類には登場しないので、それについては後に述べる。㈤では、その他「枝曲《しきょく》」の門で音曲関係書が、「節用集」の門で通俗辞書や百科事書類がまとめられ、新たに門を立てられている。

次に明和九年(一七七二)板があるが、全く㈤の分類を踏襲しており、以後は新しい書籍目録の刊行は途絶えたので、ひとまず以上の分類をもって江戸期の具体的な板本分類の目安としておくものである。それはこれまで略述した通り、その時々の学芸界・出版界の流行、動勢に即応して立てられた分類意識であること、それ故に現在、我々が江戸期の板本の分類を意識するとき、最も基本的な拠り所とすべきものであること言うまでもない。

ちなみに、明和板以後ほとんど三十年を経た享和二年（一八〇二）、大坂の国学家蘿月軒尾崎雅嘉《おざきまさよし》は、独力で『群書一覧』と題する六巻六冊の国書解題を刊行しているが、そこに示された所載書目は、当時の一篤学者の国書の分類意識を示していて参考となるので、以下に付載しておく。

○国史・神書・雑史（巻一）
○記録・有職《ゆうそく》・氏族・字書・往来・法帖（巻二）
○物語・草子・日記・和文・記行（巻三）
○撰集・私撰・家集・歌合・百首・千首（巻四）
○類題・和歌雑類・撰歌・歌学・詩文・医書・教訓・釈書・管絃（巻五）
○地理・名所・随筆・雑書・群書類従（巻六）

以上三十四門、著者の従事する学文に応じて、和歌関係が細分化されている割に、俗書に対する配慮が欠落している、等の特徴が大きすぎるきらいはあるが、これまた当時の分類意識を知る上で有効な資料であることは疑いない。

二　地本の分類

前項に述べた「書籍目録」の類は、上方《かみがた》の大資本の板元を中心にした、いわば素姓《すじよう》の正しい出版物のみが記載されている。これらの大板元は享保(一七一六―三六)の初期に三都で「書物問屋仲間」という組合を組織し、出版文化を牛耳っていたわけだが、一方文化的後進地域である江戸での出版は、特に絵草子・草双紙といった種類のものが、ローカルな出版物であるという意味の「地本《じほん》」という名称をもって行われ、それらは明暦・万治(一六五五―六二)頃から次第に発展して、やがて享保を過ぎる頃、文運東漸の波に乗って急激に伸展し、「地本問屋」と称して、書物屋仲間とは別の、「地本問屋仲間」を結成し、おおいに発興した。この地本屋が出版したいわゆる「地本」の類、即ち芝居関係の本や江戸戯作とよばれるもののほとんどを含む草子類は、前掲の「書籍目録」に分類登録された書物の中には含まれていない。

一方、この類の書物を文学史的に厳密に分類して把握しようとしたのは、明治以降のことなので、現在我々が用いているこの分野のジャンル名は、いわば近代の感覚で撰びとられた名目であると言えるので、以下に、当時の名目を記録しておく事にする。ただしこの分野については前掲「書籍目録」のごとき、当時の分類意識を直接反映するような適当な書物を見出すことができないので、適宜、二、三の書物を材料に、浮世絵や一枚刷りの類を除いた、書物に関する名目のみを抜き書きしてみよう。

(一)に、京伝作黄表紙『御存商売物』(天明三年刊)は、当時の地本類の盛衰を種にしたもので、右の意向にふさわしい記述を豊富に持つものゆえ、そこから抜き書きしてみる。

(イ)行成《こうぜい》表紙の下り絵本　(ロ)からかみ表紙　(ハ)赤本《あかぼん》　(ニ)黒本《くろぼん》　(ホ)青本《あおぼん》　(ヘ)洒落本　(ト)咄本《はなしぼん》　(チ)吉原細見　(リ)長唄本　(ヌ)義太夫の抜き本　(ル)三芝居あふむ石　(ヲ)塵劫記　(ワ)年代記　(カ)道化百人一首　(ヨ)男女一代八卦　(タ)用文章　(レ)往来　(ソ)早引

以上一八種。

(二)に、馬《ば》琴《きん》が天保五年(一八三四)に蟹行散人の戯号で著わした『近世物之本江戸作者部類』は、いわば江戸戯作者列伝を企てて途絶したものだが、それに見える名目は、巻頭の目録中に、

(イ)赤本　(ロ)洒落本　(ハ)中本　(ニ)読本《よみほん》　(ホ)浄瑠璃

とあり、さらに「赤本」の本文中に、

(ヘ)絵草子　(ト)行成表紙　(チ)黄標紙(あを)　(リ)黒標紙　(ヌ)臭草紙《くさぞうし》　(ル)蒼(アヲ)　(ヲ)袋入り　(ワ)上紙刷り　(カ)合巻《ごうかん》　(ヨ)なぞづくし　(タ)地口づくし　(レ)目つけ絵

以上一七種。

(三)に、天保九年(一八三八)、地本屋丁子屋の二代目主人岡田琴秀が、業者仲間の備本

にしようとして編集し、為永春水が補訂したとする、読本を中心とした書目及び梗概書『外題鑑』に見える名目は、序文中に、

(イ)軍記　(ロ)出像稗史《ゑいりよみほん》　(ハ)中型　(ニ)人情　(ホ)滑稽

とあり、さらに目録では、

(ヘ)復仇幷忠誠実録　(ト)長編大巻　(チ)時代物　(リ)奇談怪談　(ヌ)高僧伝　(ル)随筆　(ヲ)唐軍幷諸記録

以上一二種。

(四)に、近年柴田光彦氏によって翻字された名古屋の貸本屋大惣の自家用蔵書目録によれば、まず全体を、

(イ)小本　(ロ)中形　(ハ)判紙形　(ニ)直紙形(美濃本)

と書型で大別したのは、いかにも実用にふさわしい大分類というべく、その中で、地本に当るものはすべて判紙形以下の、特に小本、中本に多いことが瞭然としており、その地本に当る小分類の名目を拾えば、

(ホ)評判記　(ヘ)艶本　(ト)落咄　(チ)吉原・洒(落本)　(リ)道中記　(ヌ)黄表紙《きびょうし》・草双子　(ル)人情本　(ヲ)絵入敵討　(ワ)戯作本　(カ)実録・小説　(ヨ)せりふ本　(タ)遊所　(レ)浄瑠璃

以上一七種、となる。

右の四種の名目は、かなり区々のものとなって混乱するので、総合して整理しなおす

と、次のごとくになろう。下段の数字は、前掲四部の中のどれに入るかの注記である。

(1) 読本(稗史)(実録・小説)　(二)(三)(四)
　復仇幷忠誠実録(敵討)　(三)(四)
　長編大巻　(三)
　時代物　(三)
　奇談・怪談　(三)
　高僧伝　(三)
(2) 咄本(落咄)　(一)(四)
(3) 洒落本(吉原もの)(小本)　(一)(二)(四)
(4) 中本(中型)　(二)(三)
(5) 滑稽本(戯作本)　(三)(四)
(6) 人情本　(三)(四)
(7) 草双紙(絵草子・臭草子)　(一)(二)(四)
　行成表紙　(一)(二)
　からかみ表紙　(一)
　赤本　(一)(二)
　黒本(黒標紙)　(一)(二)
　青本(蒼《あを》)(黄標紙)(黄表紙)　(一)(二)(四)
　袋入り　(二)
　上紙摺り　(二)
　合巻　(二)
(8) なぞ・地口尽し・目附絵　(二)
(9) 年代記・用文章　(一)
(10) 往来・早引　(一)
(11) 道中記　(四)
(12) 浄瑠璃本　(二)(四)
　義太夫抜《ぬき》本　(一)
(13) 長唄本　(一)
(14) あふむ石(せりふ本)　(一)(四)
(15) 評判記　(四)
(16) 吉原本　(四)

⒄ 吉原細見　㈠ ― ⒅ 艶本　㈣

以上一八種、なお洩れたものもあろうが、おおむねこれが当時の地本類のほとんどといえよう。表紙の色や書型など、外型による名目が目立つ所が地本の特色でもあるので、地本類の研究には、特に外型の如何に対する配慮を重要とすることが理解されよう。

⑴―⑺は、近代にいわゆる「江戸戯作」とよぶものに当り、中でも⑺は特に草双紙と総称されるもので、⑻もそれに類する。⑼―⑾は日常手紙の文案(用文章)や、簡易辞書(早引)、初等教科書(往来)といった実用書類で、これらは前述の「書籍目録」類にも記載されて、むしろ書物屋仲間の得意とする出版物でもあるのだが、地本問屋もその一部を担当していた。⑿―⒂は芝居・音曲に関するもので、今では「劇書」とよばれるジャンルに含まれるが、これは地本屋の最も得意とする分野で、こまかく分類すれば種類もなお大きく増えよう。近時、赤間亮氏編『江戸の演劇書――歌舞伎篇』(早大演劇博物館)が刊行され、細かな種別解説が行われている。参照されたい。⒃―⒅はいわゆる軟派モノで、これもまた地本屋の得意とする分野である。

以上に概略を述べた十八項目のうち、若干のものについてもう少し詳しく説明してみよう。

読本　「読本」については、既に「書籍目録」の方でも、「教訓」「奇談」「風流読本」

などの名目が、宝暦四年(一七五四)板辺りから定着しており、これは正徳(一七一一—一六)頃から、八文字屋本を指して、「ひらがな絵入よみほん」等の用例を指摘することもできて、既に上方で八文字屋系の浮世草子を中心に「読本」の名目ができ上っていたわけだが、文化(一八〇四—一八)頃にその盛期を迎えた地本としての読本は、前にあげた『外題鑑』等をみれば、通俗軍記や実録などを直接の母体として、そのさらなる読みもの化を図ったものとして意識されて来た如くである。

同じく『大惣書目』には第十冊目に「実録・小説」、第七冊目に「小説本」の名目があり、「実録・小説」の部には『外題鑑』と同様の馬琴モノを中心とした読本類が多数著録されていて、既に「小説」の名目が、本来の白話小説などから離れて、読本を中心としながら現今の「小説」に近く用いられているように思える。もう一つの「小説本」の名目は、巻頭目録にのみ、中型と半紙型と合わせて千七百部という大部の数字が記されるが、残念ながら第七冊目の本文は、現在欠本となっていて、どういう本が「小説本」として記載されていたのかは窺うことができない。しかし右の部数からみて、この「小説本」はまさしく現今の「小説」の意で用いられたものであろう事を推測させるに十分である。

横山邦治氏の労作『読本の研究』には、「小説」に「よみほん」の訓を用いた初出例を、享和二年(一八〇二)刊の『灯下戯墨玉之枝』の序と記されるが、これは無論原義の中国白話小説に近いものとしてこの字を宛てたに相違なく、このあたりから次第にその範囲を広げていったものであろう。

咄本　「咄本」の名目も、近世初期から「書籍目録」類に見えるものだが、地本にいう「咄本」はいわゆる江戸小咄に当るもので、おおむね洒落本と同じ小本型か、絵草子仕立ての中本型のものを言う。

洒落本　「洒落本」の名目は既に安永期(一七七二—八一)から用いられており(拙稿「洒落本名義考」参照)、「小本《こぼん》」「蒟蒻本《こんにゃく》」などの称はその型態による通称である。中本型のものも初期から断続的に出ており、これを「大蒟蒻」と称するのもやはり型態による。

中本　「中本《ちゅうぼん》」は文化頃から、特に『道中膝栗毛』以来の中本型滑稽本の総称として用いられるのが普通だが、初めは人情本などもこの称で呼んでいる。この型は元来最も地本らしい型といえるが、半紙本型で内容的にも軍談や中国小説風の、もの堅さを装った時代物を定型とした読本などにも、時折この型をとるものがあって、寛政(一七八九—一八〇一)頃から「中本読本」ともいうべき作品が生まれている。その場合、おおむね内容的にも時代物を離れて世話物風の味のあるものが多いことが既に論じられており(中村幸彦氏「人情本と中本型読本」)、いずれにしても「中本」という名称そのものが、書型としての称を離れてそのような内容を予測させるものであるからであろう。

滑稽本　「滑稽本」は、寛政期まではもっぱら「洒落本」の別称として用いられ、「滑稽本」と書いて「しやれぼん」と振り仮名される例が多いが、やはり『膝栗毛』以降、洒落本を離れて、中本型ゆえに中本の称が用いられ、ごく幕末になって次第にこの名目が用いられだしたようである。

人情本　「人情本」もすべて中本型をとるので、初めは中本と称するが、一方の洒落本から分かれた頃は内容に拠って「泣本《なきほん》」の称があてられることがあった。だが、天保四年(一八三三)の『春色梅児誉美』四編序文に、春水自身「江戸人情本作者《もの》の元祖」と署名する辺りから明瞭にジャンル名として意識されるようになる。

草双紙　「草双紙」は総称であり、これも基本は中本型である。その展開の跡づけはもっぱら表紙の模様や色によって称される。既に専書も多いので、詳しくはそれ等を参照されたいが、二、三注記のつもりで記せば、「**行成表紙**」と「**からかみ表紙**」はあるいは同じものを指すかと思われ、馬琴は『近世物之本江戸作者部類』に「享保まではさるさうしありといへども沙綾形、或は毘沙門亀甲形なる行成標紙をもてして、酒顚童子物語、朝皃物語などの絵巻物を小刻にもしたり、或は堺町なる操り芝居和泉大夫が金平浄瑠理の正本を板せしのみ」といい、春町《はるまち》は安永七年(一七七八)刊の『辞闘戦新根《ことばたたかいあたらしいのね》』に「こゝに享保年中の頃迄出来たる江戸草ぞうしのはじまり、正本といふものあり、俗にからかみびやうしといふ。此手下にはちかづき、うすゆき、ゐぼしおり、きんぴらかぶとろん、その外名だかき者おびたゝし」といい、いずれも同じ物を指しているように思える。いずれにせよ享保(一七一六―三六)頃までに、沙綾型、あるいは雷文つなぎ等の細かい地模様の入った表紙をかけた半紙本あるいは中本の絵草子がそれに当るという。その他、江戸では祐信絵本や春信絵本の山金堂板に、揃って行成表紙を用いたものが後年まであり、上方でも子供絵本の一冊ものはずっと後年までこの表紙を用いている。

草双紙はその後、**赤本・黒本・青本**と、表紙の色による名目の変遷が生じる事は既に周知の事だが、特に青本を、安永四年(一七七五)の『金々先生栄花夢』以来「**黄表紙**」と呼ぶようにするのはあくまで近代の文学史上の措置で、当時そのような明確な区別はもちろん意識されていない。江戸期に「黄表紙」の名をジャンル名として用いた例は、管見では前にあげた『大惣目録』の惣目録に用いられたのを見るに過ぎず、それもかなり後年に書き加えられたものではなかろうか。馬琴は『江戸作者部類』に「黄標紙なるを蒼《あを》と唱ること」「黄標紙のくさそうし所云あをなり」などと記して、「黄標紙」の称はあくまで表紙の色(本来は萌黄《もえぎ》色、即ち青で、それがすぐ褪色して黄色になるという)をいう場合に用い、ジャンル名としては「蒼」と記している。

「**袋入り**」は馬琴の言う所は「あたり作の新板は大半紙二ツ切に摺りて薄柿色の一重標紙をかけ、色すりの袋入にして、三冊を一冊に合巻にして、値、或は五十文、六十四文にも売りけり、こは天明中の事なり」という。当時の草双紙は新板三冊もので二十四文と別の所に記すので、要するに「袋入り」は特製の高価本という事になる(図1)。一方、

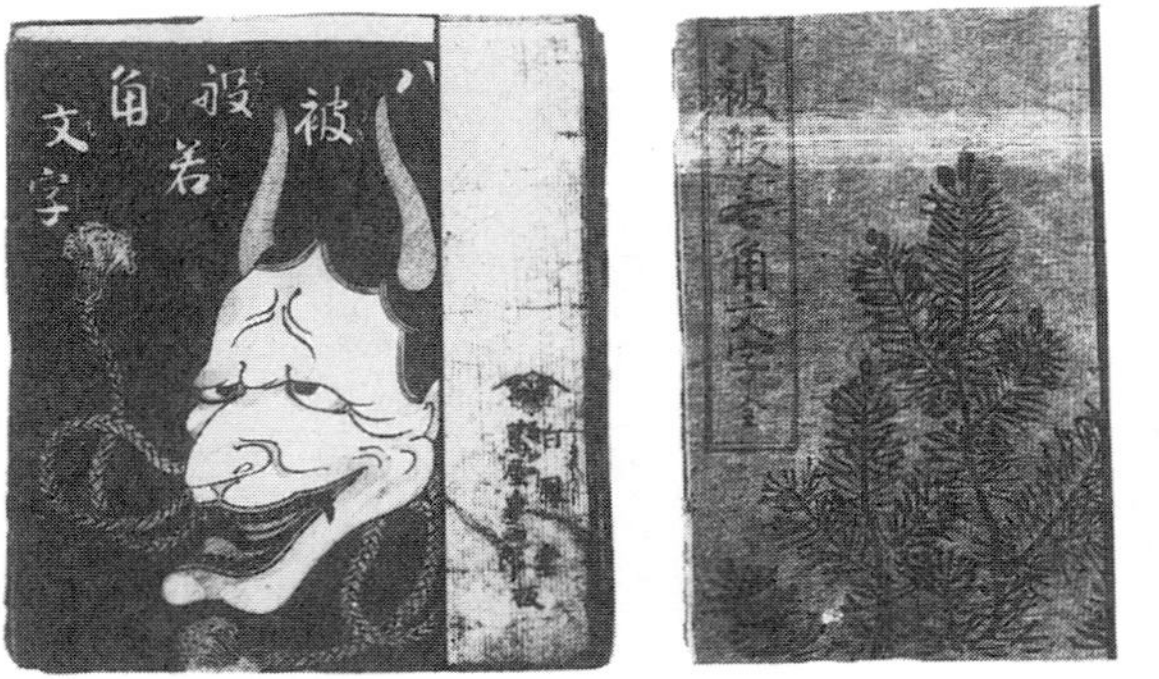

図1　袋入りの黄表紙　『八被般若角文字』(山東京伝作画, 袋入一冊もの, 天明5年板). 松浦史料博物館蔵本. 表紙(右)は墨刷り, 袋(左)は色刷りである.

大田南畝の青本評判記『菊寿草』(天明元年板)には「どうりで去年袋入の本にあつた」「去春袋入の金箱が此度も又」など、『岡目八目』(天明二年板)には「袋入にしてもよい位だに青本とは有がたい」「色のさめたる袋入を、そめ直したる青本の仲間入」等の評語があり、これでみれば馬琴の言とは逆に袋入り一冊本の当り作を次の年に三冊の青本として出したというのが真相らしい。しかも南畝はその評判記に袋入本は一切とりあげず、同じ内容のものが三冊の青本仕立てになったものは採用する。このあたり、当時の通念として「袋入り」と「青本」とは明らかに種類を異にし、たとえ内容は同じでも造本の仕様が違えば別種とするという意識があったもののごとくである(『鑑賞日本古典文学』第三十四巻所収の拙稿「『戯作評判記』評判」参照)。なお袋入り本の始めは安永六年板の朋誠堂喜三二作『新板桃太郎』である旨、諸年表類に記すが、原本は未見。

「上紙摺り」はやはり『江戸作者部類』に「文化の年よりこれらの作のよろしきものを半紙に摺り、無地の厚標紙をかけて袋入にしたるを上紙摺りと唱へて、京摂の書賈へ遣して、彼処の貸本屋へ売らせ」とある。即ち貸本屋用に半紙型の厚紙表紙にしたものだが、これも南畝が享和二年に長崎から出した手紙に「絵双紙、京伝作上紙摺十二冊、並すり六十八冊、袋入二冊、しやれ本二冊被遣面白候」とあって、文化より以前から行われたもの。価は壱匁《いちもんめ》から壱匁五分と『江戸作者部類』にいう。「**合巻**」については、これまでにも諸氏に論あり、拠るべきは『日本古典文学大辞典』にまとめられた鈴木重三氏の説であろう。

なぞ尽し　「なぞ尽し」「**地口尽し**」「**目附絵**」の類は、全く「袋入り」と同型の仕立てで行われたもののようで、他に狂歌や落咄《おとしばなし》の本にも青本仕立てのものがあるが、おおむね一冊もので絵題簽はあまり用いない。上方にも同じようなものがあるが、こちらはおおむね半紙本の一冊で行成表紙が多い。

鸚鵡石　「鸚鵡《おうむ》石」は歌舞伎の名せりふを抜き書きして板行したもので、既に元禄(一六八八―一七〇四)以前から同類のものは刊行されているが、特に明和(一七六四―七二)以降、三芝居の座元と契約を結んだ地本屋が興行毎に板行して大いに流行した。天明(一七八一—八九)頃に永下堂波静が名づけたという説(『作者年中行事』)があるが、それ以前に上方に既にこの名を冠したせりふ本がある。

吉原本　「吉原本」は吉原に関する諸書の惣称で、種彦等がその好古癖から古板の吉原関係書を珍重した辺りに、その命名は発しているように思える。

艶本　「艶本」はまた「**春本**」「**笑本**《わらいぼん》」とも称し、その略称として「**和印**《じるし》」「**ワ印**」の称もできた。絵本を主とするが、特に読本仕立ての物語で、口絵や挿絵にのみ春画を配したものや、絵は普通の絵で本文を春本としたものを「**読み和**」とも称する。色刷りに贅を尽した豪華本も多く、近年の自由な風潮によってかなり脚光をあび始めている。

三　分類意識の変化——明治・大正期

江戸期地本類にたてられたこれらの名目が近代に入って明治・大正と、どのように整理されていくかを、特に戯作類に限ってみておくのも無意味ではあるまい。前述の例にならって明治・大正のそれぞれ一つずつ代表的な例をあげてみる。

明治三十九年刊の『新群書類従』はその巻七を幸田露伴編「書目」にあてるが、その内容は次のごとくである。

(1)江戸狂歌　(2)俳諧　(3)浮世草子　(4)好色本　(5)吉原書籍　(6)青本(正徳から天保ま

で）(7)合巻（作者別）(8)草双紙（弘化から慶応まで）(9)笑話　(10)洒落本　(11)中本（絵草子外の滑稽物）(12)人情本　(13)読本　(14)浄瑠璃本

以上十四種、内(1)から(4)までは地本の分野ではなく、また「俳諧」は阿誰軒編、井筒屋刊の『俳諧書籍目録』を、「好色本」と「吉原書籍」はいずれも柳亭種彦編の手録を、「合巻」はやはり無名氏編の手録を、「浄瑠璃」は一楽子編刊の『外題年鑑』を、というように江戸期に既成のものを利用して増補を加えている。

大正十五年には朝倉無声氏の労作『新修日本小説年表』が刊行され、江戸期小説年表として一応のまとまりを見る。それには、

(1)仮名草紙　(2)浮世草紙　(3)読本（寛延―元治）　(4)軍記実録（写本）　(5)滑稽本（宝暦―慶応）　(6)洒落本（宝暦―天保）　(7)人情本（文政―慶応）　(8)噺本（元和―慶応）　(9)草双紙、その一・行成表紙（延宝―天和、一冊モノ）、その二・赤小本（一冊モノ）、その三・雛豆本（元禄―享保）、その四・赤本（天和―明和）、その五・黒本（延享元―安永三）、その六・青本（延享二―安永三）、その七・黄表紙（安永四―文化三）、その八・合巻（文化四―慶応三）、その九・小合巻（文化十三―天保三）

以上九種、その内(9)の草双紙をさらに九種に分け、黄表紙を安永四年（一七七五）から、合巻を文化四年（一八〇七）からとする分類が初めて現われ、ここに近代における文学史のジャンルと時代区分がようやく定まった感があるが、またそれによる弊害――例えば、

かえってこの細かな分野に規制されて展望がきかなくなり、痩せたジャンル意識といえるような物が生じているなど——も、近年ようやく意識され始めたと言える。そのような弊害を乗りこえる一つの方法として、既述したような江戸期の分類意識にたち戻って、もう一度見つめ直すことが必要かと考え、敢えてこのようなことを記してみた。

古書の分類は書誌学にとって極めて重要な分野の一つであろう。筆者自身も乏しい経験ながら、これまでも二、三の文庫や図書館の整理を体験した。その折、最も苦労するのが蔵書の分類である。これは現在の図書館のおおむねが、十進分類法を採り入れていて、和古書の類もそれに合わせた分類を要求される所にその原因の多くがあるように思われる。これは本来極めて無理なことを敢えて行っているという気がしてならないので、何かの機会に一度、和古書の分類法を徹底的に検討し直すことが必要なのではなかろうか。そして和古書には和古書にふさわしい分類を採用すべきであり、それには既述の「書籍目録」類を中心とした、江戸期の分類意識を中心に考えるのが最も妥当な事なのではなかろうか。近代以前の生産物である和古書を敢えて十進分類法で処理しようとするのは、ここにも悪しき近代主義の影がちらついているように見えてならない。

単なる一例として私見を述べれば、和古書はまず写本と板本に大分類し、写本は江戸以前と江戸期に分ける。板本はこれまた古刊本と江戸期板本とに分け、江戸期板本は、まず書型によって、大本、半紙本、中本、小本の四部に大分類する。その他横本は別に一括する。その上で、各部の中で「書籍目録」や地本の分類意識に沿いながら、さらなる下位分類を考え、そこに現在の学問水準による判断も加味していけばよい。写本も江戸期写本はおおむね板本の分類に準じてそれほど支障はきたさないように思う。そして江戸期の板本と写本とで、現存する和古書のほとんど九割方になるはずのものであり、その他の一割は完全な貴重書として、それなりの分類を考えることが必要かと思う。分類はあくまで便宜的な処置なのではあるが、一度定まると、知らず知らずそれに従った考えに馴らされてしまう。江戸期に即した文学史を志すならば、まず江戸期に即した分類法に従って考えを進めることが大切なのではなかろうか。

第六章　板本の構成要素——書肆の受け持つ部分

一　表紙

　これまでに、板本の板式・書型・装訂・種類などについてのあらましを書き終えたので、本章では具体的に板本の各部分を採りあげて、その書誌的な意味を考えてみたいと思う。まずは表紙から出発する。

　板本の表紙は、さきに「装訂」の項でも述べたように、その装訂法によって決まってくるが、大別して、前後が一続きの一枚ものと、前後別々に二枚を用いるものとの二通りになる。前後を一続きに一枚の紙で覆ってしまうものが包み表紙、くるみ表紙ともいう「**包背装**」であり、別々に二枚を用いるのが「折帖」「画帖」や「大和綴じ」「袋綴じ」「結び綴じ」等の綴じ本類である。巻子本仕立ての板本の場合も、巻き終った所で全体をくるむように付けられるやや厚手の表紙があり、これも一枚ものの一種である。

　写本類、特に「結び綴じ」(従来のいわゆる「大和綴じ」)のものには緞子《どんす》などの豪華な布《ぬの》裂《きれ》を用いた裂表紙が多いが、板本に裂表紙が用いられる例は極めて少なく、板本の改装本ではなくて、原表紙に裂表紙、布表紙が用いられていれば、まず献上本などの豪華版、特製本と思ってよい。また化政期前後からは法帖や画帖などの折帖類に欅《けやき》などの板を用いた板表紙が用いられる例が少なくないが、これは唐本の板帙《いたちつ》などを模倣した作りであろう。

ともあれ板本の表紙の九割はともかく紙表紙であり、それも綺麗な模様や光沢のある紙にやや厚手の裏を打った丈夫で美麗なものを用い、仕立てた時は前後の表紙の表紙裏にはそれぞれ本文と共紙の用紙を一枚糊付けにして用いる。その場合前表紙の裏は、後述する「見返し」となる場合が多く、後表紙の裏は同じく「奥付《おくづけ》」となる場合が多い。

表紙の仕立ては、大方は前記の表紙用に裏打ちした紙を、前後共に、それぞれ天地と左右の四方から一、二センチほど中へ折り込んで、四周を補強した型に作って用いるが、これを俗に「**三方折り込み**」と称するのは、前述した表紙裏の当て紙の糊付けがとれて表紙裏が直接露出した場合、糸綴じの綴じ代に当る背小口の部分は見えないで、残りの三方の折り込み部分のみが見えるので、そのように称され始めたのであろう(図1)。

表紙の仕立ての今一つは、綴じ代の反対側の部分のみを折り込んで、天地と背は紙の切り口のままにしておくもので、俗に「**切り付け表紙**」と称している(図2上)。そしてこの表紙の場合は小本や中本の洒落本《しゃれぼん》や合巻《ごうかん》といったいわゆる地本類に多い。半紙本以上の大型本に用いられないのは要するに強度に欠けるからであろう。

切り付け表紙には四方共に全く折り込まず、切ったままのものをそのまま用いるごく簡略なものもある。例えば『吉原細見《よしわらさいけん》』など(図2下)。

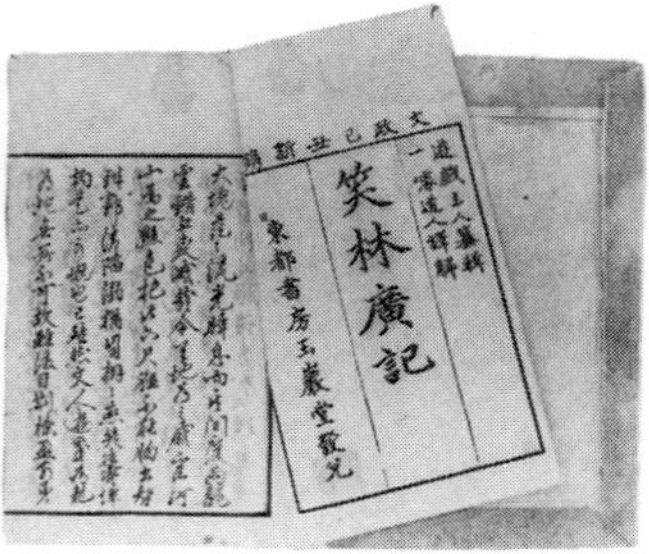

図１　三方折り込み表紙
『笑林広記』

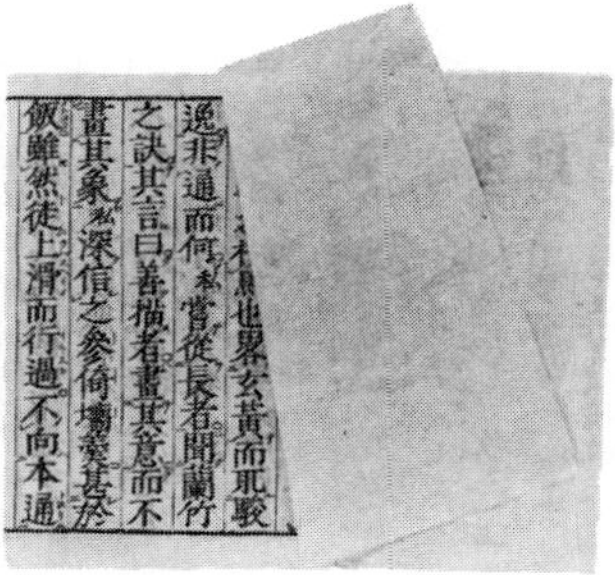

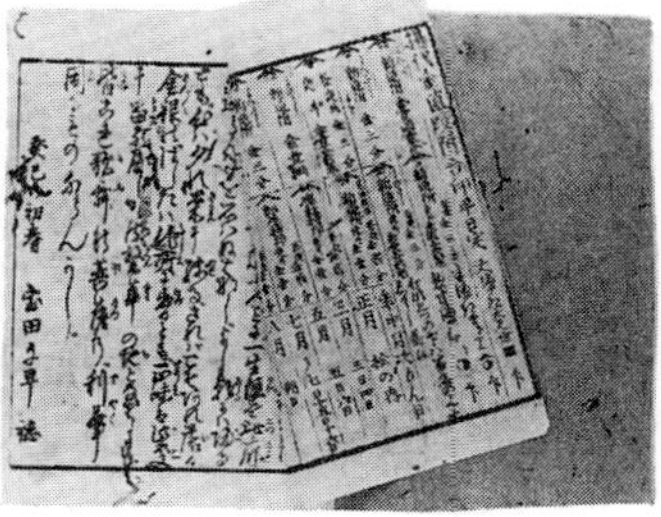

図２　上：切り付け表紙
『寝惚先生文集』
下：切り付け表紙
『吉原細見』天保版

また「**共紙表紙**」と称して、本文の袋綴じの一丁分をそのまま表紙に用いたものがあり、後期の草双紙類にはその表を美麗な表紙絵で飾るものがよく見られる(図3)。

板本における表紙の紙質や模様は実にさまざまだが、大別して単色の染紙を用いるものと、模様のある紙とに分れ、その模様も、型押しの凹凸(即ち空摺り)による毘沙門格子《びしゃもんこうし》や蔓唐草《つるからくさ》などを全面に施したものや、後述する光悦本に代表されるような唐紙《からかみ》風の模様の圧印によるもの、金銀泥などを基本として手描きしたもの等々があり、微妙に時代の風や、製作者の好みを反映する所が面白い。

紙質はおおむね鳥の子ようの紙に裏打ちをして補強して用いる場合が多いが、本の顔となるだけに、高価な物が多く、そのため、製作過程においても特別な一工程として、表紙専門と思われる「表紙屋」の存在が近世初期には明らかで、やがてそれが「表紙屋某」と名のる板元としても登場して来るのは、手近くは『書賈集覧』等にも万治―延宝から元禄―享保頃まで、京・江戸に散在する。代表例としては『人倫訓蒙図彙《じんりんきんもうずい》』(元禄三年板)に絵入りで示されるものが著名で(図4)、「表紙屋書本《かきほん》、板《はん》本、白紙品〳〵を本屋よりうけとり、かけるなり。むかしは一枚紙にて有。中比うらうちいたし、表紙といふなり」と、説明される。この場合の中比《なかごろ》は、近世初期ととっておくべきだろう。より具体的には『京雀跡追』(延宝六年刊)に京の、『国花万葉記』(元禄十年刊)に大坂の表紙屋について記載されている。渡辺守邦氏の『古活字版伝説』(「日本書誌学大系」54)には、古活

図３　共紙表紙『大通山入』(安永９年板・黄表紙)本文と共紙に，外題や宝尽しの模様を刷り込んである．

図４　表紙屋『人倫訓蒙図彙』

字本時代の表紙に関する面白い事例が示してあって参考になる事が多い。

　それだけ高価なものらしく、より後年になっても、竹苞楼《ちくほうろう》の開板記録『竹苞楼大秘録』や鈴屋の開板記録等にも、表紙のみ一項目だてとなってその値段が記される場合が多い。

　いわゆる「古版本」の類の内、五山版が出来る以前の、春日版や高野版を主とした仏典類の場合は、ほとんど巻子本仕立てか帖仕立てであり、しかも年代を経て現存するのであるから、表紙からして紛《まぎ》れも無い原装のままというようなものがどれくらいあるのか、私などには到底見当もつかぬが、帖仕立てのものなどは表紙も特別なものを用いず、本文と共紙の表紙という質素な姿のものが案外多いようにも思う。

五山版となると、私の見ることができた物はより少ないので、先達川瀬一馬氏の記述をかりれば、鎌倉末から南北朝まではほとんどが包背装で、表紙は文様のある紙ではなく、藍・淡青・朱・淡紅・茶褐・黄・香色等の一色のみの染紙を用いるとされる(『五山版の研究』上巻)。やはり、当時の国文学の写本類の表紙のような派手さや豪華さは無く、意外と質素な感じを受けるのは、やはりそれ等の書籍が学僧達にとってのごく実用的なものとして作られたからであろう。古版本の表紙の中でも豪華さにおいて最も人目をひく丹表紙なども、五山版においてはわずかに直江《なおえ》兼続《かねつぐ》等の遺愛品によく見られるのみというのも、川瀬氏の記述される所である。

さて、このように板本の表紙は、その書物そのものの性格や作者・出版者等の好みを反映する場合が極めて多く、特に文様や紙質の面で、それぞれ時代や作品のジャンルに即して何がしかの共通性を見せる場合が多々あり、「同表紙本、同年代」説もあって、識者の間では、その板本の刊行年時や、作者を探る上での重要な手がかりとして追求される場合も少なくない。

次に、江戸期に入ってからの代表的なものを列挙する。

㈠ **栗皮表紙**　江戸初期、寛永前後までの板本の表紙としては最も代表的な物で、濃褐色の表面に光沢のある、ちょうど栗の実の表皮のような一色の色ツヤの表紙をいう。

古活字本類や抄物《しょうもの》・仏書・医書等に多く、この表紙によっておおむねの時代判別にも用いられる程で、従って後世の本好き連中が、そのような時代色を出すために、仏書や医書の端本の表紙をわざわざ保存しておいて、つけ換えたりしている場合も多いので、注意を要する。

(二) 丹表紙

やはり、寛永前後頃の板本に特徴的な表紙で、あざやかな丹一色の、いかにも豪華な雰囲気を醸し出す表紙であり、蔵書家に最も好まれる表紙といえよう。丹は水銀を用いているので、酸化して銀色や鉄色に変りかけた部分などもあり、それがまた喜ばれる。実際明暦版『甲陽軍鑑』二十三冊や『白氏文集《はくしもんじゅう》』三十五冊、あるいは慶安版『文選《もんぜん》』六十一冊、さらには寛永古活字版『平家物語』十二冊や、同じく古活字版『竹取物語』二冊等々が揃いの原装丹表紙で目の前に並んでいるのを見て垂涎《すいぜん》の想いにかられない愛書家はまずいないのではなかろうか。ただしそれゆえにこの丹表紙もまた、後世の蔵書家や古書肆の手によって付け換えられた改装本が、特に仮名草子類の一冊本などに多く見られるのは注意すべきである。

丹表紙本は古くは室町期からみられるが元禄頃になるとほとんど見られなくなる。一説に水銀が高価なために、次第に用いられなくなったというが如何《いかが》か。寛政期以降、屋代輪池・北静廬・小山田与清等を始めとして京伝・三馬・種彦等戯作者までを捲《ま》きこんでの考証癖、好古癖がたかまるにつれ、再度丹表紙趣味ともいえる気運が生じて、今度は明らかに特定の著者や板元の好みによる丹表紙本の出版が目立つようにもなる。例えば鍬形蕙斎の略画モノや『北斎漫画』、あるいは大石真虎《まとら》の『神事行灯《しんじあんどん》』などを中心にした名古屋の永楽屋の出版物等々の絵本類は、いかにも華やかな感じと好古癖のいりまじった感があり、元禄以前の遊里風俗を考証した『睡余小録』を『山東菴一夕話』と改題して、いかにも京伝がかかわったように見せた時は、ごく古風を模した題簽《だいせん》を丹に塗って、京伝好みを派手に訴えるよすがとした。喜多村筠庭《いんてい》の考証随筆『瓦礫《がれき》雑考』二冊なども、明らかに丹表紙をもって好古癖を表紙にあらわしている。

　板本のみではなく写本の場合も、大田南畝とのつきあいの繁かった古書肆青山堂平吉は、しばしば珍本とおぼしきものを丹表紙につけかえて、題簽は紋蠟箋《もんろうせん》に南畝の手で外《げ》題《だい》を書いてもらうのを常としているし、幕末・明治の大古書肆朝倉屋でも、自家製の写本の表紙はおおむね丹表紙を用いている。ただし幕初の頃の丹表紙と、後期のそれとは、やはり丹そのものの成分に良否があるらしく、その味わいにおいては数等の違いがある。

㈢　光悦本

表紙の趣味を云々する時、誰しも一番に思いつくのは光悦謡本《うたいぼん》の表紙であろう。光悦謡本の書誌に関しては、既に表章氏の労作『鴻山文庫本の研究』に委曲を尽して述べられており、もっぱらそれを参照すれば事足りよう。慶長中期以降寛文頃まで刊行されたかとされる光悦謡本は、大きく五種十七類ほどに分けられるほど異種版が多いが、その表紙もおそらくは光悦の意匠によるかとされる模様を十種以上もの色変りの料紙に雲母《きら》刷《ず》りにした、いわゆる「唐紙表紙」のもので、図案そのものも表氏の調査に拠れば一五〇種ほどにものぼるという。梅の立枝や大竹、あるいは親子鶴や大鹿など動植物の姿をそのままに絵画的に画いたものや、麻の葉・鱗波、あるいは獅子丸牡丹、蔓牡丹などのいかにも紋様風のものなど実にさまざまで、特に動植物の絵画的図案ののが、いかにも光悦風として喜ばれている(図5)。そしてこの表紙は同時代の観世流謡曲の板本類にもしばしば流用されており、当時からいかにも喜ばれて用いられたものらしい。

謡本以外の光悦本、または嵯峨本と称される書物も多いが、いずれの表紙も独特の秀れた意匠を持つものが多く、中には本文料紙と共紙の宗達下絵雲母刷りのものなど(『方丈記』特製本等)があって、美術品としても第一級の折り紙つきと言うべきである。

近世初期の謡本は、光悦本に刺激されたゆえか、特に表紙の意匠に気を配ったものが多く、例えば元和卯月本とよばれる元和六年四月観世暮閑の奥書を持つ整版本百冊などは、全冊それぞれの曲の内容にちなんだごく細密の絵を濃紺の地紙に表裏と続けて金泥で手描きにした豪華なもの(図6)であり、寛永六年の寛永卯月本とよばれる本も、同じく紺地に金泥絵入りの表紙のものがある。これらは光悦本に対する対抗意識もさる事ながら、一方で近世以前からの歌書・物語類におけるいわゆる「嫁入り本」などに見られる金泥手描き模様表紙の伝統を受けたものとも見られよう。いずれにせよ謡本の表紙模

図5　光悦本『鸚鵡小町』

図6　元和卯月本『白楽天』

様の美しさは、より後年の明和改正謡本と称ばれる明和二年板観世元章改正本にも及んでおり、こちらは七宝模様磨出しの紺地に千鳥模様を銀刷りにした題簽を用いたもので、地を丹にした色替りもあって、やはり十分に人目をひくものになっている。その他後年になっても抱一《ほういつ》や松平不昧公《ふまいこう》などの琳派《りんぱ》につながる人々は好んで光悦風の表紙を用いて自著を粧っている。

㈣ 行成表紙　いわゆる藤原行成好みといわれる模様紙、即ち行成紙《こうぜいがみ》を用いた表紙ということだが、さてこの行成紙というのが何ともつかみ難い。基本的には薄い鳥の子の色紙に細かな模様を雲母で型置きにしたものということで、古くは歌などを書く時の料紙に用いたようだが、模様の好みによって貫之紙とか行成紙とかの区別もあった。それが近世に入って本の表紙として用いられるようになると、要するに細かな模様を型染めにしたものの総称となったようで、第五章・第二節でも引いたが、馬琴は「沙綾形、或は毘沙門亀甲形なる行成標紙」(『近世物之本江戸作者部類』)などと書いて、おおむね享保頃までに刊行された御伽草子や浄瑠璃正本類の表紙を指しており、おそらく同じものを、春町《はるまち》の黄表紙『辞闘戦《ことばたたかい》　新　根《あたらしいのね》』では「からかみ表紙」と称えている。即ち享保頃までの舞の本・浄瑠璃本、あるいは御伽草子等、特に江戸の地本類によく用いられた細かい型染め地模様入りの表紙の総称という事になろうか。ただしその場合、後述する毘沙門格子に竜紋入りの、松会版《しょうかいばん》などに多出する模様紙なども行成表紙というのかどうかが今一つはっきりとしない。また馬琴は享保以前というが、無論その後も行成表紙は盛んに用いられており、特に上方の子供絵本や、江戸では春信以降の浮世絵系の半紙版絵本類(図7)に目立って用いられる。前者は特に紺色を基本として、中に赤色や緑色の変り色もあり、後者は紺色で毘沙門格子や沙綾型の地模様を置いた上に、宝尽しや松竹梅の丸などを散らした模様が最もよく見られる。特に寛政前後頃に江戸の山金堂山崎金兵衛が求板刊行した祐信や春信・豊信などの絵本類はほとんどきまってこの表紙であり、いずれも初板はまた別の表紙を用いているようなので、表紙を見ただけで山金堂の求板本であることがわかる。

㈤ 巻竜文表紙

毘沙門格子地に巻竜文を三つ四つ散らしたこの表紙は、特に天理本

図7　行成表紙『絵本栄家種』

図8　巻竜文表紙『宗祇諸国物語』

の荒砥《あらと》屋《や》版後印本《こういんぼん》『好色一代男』に用いられて人目をひいた所から、木村三四吾氏の追跡が始まって、一躍板本の表紙中の大名物とも称すべき存在となった(図8)。木村氏の追跡の仔細は、木村氏私家版、餘二稿第十一に当る近刊『松の葉』の解題に詳述されており、この稿を読めば表紙の調査が書誌学上持ち得る意味の如何なるかが、おのずと会得できるものとなっている。

　木村氏の調査で明らかになったこの表紙の沿革は、当初鱗形屋《うろこがたや》や松会版などの仮名草子や絵入り本に寛文前後から多く用いられ、やがて天和・貞享頃に上方《かみがた》へも移行して用いられ始め、前記の『一代男』後印本や、同じく西鶴の『諸国ばなし』、さらには『諸艶大鑑』『五人女』の後印本などに用いられたのは、あるいは西鶴自身の好みもあったかと推測されている。上方ではさらに地模様を毘沙門格子ではなく乱れ雲に替えたもの(『諸国ばなし』別本)や、地は同じで巻竜に加えて鳳凰丸文を散らしたもの(『松の葉』初印本)などもあるという。さらに後年の宝暦前後から安永頃には京で縹《はなだ》色の無地に巻竜文を型押しにして散らした表紙が、文人連中に好んで用いられており(河南版『芥子園画伝』、風月版『建氏画苑』等)、特に龍草廬《りゆうそうろ》等はその姓にちなんでか、自作の詩集・歌集・法帖等に、極めて多くこの表紙を用いている。草廬好みともいうべきであろう。

(六) 重ね菊紋表紙 付俳書

正確には十六弁大輪重ね菊と呼ばれるこの表紙も木村氏の餘二稿第二(昭和四十二年)『冬の日』の影印解題に同例四点を掲げて、即ち元禄十二、三年頃刊本の表紙、それも俳書に好んで用いられたものと断じられたことで識者の間に通った表紙である。その後雲英末雄《きらすえお》氏による追跡調査で、やはり俳書の四例が加えられて、用いられた時期はやはり元禄十二、三年頃と木村説を追認された(『俳書の話』)(図9)。

木村氏の論は同じ紋様の表紙をそなえる本を数点さがしてきて、その内から初印本と覚しきものを選んで、その刊年を決定すれば、必然的にその紋様の表紙が用いられた年代がわかり、それによって別の本の場合も、たとえ刊年はいかに早かろうとも、その表紙を用いている限り、その本の刷り年代(即ち印)は前記の年と推定することができるという、即ち板本書誌学の最肝要事項である刊と印とを決定するための確実な手がかりとしての表紙利用を開陳されていて、これを読んだ時の、誠に目から鱗が落ちるような感じは、今もって忘れることができない。

雲英氏稿にはさらに俳人個々に好みの表紙を用いる例として、尾張の士朗一門は表紙に一本斜めの金筋を入れること、信州の素檗《そばく》は自撰の俳書を油で煮〆たような墨色の表紙にすること、歳旦帳はそれぞれの流派によって一定の形式を持つことなども示されている。これは、筆者も名古屋在住の頃に、故藤園堂主人から実物を示されて教示された事柄であり、おそらくは雲英氏も御同様の経験をお持ちであろう。

図9　十六弁重菊表紙『笈日記』

俳書の場合趣味的な配り本として作られるものが多いので、表紙なども特別に凝った作りの物が目立つが、所見本中の尤品といえるもの一、二を示しておこう。

まず江戸の巣兆編の『せきやてう』一冊で、享和二年の京都勝田板。利休鼠地に合歓《ねむ》木の葉を表に三枚、裏に二枚金泥で刷り込んで紅殻色の題簽を中央に置いただけのものだが、その合歓の葉の二枚が題簽の上までかかっていて、一見した所、合歓の葉紋様は後から手描きしたも

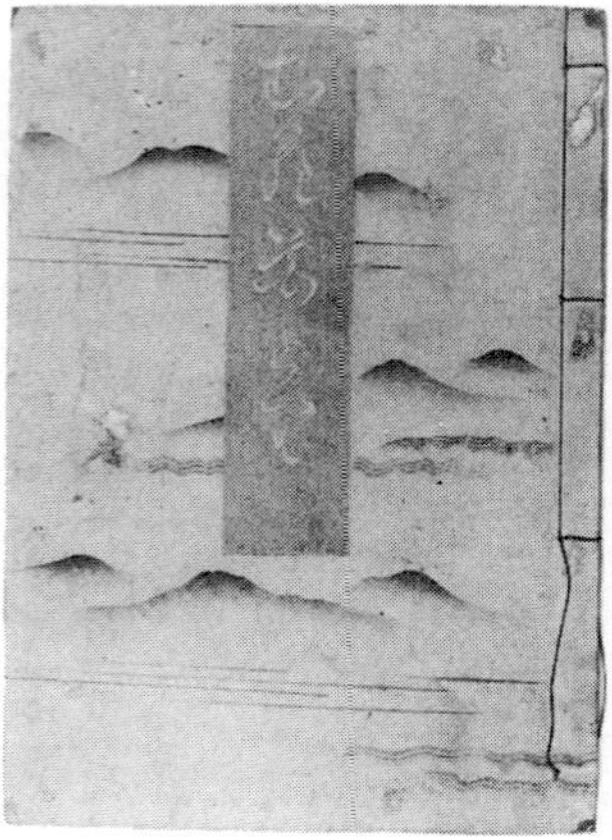

図10　『むら花とり』

のかと思えるがそうではなく、明らかに刷り込んだもの。つまりこれはあらかじめ題簽まで貼っておいて、その上に刷り込むという手間をかけたものである。

次に大坂の馬田江鵜城の『むら花とり』一冊は、文化四年板の絵入り俳書。薄砥粉色地に薄藍の遠山と代赭《たいしゃ》の霞とを表三段、裏二段に配し、題簽は中央に刷りつけて柿色地に白抜きの文字という瀟洒なもの。歳旦を兼ねたものらしいが、中の絵も四条派風の色刷りで、所々に手彩色を混じえて極めて手のこんだものであり、表紙もそれに合わせている(図10)。

㈦ **唐本表紙**　薄茶色の無地の表紙をこの名称でよぶのは今では通例のようになっており、特に洒落本にはこの表紙が多いので、洒落本の代名詞のように思われている向きもあるが、意外にこの呼称は江戸期にはその用例が少なく、いまだに「是より唐本表紙の小冊行れ……」(『莘野茗談』)といった一例しか見出し得ていない。しかも本物の唐本の表紙は、清朝に入ってからのものはごく薄手の黄色っぽい紙に白糸二本掛けというのが普通の形で、洒落本等にあるようなやや濃い茶色で、しかも裏打ちをした表紙はほとんど見られない。

大田南畝の初めての狂詩集『寝惚先生文集』(明和四年刊)は、小本一冊の片々たる姿で、しかも内容はふざけ散らしたものでありながら、その全体の仕立てを表紙見返しから本文のレイアウト、跋文まで当時隆盛の蘐園一門の先生の詩文集に酷似するように作ったものだが、その造りを、当の序文の中で「何《ナンゾ》不《ンヤ》下以《テ》二黄色《ヲ》一表《ヒヤウシトシ》レ之《ニ》、以《テ》二白糸《ヲ》一繚《カラケ》上之《ヲ》哉」と言い、また「当《テ》二斯之時《ニ》一、嵩山房《ハ》不レ許《ユルサ》二翻刻《ハンコウヲ》一、唐本仕立、千里必究、速授《ケ》二剞劂《ニ》一、沽《ウラン》レ之《ヲ》哉《ヤ》沽《ン》レ之《ヲ》哉」と述べる。春台・南郭等を筆頭とする蘐園の錚々《そうそう》たる先生方の詩文集は、黄色っぽい表紙を白い糸で綴じ、「不許翻刻・千里必究」の文字の並んだ見返しをつけ、嵩山房小林新兵衛辺りを板元として売り出されたものだが、『寝惚先生文集』成功の一端は、やや細みの明朝綴じか康熙綴じの仕立てでそれら詩文集の姿を適当になぞってみせ、漢詩のパロディとして成立した狂詩という内容をこの外型と即応させたことにあったわけである(図11)。

『寝惚先生文集』のような仕立てを唐本仕立てと呼び、この仕立ては作者層や読者層が共通する洒落本の世界で通例となったが、この表紙がやがて愛好家の間で「唐本表紙」と誤称されるようになったかと思われる。それで、先生の中央公論社版『洒落本大成』の解題では「唐本表紙」の呼称は一切用いず、「薄茶表紙」で統一した。

(八) 更紗表紙

これも後期の洒落本類に特徴的な表紙で、更紗紙《さらさ》を用いた表紙をいう。

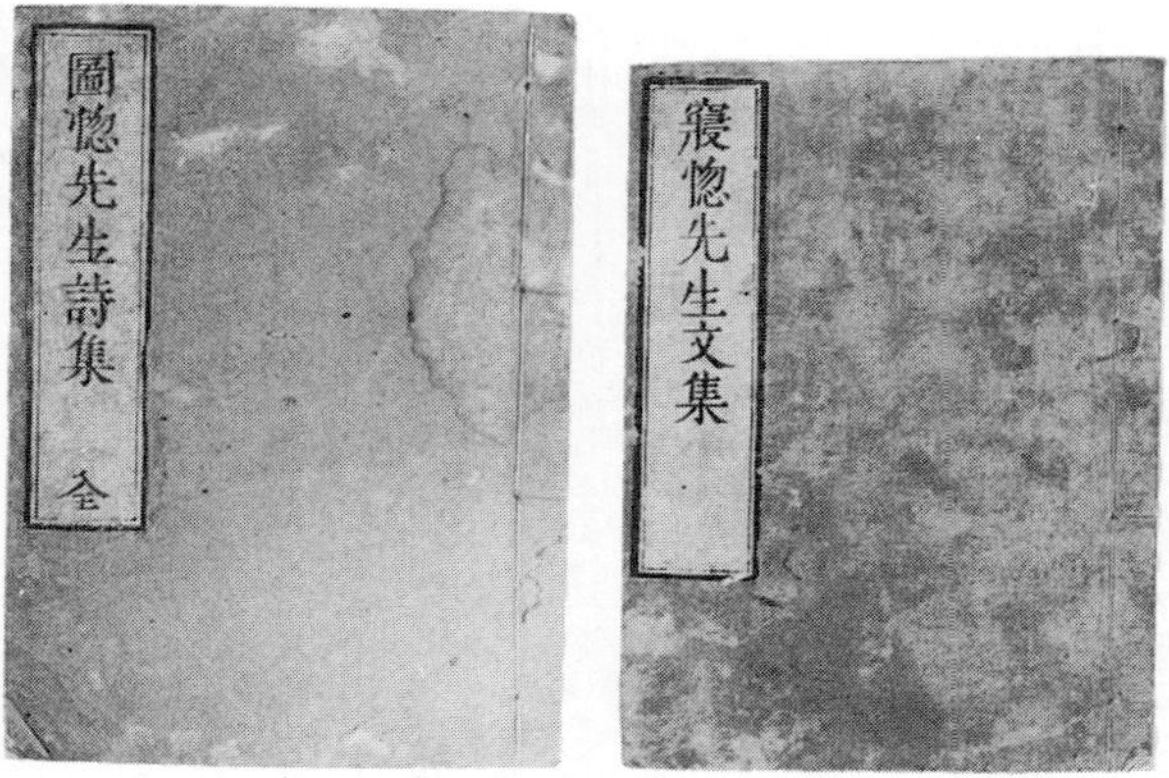

図 11　右：**『寝惚先生文集』**（蘐園詩人の詩文集の体裁をもじった狂詩集．明和 4 年板）　左：**『図惚先生詩集』**（『寝惚先生文集』をもう一つもじった狂詩集．安永 5 年板）

更紗布そのものは江戸初期から舶載されて流行するが、特に安永・天明期（一七七二―八九）頃から大流行した事は、安永七年（一七七八）に江戸で出版された蓬莱山人の『佐羅紗便覧』が、その後安永十年（一七八一）、天明四年（一七八四）と増補版が企てられ、天明五年に大坂で出た稲葉通龍の『更紗図譜』が、これまた明治に至るまで板を重ねていることでも知れる。

この更紗模様の紙を表紙に用いたのは、管見では安永二年の見立絵本『宝合之記』（図12）が最も早いが、以後寛政二年（一七九〇）に山東京伝の三部作『仕懸文庫』『娼妓絹籭』『錦之裏』に揃って用いられたのを皮切りに、寛政十年刊・谷峨《こくが》作『傾城買二筋道』あた

図12　更紗表紙『宝合之記』

図13　『絵本時世粧』

りから文化・文政期（一八〇四―三〇）江戸板洒落本には極めて多く用いられることになる。洒落本といえばどうしても前項の薄茶表紙、いわゆる唐本表紙の地味なイメージが大きいだけに、この華やかな表紙への展開は、何か作者連中の新しい気分が表紙にも托されているように思われる所である。

　このように洒落本の表紙が派手やかさに向う転身の一つの顕われに、作者が自分の名前や花押《かおう》を図案化して表紙に用いるという試みがある。初見は寛政中の刊と思われる、烏《う》亭焉馬《ていえんば》が自分の紋所を図案化した模様を用いた『男女不躭方』の一冊であるが、寛政末年には三馬が『廓節要《くるわせつよう》』『傾城買談客物語』にいずれも「式亭」の丸印と、「三」「馬」の爪印を二つ楕円形につないだ表紙を用い、谷峨も『傾城買猫之巻』に「谷」

「峨」の二字を篆書《てんしょ》風に大書して、一見源氏香模様かと思わせるような趣向を示した。三馬はまた、洒落本ではないが、遊里絵本の『絵本時世粧』(享和二年板・豊国画)の表紙を、やはり「式亭」の丸印と花押とを石畳風に型押しした意匠で飾っている(図13)。一九《いっく》は同じように『膝栗毛』の初版本の表紙に熊手の書判を模様として大きく描いており、これらはようやく戯作類が、ごく仲間内の享受に終始する段階を通り抜けて、不特定多数の一般読者を持ちはじめた時に、何よりもまず作者の名声にたよって強く印象づけようとする本屋の姿勢のあらわれと見ることもできよう。その他、馬琴の『八犬伝《はっけんでん》』は雪間に遊ぶ仔犬の散らし模様を置いて、内容とマッチさせるなど、後になるほど表紙の模様も手が込んでくる。

(九) その他

表紙に関して右のごとく特殊なものを列挙していけば限りがないので、注意すべき点のみを以下略述する。

第一は編著者の好みによって独特の表紙を用いる例を承知しておけば案外役に立つことが多い。早くは前述した光悦本のような場合もこの例にひいても良く、巻竜文も木村三四吾氏によれば西鶴の好みであった形跡もうかがえるという。龍草廬が、おそらくその姓にちなんでか、竜文の型押し表紙を好んだことも既に述べた。同時代の儒者清田儋叟《せいたたんそう》の著書に艶っぽい黄色無地の表紙がよく用いられるのも、おそらく彼の好みであろうし、沢田東江が数多く刊行した法帖類も大半は黄色地に小菊模様を一面に研ぎ出した表紙を用いるものが初印本である。谷文晁も私家版の『画学叢書』や『本朝画纂』等のシリーズはすべて濃紺か朱表紙の二種に限って用いており、現存本でそれ以外の表紙を用いるのはおおよそ別人による替表紙と思ってよい。その他このような例はなお個別に種々あるに違いないので、識者にその知見を発表していただき、それを総合する必要があるように思う。

(十) 地本類の色表紙

赤本・黒本・青本・黄表紙といったいわゆる地本の草双紙類は、表紙の色がそのままジャンル名になっていること、言うまでもなかろう。これらは従来すべて江戸出来の地本として出発したように説かれてきたが、近年、伊勢松坂射和《いざわ》寺の地蔵菩薩の胎内から出現した寛文・延宝期(一六六一―八一)京板の子供絵本類の中に、明らかに地模様の無い丹表紙のいわゆる**赤小本**といわれるものが一冊、『軍舞』の外題まで残って存在しており、刊記も「寛文八年二月吉日山本九兵衛板」とあって、紛れもなく京板である。従来知られている江戸板赤小本の最初が延宝六年(一六七八)といわれる『初春のいわひ』までしか遡れないのであれば、赤小本の出発は決して江戸地本に始まるものではなく、やはり京板に端を発するものであることが分かる。ただし射和寺の子供絵本は、右の一冊を除けば他はすべて墨地に卍字つなぎ牡丹唐草空押しの地模様の入った(一冊のみ丹地に空押し模様入りのものあり)もので、即ち第五章・第二節に紹介した、馬琴言う所の浄瑠璃正本類などに用いられた行成表紙に当るものであり、要するに上方では、寛文期あたりから、こうした小さな子供絵本が、多くは浄瑠璃本風の行成表紙で、稀には丹一色の表紙で行われ始め、それが江戸に移って、行成表紙は早く金平本《きんぴらぼん》などに使用されていて目新しくもなかったのだろうが、丹一色の赤小本は目出度い子供遊びの雰囲気にマッチする所から、もっぱら子供絵本類に恰好の表紙として用いられ、いわゆる江戸地本の赤本として定着するに至ったのではなかろうか。

江戸の赤本はその後、享保(一七一六―三六)を過ぎ、延享(一七四四―四八)頃から黒本や青本となる。即ち表紙が赤一色から黒無地、あるいは萌黄色無地の表紙に替ったわけで、その理由として、馬琴の言に拠れば赤の原料である丹(水銀)が値上りしたためという(『近世物之本江戸作者部類』)が如何か。

黒表紙は以前から演劇書の類にはおなじみの表紙であり、芝居・浄瑠璃との関わりの深い草双紙類の表紙としては、極めて妥当な選択とも言いうるが、萌黄色無地の表紙というのは、どこにその淵源があるのかはよくわからない。私見ではあるいはこれも芝居の定式幕の黒・萌黄・柿(赤)の三色にちなんだ発想かとも思える。黒本の現存上限は延享元年鱗形屋板『丹波爺打栗』と言われ、**青本**もおそらくほとんど同時の出発であろうといわれるが、後には新刊を青本で出して、再摺本の時に黒本とする例が多く見られ、ともかく近年では内容的には黒本も青本も同類と見なすべきという説に落ちついている。この黒本・青本が内容的におおいに発展して、完全に大人向きの戯作と化したものを**黄**

表紙と呼び、それも安永四年の恋川春町作『金々先生栄花夢』以来と、近代の文学史では明瞭に線を引くが、表紙の色目の上からは、青本と黄表紙は全く変りは無く、青本の萌黄色が退色して黄色になるとする説が妥当な所である。現に天明期(一七八一―八九)に入っても、当の黄表紙作家が、自作を指して「青」と称している例は、第五章にも述べた通りである。

ところで黒無地の表紙は右の黒本以前に既に浄瑠璃本などに多かったことは述べたが、特に京の八文字屋が元禄十二年(一六九九)の役者評判記を横小本に黒表紙三冊に仕立てたのを皮切りに、評判記といえば黒表紙というのが定型となって明治までに至っている例もある。

また享保前後から、儒書・神書等の道々しい書物や史書などの堅苦しい書物のことを、惣称して「**青表紙**」あるいは「青表紙本」などと称する例が、談義本や滑稽本などの中に散見する。これはそれ等の本がよく濃紺の無地の表紙をかけてあった所から発するものだが、これも前記草双紙の「青本」と混同せぬように注意すべきであろう。

黄表紙はやがて文化初年(一八〇四)頃から形体的にもさらに変化して、「合巻」と呼ばれるようになるが、この頃から表紙も一変して、従来の地味な黄色表紙が全面錦絵摺付の極めて派手な「**摺付表紙**」に変わる。現存上限は文化六年刊の『山中鹿介稚物語』あたりからとされるが、これまた次第にその趣向や意匠に凝るようになり、大体前・後編、

図 14　摺付表紙『神刀なみのしら鞘』四編(安政 3 年板)

あるいは上・中・下編といった二ないし三冊一組みの表紙絵を一続きの画面に仕立てて、ちょうど浮世絵の二枚続きや三枚続きの画面を髣髴《ほうふつ》とさせるようになる(図14)。『北雪美談時代鏡』などは四十八編一続きといった工夫がなされているそうであり、また、その絵師も、表紙の場合は本文担当の絵師自身で描く他は、その絵師と同格かあるいは上位の絵師が担当するのが通例であり、もって、表紙がいかに重要視されたかがわかる。ともかく合巻の「摺付表紙」に関しては鈴木重三氏の「近世小説の造本美術とその性格」(『絵本と浮世絵』美術出版社刊、所収)を参照されることを是非おすすめする。

なお国文学研究資料館文献資料部の『調査研究報告』に、第一号(一九八〇年)

以来「表紙模様記述用語集成」「表紙模様集成稿」の掲載が継続され、特に後者はすべて原物の写真が掲載されるので極めて有用かつ便利な試みであることを付記する。ただし板本の表紙模様や色目を記述する場合、正確を期する余りに繁雑な名目をたてることは、かえって実姿から遠ざかることになり兼ねないので、何らかの工夫を要する所であろうが、統一された名目が未だ確立していない現在では、国文学研究資料館などでその統一を図られんことを切に希望する。

『ビブリア』第95号には中村幸彦氏の「表紙――書誌学の内と外」の論考があり、表紙に付随して書型や題簽等に及ぶ知見を述べてあるのが極めて参考になる記述である。

二　題簽

題簽《だいせん》とは、読んで字のごとく、書物の題名を書いて、表紙に貼りつけた紙片(簽)をいう。そしてこのように表紙の表に記されたその本の題名を「外題《げだい》」という。本邦では、古くは道々しい書物や史書、あるいは文学書ならば勅撰集などに限って題名を持ち、それ以外の草子や私家集などには、外題はおろか内題もないのが普通である。『源氏物語』や『伊勢物語』等の書名が定まったのは遥か後世のことであるのは文学史の常識であるだろう。外題のないものに題簽はあり得ないので、草子や私家集のごときにまで、外題が記されるようになるのは、鎌倉期以降の事である。外題を表紙に打ちつけに墨書せず、何か別の小紙片に書いて貼りつけることによって題簽が生まれた。板本時代に入ると、無論題簽も板におこしたものが用いられるようになる。それでもはがれて落ちたあとなどに、後人の手によって書名が墨書された小紙片が貼りつけられたりするが、それは「**書き題簽**」と称している。ここでは無論「書き題簽」は度外視して、板におこした題簽について述べることにする。

中国の板本は一体に題簽を備えたものにぶつかることは極めて少ないが、宋・元版の時代から、題簽は存在したものらしい。つい先日畏友川口元氏に教わったところでは、名古屋真福寺《しんぷくじ》の蔵本の中の宋版に、明らかな元題簽を持つものがある由である。従って、それら宋・元版を模刻することの多かった本邦の五山版にも、題簽をそなえたものが間々あるにはあるが、この方面での筆者の知識は余りに貧弱なので、例によって川瀬一馬氏の『五山版の研究』にたよれば、その下巻にまとめられた写真版五百五十余種の内、わずかに四部、菩薩戒経(応永三十年)・夢中問答集(応永年頃)・八十一難経(天文五年)・節用集(天正十八年)のみに題簽が見られる。それも写真で見る限り多くは一部限りで、あるいはより後年になって補刻貼付されたものではないかという疑いも生じるが、唯一、その四七三と四七五番に掲出された医書『八十一難経』の二部は、それぞれ別本であるにもかかわらず、全く同一の単枠の題簽が残存しており、これが原題簽である事を証しているように思う。即ち、本邦では五山版に於いて明白に題簽を備える板本が生じているのである。

続いて古活字版ともなると、題簽を残した伝本も結構目にとまるようになるが、やはり必ず題簽を備えていたとは言い難く、むしろ未だ題簽を持たぬものの方が主であろう。光悦本謡曲百番のごとく、百部全冊にわたってまことに神経の行き届いた題簽を備えるものもあれば、『増鏡』(九州大学・支子文庫本)のように、明らかに本文と共紙の小紙片に本文と同種活字で印刷しただけのものを各冊ばらばらに貼りつけた、おそらくは本文を印刷した折にできた刷り余りの丁から切り抜いたものかと思われる紙片を題簽代りに用いるものがある一方(図15)、全冊揃いで子持枠の整版題簽を備えるものもあるなど、その実際の姿は、なお題簽を付すことが定着したとは、言い難い様相を呈していることは確かである。

しかし、既に古典として評価の定まった物語や歌集などに、特に題簽を備えるようになったのは、明らかに古活字版の時代からであり、その後寛永期(一六二四—四四)を迎えて整版時代となってからは、板本はよほどの特殊例でない限り、題簽を備えるのが通例となる。

板本の題簽の外型は、短冊型の短冊簽と称するものが大半で、その他、方型の方簽があり、この二種類を基本として、様々な意匠が施される。右の短冊簽、方簽それぞれに

図 15　九大本『増鏡』

寸法や外型に変化をつける場合もあれば、短冊簽と方簽の両方を同時に用いる場合もあり、そのすべてを説明し尽くすことは到底できないが、一方また書物の内容・分野によって大まかではあるがある程度一定の様式も定まってもいる。

まずその寸法は、通常の縦型本の場合、短冊簽の縦の寸法は、表紙の横幅よりやや小さめというのが最も落着いた寸法のようで、唐本仕立ての場合は、より長めになる。方簽の場合、縦の寸法は、短冊簽よりは短くなるのが普通である。

貼る場所も、通常の短冊簽は表紙左肩というのが普通だが、歌書・俳書・絵本・御伽草子等は表紙中央に貼られる場合も多いのは、何がしか我が国の平安朝、中世以来の伝統に根ざした意識のようであり、その他やや趣味的な内容のものに中央貼付のものが多い。方簽は、ほとんど例外なく中央にあるのは、やはり見た目の落着き工合によるものであろう。短冊簽と方簽を同時に用いる場合も無論、短冊簽を左肩にして、方簽をその右側中央に貼る。

短冊簽は、ただ紙を短冊型に切ったものの中に文字を刷り込んだだけのものと、外周に枠を刷り込んだ上で、その枠内に文字を刷るものとに大別でき、前者を**無辺**あるいは**無枠**と称し、後者を有辺・有枠とするが、後者はまた何通りかの型がある。まず枠を一本の線でするものを**単枠・単辺**、同じ太さの二本の線にするものを**二重枠**、外側を太く、内側を細い線で二重にするものを**子持枠・双辺**と称し、さらに枠の四隅の内側に巻き込んだような模様を付けるものを**飾り枠**等と称する。あるいは、枠の線全体を図案化した竜文などを用いる場合や、外題の角書《つのが》きと本題の間に線を引いたり、角書き部分を○や木瓜《もっこう》型でかこんだものの等もあるが、その場合はいちいちその形体を説明することにすればよかろう（図16・図17）。

私の例で恐縮だが、筆者は書誌をとる場合、題簽はいちいち文章で説明的に記すのではなく、その全体の図案を文字もそのまま模写しておくことにしている。そうすれば、ほとんど間違わないですむが、文字で表記した場合は、後で間違うことがよくある。これは、以下に述べる柱記や奥付の場合も同じことである。

題簽は元来きわめて薄く糊付けしたものらしい。それも全体に糊をつけて貼りつける

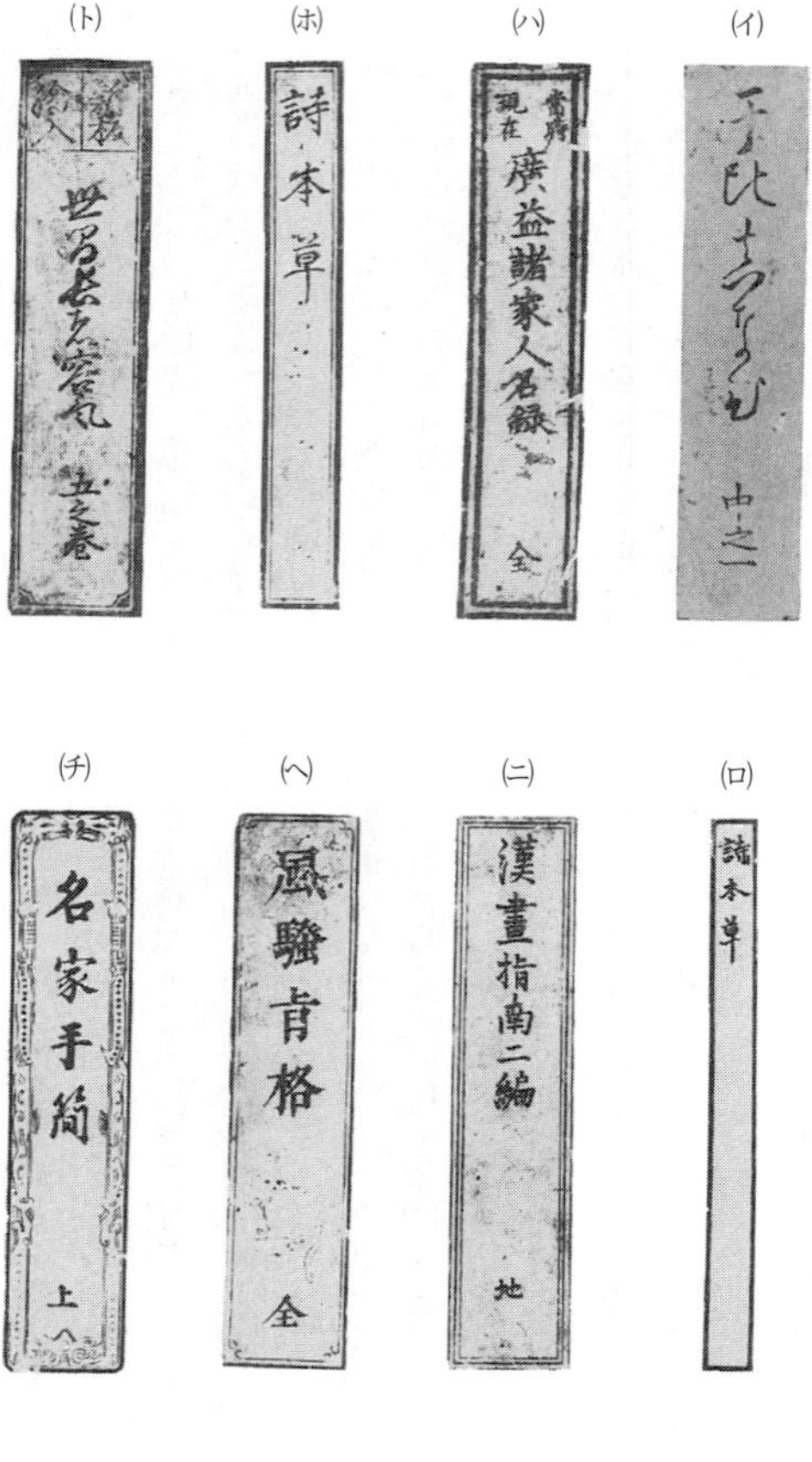

図16 短冊簽

(イ)無枠 (ロ)単枠 (ハ)二重枠 (ニ)三重枠 (ホ)子持枠 (ヘ)飾り枠(子持の枠) (ト)飾り枠(隅とりの子持枠)
(チ)飾り枠(竜文を用いた枠)

のではなく、ほんの二、三か所に薄い糊をつけて、軽く上からおさえる程度のつけ方であったらしい。従って、どうしても剝がれやすいものであったので、伝来を重ねる内に剝落してなくなる場合が多い。現存の古書で、題簽がしっかりと表紙に貼りついているのは、おおむね後人の手によって、あらためて糊づけし直されたものと思ってよいようである。

以下、各書物の種類による題簽の特徴について述べてみる。

五山版の題簽は、前述の通り極めてその実例に乏しいが、触目のものは単枠、あるいは子持枠に書名と巻数を記した、後世に至るまでごく普通に見る型のもののようである。従って現存のものも、いくつかは、あるいは寛永(一六二四—四四)から元禄(一六八八—一七〇四)頃までに、後人の手によって模刻されたものが貼付されているのではないかとの疑いも生じてこよう。いずれにせよ、より多く類例を重ねてみる必要がある。

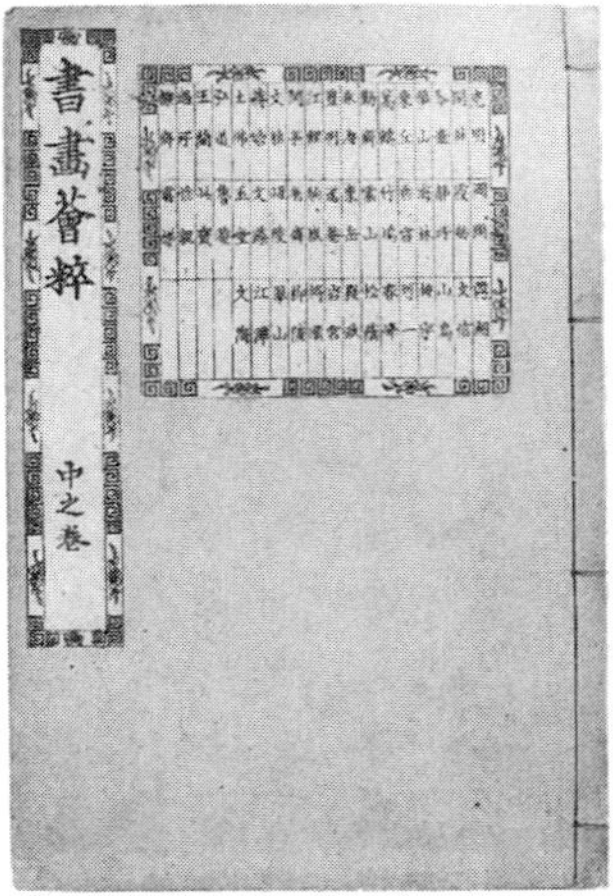

図17　方簽と単冊簽の併用例
『書画薈粋』

古活字版では、最も特徴的なのは

やはり光悦の謡本で、かなり縦の短い小ぶりな染紙に、本文の書体そのままに題名を印し、表紙左肩に貼る(第六章・第一節図5参照)。中央貼付のものもありそうに思うが、まだ見たことがない。その他『国会図書館蔵古活字版図録』等に拠っても『やまと物語』『住吉物語』『伊勢物語肖聞抄』等の我が国古典類や『棠陰比事』『黄帝内経註證発微』『増続韻府群玉』等の和刻本類に原装の短冊簽が見える。和書類は、おおむね無枠のものが多いが、漢籍は単枠、あるいは子持枠が多く『黄帝内経』には、短冊簽の外題と共に目録題を刻した子持枠の方簽もそなえている所が注目される。なおこれら古活字本の場合も、題簽はほとんど整版を用いているように思えるが、前述した通り、九大本『増鏡』は、明らかに活字の版面の外題文字部分を切りとったと思われる紙片を、題簽代りに用いている等の例もある。

寛永以降、整版本時代に入ると、歌書・俳書・絵本・草子の類はおおむね短冊簽を中央に貼り、その他は、おおむね左肩に、類書や字書の類は短冊型の外題簽を左肩、方型の目録題簽を中央にというような大体の類型ができることは先に述べたが、変ったところでは五曲一冊の謡本等がやや横長な方型の題簽に五曲の外題を並記したものを中央に貼るのが目立つが、これも内容に即した題簽の用い方である。仮名草子時代の江戸版と上方版では、題簽の様式に若干の違いが見えるようにも思う。

やや時代が下って、西鶴の『一代男』は、初印本の題簽は左肩であったのが、後印本で竜紋模様入りの表紙に中央短冊簽に変っており、おそらく、表紙の視覚によって、できるだけ一般読者をひきつけるべく、当時の絵本風の様式に仕立て替えたものかと言われている。これは『二代男』も、『諸国ばなし』も、また咄本《はなしぼん》の『鹿の巻筆』等にも及んで、いずれも同様の意識の所産であろう。中央題簽というのが、そのような読者に対する誘いかけなのである。

初期の板本で、題簽の意匠に凝ったものには、浄瑠璃正本を始めとする芝居関係の書物、及びそれに根づく子供絵本などの草子・地本類がある。明暦前後から遺るそれらの題簽類は、おおむね通常の短冊簽よりはかなり幅広の題簽で、外題のみではなく、板元名や太夫名、あるいは座本名なども入れたり(図18)、さらには元禄頃になると、芝居の一場面を思わせる絵を入れたものまであり、その上に方簽を併用して座本名や役者名題を示すものもある(図19)。後述する草双紙類の絵題簽は、その源をこのあたりに発するものであろうことは、一目瞭然の事柄でもある。このように、草子類の題簽は、書誌的情報を満載したものであるがゆえに、その有無は伝本そのものの価値を大きく左右することになる。

以降、物堅い本や実用的な本の場合、題簽はその意匠に凝ることはなくなり、おおむね外題と巻数を記すだけのものとなるが、後期の読本類や草双紙のような娯楽的な本の場合は、大いにその意匠を華やかにする。例えば、寛政十一年(一七九九)京板の『本朝

図18 『もみぢかり』（明暦4年）

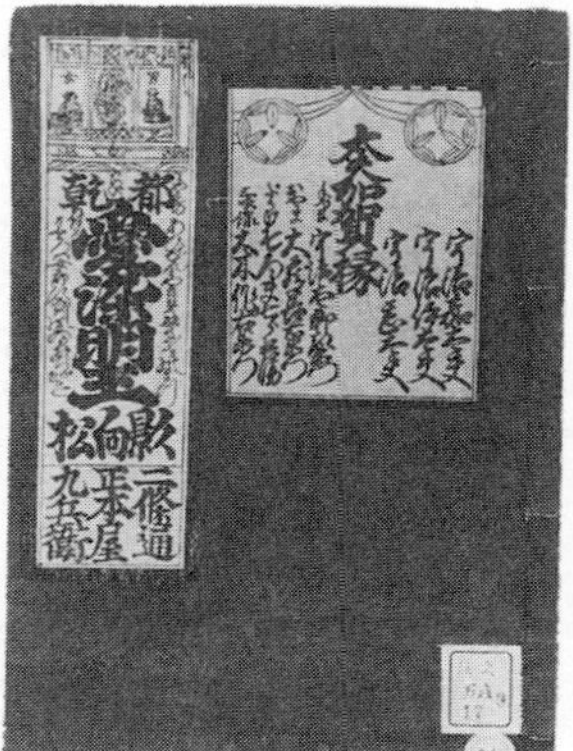
図19 『愛染明王影向松』
（稀書複製会第九期）

小説』（図20）は、内容もかなり変った読本の一種だが、その題簽はごく幅広の短冊簽を中央に貼り、その意匠も掲出写真に見える如く、極めて個性的な様相を示す。山東京伝を初めとする戯作者がものした読本となると、ますますこの傾向ははなはだしくなり『近世怪談霜夜星』（文化五年板）は化物尽《ばけものづく》しの、まるで赤本風の絵題簽を用い、柳亭種彦の『綟手摺昔木偶《もじてずりむかしにんぎょう》』（文化十年板）は短冊簽と色紙風の方簽を併用して、方簽の中は古画を模した考証癖を示す。馬琴の読本類もとかく題簽や表紙に凝る傾向を見せ、馬琴校正と銘うった蒿窓主人著の『復讐奇語雙名伝』（文化五年板）は、内容にちなんで狐と狐罠を重ねた模様を書いて、その輪郭通りに二重の山型に切りぬいた紙を、題簽として中央に貼る。

草子類では、前述した上方の初期小型本の題簽は、表紙の大きさに比べて不釣合いなほど大きく、特に横幅は後年の短冊簽の倍ほどもあって板元名を入れたものが多いのは、やはり芝居絵本類の題簽と同根のものであることを証している。元禄(一六八八―一七〇四)から享保(一七一六―三六)頃にかけて、上方子供絵本は半紙本型の一冊本として定着するが、その初期は普通の子持枠短冊簽の表紙中央貼付というのが一般的で、これも全く同期の芝居絵尽し本の型を踏襲したようだが、次第に表紙左肩へと移り、地紙を紅色にして、しかも外題は必ず振り仮名付きという一定の型式が出来た。

一方、江戸では初期の赤本の時代から、かなり幅広の題簽に内容にちなんだ絵を入れるのが通例の様で、これも無論演劇関係の書物に倣って始められたものだろうが、黒本・青本の時代になると、その題簽はますます幅広のものとなり、多くは外題や板元名等を左端三分の一ほどに置いて、右三分の二を絵とし、やはり振り仮名付き。宝暦(一七五一―六四)後期頃からは絵に簡単に板彩色が施されるようになり、用紙そのものも染め紙が用い

図 20 『本朝小説』

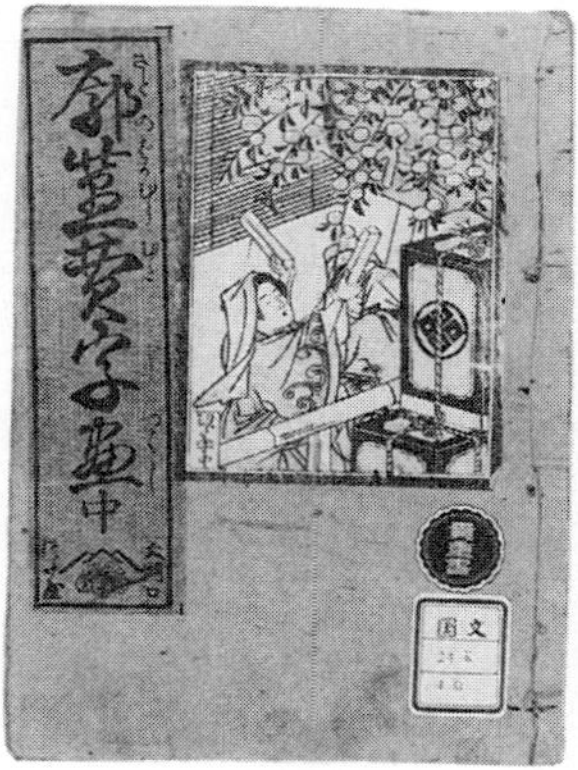

図21　『廓𥶡費字尽』(天明3年)

られたり、刊年を示す干支が入れられたりするようになる。まだ青本時代から黄表紙初期にかけては、鱗形屋《うろこがたや》や蔦重《つたじゅう》などは外題と板元名と干支を短冊簽で左肩に貼り、やや縦の寸法を短くした方簽に絵を入れて右側に貼るという併用型式が一般化する(図21)。そして黄表紙時代になるとおおむね色刷りの絵題簽一枚となり、中に書誌的情報のすべてを含ませる。従って黄表紙の伝本においては、その題簽の有無は極めて重要な意味を持つことになる。しかも同一年、同一板元の黄表紙題簽は、すべて一定の意匠をもって作られるようになるので、題簽の図案によってそれが何年の何屋の板であるかを知ることもでき、そのための専書として『版元別年代順黄表紙絵題簽集』(浜田義一郎編)が作られてもいる。また三冊物の黄表紙の場合、一冊目の絵題簽と、二、三冊目のそれとでは若干寸法に違いを見せて、一冊目を大きくするという様式が寛政頃から一般的となり、題簽のみは本文よりも格上の画師が担当するという風習も生じる。また、黄表紙初期のいわゆる「袋入り」一冊本の場合は、袋を美麗な彩色刷りとするため、表紙に絵題簽は用いず、簡単な短冊簽に外題を刷り入れたものを一枚貼るだけか、外題も表紙に刷り付けたものが多い（一一九頁図1『八被般若角文字』参照）。

文化初年（一八〇四）からいわゆる合巻の時代に入ると、「表紙」の項で述べたように、錦絵風摺付表紙となるため、外題や巻数、作画者名、板元名などのすべてが、やはり表紙絵の中に刷り込まれて、題簽は消滅してしまうか、あるいは題簽の型をそのまま表紙絵の一意匠として刷り込まれることになる。

右のように、題簽の型をそのまま表紙に刷り付けてしまうやり方は、合巻の時代以前から散見しており、例えば初期の鱗形屋版横本型『吉原細見』に、雲母引《きらびき》の表紙に「吉原細見」の四文字を単枠で囲んだ題簽型にして、左肩へ刷り込んだものなどが早い例としてあり、その他俳諧の歳旦帳類や田舎版などの簡略な仕立てのものには、よく見かける所であるが、歴とした書物問屋の出版物などにはほとんど見かけないのは、要するに略装だからだろう。

題簽は書物の顔のようなものゆえに、その存在の有無は愛書家にとっては極めて重要な条件となることが多い。そこで古来から後人の手によって模刻、もしくは偽刻されて補われるという例も間々あるように思う。先述した五山版や古活字版に残る題簽というのも、こうした種類のものが必ずやあるに違いない。しかし五山版など、題簽を後補するといっても、それが元禄前後頃までに行われていたりすれば、現時点でそれと指摘するのは、極めて困難であろう。黄表紙の絵題簽などは、重要ではあるが、それを偽刻して補うということは、かなり手のこんだ物だけに、なかなか難しかろうが、劇書の古い時代のものや、仮名草子・浮世草子あるいは吉原本など、早くから稀覯本扱いされたジャンルの物で、比較的単純な意匠のものなどは、特にこの点に注意する必要がある。洒落本類も明治の早い時期から古書愛好家に珍重されたものゆえ、往々にして疑いを存するものに出くわすことがある。出来るだけ同一本の伝本を数多く見くらべて判断するよりほかはあるまい。同版題簽が二本以上見当った場合は、原題簽と判断しても、まず誤るまいと思う。

三　見返し・扉付魁星印

表紙、題簽の次は板本の場合「見返し」が問題である。

見返しは、前表紙の裏側に貼りつけられた一枚の紙を言う。そしてその紙には通常、独特のレイアウトを施した、書誌的に重要な情報が刷りつけられるので、板本書誌としては見逃せない部分である。無論板本のすべてにあるわけではなく、初期には著者や板元の好みによって、恣意的に用いられていたもののようだが、享保（一七一六―三六）を過ぎるころからは、初板本の場合、おおむね在るのが普通と思ってよいような状況となる。従って書誌を記述する場合、見返しが無い時は敢えて「見返し無し」とか「見返し白紙」とかことわる方が、より適切であるように思う。

ただし、和本における「見返し」は、唐本のいわゆる「封面」を模したものから始まると見るべきもののようで、従って初期には好みによって、恣意的に付けられたと前記したのは、即ち、それを付ける事は、一種の唐本趣味の現れと解する事ができるように思われるからである。従って内容的にも経書や詩文集のような漢籍に多く始まり、本屋としても茨城柳枝軒のような、経書類を主要な刊行物とする書肆などが好んで用い始めたと考えられる。享保以降はそれが漢籍類から広がって、国書・文芸の類にまで一般化して用いられるようになるのは、やはり享保期に確立された出版諸条令を反映して、書誌的事項を明記する場所として、奥付と同様に重視されるようになったという理由が考えられよう。ただしそれでもやはり、何がしか漢籍趣味の体裁として用いられるのが普通であり、幕末に近づくにしたがって、どんどん和風化されながら用いられ続けたものである。

見返しがいつから用いられるようになったかを特定する事は難しいが、唐本の「封面」を模したものという事になれば、当然五山版あたりに既にその出発点があると考えるべきだろうが、それが文字通りの封面そのままの覆刻ではなくて、和風の「見返し」になっていたかどうかという点になると、筆者にはそれを証明する手だては無く、おそらくはほとんど見られないのではないかという推定を述べるにとどめる他はない。例によって『五山版の研究』(川瀬一馬)の図録を参照すると、禅籍の『碧巌録《へきがんろく》』の地方版三種ほどに皆同体裁の扉があり、これはおそらく底本として用いた元版の封面をそのまま模したものかと思われる。ここで唐本の「封面」の説明をしておくべきであろう。

「封面」は洋書のいわゆるタイトル・ページのごときもので、一部の書物の巻頭に、袋綴じ一丁分の紙を用いて、丁表に著者名・題名・板元名などを刷り付け、丁裏はおおむね白紙のままになっているのがその本来の姿と思われる。明版あたりになると、封面のみ文字を藍色やくちなし色の色刷りにしたり、あるいは紙そのものを色紙にしたりする物も多く、また封面の一丁のみを、下の文字が透けて見えるような薄い紙で包み込んであるものなどがあるが、明末から清版ともなると、封面に一丁分をとらないで、半丁一枚の紙を前表紙裏面に貼りつけて用いるという、ここにいう和本の見返しと、全く同じ体裁の物が多く見えるようになる。長沢規矩也先生の『図書学辞典』に「封面」は「見返又は扉と同義の漢語」と簡略に説明されるゆえんである。即ち唐本の「封面」は、巻頭に一丁分まるまる使って、その丁表のみに印刷したものと、半丁だけを前表紙裏に貼りつけたものとの二類を総称するのである。それを和書の場合は二つに分けて、前者を「扉」、後者を「見返し」と呼ぶことになったと思えば良い。ただし、江戸期には両者を総称して「扉」と称していた形跡もある。五山版に見えるものはおそらく前者の「扉」の型式のものが多いのではなかろうか。そして江戸期板本の時代に入ると、まず古活字版で「扉」か「見返し」を持つものは管見に入らない。寛永期(一六二四―四四)の整版本の時代になると、おいおい見え始めるが、所見本では、明記できるもので最も早いのは万治二年(一六五九)吉野屋板の『万病回春』があるが、正保・慶安頃(一六四四―五二)から見え始めたように思うものの、具体的な書名を挙げ得ない。初期板本に詳しい二、三の友人にも尋ねたが、どなたの答えももう少し早いか、おおむねその頃だろうとあった。

「扉」は既述した通り五山版に既に在って、以後幕末まで、数は少ないものの、定まった型式として存在する。「見返し」の場合は、ごく初期のものは、巻頭一丁分を用いて、その丁裏に印刷面を置くという、いわば「扉」と「見返し」の中間のような形体をとるものが多いように思う(「扉」は丁表に印刷面がある)。手元の本でいえば寛文九年(一六六九)・中尾市郎兵衛板『勧懲故事』(図22)、貞享二年(一六八五)板『回文錦字詩』、貞享三年序刊・柳枝軒板『東見記』、元禄十三年(一七〇

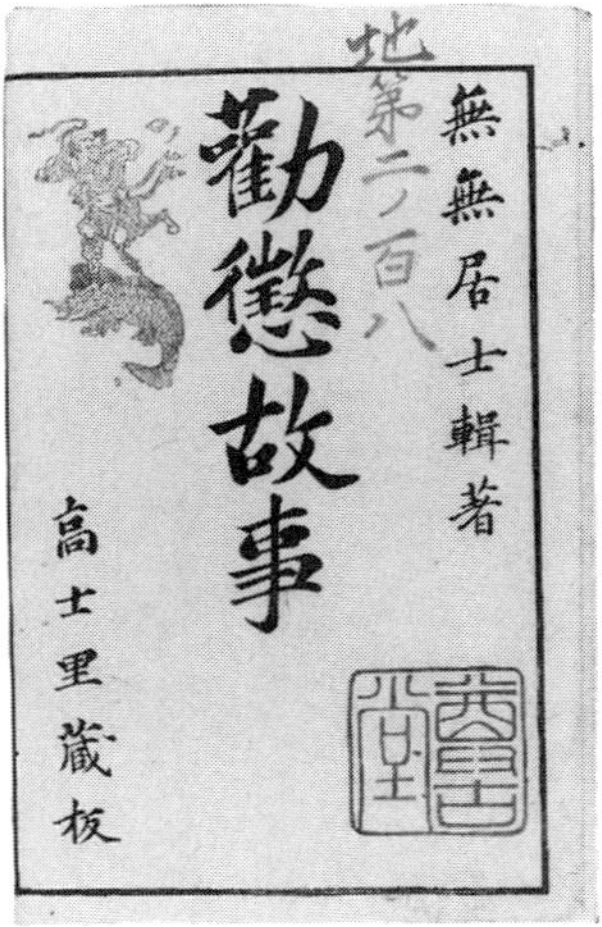

図22 『勧懲故事』見返し

〇)・高嶋屋板『野山艸集』、正徳五年(一七一五)・伊丹屋新七板『唐翁詩集』、正徳六年・積善堂板『藪林伐山故事』など、すべて右のような体裁をとっている。

また元禄九年・平野勝左衛門板『出思稿』や宝永六年(一七〇九)・酔墨斎板の『和山居艸』の場合は、やはり巻頭一丁の丁裏に印刷面を置き、その表丁を表紙裏の白紙の上にさらに貼り付けるという体裁をとっており、これは右のような「扉」と「見返し」の中間型をさらに一歩「見返し」へ近づけたような体裁と言えよう。表丁を表紙裏へ貼りつけるのであれば、表丁は必要ないわけで、それなら一丁使うよりも半丁だけで、表紙裏へ貼りつければ紙の節約にもなるということから、後年の「見返し」の定型が定まったのではなかろうか。享保(一七一六―三六)を過ぎるころからはほとんどこの定型をとるようになるが、稀に一丁見返しのものも見うける。

「見返し」の記載事項は、基本的には枠取りの中に三行、中央に大きく書名を、右に著編者名を、左に板元、蔵版者名を記し、右肩に魁星《かいせい》印、左下に板元・蔵版者印を捺《お》すという形をとり、さらに刊年を入れる場合は、枠外の上部に横書きというのが普通の体裁である(図23)。ただし初期のものほど装飾性が強く、後期になると単純・定型化する傾向が見える。例えば延宝三年(一六七五)刊・山本理兵衛板の『蘆分船《あしわけぶね》』では、中央に大きく酒壺の絵があり、その腹に「蘆分船」と大書し、壺の周りは松竹梅鶴亀の絵を散らし、下は水面に屋形船一艘、そして周囲を蓮葉弁様の枠取りで囲む。しかも、全体を藍刷りという、さながら一幅の絵画的な趣向を凝らす(深沢秋男氏の指教による)し、前記『出思稿』の場合は、二重の飾り枠を施した中に、中央に「出思稿」と隷書《れいしょ》の大題を置くのは普通だが、左右の文句は著者・板元名ではなくて「句々是金玉」「篇々都貫珠」の文句を用い、しかも文字、枠ともにくちなし色で刷る(この見返しの色刷りに関しては第二章第三節(四十二頁)の冒頭にも既述した所である)。『唐翁詩集』も、右側には「体格温厚風調和平」の文字を置く。それが後期のものはほとんどきまって枠内を二本の縦の界線で区切り、三行に前述した通りの内容となる。ただし、右の傾向はおおむね漢籍・詩文などの堅い分野のものの場合であって、戯作ものなどは後期になるほど趣向に凝った装飾性が強くなる傾向がある。そしてこの見返しの版面をそのまま用いて、外袋の意匠とするのが、これまた享保以降の出版界全体に定着することになるが、これは「袋」の項で後述する。

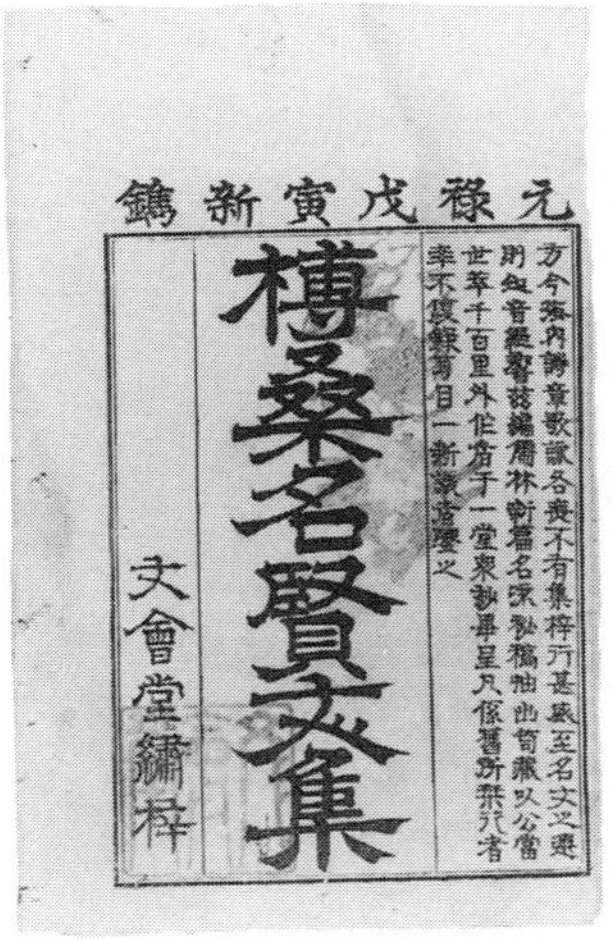

図 23 『榑桑名賢文集』見返し

右肩に捺される朱の魁星印は、文章を司る星としての縁起を担いで捺されるものだが、これも唐本の例が

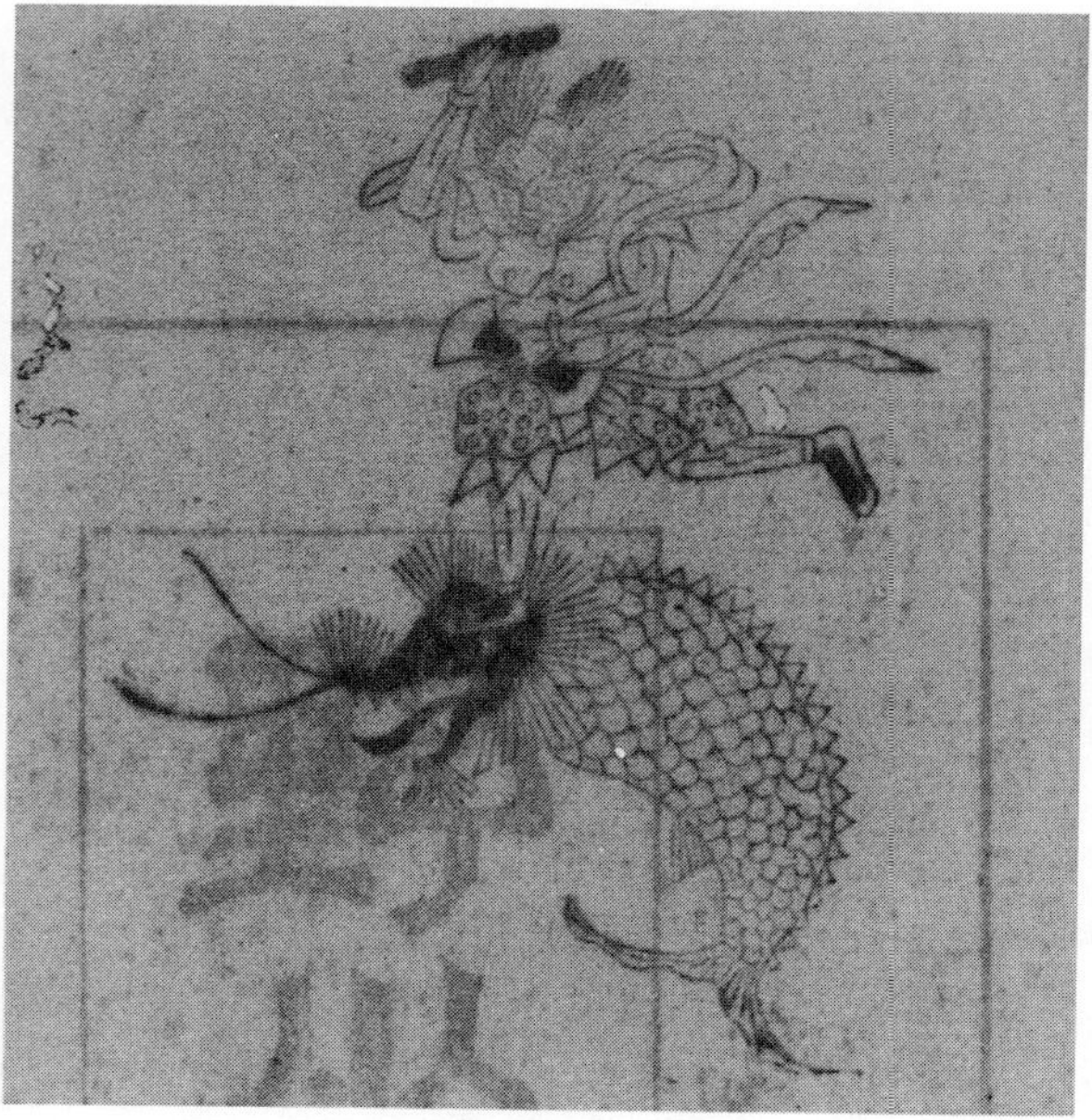

図 24 『野山艸集』魁星印

そのまま本邦へ持ち込まれたものである(図24)。

この魁星印の中国から日本に及ぶ沿革に関しては、既に井上和雄氏に「異彩ある魁星像」と題する論があり(『書物三見』所収)、中国のそれに「万暦式」と「康熙式」とでも称すべき、時代に拠る様式の違いがあり、我が国でも享保を過ぎる頃まではおおむね万暦式が用いられ、次第に康熙式に移っていったと述べられる。年次の推定の面では、現在我々が見得る事例と比べて、やや遅く設定されているきらいはあるようだが、万暦式と康熙式の様式の差の指摘は面白い。「万暦式」は全体に細長く、輪廓、星、浪等を持たぬものを初期とし、次第に円形の輪廓を持ち、上部に星(おおむね三星)、その下に一の鬼が、右手に筆、左手に錠(あるいは鏹《きょう》)、右足は鼇頭《ごうとう》(あるいは雲)を踏み、左足は斗を後方に蹴《け》って居るという定型ができて来る。それがさらに複雑化して、星の数が七つになったりしたのを「康熙式」とするという。

魁星像の他にも、文昌帝君や寿老人、あるいは麟・鳳などの瑞祥《ずいしょう》を画くものもあるが、やはり最も普通に見るのは右の魁星像だろう。

魁星の意味する所については、馬琴が小津桂窓に答えた手紙の中に詳しく記したものがある旨をロバート・キャンベル君に注意された。既に『馬琴書翰集』(天理図書館善本叢書・和書之部第五十三巻)に翻字されるが、当時操觚《そうこ》家《か》の知識として面白いものなので、引用する。

一、魁星は文章を司るといふ事、弁ニ出処の事

答

魁星は文昌星の一名ニ御座候。文昌ハ文章を司る事、星経弁ニ諸書ニ見え候。三白宝海といふ書ニ魁星の事をくはしく論じ有之……、書籍のとびらへ印シ候事、明の世より盛りニ成候。いにしへハなき事也、その魁星のかたちを画き候もの、鬼形のもの、舛と筆を左右にもち、竜の頭にのり候処ニ図し候。こゝろは、鬼形ハ鬼也。舛ハ斗也。鬼に斗を加へバ、魁の字也。竜ハ星也。星を竜ともいふ也。これ魁星といふこゝろにて、鬼と舛と竜を画き候。竜なれば上へ  星を画キたるもある也。

（天保四年十一月六日付）

と。やはり明版に始まるとする。

安永・天明以降、戯作全盛の時代ともなると、この魁星印にも、様々な趣向を盛り込んだものが現われて、けっこう楽しめるものが多いので、蒐《あつ》めて印譜を作れば面白いとかねてから企ててはいるが、まだ実現しない。その二、三も例示しておく（図25・図26）。

なお、中村幸彦氏稿「滑稽本の書誌学」（『ビブリア』83号）には特に「見返し」の一章をたてて、おおむね『膝栗毛』以降の中本型滑稽本を対象に、その見返しの様態を即物的に考察してあり、見返しによる板の先後の認定方法など、他の戯作一般に及ぼしても十分通用する知見が披瀝してあるので、参照されたい。

同じ本でも見返しの意匠や文字や色などが違っていれば、当然刷りの時点を異にするものとして、その先後に注意することになるが、中には『小説白藤伝』のように全く同板なのに見返しの文字だけが楷書《かいしょ》と行書《ぎょうしょ》に違っていたり、『江戸繁昌記』のように、後印本で見返しの記載が一旦変って、さらに後印本になって、かえって初印本の見返しと同板のものが用いられたりする例もあり、これもできるだけ多くの実例に即して判断すべきことは言うまでもない。

なお、先述したごとく、扉や見返しをもう一枚ごく薄い紙で包んでしまう型式は唐本に多いが、これを真似た和本に、扉では葛西因是《かさいいんぜ》の『通俗唐詩解』、見返しでは山崎美《よし》

図 25　『翠釜亭戯画譜』(天明 2 年)

図 26　『年中狂詩』(天保 2 年)

成《しげ》の『文教温故』などがある。いずれも唐本めかした趣向立てというべきものだろう。

四　封切紙

洒落本や滑稽本の原装のものを読んでいて、時おり、本文の初めか、二、三丁目位の所に一枚だけ白紙が、それも袋綴じの一丁分ではなく、半丁だけの薄紙のものが綴じ込まれているのに出くわした経験をお持ちの方は多かろうと思う。これを封切紙という。正確にはその名残りというべきで、本来は、この紙から以下の丁をすっぽりと封じ込んで、たいていの場合裏表紙の見返しに貼られた白紙半丁と一続きの一丁になるように仕立てられていたはずである。はずであるというのは、本来この封切紙は文字通りの用途で、封じ込んである部分はお買求めいただいてから、ゆっくりと切って内容を御覧下さいというためのものなので、現存する板本のほとんどすべては、すでにこの封を切ってしまってあるものだから、裏表紙まで一続きになって原姿を残しているものには、まずお目にかかれないのが当然だからである。所見本の内、早いものでは宝暦七年板の『三味線ひとり稽古』(小本一冊)などがあげられるが、洒落本や滑稽本の小本・中本型のものなどは、八割がたはこの封切紙を備えていると言ってもよいようである。さらに言えば小本・中本型の一冊モノに限って施されていると言ってもよいようで、即ち二冊以上のものの場合や半紙本以上の大きさのものではほとんど見たことがないように思う。ただし、三浦瓶山《へいざん》の随筆『閑窓自適』(安永五年・江戸須原屋伊八板、大本一冊)に、本文二丁目から奥付の前までをすっぽりとくるんだ封切紙の残るものを、また山田美喬の『古易《こえき》筌《せん》』(文化九年・大坂浅野弥兵衛板、半紙本二冊)に、上下二冊ともにあるのを見たので、無論半紙本以上の二冊本でも無いとは言えない。内容もおおむね戯作類や劇書、日用通俗書等、いわゆる町版の俗書に多く、道々しい経典や詩文の書物類には見当らぬのは、その用途から見て当然のことでもあろう。

単に白紙一枚のみを残すものが大半ではあるが、中には前後から包んで、その紙に継ぎ目があり、そこへ念入りに書肆や蔵版者の印を捺したり、蔵版記を刷り込んだりしたものなどもある。所見本中の丁寧な一例をあげれば、国会図書館蔵の『浪花青楼志』(宝暦九年序刊)には、目次末と本文首の間に一枚と巻末に一枚の薄様の封切紙が残り、初めの一枚には中央上部に「陶　蔵書」と刻した朱の方印を捺し、その下に二行「毎韻必有印記／若無者係偽刻」の文字を刷り込み、左端上下に二か所、黒い割印の片割れが残る。また末の一枚には右側に「浪花青楼志拾遺／嗣出」と二行に刷り込まれ、その二行の間の上下二か所に、ちょうど初めの一枚の割印と対応するように、やはり割印の片割れが残る。即ち、封切紙を利用して蔵版印・蔵版記と嗣出予告までを行って紙の継ぎ目に割印を施しているもので、現姿はその封を切ったまま、両側を残した姿なのである。こうしてこの『浪花青楼志』は伝本によって、右の封切紙のあるものと無いものとが存在し、早稲田大学図書館本には、国会本とまったく同一のものが残るが、この場合は割印部分は切り落されて見えなくなっており、加賀文庫本や国学院・甘露堂文庫本、国会蔵の別本などには封切紙そのものがまったく見えない。すなわち封切紙の有無によって刷り出しの時点を違えるものであることがわかる。なお右の封切紙の蔵版印記は、同じような物が宝暦七年大坂板の洒落本『陽台遺編』にも用いられるが、こちらは印を竜文の枠囲いの中に捺し、印文も「献笑閣」とあって別物であることは間違いない。ただしこの頃、大坂で流行した意匠ということはできよう。ともかく、何とかして買わせようという板元の狙いであることは、当今のいわゆるビニ本もまったく同じ意図である所が面白い。営業としての出版の端的な姿勢を示すものであろう。

五　奥付・刊記

板本書誌の最重要要件の一つが、この奥付であろう。元来は「刊記」といわれるものを巻末に別丁にして付載したものをいうので、正確にはいつ頃から別丁にし始めたかは、微妙な問題でもある。「刊記」は板本の出版年月、出版地、出版者名等を記した部分をいうので、古活字本時代は本文末・跋文末の余白などに一、二行で略記されるものが多かったのが、次第に別丁を設けて、そこへ記すようになったので、特に板本書誌では、本文や跋末にそのまま続けて記されるものを「刊記」、別丁に記されるものを「奥付」と区別している。

「刊記」にも、特に枠で囲んだり、鐘・鼎《かなえ》・琴などの型の中に記すものを「木記《もっき》」と称んでおり、蓮台の上に載せた位牌の形に造ったものを「**蓮牌木記**」などと呼んでいるが、これらはたいがい明・清の唐本類に流行したものを我が国でも真似たものが多い。古活字本以来享保頃までは刊記の形をとるものが多く、別丁仕立ての奥付はあまり見られないが、それでも手元に有合せの詩文類を見ても、元政上人が寒山詩に和韻した『聖凡唱和』一冊は終丁半丁の末尾に

寛文八年戊申仲春日
　　　　書肆村上勘兵衛刊行

の二行のみを記して、奥付と呼べば呼べそうな姿を示している。また徳厳禅師の『東遊紀稿』一冊は、やはり巻末半丁に隅取角の枠囲いをして、中に

元禄七年甲戌初春吉旦
京極通五橋上書肆林五郎兵衛刻板

とあり、奥付と木記の両方を兼ねている。また松井河楽の『東行日記』一冊は、やはり巻末半丁に

元禄十一戊寅歳初夏日
備前岡山西中嶋
中野孫左衛門　板
京五条橋通
福森兵左衛門　行

と五行に記して、これは立派に奥付の体裁を備える。『友禅ひいながた』(図27)なども、同じく立派な奥付を備える。さらに『榑桑名賢文集』五巻は、最終丁表一面に大きく蓮牌を置き(図28)、その裏丁は白紙という、蓮牌木記と奥付の両方を完璧に提示しているが、続刊した『榑桑名賢詩集』の方は終丁裏まで本文がかかった後に尾題があり、その余白に『名賢文集』と同じ蓮牌の意匠を置いて、中の文字は

宝永甲申孟秋月
文会堂林九成梓

と、こちらは完全に蓮牌木記の刊記という姿を示す。

軟らかい内容の本でも、西鶴本等は天和の『一代男』以来たいがい奥付を備えているが、他の浮世草子類となるとこれまたまちまちである。即ち享保頃を境として、それ以前は刊記が多く、それ以後は次第にごく通俗的な刊本類においても奥付が多くなっていったという程度の把握が適当な所だろうか。

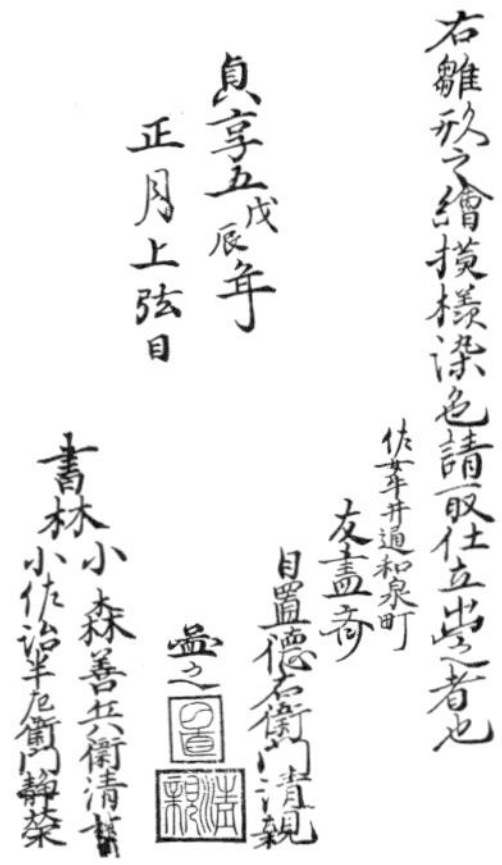

図 27 『友禅ひいながた』

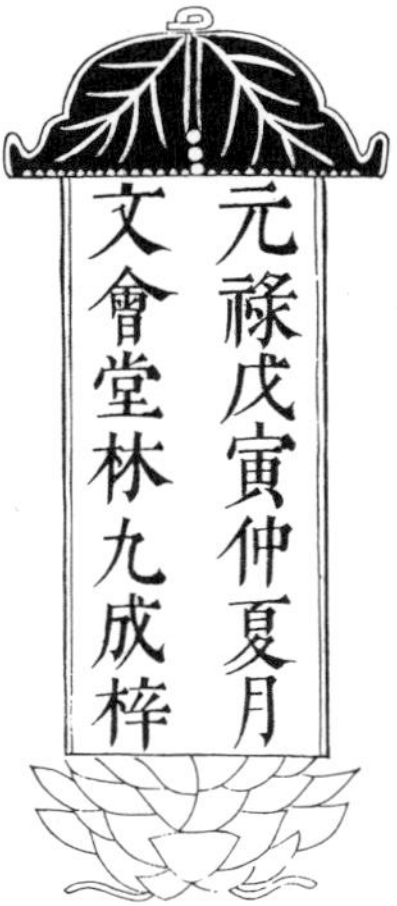

図 28 『榑桑名賢文集』

元禄前後から通俗的な刊本類にも奥付が多くなる、そのきっかけの一つとなったのは、やはり改革令の一環として享保七年(一七二二)冬の町触《まちぶ》れに出された出版条目の一項にあるとみるべきだろう。

一、何書物によらず此以後新板之物、作者幷板元実名、奥書ニ為レ致可レ申候事

とあるのが、その条文だが、この一項によって、それまではあっても無くても構わなかった刊記や奥付が、これ以後は当然あるべきものという認識に代り、ひいては独立した存在の奥付が普通の姿となっていったものと考えられる。しかもこのように作者と板元の明記が義務づけられたことによって、以

後不徳義な覆刻版(海賊版)や類版からの権利の保証、即ち板権のようなものの確立が果たされることになって、以後の出版業の大盛況を将来するようになり、出版文化という面におけるこの法令の意義は極めて重大なものになるのだが、そのあたりは拙著『江戸文化評判記』(中公新書)等にも述べたので、ここには略する。

さて、享保の法令では作者実名を出すべしとされたが、実例としては区々で、私見では、宝暦・明和頃(一七五一—七二)の詩文集などに、時折見かける程度に終っている。例えば龍草廬の場合、『金蘭詩集』(宝暦四年板)の奥付に「京都　竜衛門輯」、『龍草廬先生集　初篇』(宝暦三年板)に「京都　衛門改称竜元二郎著」、同二篇(宝暦十二年板)、同三篇(明和五年板)、同文集(天明三年板)に「彦根　竜彦二郎著」と、随分律義に改名の度に実名を記しており、これはその門流にも及んで、門人大江玄圃の『和歌職原捷径』(天明三年板)には「京都　久川靱負解」とあり、あるいはまた、同じ頃の京都詩文界での傾向かとも見えて、江村北海の『北海先生詩鈔』初篇(明和四年板)にも「江邨伝左衛門著」の文字を見るが、その他同時代の著書に通例となっているようでもなく、草廬・北海といった人々自身の場合も、他の著作のすべてに、実名を記すわけでもない。従って、実名記載は結局特定の板元や著者の一時的な使用に終ったもののごとくである。

さて、当然あるべきものという扱いを受けることになれば、その次には折角ある物であれば、その意匠や内容にも趣向を凝らし、多くの情報を付載して無駄のないものにし

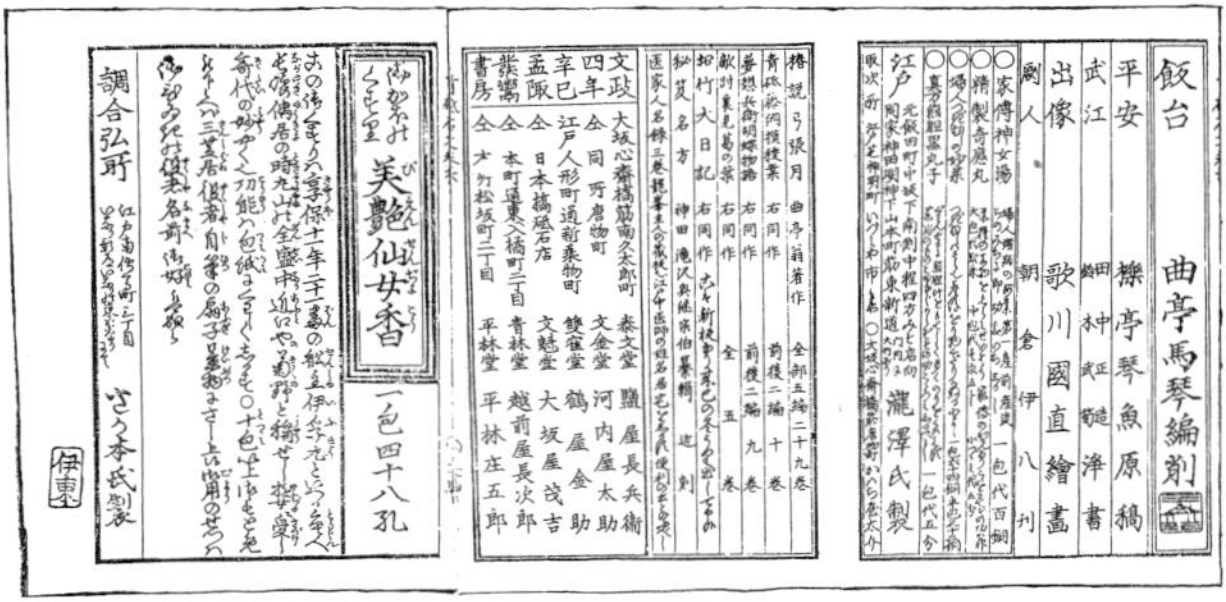

図 29 『刀筆青砥石文』(曲亭馬琴作・文政 4 年刊) 末尾 1 丁半.

ようと図ることになる。その意味で最も凝った奥付の版面作りを試みたのが、寛政以降の読本《よみほん》類であろう。そこではもはや半丁では収まりきれなくなり、多く一丁もしくは一丁半といった分量をとる。そして内容も著者名・板元名・刊年の他に画工名・彫工名・板下筆者名・著者の近刊予告・その内容紹介・売薬広告等々を満載し、それにふさわしい意匠を試みるなど極めて派手な演出をするようになる(図29)。そしてこのような場合、後印本、求板本になるほど、奥付の版面は簡略化されることになり、従って凝った版面の奥付を持つものほど初板に近いという判断がなりたつ。

読本のこのような傾向は、大略、同時代の他の戯作類にも濃く影響して、滑稽本、人情本等も同じような傾向を見せるが、洒落本は末期のものになってもなお簡略な型を守るものが多いのは、何がしか作者層や読者層の違いをあらわしているもののごとくに思われる。

なお、近刊予告は西鶴本時代から、しばしば奥付の中の一部分として付載されているものが多いが、享保前後の八文字屋本あたりからは、板元が自家の蔵版目録を、多い時は数丁にわたって付載し、その末に板元名を記して刊記や奥付に代える場合も目立ってくる。その場合、明らかな蔵版目録はやはり奥付とは別に取り扱うべきで、それに関しては第六節に説明する。

奥付に複数の板元名が並ぶ場合、その中のいずれを主板元として扱うべきかは長沢規矩也先生や長谷川強氏等に、それぞれの考察結果の御報告があり、特に後者のそれ(「刊記書肆連名考」『長沢先生古稀記念図書学論集』所収)は八文字屋本の刊記・奥付を中心に精査されたもので有意義だが、結局定まった記載の法則というべきものは求められないのが江戸期板本の特徴とも言えるようである。結局は数肆連名の場合、最後に位置する書肆を主板元とし、その他を合板元とするというあたりを一応の目安にするのが無難なようである。無論例外は多く、例えば四肆連名で前から二番目の板元名の下にのみ「板」や「版」や「梓」、「梓行」などの文字が加わっていたり、あるいは三番目の板元名の下にのみ、その板元の朱印が捺してあったりする場合があって、その場合は最後尾でなくとも、その「板」字のあるものや、朱印のある板元を、主板元と認定しても良いように思う(図30)。ただし、朱印のあるものの場合は、主板元というより、その本の刷り出し、製本、売り出し元などの意味を持つ場合もあるようで、とにかく一概には言えぬもののようにも思われる(図31)。

なお、奥付にも、しばしば埋木《うめき》による改刻や、完全な覆刻などのものがあり、その点には大いに注意が必要である。匡郭《きょうかく》のある奥付の場合、埋木による改刻は、おおむね上下の枠線の相対する箇所に切れ目が生じていたりするので見当がつくことが多い。

私刊本や配り本などには奥付は無いのが普通である。また、官版や藩版、あるいは書肆の板でも献上本として作られたものなどにも奥付はないのが普通だが、私刊本・藩版などでも、その板木を書肆が買い求めたりあるいは下げ渡されたりして、後印本では書肆名入りの奥付を備える事になる場合も多いので、これも注意を要する。特に各藩が出資して、自藩の著名な学者や文人の著述などを板にする場合、たいていはしばらくすると板木が書肆に下げ渡されて奥付をそなえたいわゆる町版となる例が極めて多く、東条琴台編の『諸藩蔵版書目』にはそのような例が極めて多く記載されていて参考になる。俳書類も私刊本が多いので、奥付を備えないものが多いが、特に歳旦帳などはほとんどが私刊本であり奥付はないのが普通である。ただし蕉門における京の橘屋治兵衛や菊舎太兵衛のごとく、いわば歳旦帳誂《あつら》え所といった本屋が存在して、巻末や裏表紙の隅などの目立たぬ所に小印を捺している場合が多い。

俳書は初期の井筒屋、元禄頃から橘治、享保期江戸の万屋《よろずや》、野坡《やば》系俳書の額田正三郎、

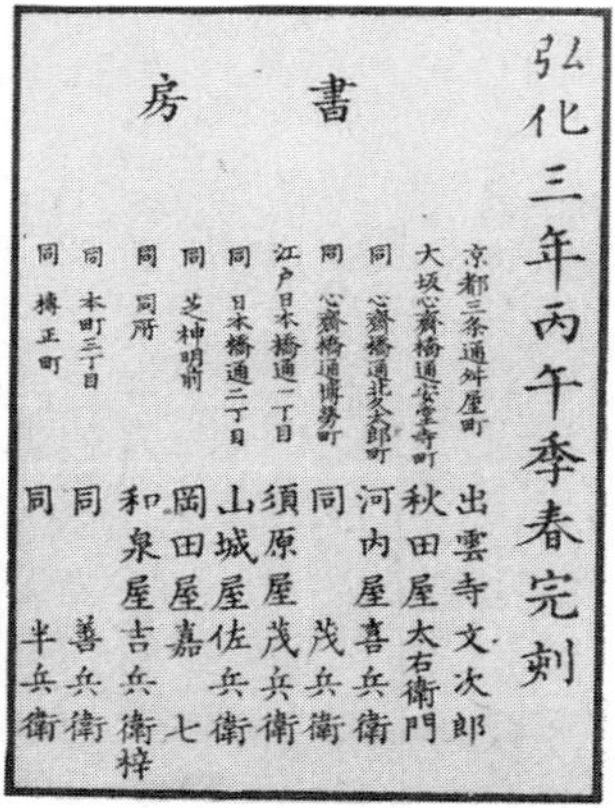

弘化三年丙午季春完刻

書房

京都三条通升屋町 出雲寺文次郎
大坂心斎橋通安堂寺町 秋田屋太右衛門
同 心斎橋通北久太郎町 河内屋喜兵衛
同 心斎橋通博労町 同 茂兵衛
江戸日本橋通一丁目 須原屋茂兵衛
同 日本橋通二丁目 山城屋佐兵衛
同 芝神明前 岡田屋嘉七
同 同所 和泉屋吉兵衛 梓
同 本町三丁目 同 善兵衛
同 横山町 同 半兵衛

上：図 30　「梓」字による主板元認定の例
『和訓六帖』

下：図 31　朱印の場所が伝本によって異なる例
左は木村の売り出し，右は林の売り出しか．
『閑田耕筆』

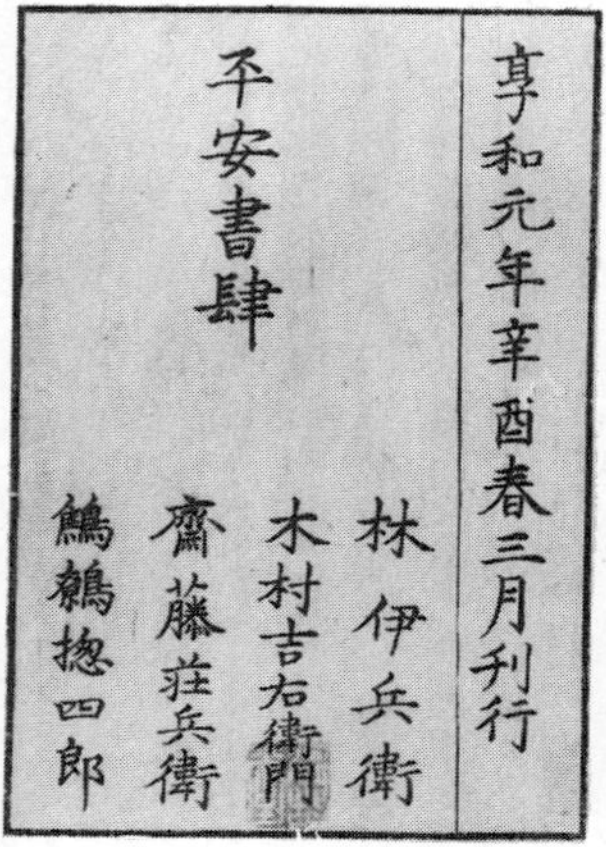

享和元年辛酉春三月刊行

平安書肆

林伊兵衛
木村吉右衛門
齋藤荘兵衛
鷦鷯惣四郎

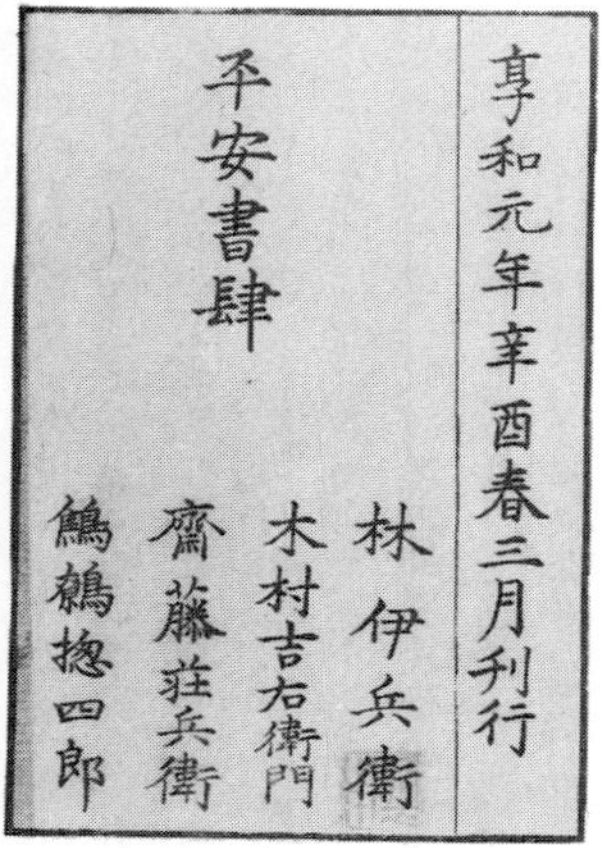

享和元年辛酉春三月刊行

平安書肆

林伊兵衛
木村吉右衛門
齋藤荘兵衛
鷦鷯惣四郎

淡々系の埕口、丹波屋、蕪村系の菊舎《きくや》などのごとくそれぞれの俳系に専門書肆がいて、奥付もその名のものが付される事が多いが、その場合もほとんどは著者による入銀、即ち自費出版物であって、奥付の書肆は即ち製本の実務の担当者という性格と理解すべきであろう。官版は、おおむね巻末に小さく刊年のみを刷り入れてあり、題簽に角書き風に「官版」「官刻」などの文字を入れてある事でわかる場合が多い。

六　予告・広告・蔵版目録

前節で、奥付としての版面の中に、しばしば近刊の予告や、既刊の広告を刷り込んでいる場合があることを述べたが、これらはおおむね通俗的な内容のものに多く、漢籍・仏書などの道々しいものには余り見られない。いま、そのそれぞれについて、やや詳しく述べる。

㈠　**近刊予告**　これは文字通りその時点では未刊の物で、やがて出版することを予告するものだが、あながち奥付の中だけではなく、刊記の前、即ち本文の末尾に付けてみたり、数巻・数冊の本であるならば、最終巻以外の巻末につけたりするものもある。古くは西鶴本あたりから見え始めるようで、つまり出版が営業として成り立ちはじめたことを証する一事例でもあろう。ただし初期には多くの場合、板元主体というより著者主体に考えられたものらしく、その本の著者の新作を予告するものが多い。これはまた逆に言えば、予告された書物に著者名が無くとも、その著者は、それを付載する書物の著者と同一人と考えられる場合が多いということでもある。明確に板元主体の予告が見られるのはおそらく八文字屋本あたりに始まると見てよいように思う。

奥付の中に予告のある例としては、西鶴本『日本永代蔵』(貞享五年板・大坂森田庄太郎他二肆相板)の奥付にある『甚忍記』の予告が有名だが、

此跡ヨリ
人ハ一代名ハ末代　仁之部
義之部
甚忍記　礼之部　板行仕候
智之部
全部八冊　信之部

とあるもの。ただしこの本の刊行は確認されていない。

本文末尾のものは西村本『色道たからふね』(元禄四年板)の巻末に「好色にし木々全部五冊跡より板行仕候」などとあるのが、所見の早いもの。また最終巻以外の各冊に付載されたものとしては、八文字屋本『義経風流鑑』(正徳五年板)の巻四末に「野傾咲分色孖《やけいさきわけいろふたご》全部五巻」、「分里艶行脚　全部五巻」、巻五末に「百人女郎品定」の予告があり、これ

はいずれも刊本がある。その他、八文字屋本では、最初の『けいせい色三味線』(元禄十四年板)に「好色一代曾我」の来春刊行を予告して以来、この類の予告を極めて多用し、しかもかなり詳細なものを付しているので、伝本の刊年決定に極めて有効な資料となり得るものであることは、長谷川強氏の『浮世草子の研究』などを参照されれば歴然たるものがある。

享保以降は種々の書物において極めて多くの事例を見出し得るようになるが、特に洒落本や読本・滑稽本などの戯作類に多く、それらはおおむね「来○歳新板」や「来春出来」等の文字を付して作者名と書名が記される場合が多いが、予告はされたものの、結局未刊に終るものも多いようで、なかには初めから原稿もないまま、単にそれらしい書名を並べただけというものも少なくない。例えば手元に有り合わせの例だが、二世福内鬼外こと万象亭の『泉親衡物語』(文化六年板)は、巻末に一丁分の宇多閣儀兵衛目録が付され、中身は六樹園の「近江県物語」(文化五年板)と、この「泉親衡物語」の二部を除けば「博多の白波」「狐の裘《かわごろも》」「金の鶏」「屋多良牟抄」など、万象亭の作と称する作品を主に六部ほど、すべて画師名まで付けて列記するものの(図32)、いずれもその後刊行された形跡は無い。

また一九の洒落本『素見数子』(享和二年板)には、本文末に枠囲いをして

素見数子後篇《ひやかしかすのここうへん》

図32　『泉親衡物語』広告

夜半《よは》の冷酒《ひやざけ》　全一冊
十返舎戯作来春出板

とあるが、これも未刊に終ったらしく、伝本を見ない。一九や振鷺亭、あるいは塩屋艶二、小金厚丸など享和以降の戯作者には特にこの例が多いようで、その頃の名古屋出来の未刊の模擬洒落本類には、このような予告までをそのまま模倣していたりするのも御愛敬であり、またそうすることが当時の洒落本らしさを一層かもし出すものという判断でなされたものでもあるだろう。この種のものは既に『洒落本大成』第二十三巻あたりに集めて翻印してあるので御参照願いたい。

後期の戯作小説類に見えるこうした例は「縄張」とも称して、本屋が流行作家の作品を完成以前から自家のものとしてかこい込むための手段でもあったようだが、実効のほどはよくわからない。

なかにはまた、このような近刊予告の「来陽出板」などの文字の内、伝本によっては「来陽」の二文字を削除したりしてあるものもあり、これは初印本では予告の意であったのが、後印本か覆刻本において既に既刊のものとなったために、律気《りちぎ》に訂正したもので、そのため、削除した本はその後印や覆刻の年次までがそれによって推定可能になるなど、やはり書誌的に重要な手懸りを提供することにもなるので、軽々に見過ごすべきではない部分である。

㈡ 新板広告　これはその年の新板モノの広告として付載するもので、たいていは巻末奥付の中や、刊記の前などに配するが、これもまた八文字屋本あたりから一般化したもののごとくである。

やや特殊な事例としては、草双紙の黒本・青本などの表紙見返しや巻末などに付載される新板目録がある。たいていは「辰正月新板目録」(図33)などの如くに、当該の干支を示して、その本の板元からの、その年の新板書名を列記しているが、具体例としては木村八重子氏「黒本青本の刊年に関する覚え書き」(『長沢先生古稀記念図書学論集』所収)に、同氏所見の十六例が掲出されているので参照されたい。ただでさえ刊年決定に難義する草双紙の書誌にとっては極めて重宝する資料であるのは言うまでもないが、木村氏のご

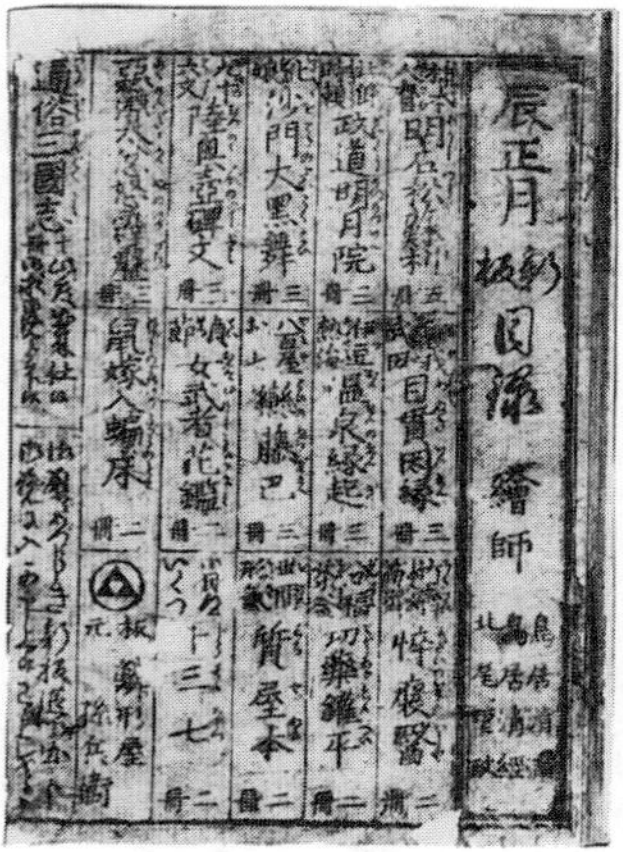
辰正月新板目録
絵師 鳥居清経

図33　新板目録『分福茶釜功薬鑵平』(東京都立中央図書館蔵)

指摘によれば、この目録記載書のすべてがその年の新板であるとは限らないようで、そのあたりの判断はなお慎重な手続きを要するという。これは合巻の場合にも続いて、巻末に付される「奥目録」になるが、この場合はほとんどが近刊予告と見ておいてよい。

(三) 蔵版目録　これは明らかに板元主体の目録である。その板元が現有していて、注文に応じて何時でも刷り出すことのできる書物名を列記したものであり、即ち後印本の目録とでも言えば言えよう。既に八文字屋本などにも既述の予告や新板広告に混って既刊本の広告も散見していたのが、その後、おおむね本文や序跋とは別に、半丁から数丁、時には十丁をこすものを、巻末に付載する型となってでき上ったものである。例えば大坂の柳原積玉圃河内屋喜兵衛家の目録は、ちょうど十丁に二百五十冊の書名を解説入りで記載、江戸の玉巖堂和泉屋金右衛門家は九丁に百四十余冊を、同じく略解入りで並べている。やはり享保頃から八文字屋の浮世草子の目録や額田正三郎家の俳書目録などが、その早い例となろう。記載内容は単に書名を列記しただけの単純なものから始まって、次第に掲載書の内容や、読本類であれば、その筋立てまでの略解を施したものまでさまざまだが、例えば京都寺町の菊屋喜兵衛が出した「絵本類書目」一丁半は祐信絵本を主として全六十冊を並べ、末半丁に

一　西川祐信絵本類　三冊物合巻壱冊 全部三十巻
一　同右上仕立箱入　御望次第有之
一　絵本秘事嚢　全部七冊 西川祐信画
一　御伽絵本揃　前編五冊 後編五冊 合十冊
　いろ〳〵合冊絵本揃也
一　其外三冊物二冊物壱冊物御進物宜敷品いろ〳〵有之
右教訓絵本歌書狂歌喩《たとへ》対物《ついもの》はなし本武者揃其外様々趣向物有之候いつれも御慰ミによろしき絵本ニ御座候御手近き書林ニ而御求メ御覧可被下候

と記している。即ち注文に応じて並製、上仕立て、箱入、合本など、どのようにも仕立てもよりの本屋へ届けるという営業形態であることまでが、この目録からわかる。用紙も薄様刷り、表紙も注文に応じて仕立てていた事もわかっている。

その内には為永春水編『増補外題鑑』(天保九年板・三つ切り本一冊)のように、元来は文溪堂丁子屋平兵衛が自家の刊本に付載した「書林文溪堂蔵版目録」(全十丁)を元にして、

そこから読本総目録といったものに発展させたような（鈴木圭一氏稿『増補外題鑑』成立の一過程」、『読本研究』、第四輯下套所収）事例さえ出てくる。

はやく寛文の初年からあらわれたいわゆる「書籍目録」が、既に板元の営業用のカタログとして作られた物であったはずだが、出版点数が増大してくると、到底収容できなくなるし、より手取り早く、自家営業の単独カタログを作る方が一層効果的であることに気づいて始められたものである事は言うまでもあるまい。既に第五章・第一節の「書籍目録」の所で触れておいたように、宝暦頃までは、何とか十年おき位で出されていたのが、その後は二十数年を飛んで明和九年板、さらに三十年ほどおいて享和元年に一度出されたきり途絶えてしまったのは、即ちそのような総目録の刊行が不可能なほどに出版点数が増えたために、宝暦以降は、この板元各自の蔵版目録が盛行して、その代りとなったわけである。

この類の蔵版目録の付載は八文字屋や額田などが享保頃から始めたのが早い例かと前述したが、実は浮世草子に関しては京寺町四条下ル町の菊屋長兵衛板のものが所見本としては最も早く『今源氏空船』（正徳六年板）『熊坂今物語』（享保十四年板）などに付載されていて、かえって八文字屋の蔵版目録は寛保三年の『雷神不動桜』あたりから遡るものをまだ見得ないでいるが、右の八文字屋蔵版目録は全一丁半に七十八冊を載せるという既に整ったものなので、おそらくそれ以前に半丁もしくは一丁ほどのより簡略なものが出されていた可能性は十分考えられ、浮世草子のみならず、役者評判記類にも早くから近刊予告や新刊広告の類を出し続けて来た八文字屋であれば、おそらく蔵版目録の試みにも先鞭をつけていたに違いあるまいと思われる。その他、享保期には京の小川柳枝軒や額田正三郎家などの大店が、それぞれに蔵版目録を付したものを見得るが、同じ頃江戸でも、京の西村市郎右衛門家の江戸出店であった文刻堂西村源六が、「文刻堂寿梓目録」と題する目録を、最初は半丁ものから始めて、次第に増加させ、やがては三丁にわたって百五十点余の書名を並べるものにまで成長させていった例もある。これらの目録類を丹念に調べれば、江戸期の本屋の営業規模やその消長をかなりな確度で跡づけることも可能なのではなかろうか。

八文字屋の板本が、同店の衰退によって明和四年に升屋へ移り、安永三年以降にはさらに和泉屋卯兵衛と早川兵助の店に移ったことなどを、それぞれの求板主の出した蔵版目録によって子細に跡づけ、八文字屋本なるものの性格や内容に関する、極めて示唆に富む「八文字屋本板木行方」なる論が中村幸彦氏によって公表されているのは衆知の事であるし、筆者自身にも、宝暦末年に大坂から江戸へ移転して、やがて『遊子方言』を著わして江戸洒落本の定型を作ることになる書肆丹波屋理兵衛の動向と、それまで『遊子方言』の作者にあてられていた江戸の書肆多田屋利兵衛の動向とを、それぞれの蔵版目録類を辿ることによって解明しようとした「遊子方言の作者」の論がある。即ちこれらの蔵版目録は利用の仕方によって、本屋の動向や出版物の刊年決定などに極めて有効な考証の資料となり得るものであることを改めて注意しておきたい。ただし本屋の蔵版目録というものは、順調な営業が行われている限り、当然、年を逐うごとに増殖していく性格のものなので、その目録が何時の時点のものであるのかを、よほど綿密に調べておく必要があることも言うまでもなかろう。

後期になると大書肆が自家目録を単独に製本頒布する例も多く、近年その種のものを集めた「近世出版広告集成」六冊、「近世後期書林蔵版書目集」二冊などが朝倉治彦氏の編によって刊行されているので御参照願いたい。

七　蔵版・蔵版印・蔵版記付入銀

元禄以前にはほとんど見当らないが、享保以降、見返しや奥付などに捺印される、書肆以外の蔵版主を明確にするための印を蔵版印という。おおむね朱印を実捺する場合が多いが、初めから板木に彫り入れて墨刷りされる場合もあり、また、印を用いずに、見返しや奥付に「獻笑閣蔵」(延享四年板、洒落本『瓢金窟』)のごとくに文字で彫り入れて示したり、わざわざ半丁分を用いて、朱印の下に丁寧に「無此印者／為偽刻」(明和五年板、『閑居放言』)や「毎部必有印記／若無者係偽刻」(宝暦七年頃板、『陽台遺編・妣閣秘言』)などと彫り入れたりする場合もあり、それを**蔵版記**という。また朱印を捺す場合、見返しではおおむね左下隅ときまっているようだが、和刻本『唐詩集註』(安永三年刊)には、見返し右上に「東叡王府蔵版」の朱印が大きく捺されていて輪王寺宮の蔵版と知れるものもある。巻末や奥付の場合は、丁寧な例だと、そのための枠をわざわざ刷りこんで、その中に印を捺すようにした例も多く、伝本によってはその部分に朱印がなく、空白のままになったものもよく見かける。この場合は印のあるものが初印本、ないものは後印本と判断されようが、板面の荒れだけからはなかなか刷りの先後の断定が難しいものの場合に有効な材料となる(図34)。平戸藩では皆川淇園や朝川善菴など、藩儒の著書を藩版として刊行しているが、多くは巻頭の内題下などに、大きく「平戸藩蔵版」「楽歳堂図書記」の方印二個を木記のごとく墨刷りにした例が多い。例えば淇園の『孟子繹解』十四冊(寛政九年板)などは、見返し左下に「楽歳堂蔵」の文字、内題下に右のような木記、そして奥付には「寛政九年丁巳三月穀

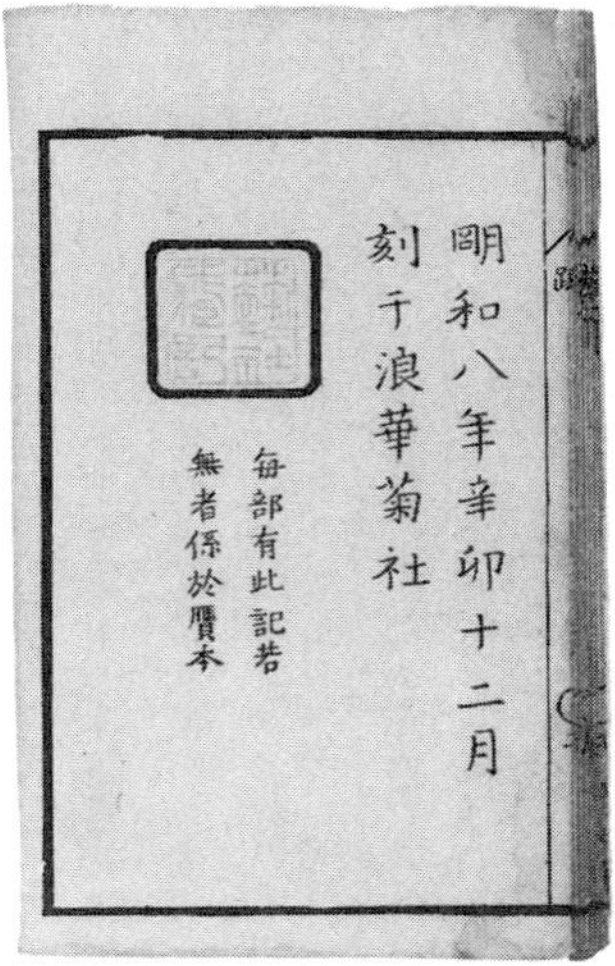

図34 『風月外伝』

旦」の年記の左上部に「製本所」と大書して、その下に江戸の須原屋茂兵衛、大坂の河内屋喜兵衛、京都の天王寺屋市郎兵衛の三肆名を列記してある。即ち三都の書林はおそらく平戸藩の御出入りで本造りを受け持ち、平戸藩が出資して作った本なので平戸藩校楽歳堂の蔵版であることを明記したものという事が歴然と知り得るように記載してあるのである。

その他、手近な所で筑前関係の寓目したものをあげれば、亀井南冥の『孝経』(安永九年序刊)には、巻末に「北筑南溟堂蔵板」とする一行の蔵版記が刷り込まれ、松永花遁編『石城唱和集』(享和三年序刊)は、奥付には京の書肆野田治兵衛の名があるが、見返し左下には「筑前玉蘭堂蔵」の二行の方印があって、博多の富商奥村玉蘭の出資による刊行と知れる。また大隈言道の『草径集』(文久三年板)は、やはり大坂の河内屋宗兵衛の板だが、巻末には枠囲いして言道の堂号である「池萍堂蔵」の朱印が捺されるので、言道自身の蔵版である。

江戸時代初期に、出版がまだ営利事業ではなかった時期は、勅版を初めとして寺院版や嵯峨本などに代表される私版本まで、ほとんどの本が書肆以外の蔵版主がいたわけだが、その後営業として成立して以来、いわゆる「町版」として、書肆が全額出資して本を造るのが主となると、その場合は書肆即蔵版者で問題はない。しかし著者自身もしくはその後援者が出資してできた場合、その出資者が蔵版者となり、書肆は本造りや売買の実務を受け持つ事になる。その時その蔵版主を明確にするのが、この蔵版印や蔵版記である。書肆即蔵版者である場合は、奥付や見返しに板元名が明記されるだけで済むが、なお丁寧にも、巻末に「書林　汲古堂蔵板印」（宝暦三年板『猪の文章』）などと蔵版記を彫り込んでいる場合もある。ただしこのような例は、刊記・奥付の一種として扱えばよかろう。

書肆以外に蔵版者がある場合を「入銀《にゅうぎん》」とよびならわしているようで、江戸期の出版には、全期を通じてこの例が予想外に多いようである。即ち出版という事業がなお経済的に不安定な要素が多いため、最も安全な方法として著者側が出版費を負担する例が多かったのであろうことは大方予測がつく。いわゆる官版や藩版などはすべてこの類で、幕府や各藩が費用を負担し、出入りの書肆がその実務を受け持つものであるが、その場合蔵版者は幕府や各藩となるわけで、その旨が蔵版印や蔵版記として明示されることによって、それがわかる。ただし江戸後期の官版はおおむね、題簽の角書きや、巻末左下に「官刻」「官版」などと記されるのが通例で、各藩の場合はまたその旨が見返しや巻末に、印もしくは記によって示されるが、江戸初期には藩版の場合もほとんど何の記載もなく、版面からだけでは全くわからない場合が多い。ただし東条琴台編の『諸藩蔵版書目筆記』四巻によって、一応、藩版の全貌がうかがえるが、多くの場合、初めの出版そのものは藩版として行われても、しばらくたつと、その板が実務を担当した書肆に下げ渡されて、奥付にもその書肆名が記されて刊行される例のようである。例えば黒田藩の場合、前記の『諸藩蔵版書目筆記』では貝原益軒の著述などは大半が藩版として出されたものだが、実際に現存する板本について確かめると、ほとんどが小川柳枝軒や村上平楽寺、永田調兵衛、吉野屋権兵衛といった京都の大書肆の奥付のものであり、藩の蔵版印や蔵版記は見当らない。即ち江戸前期には藩版であることを証するための蔵版記や蔵版印は用いられないのが通例であったらしい。しかし後期になると、藩儒亀井南冥の『論語語由』(文化三年板)には黒田の支藩秋月藩の、同じく藩儒竹田春庵の『小学句読集疏』(天保九年板)には藩校修猷館《しゅうゆうかん》の蔵版印が備わって明白である。

右の様な藩版なども「入銀」と呼んだかどうかはいささか危ないが、個人的な私版の場合は明白な「入銀」による出版という事になろう。仏書・経書等の道々しい書物や、教科書代りの教訓書や実用書あるいは諸々の戯作や浄瑠璃本などの慰み本を除いて、漢詩・和歌・俳諧などの個人選集の類は、江戸期を通じてほとんどがこの「入銀」による私家版と称すべきものだったのではなかろうか。

八　袋

「見返し」と密接な関わりを持つのが「袋」である。「袋」とは書物の出版に当って、本屋がわざわざその本の保護のために作製する紙製の上包みを言うので、近代の本のカヴァーに当るもの、ただし近代刊本のカヴァーは一枚の紙を表紙の上にあてて左右を中へ折り込む形式の物がほとんどだが、江戸期板本の袋は一枚の紙を袋状に貼り合わせて、天地を開け、中に書物を入れて、表面に書名や著者名・板元名などを刷りつけたものを言う。天地が開いているので厳密な意味での袋ではないが、ともかく書物を包み込んで保護する役目なので「袋」といいならわしている。

唐本や韓本には用いられた例を知らないので、おそらくわが邦だけの習慣なのだろうが、それもいつから付けられるようになったかは判然としない。尾崎久弥翁による洒落本の袋に関する報告を除いては、特にその点に留意して記された文献としては、祐田善雄氏の「正本の包紙」(『浄瑠璃雑誌』四一五号、昭和十七年十二月)に正徳二年三月上演、竹本座「けいせい掛物揃」を初めとする七行本の包紙類を掲げ、それが太夫付や紋等の重要な資料となることが詳説されるのと、雲英末雄氏に「俳書の袋」(日本書誌学大系60『俳書の話』所収)の一文がある。雲英氏稿はその初めに故横山重翁の談として、いわゆる寛文五枚図の江戸図に付されたものが最古かとし、さらに板本の所見では享保二年(一七一七)板、竹田春庵撰の『孝経釈義便蒙』のものが古く、浄瑠璃本に享保前後のものがあり、俳書では、宝暦二年(一七五二)丈石編『霜轍誹諧集』(天理図書館蔵)のものが最も古いと述べられる。その他には目下徴すべき文献は見当らないので、今は乏しい知見のみで記すしかないが、早くて享保前後からといえるのではなかろうか。無論事柄が事柄だけに識者の知見なり、実物なりを提示してさえいただけば簡単に解決のつくことである。

初めにも記した通り、袋の表の版面はおおむね「見返し」の版面と同板である場合が多い。即ち「見返し」用に作った板木をそのまま流用して「袋」にも用いたものが多いので、記載内容も「見返し」と同様のものが基本的な型である。即ち版面を縦に三つ割りにして中央に書名を大書し、右上に著者名、左下に板元名、そして板元名の下に朱印を捺し、右肩に朱の魁星印というのが、最も普通の完備した型ということになろう。とすれば「見返し」があらわれ始めた明暦(一六五五―)・万治(一六六一)頃から、「袋」も存在しても良いように思うが、前述した通り、そのような例を識らないので、やはり「袋」は見返しよりもさらに半世紀ほども遅れてその使用が思いつかれたものだろうか。ただし思いつかれてからは、さしたる時間もかからずに三都に蔓延して、明和(一七六四―)・安永(一七八一)頃からは漢籍・和書の区別なく、ほとんどの書物が初版の場合にはまず付いていたのが普通と考えるべきほどに行われることになった。特に地本類の遊里・芝居関係の絵本類や洒落本・読本、滑稽本、さらには草双紙といったところは、購買者層に見合って、店頭に並べた時の効果を勘案してであろう、「見返し」とは関係なしに極めて華美な色刷りのものが多く付されるようになるが、いずれにせよ物が物だけに、後々まで残るものが極めて少なく、そのために愛書家や好事家の珍重するところとなっている。無論、このような「袋」の遺物は、趣味的な意味で珍重されるというのみならず、前記、祐田氏の論にもあったように書誌的にも極めて重要な内容を有するものがあり、しかも特に初版本に関する情報が盛り込まれている事が多いので、研究者にとっても貴重なものとなる場合が多い。

所見のものの最初は享保十六年(一七三一)刊の俳書『五色墨』(半紙本一冊)に付された袋(図35)である。ただしこの袋付きの架蔵本は、刊記は確かに享保十六年秋の戸倉喜兵衛刊とあるものの、内容を検すれば、板面は若干の荒れが目立ち、やや後印本であることは疑いない。とすれば、年記を明記する事のない右の「袋」は果たして享保十六年初印時点で付された袋と同じものなのかどうかの明徴はどこにもないといえる。それどころか果たしてこの初印本に袋が付けられていたかどうかの判断も、今は下す術もない。前述した雲英氏所見の『孝経釈義便蒙』の袋も、この書自

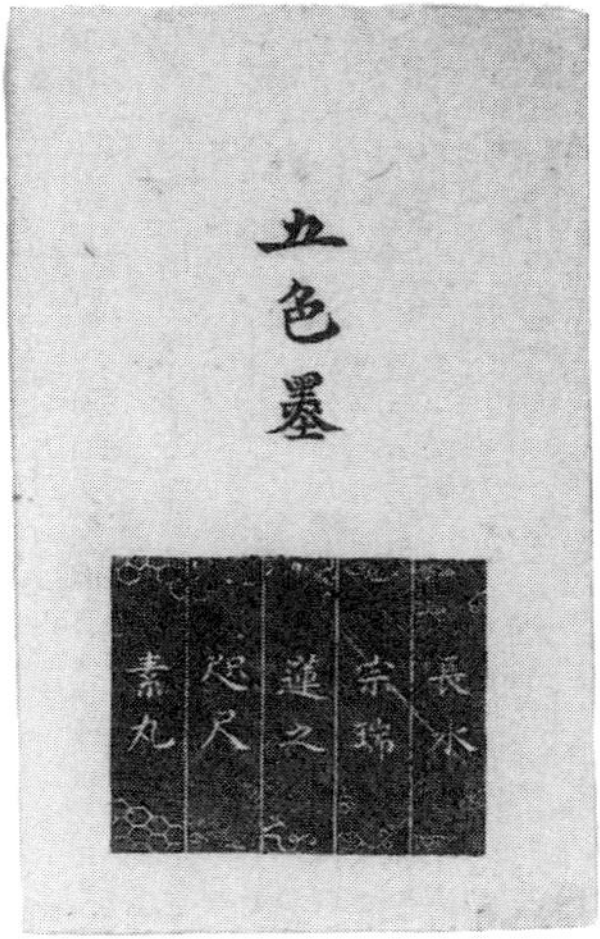

図35 『五色墨』(袋)

体が遥か後世まで何度も刷りを重ねたものゆえ、果たして享保初刊の時点での「袋」であるかどうかは、きわめて判断し難い。横山翁談の江戸図の袋は、中身が五枚一組の地図であり、しかも、これまでに筆者自身も再三翁からうかがったことだが、この五枚図はまさに大名献上物そのものというべき豪華な初印版であったということなので(弘文荘目録に再三あらわれる五枚図も献上本とあるがそれには袋付とは記されないので、別物であろう)、この「袋」はまぎれもなく、寛文期(五枚図は寛文十年(一六七〇)から十三年までに刊行された)のものに違いなかろうが、地図に袋があるからといって、すぐに同時期の書籍にも付されたということにはなるまいから、結局現時点では、やはり享保頃からおいおい出現したとしておくほかはない。

その後は幕末・明治に至るまで、板本には袋は付き物と言えるほどにたいていの本には付されることになるが、その本来の目的がいわば包み紙としての物であるだけに、破り棄てられる運命の物が多いのは、現今の書籍のカヴァーも同じことで、残存するものは意外に少ない。残る可能性が一番高いのは、売出しの時点で新本を買った人が、はずした袋を二つ折りにして、本文用紙の袋綴じの中にしのばせてくれていた場合であり、一世紀以上を経た今日、古書肆で板本を買入れた時にフト気づいてもうけものをしたような気になった人は案外多いのではないかと思う。

草双紙系のものでは、黄表紙の初期にいわゆる「袋入り」と称する仕立てのものが出たのがきっかけのようだが、「袋入り」については既に第五章・第二節に写真も入れて説明しておいたのでここには略す。

幕末の合巻本などの場合、袋に刊年が刷り込まれるのがつねで、その意味でも重要である。各編毎に上中下三冊を袋入りにして出したものを、袋を外して、その袋を上巻の表紙の上に置いて綴じ直したものなどを多く見かけるが、これらはおそらく買主の注文によって、本屋があらためてそのように綴じ直してわたしたものでもあろうかと思われる。

以下、手元にある袋の中から、やや面白いものを数点、写真にして説明を加えておく。

㈠は明和九年(一七七二)板『蘭品』の袋(図36)。板元竹苞楼の手控雑記「大秘録」に記されるところでは、看板、袋、跋の板下筆者は大雅堂《たいがどう》、魁星印は高芙蓉《こうふよう》の篆、なるほどまぎれもない見慣れた大雅の文字である。大雅堂の小遣いかせぎであったろう。竹苞楼の他、文会堂林九兵衛等の出版物にも、宝暦頃から安永期まで題簽や見返しや袋にこの大雅堂の筆跡を見かけることが多い。

㈡は三雲仙嘯《みくもせんしょう》の印譜『快哉心事』(弘化元年(一八四四)板)の袋(図37)。この書は木活による印譜という珍しい物だが、さらに珍しいことに、袋まですべて木活で刷りあげてある。通常木活本の場合も、袋や題簽・見返し、序・跋等は整版で仕立てるものがほとんどなのだが、本書のような例はきわめて珍しい。

図 36 『蘭品』

図 37 『仙嘯老人快哉心事』

図 38 『吉原細見』 後ろの糊をはずして開いた形.

㈢は『吉原細見《よしわらさいけん》』の袋で色刷り、天保四年(一八三三)の二代目蔦重板(図38)である。ただでさえ残り難い袋だが、中でも吉原細見の袋は中身が中身だけに、袋まで大事に保存するような例はそれこそ希有のことであるらしく、江戸期の「ものは付け」にも、「珍らしいものは、吉原細見の袋」というのがあるそうである。

㈣は明和九年(一七七二)板読本『怪談記野《や》狐《この》名玉《めいぎょく》』の袋(図39)。上部の絵は合羽刷りによる彩色が施してある。この袋の絵および下部の文章のみが手がかりとなって、安永二年(一七七三)刊の『怪談名香富貴玉』の一部分(特に巻四の二)が、元来は『野狐名玉』の一章として書かれたものであることがわかり、この二作品が明らかな姉妹篇であることと、その入り組んだ先後関係が見事に説きあかされるに至っている(田中葉子「怪談名香富貴玉再考」『語学と文学』第21号)。袋が書誌学的に重要な情報を含むものであることの好例を示すものである。

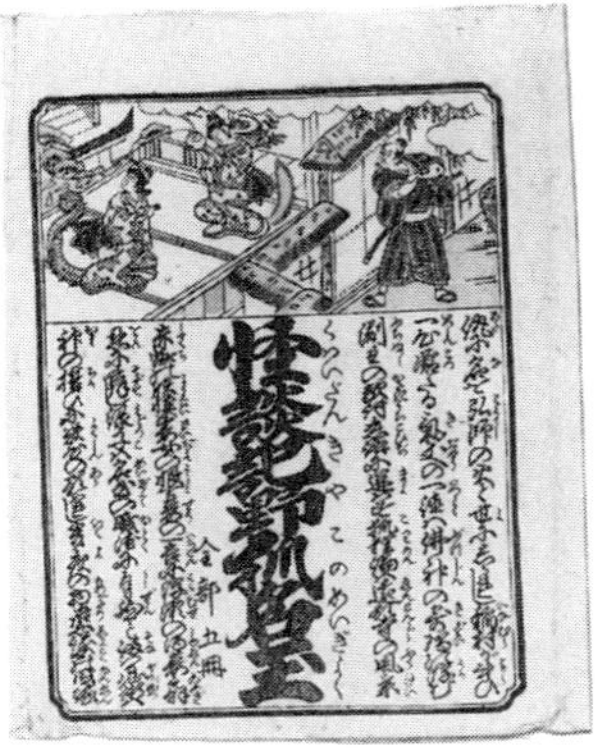

図39 『怪談記野狐名玉』

その他なお一、二の例を(図40・図41)で示しておく。

ちなみに、板本の袋は、中身の厚みに合わせて、かなり緊密な仕立てになっており、あ

上：図 40　『鳥追阿松海上新話』
（明治 11 年刊）
下：図 41　『和蘭文典前編』

らためて中身を袋におさめてみようと試みる時、下手をすると破いてしまう場合がなきにしもあらずである。その場合、袋というものは、天よりも地の方を若干広く作ってあるので、地の方から入れるように仕立ててある旨を古書肆の古老に教えられた。何事も先達はあらまほしきものである。

第七章　板本の版面

一　匡郭・界線・罫

板本における各版面の、本文の四周の枠を「匡郭《きょうかく》」という。元来は漢籍の書誌学用語で、和語としてはただ「枠《わく》」というのみでもよい。全く匡郭のないものも多いので、その場合は「**無枠**《むわく》」「**無匡郭**」という。

袋綴じの本の場合、横の匡郭は上下ともに丁の表から裏まで通ったものになる事は言うまでもないが、袋綴じの紙の折り目を真中にして、その左右、すなわち丁表と丁裏に幅一、二センチほどを置いた縦の線が一本ずつ入ることになる。その幅一、二センチほどの部分が、ちょうど版面の真中になるので、その部分を「板心《はんしん》」あるいは「柱《はしら》」とよぶが、この部分については次節で説明する(図1)。

匡郭の形態によってそれぞれに名称があるのは、題簽の枠の名称と同じで、一本のみの枠を「**単枠**」又は「**単辺**」、同じ太さの二本の枠を「**二重枠**」、外側が太く、内側が細い二本枠を「**子持枠**」又は「**双辺**」、二本枠の間に何かの模様を入れたものを「**花枠**」「**飾り枠**」「**花辺**」などという。そして毎丁ともに四周すなわち縦と横の全部の線が単辺となっているものを「四周単辺(枠)」、全部双辺のものを「四周双辺(枠)」といい、左右、つまり外側の縦線だけが双辺で、上下、すなわち横線は単辺のものを「左右双辺（枠）」という。「左右単辺」や「上下双辺」などという形式はほとんどないが、あればその都度記せばよい。また稀には三本枠のものもあるが、これもその都度形状を記せばよい。

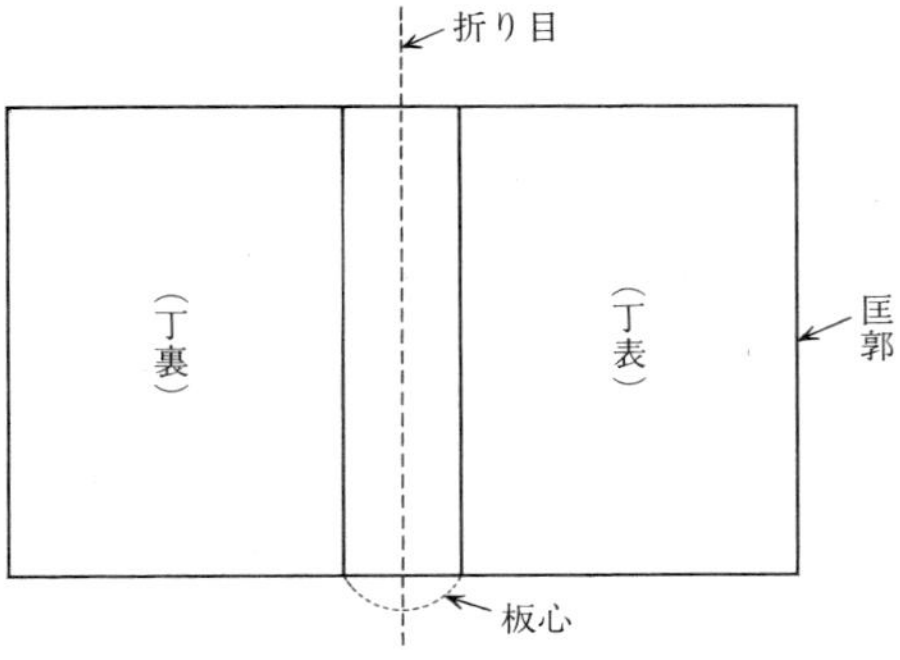

図1

板本の書誌では、その各個別の本の板刻や摺刷の先後を認定すること等が最も重要な事柄となる。これを「刊・印・修」と称していて、それについては第九章でくわしく説明することになるので、ここには触れないが、この刷りの先後を決定するためのきわめて重要な手懸りとなるのが匡郭の寸法である。同一の板木の場合、刷りの時点が後れれば後れるほど、全体が収縮するのが通例のようで、それを端的に示すのが、この匡郭の寸法なのである。

すなわち同一の板木を用いた二つの伝本があった場合、同一箇所の匡郭の寸法を較べて、大きい方が早い刷り、小さい方が後印本という一応の判

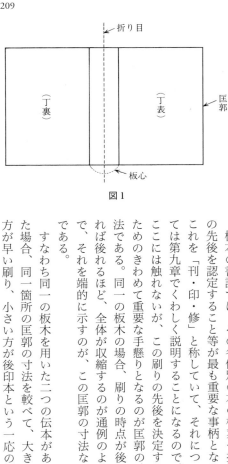

断が下せるわけで、この差異は通常の大本で縦長が二―三ミリ近くまでなる事などが、すでに木村三四吾氏の「西鶴織留諸版考」(『ビブリア』第28号所収)にその全丁にわたる微細な数値の計測が示されて、物理的に納得のいく結果が提示されている。ちなみに覆刻本の場合は、この計測差がさらに大きく六―七ミリにまでなることも同稿に示されていて、その判定にますます有効性を発揮する事がわかる。したがってその計測を間違わぬためには、各伝本を通じて計測箇所を同一部分に定めておく事が最も重要で、通常は本文の初丁表の右縦線と上横線の内側に沿って測る事になる。その場合も匡郭の線は、線自体が一―二ミリの幅を持つのが普通なので、内側を測るのと、外側を測るのでは、すでに二―三ミリの誤差を生じる事になるのは言うまでもあるまい。しかしこの点が従来意外に不規則のままになっていた傾向があり、A氏の報告に拠る甲本と、B氏の報告に拠る乙本との計測値がすべて数ミリの差異を持ち、B氏が甲本は乙本の覆刻本かとする説を出したのに疑問を持ったC氏が、改めて計り直したところ、甲・乙は同板で、要するにA氏は匡郭の内側を、B氏は外側を測っていたのに過ぎなかったというような笑い話(ただし実話)がある。あらためて計測は匡郭の内側を計ることを徹底させておくべきである。

匡郭に付随して、版面を縦に各行ごとに区切る線を「界線《かいせん》」又は「罫《けい》」とよぶ。罫のあるものを**有界**、あるいは**有罫**、無いものを**無界**、**無罫**とよび、黒色の罫を「烏糸欄《うしらん》」、朱色の罫を「朱糸欄」とよぶのは唐本流の気取った名称である。板本にはめったに無いが、古い帖仕立ての経文や古写本に見られるものに金色や銀色の罫があり、それぞれ「**金界**」「**銀界**」とよぶ。またカラ押しで罫のかたただけ付けたものを「**白界**」あるいは「**押界**《おしかい》」とよぶ。同じく、折って筋をつけたものを「**折界**《おりかい》」と称する。

ついでに述べれば、匡郭の外側四周を「**欄外**」といい、上方の欄外を「**欄上**」「**天頭**」、下方の欄外を「**欄脚**」「**地脚**」あるいは単に「**脚**《あし》」という。また、綴じ目に近い方の欄外を俗に「**のど**」といい「**書脳**《しょのう》」ともいう。本文の上欄の内側二、三分の所に更に横線を引いて、そこに注や評を彫り入れた板本が、経書・仏書や国学系の注釈書等によく見受けられるが、この部分を「**上層**」「**欄眉**《らんび》」「**書眉**《しょび》」「**眉上**《びじょう》」などといい、和語では「**たな**」ともいう。そこに彫り込まれた注や評を「**眉標**」「**鼇頭**《ごうとう》」「**首書**《かしらがき》」「**頭書**《かしらがき》」などという。胡蝶装の本に多いものに、匡郭の左上に張り出した部分に篇名などが彫り込んであるものがあり、それを俗に「**耳**《みみ》」といい「**耳格**」「**書耳**」「**耳子**」などという。

先に板の先後の判定に有効な匡郭の寸法のとり方などを述べたが、同じく、板の先後の判定に役立つ方法であるとともに、さらに同板か異板かの判定にきわめて有効な方法として、匡郭や罫線の切れ目を比較する方法がある。匡郭や罫線にはしばしば板木自体に生じている欠損が、そのまま線の切れ目となってあらわれるので、同じ個所に同じ切れ目があればそれは同板であり、同板であれば切れ目の多いものほど後印本である可能

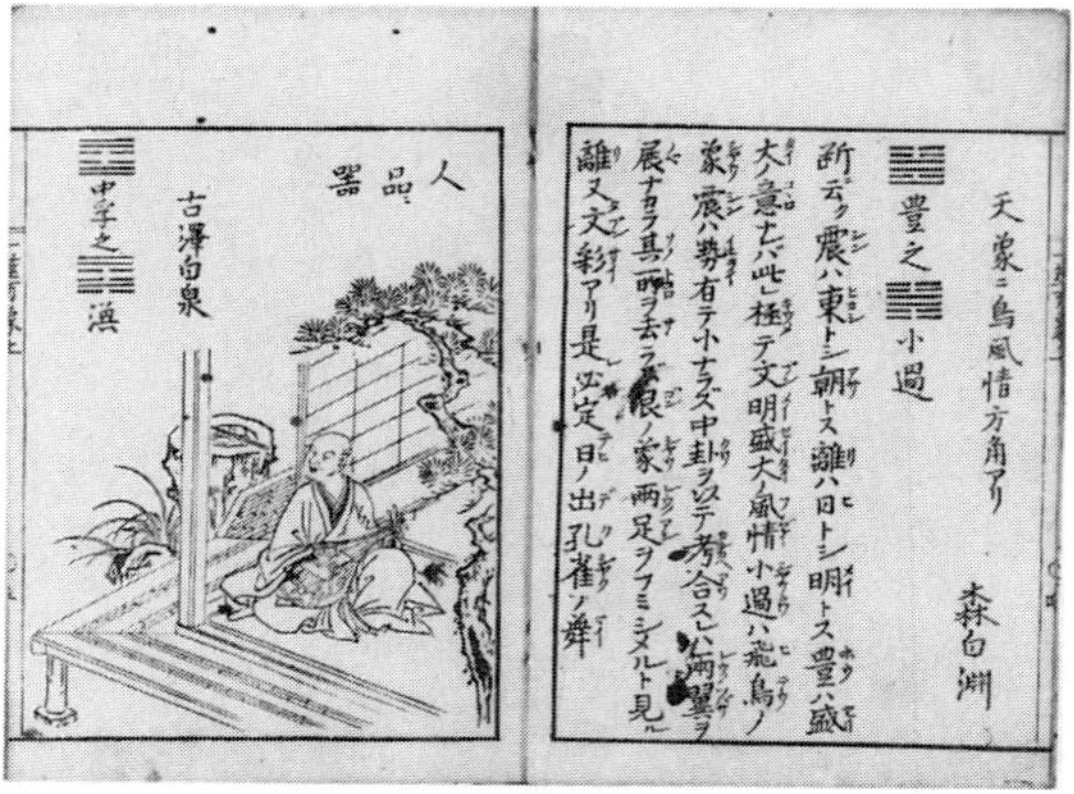

天象ニ鳥風情方角アリ　森白淵

豊之小過

所云ク震ハ東トシ朝トス離ハ日トシ明トス豊ハ盛
大ノ意ナルハ此ニ極テ文明盛大ノ風情小過ハ飛鳥ノ
象震ハ勢有テ小ナラズ中卦ヲ以テ考合スレハ両翼ヲ
展ナカラ其所ヲ去ラズ艮ノ家両足ヲフミシズルト見ル
離ノ文彩アリ是必定日ノ出孔雀ノ舞

人品器

中孚之渙

古澤白泉

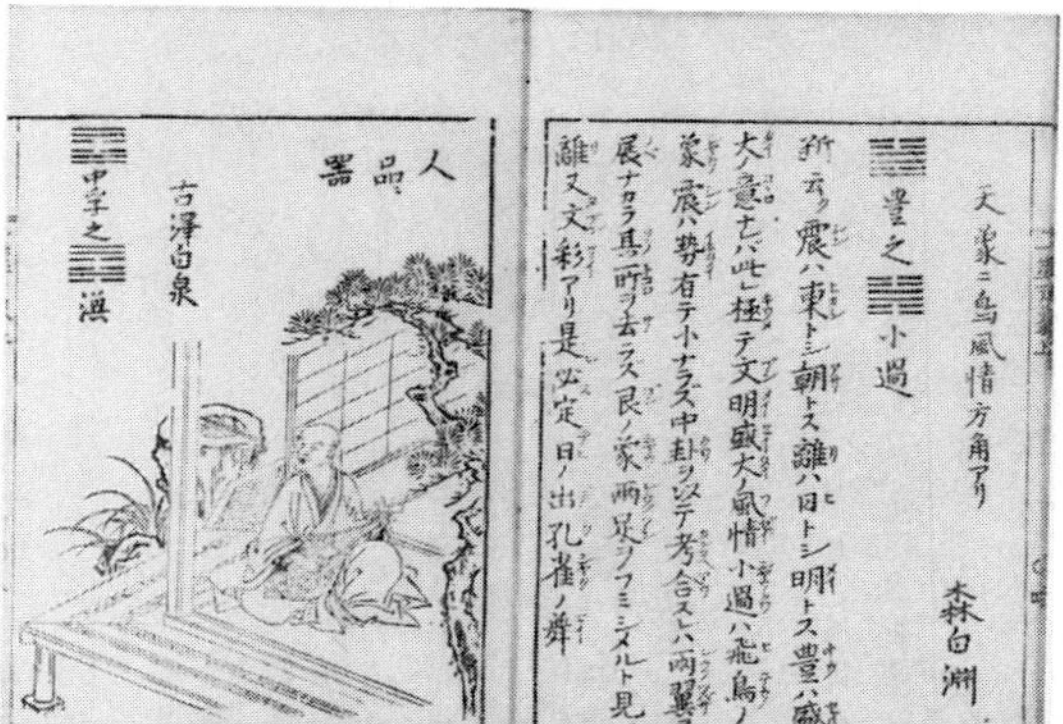

天象ニ鳥風情方角アリ　森白淵

豊之小過

所云ク震ハ東トシ朝トス離ハ日トシ明トス豊ハ盛
大ノ意ナルハ此ニ極テ文明盛大ノ風情小過ハ飛鳥ノ
象震ハ勢有テ小ナラズ中卦ヲ以テ考合スレハ両翼ヲ
展ナカラ其所ヲ去ラズ艮ノ家両足ヲフミシズルト見ル
離ノ文彩アリ是必定日ノ出孔雀ノ舞

人品器

中孚之渙

古澤白泉

図2　**上**：『**一筮万象**』**下**：その改題本『**射覆早合点**』
中央の縦枠の切れ目に注意．

性が多いことになる(図2)。また同板か異板かの判定を試みる時、つい版面の文字を比較してしまうが、文字の微妙な差異は、かなり熟練しなければ得てして判断に困る事が多く、それに比べて匡郭や罫線を比較して、切れ目に明らかな違いがある場合は文字通り一目瞭然とも言い得る有効な手段である。ただしコピーで比べるとき往々にして虫損の跡を板木の欠損と見間違う事も多いので、注意を要する。

二　柱　記

袋綴じの板本の場合、一枚の紙の折り目の部分が、ちょうど真中に当るので、その部分を「板心《はんしん》」とよぶ。そして匡郭のあるものの場合は、折り目を中心に、その左右に一本ずつ縦線が入って、折り目を広げると、ちょうど一本の柱をたてたようになるので、その部分を特に「柱《はしら》」とよびならわしている。そして版面を外に折って綴じる袋綴じの本は、でき上った本を開いた時、板心(柱)は、それぞれ左右の一番外側に、その半分ずつを見ることになる。

一方、版面を内側にして折って糊附けする中国式の蝴蝶装《こちょう》(粘葉装《でっちょう》)の場合は、見開きにした本の中心にそれが見えることになるので、「板心」の名称は、この場合に特によく当てはまることになる。ただし、板本でこの蝴蝶装(粘葉装)を用いたものは、中国の宋版が代表的なもので、日本ではその忠実な模刻を企てた五山版や仏書の古刊本などに見られるのみであり、江戸期に入ってからの板本で、この装訂のものは、田中敬氏の『粘葉考』付載目録にごく初期の三本(いずれも仏書)が著録されるほか、若干の私見本については第四章・第二節に述べた通りである。

板心(柱)には、書誌的にきわめて重要な記載が見られるので、この部分の調査はないがしろに出来ないのが常識となっていること、言うまでもない。そこには大概、「書名」「巻数」「丁付け」が彫り込まれ、その上下には「魚尾」と称する意匠が施されるのが通例であり、ごく稀には宋版などの例に倣って「刻工(彫り師)名」などが記される場合もある。ただし無枠の本の板心は、大概丁付けだけか、書名までを彫り入れたものが多く、魚尾などは施されないのが普通である。そして、右のような柱の記載事項全体を称して「**柱記**」「**柱刻**」などと称する。本来、この柱記は読者の便宜よりも、製本工程における心覚えとして設けられ始めたものと思われ、本来事務的なものであるために、より即物的(客観的)に書誌情報を受け取り得る部分である事が重要である。また、その記載の様子は、立派な物の本ほど整っており、軽い戯作本などの草子類ほど簡略になるのも当然と言えば言えよう。ただし、八文字屋本の一部と黄表紙類に関しては特に注意が必要なので、後に別記することにする。以下順序だてて記す。

㈠ **書名** 大概は柱の上部に記されており、書名全部を記す場合と、略記する場合とがあるが、略記する方が多いように思う。この柱の書名を「**柱題**」という。本によっては、外題も内題も尾題もなくて、この柱題によってのみ書名が確認できるような場合もあるので、この「柱題」の存在は大きな意義を持つ。

(二) 巻数

柱題の下部、大概は魚尾などがあって、その下に巻数が彫り込まれるが、全一巻の本の場合はほとんど記されない。また、序、題言、凡例、跋なども、それぞれの丁にそれぞれの区別が文字で彫り込まれる場合が多い。その場合、各丁の折り目にまたがって彫られる場合と、丁表のみに見えるように小字で彫り込まれる場合とがあるので、注意を要する。

(三) 丁付け

これは柱記の最下部に彫り込まれるものが多い。序、跋と本文と別だての丁数を用いる場合が多く、また、漢籍などでは「一」の代りに「首」や「乙」の文字をあてる場合がある。また、最終丁には丁付けの下に「終」「尾」などの文字を加える場合が多い。八文字屋本辺りから後の戯作類では挿絵だけは丁付けに「又」の字を加えて「一」「二」「三」「又三」「四」……のごとくに並ぶ例が多いのも注意を要する。これはおそらく挿絵の丁のみを別に彫らせて、製本の時に加えるために、このような体裁となるのであろう。ということは、この丁付けというものが本来製本の際の丁合の目印として付けられたものであることの証しでもある。また江戸中期以降の戯作類の場合、往々にして丁付けの数字を途中で大幅に飛ばして、例えば「三ノ五」や「十四ノ廿四」

などのごとくに彫り入れる場合があるのも注意を要する。これにも、初板の時からそうであるものと、後に板木の事故をかくすためにした不徳義なものとがあるので注意を要する。八文字屋本の場合はほとんど必ずといってよいほど「十ノ廿」か「廿ノ卅」といった飛丁を設けている。これはおそらく貸本屋用に、丁数の多い本のごとくに見せかけて見料を多くとるための胡摩化《ごまか》しかといわれているが、果して如何か。

丁付けを板心ではなく、各丁毎にノドの表か裏に付ける場合もある。特に無枠の本の場合に多いが、この場合は純粋に丁合のために付けられているので、これには前述した貸本屋用かと思われるような胡摩化しはまず見られないようである。洒落本などで、柱の丁付けと、ノドの丁付けの両方を備えた本もたまに見うける事があるが、その場合、柱の丁付けには前述の様な胡摩化しがあるのに、ノドの丁付けは正確に記されるのが通例で、前述の様な考えの証明となる。また、ノドの丁付けは大概綴じ代の中に隠れてしまう場合が多く、無理に確認しようとして、糸を切ってしまう事もあるので、注意を要するが、書誌調査にはどうしてもその確認が必要な場合もあるので、特別な配慮が必要となる事もあり得る。

特殊な丁付けを持つ本の一例に、演劇書の中のいわゆる「絵尽し」や、それから派生したかと思われる上方子供絵本類がある。それもおおむね、序文や目録なども無く、表紙裏から直接見開きの画面が始まるような本の場合に、その初丁半丁分の丁付けは、最終丁半丁分の丁付けと一緒になって、大概「三」辺りから始まるか最終丁の丁付けと一緒になるかのどちらかとなる。これはおそらく板木を作る際の経済的理由によると思われるのだが、その辺りの考察は『近世子どもの絵本集』(岩波書店版)の上方子供絵本の部の解説に記したのでご参照願いたい。

(四) **魚尾**　これは中国の板本の意匠に倣ったものである事は間違いあるまい。大概⋈又は⧓のような一対の形のもので、中が白いものを「**白魚尾**」、黒いものを「**黒魚尾**」と称し、更に黒魚尾の中に花弁状の白い模様を入れた「**花口魚尾**」、あるいはそれぞれの上下にさらに横線一、二本を入れたものなど(⧓)様々な意匠をこらす。無論上下一対ではなく、どちらか一つだけという略式のものもある。唐本、もしくはその和刻本といった系統の書物は、魚尾の意匠に凝ったものが多く、和本類は概して簡略化したものが多い。

唐本の場合、魚尾のほかに板心の上部を黒くしたものと、白いままのものとがあり、これを「**黒口**《こくこう》」「**白口**《はくこう》」と称している。これも柱のその部分全部を黒くしたもの、左右に白い部分を残したもの、縦の一本線に近いもの、黒口の中に花弁様の白抜きの模様を入れたものなど様々で、それぞれ「**大黒口**」(**寛黒口**)、「**小黒口**」「**線黒口**」「**花口**」などと称ばれる。「黒口」の類は和本の場合は大概唐本の和刻本か、あるいはそれに倣った書物と見るべきで、純然たる和本の場合は「白口」が普通であるため、敢えてことわる必要もあるまい。

㈤ **刻工名** これも宋版などに見られるもので、板心の下部に、その一枚を彫った彫り職人の姓名や通称などを彫り入れる。和本では旧刊本の和刻本類に唐本のそれをそのまま彫り入れたものなどが見られる程度で、江戸期に入ってからはほとんどその例を知らない。宋版では、この刻工名によって、その刊年が推定できたりして、結構重要な書誌要件となっている。私見の和本では寛政末年に文晁模刻の『歴代名公画譜』の各丁にわたって、これは板心ではなくて、毎丁のノドに、「立原任」「君山」「抱一」などと百十名ほども彫り入れられている例がある。中には「朱評刻」「敬斎刻」などと、「刻」字のあるものもあり、おそらくは文晁模写の原画を、板下にする際にさらに模写した門人名や刻者名を記したものと思われるが、詳しくは拙稿「画本研究ノート」(『伝記』第八輯)に記したのでご参照願いたい。

さて、前述した特殊例の二つ、八文字屋の横本と黄表紙類の柱記について、ここに記しておく。

㈠『傾城禁短気』などの八文字屋横本浮世草子の一類は、実はきわめて異例の造本様式を持っており、その事は、第三章で横本型の書型について述べた時に、その特殊性については後述すると記したのみであったので、以下に略述する。

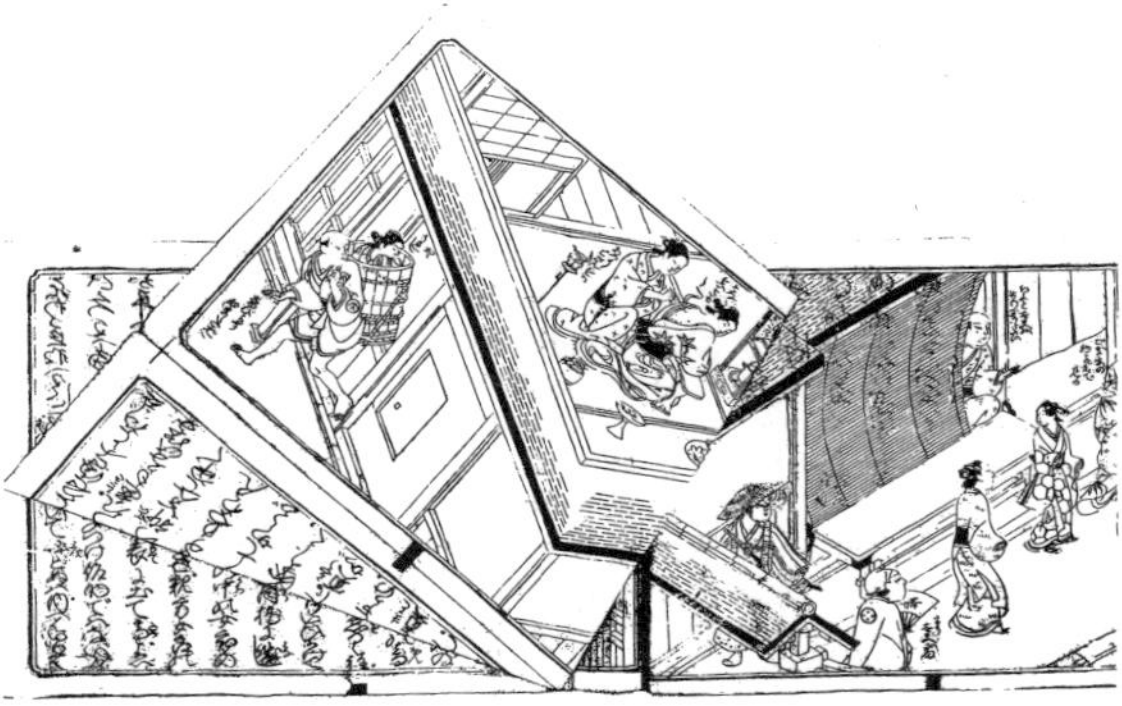

図3　八文字屋本変型半紙本横本『傾城禁短気』

即ち通常の横本は大判か中判の美濃紙を横二つ切りにしたものをそのまま二つ折りにして袋綴じしたものであるのだが、八文字屋のそれは縦の袋綴じ半紙本型をそのまま横にして、右辺を糸綴じしたものと言えばよく、そのため、板心の二つ折り部分が、本来ならば左辺にある所を、下辺即ち下小口に横に存在することになり、左辺は二つ折りの紙の切れ目がそのままになっている。このような例は、ちょうど連歌懐紙をそのまま右辺で綴じたような物で、大福帳などには見られるものの、板本では他に例を見ない(図3)。そして、下辺の板心部分には柱題や巻数・丁付けなどは何も見えず、その代り、丁裏ノドに囲いを設けて、中に「きんたん四巻四」(『傾城禁短気』の場合)のごとくに、略題と巻数・丁付けを施す。そして下辺の板心部分には各丁に一か所だけ魚尾代りの墨格を設け、巻一から巻六まで各巻ごとに左から右へその墨格の場所をずらして、下小口から見た時、それぞれの巻分けが一応見当づけられるように作ってある。現今の辞書類に時折り見かける、五十音順またはアルファベット順のマークのような物と思えばよい。

八文字屋が、このような造本様式を、どこから思いついたのか、また、何のためにこのような変型を敢えてしたのかなどは、今、全くわからないが、この変型様式に着目してその整理を企てた論文に、林望氏の「八文字屋刊行浮世草子類書誌提要」(『斯道文庫論集』第十七輯)があって、右のような異例の横本を「横綴半紙本」、そして、柱記の墨格の様式を「巻標」と称《よ》んだら如何《いかが》かという提言があるので、ご参照願いたい。なお、三村竹清手写「欣賞会記録」(『日本書誌学大系』73、青裳堂刊)には、このような様式を帳綴本と称している。即ち大福帳綴の略称である。

(二) 黄表紙を中心とする草双紙系の柱記は、大概、略外題と巻数・丁数を記すだけの簡略なものだが、通常序文や内題を備えないこの種の草子類は、絵題簽が剥落した場合など、この柱題の存在が極めて重要な手がかりとなる事は周知の事であり、そのため『黄表紙外題索引』などの手引書も刊行されている。また、上・中・下、あるいは上・下などの巻立てを示すのに、ちょうど唐本類にいう「黒口」に似たような墨格を、上・中・下それぞれに場所を違えて付けることによって示すという工夫が用いられるのは、前述した八文字屋横本の場合と同じ行き方というべく、おそらく八文字屋本来の演劇関係の書物の造本から派生して江戸の地本類にも受けつがれた様式の一つであったと思われる。

第八章　本文の構成要素——著述内容に関わる部分

一　題字・序・凡例・目録

板本の内容構成は、それぞれの書物に応じて千差万別であることは言うまでもないが、ともかく思いつくままに首尾の順序を勘案しながら列挙してみると次のようなことか。題字、序(他序・自序・原序)、凡例《はんれい》(例言)、目録(目次・総目)、口絵、本文、挿絵(挿図)、跋(自跋・他跋・後序)。

以上は、一応編著者の意図のもとに編成される内容構成の基本的なものだろうが、この他に、巻頭には、既述した「見返し」や「扉」、また巻尾には「広告」や「奥付」といった部分が考えられる。ただしこれらは、本来、編著者に直接関わるものというよりも、版元、書店の宰領によって、その内容が決定される部分であろうから、これは別途に項目だてをして説明した。

題字　編著者から依頼された、その先輩や名士、名筆家などが、多く二字から四字ほどの文言を揮毫し、それを装飾的な枠取りなどをした中にそのまま刷りあげて、巻頭に置くもの(図1)。袋綴じにしないで横長のものをそのまま折り込んだりする場合も多く、袋綴じ一丁の表丁のみを用いたりしたものは、前出の扉と同じになるが、その場合も単

図１　『仙嶽闢路図』（安政１年）

に書名を誌したものの場合は「扉」、書名とは異なる文言の場合は「題字」と考えるべきだろう。

　元来は肉筆の書画帖などに多く見られ、そのためか板本の場合も書画帖類や、詩文の追善集、賀集といったものに比較的多く見かける。また年代が下がるほど多くなるようで、元禄以前の板本には余り見ない。戯作類では洒落本や後期の読本などに稀に見ることがある位だろうか。

序　江戸期の板本の場合、序文の類は有るのが普通で、無い方が変則的と思うべきである。従って序文が無くて、すぐに凡例や目録、あるいは本文が始まっていた時は、まず序の落丁本かと疑うべきだろう。

　編著者自らが書くものを「**自序**」といい、先輩・師友に依頼して書いてもらったものを「**他序**」という。従って両者を備える場合は大略他序を先に置き、自序をその後に置く。また装飾的な効果も考えて肉筆をそのまま板刻する場合が多く、それを「**自筆刻**」と称す

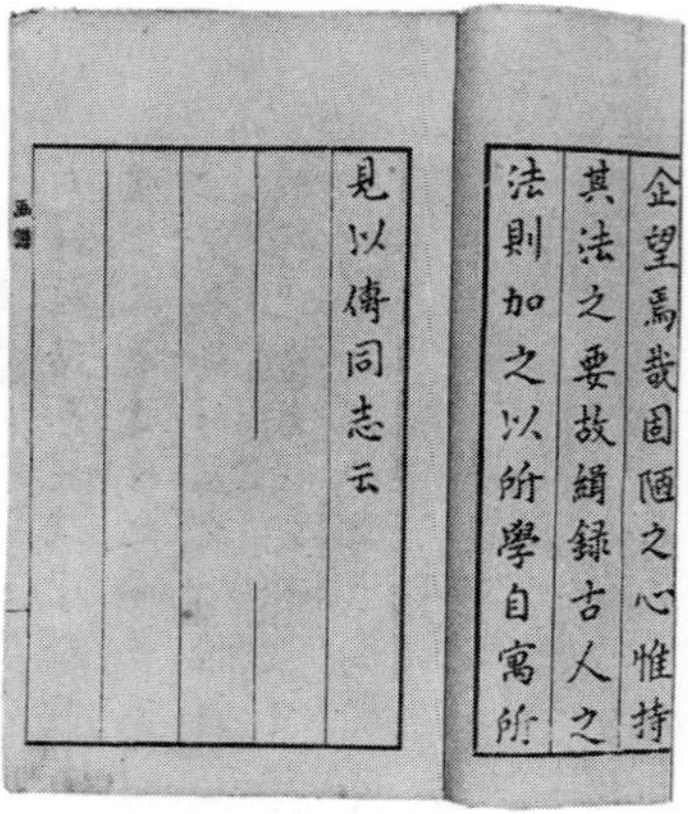

図2 『画藪後八種四体譜』(安永2年序)

る。従って序者の撰文をさらに著名の書家に頼んで書いてもらって巻頭を飾るものが多い。やはり装飾的に序文のみを特別な枠取りをしたり、後期の戯作類、特に人情本などになると序のみを色刷りにしたり地紙を色紙にしたりする例が多い。序文撰者や書者の署名下に朱印を用いたり、関防印(書画の右肩に押す印)に朱印を用いたりするのも、装飾性を重視した結果であろうが、これも印文をそのまま墨刷りにしたもの、印のみ朱刷りにしたもの、印のみ朱の実捺にしたものの三通りがあって、それぞれ手の懸り具合の違いがそのまま普通本から特製本への段階を示している。詩文集の序などの、罫線を入れた用紙で、末尾署名の次行などに、一部分二、三行にわたって罫が切れていて、四角い空白部分がそのまま残っているものなどが、時折見かけられるが、これは元来その空白部分に朱印を実捺すべく作られながら、後印のためにその手間が省かれたままになったものと考えられる(図2)。

序文は通常、その首に序題があり、末尾にその撰文の年記と撰者署名と印記、そして別の書者を持つ場合はその後に書家の署名と印記を具える。序題は往々にしてその本の外題や内題とも違っている場合が多く、また、外題も内題もなくて序題しかそなえない場合も薄冊の俳書や戯作類などに稀にはあるので注意すべきである。撰者名も山本北山などは序末ではなくて、序題の次行に署名する例が多いのは、何か拠り所あってのことだろうが、変った例である。

唐本の和刻本や、経書の注釈書類の場合には、その出版に携った邦人に関係する序の他に、原本にある序文をそのまま付刻するものが多く、それを「**原序**」と称する。多くの場合邦人の自筆刻の序文を前に置き、その後に原序を付刻するのが通例である。

序文にはその書物の撰述のいきさつや、出版刊行の経緯を叙述する場合が多いので、その内容は書誌的に見ても重要なものとなる。特に俳書や歌書・紀行文などの場合に内題・序題・尾題など一切ないものが多く、しかも題簽が剝落していたりした時、序文の末尾の方で、文章の中にその書名が記されていて、ようやく書名を特定出来る場合などもしばしばある。これも心得て置くべきことである。やや経験のある古書肆になると書名のわからない書物をこの伝で、序文中のそれらしい文面を読みとって仮題として自家の販売目録に著録したりする場合もある。また、戯作類の場合、作者や序者はほとんど一回限りの戯名を用いたりする場合が多く、その身元調べに手がかかるが、その場合にも序文署名下の印文は結構同一のものを用いたりして意外に手がかりとなる場合が多い。

これも心得ておくべきであろう。序・跋類が多い場合は、それのみで一冊にまとめる場合も多く、所見本では池永道雲の『一刀万象』は序・跋八則をまとめて首巻一冊とし、綾足の『寒葉斎画譜』はやはり序跋のみ五則を一冊とする。ただし田辺玄々の『磁印譜』は上下二冊の内、上冊の前半分以上を序文二十則で占め、下冊の後半分を二十四則の跋文で占めるというもののしさであるが、これは序跋を独立した一冊とはしていない。

凡例　「発凡・例言・汎例・導言」などとも書かれるが、大略序文と目次の間に置かれて、本文の書き方の決まりなどを箇条書きに説明した文章を内容とする。現今ならば物堅い注釈書の類にしか見られない所だが、江戸期には詩文集の総集や類書、あるいは戯作類の中にもパロディ風のおかしみを狙って堂々たる「発凡」や「凡例」をうたうものも多い。京伝洒落本の『総籬《そうまがき》』や、三馬の『浮世風呂』等の例がその著名なものである。

目録　「目次」と同じだが、各巻各冊ごとの「目録」と、一部全巻にわたってのものとがあり、後者を「総目録」また「総目」と称して区別する。「総目録」は当然首巻に付載され、その後にその巻の「目録」があり、以下各巻にその巻毎の「目録」が付されるのが通例だが、「総目録」のみを首に置いて、以下は目録無しという場合も稀にある。叢書や類書などの大部な書物になると、総目録だけで一冊となる場合もあるのは当然で、例えば寛文六年(一六六六)刊『訓蒙図彙』は首二冊を総目録とし、官版木活の和刻本『太平御覧』一千巻は目録のみで十五巻三冊となるがごとくである。一方薄冊のものなどは目録を付載しないものも当然ある。また、浮世草子や読本などでは目録の部分だけ独立した丁付けになっているものが多く、その場合、目録が落丁となっていても気がつかぬ事が多いので注意を要する。これは序跋なども同じ例が多い。本邦の文芸書の類では仮名草子あたりからは付載するのが通例となったようだが、遊女評判記などは既に目録を遊女の名寄せ代りに用いる等の工夫が見られ、西鶴の作品になると、目録の記載も随分凝った趣向を見せるようになる。『一代男』では世之介の年齢を七歳から始めて列記し、その下にそれぞれ二行ずつ小書きを記して、その初行を各章題とする。『五人女』は章題一行に小書き一行、『諸国ばなし』は同じく章題一行に小書き一行としてさらにその下に内容分類風の項目立てを一つ一つに記し、『二十不孝』は各章題の上部に木瓜型の枠取りをして絵を入れる凝りようとなり、『武家義理物語』は小書きが二行となり、『永代蔵』は小書き二行に各章絵入りという派手やかさである。西鶴以後の浮世草子はすべてこれを見習って賑やかになるが、西鶴作品のこの形式が、どこから思いつかれたのか、また西鶴自身どの位これに関わったのかは未だ不明の部分が多い。しかし西鶴本の書誌に関してはこの目録記載例等に注目して、そこから何らかの情報を得ようとする試みは、今や常識となっており、ひいては浮世草子のみならず、近世板本書誌にきわめて有効な手段ともなっている。

その他、目録に趣向を凝らすものの最右翼は元禄以降の役者評判記や、それをなぞった名物評判記の類であろう。それも初めはせいぜい役者名の総名寄せ程度のものだったのが、元禄十二年(一六九九)の『役者口三味線』あたりから、すっかり浮世草子風の大字一行に小書き二行の目録を各巻に付け、さらにその後に位付けを付した役者総目録を載せることに始まり、享保(一七一六—三六)頃からは位付けの他に「見立何々」と称して、それぞれの役者を名所や国名、謡曲名や源氏の巻名等々に見立てた短文を付すことになり、さらに「名物評判記」類がこの傾向を助長して戯文の腕を競い合うまでになる。こうなれば目録とはいえ、立派に戯作の一種として一人立ちしているものとも言う事ができよう。

なお、節用集や往来物・字書などの類は、よくその目録を横形の紙に別刷りにして、表紙の中央に貼りつける、いわゆる「目録題簽」を持つものがあることは、題簽の項に既述した通りである。

二　口絵・本文・挿絵・跋

口絵　本文の中に置かれる挿絵に対して、本文の前に数枚まとめて置かれる絵をいう。

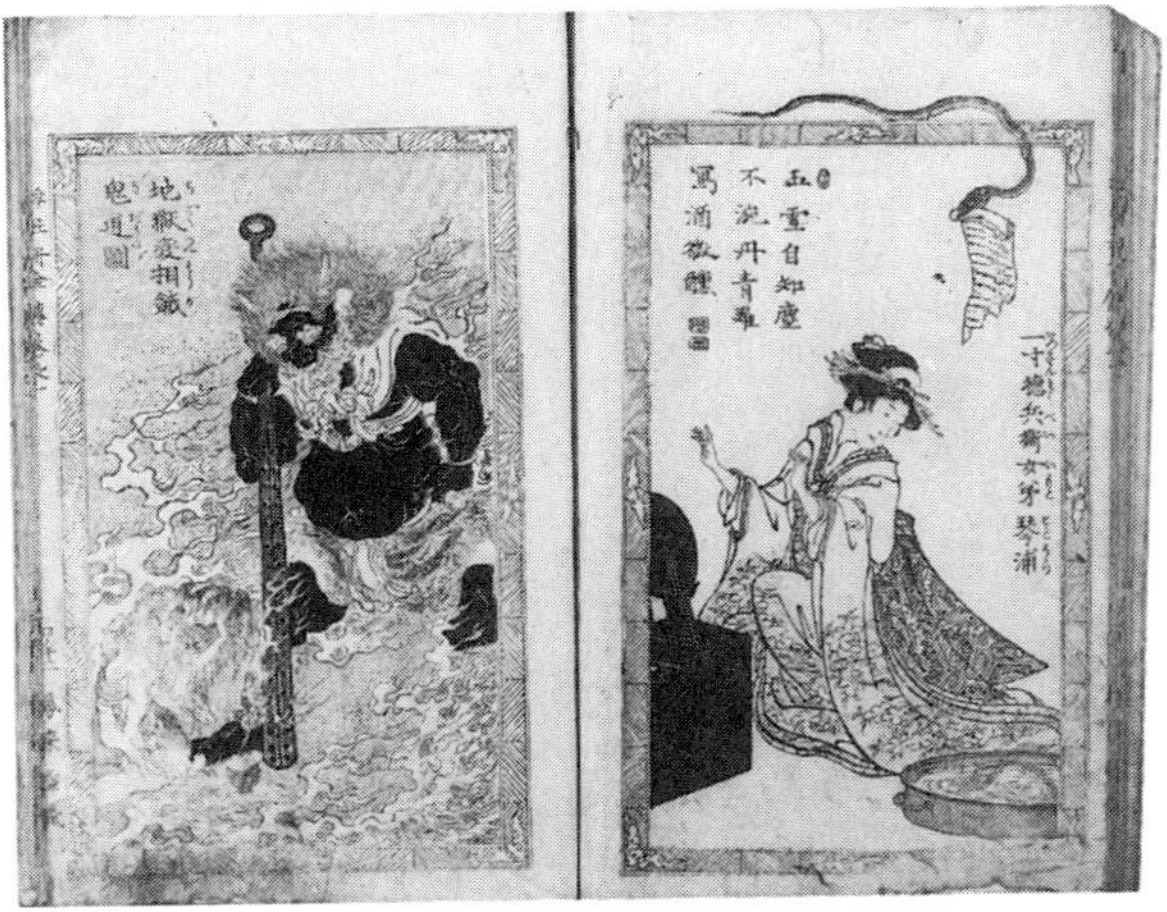

図3 『浮牡丹全伝』口絵

ただし一枚だけの場合もある。口絵はおそらく、中国明末の稗史《はいし》小説、あるいは花案《かあん》・花榜《かぼう》類(遊女評判記の類)に多用されたものに範をとったかと思われ、本邦でもそれらに倣った通俗物や、洒落本や読本《よみほん》、そしてそれ以降の戯作類に用いられる。中でも特に効果的にそれを用い始めたのは京伝《きょうでん》・馬琴《ばきん》辺りからの読本類で、稗史小説のいわゆる作中人物の繡像を口絵にまとめて示すのを真似たものだろうが、薄墨や艶墨を盛んに用いて、数葉の口絵を置くのが普通の構成になっている。所見本中、特に印象的なのは京伝作・文化六年(一八〇九)板『浮牡丹全伝』の口絵などがある(図3)。

そして特に注意すべきなのは、この

ように手の込んだ口絵や挿絵を置くものは、刷りを重ねる度にその版面に何等かの手抜きが行われていくのが常だということであり、特に薄墨や艶墨の板を省くのが普通に行われるので、その状態を見きわめることは伝本の刷りの時点を考えるのにきわめて有効な手がかりとなるのであるが、その具体的な事例については、それぞれの専書についてみられたい。特に馬琴作読本の詳細は鈴木重三氏の「馬琴読本諸版書誌ノート」(『絵本と浮世絵』所収)が委細を尽している。同じく一九以降の滑稽本類も、口絵に結構手のこんだ趣向を見せ、例えばその『膝栗毛』なども、初板には淡い色刷りの口絵を用いるが、後刷り本は色板を省き普通の墨刷りとなるなどの実例があるが、これも中村幸彦氏の「滑稽本の書誌学」(『ビブリア』83号)に具体例を多く引いて詳述される。人情本も特に口絵には多色刷りを多く用いて美麗に仕上げるのが普通だが、この書誌的な問題点についても鈴木重三氏の『絵本と浮世絵』所収の諸論考を参照されたい。

その他、多色刷りの口絵や挿絵を用い始めたのは上方では享和(一八〇一―〇四)頃からの絵入根本(歌舞伎脚本の正本を出版したもの)類、江戸では、やはり享和三年の桜川慈悲成作・豊広画の『遊子戯語』や、享和四年の同作・同画『福鼠尻尾太棹』二冊や一九作・豊広画の『播州舞子浜』二冊などが読本類では早い物かと思う。春本の十二枚組物の画帖や、袋綴じの冊子物の類で、最初の一枚のみは春画ではなく、通常の絵を用いるのも、口絵の一種とみてよいものであろう。

本文　本文はその首に内題があり、その次行に編著者名が記されて始まり、最後を尾題でしめくくるのが通例であるが、これも歌書・物語など、本邦の伝統的な国書類には本来無いものだったはずであるのが、時代が下るにつれて、次第にそれをそなえるのが通例となっていく。ただし内題等に関しては別項をたてて説くことにする。板本の本文は一丁ごとに「匡郭」と称する枠取りのあるものと無いもの、「界線」と称する罫のあるものと無いものとの二種類に分かれるがこれも別項に説明した。板本の本文には編著者、もしくは評者による評、付注、付訓、句読点、圏点等が施されて彫りこまれる場合がきわめて多い。評文や評語は特に清朝の漢詩文集などに先輩師友の評語を彫り込む例にならったものが多く、江戸も後期に入ってからのものに多く見られる。所見は明和元年(一七六四)刊、細井平洲作『嚶鳴館詩集』に友人の秋山玉山、滝鶴台、木村蓬萊、渋井太室の四名が着評したものが早い方で、これは本文中に割書きされるが、後期になるほど、清朝詩文風に本文鼇頭《ごうとう》、即ち版面の上部余白に刷り込まれるものが多い。しかもその評語のみをやはり唐本にならって朱刷りにしたりするものも多く、例えば田能村竹田の『山中人饒舌』などがその好例である(図4)。

付注は、本文の上方に加えられるのが「**頭注**」、本文の横に加えられるのが「**旁注**」、本文の間に二行に小書きされるのが「**割注**」または「**双注**」、本文の下に加えられるのが「**脚注**」で、これは現行の活字本でも同様の用語が用いられる。「割注」の場合、漢

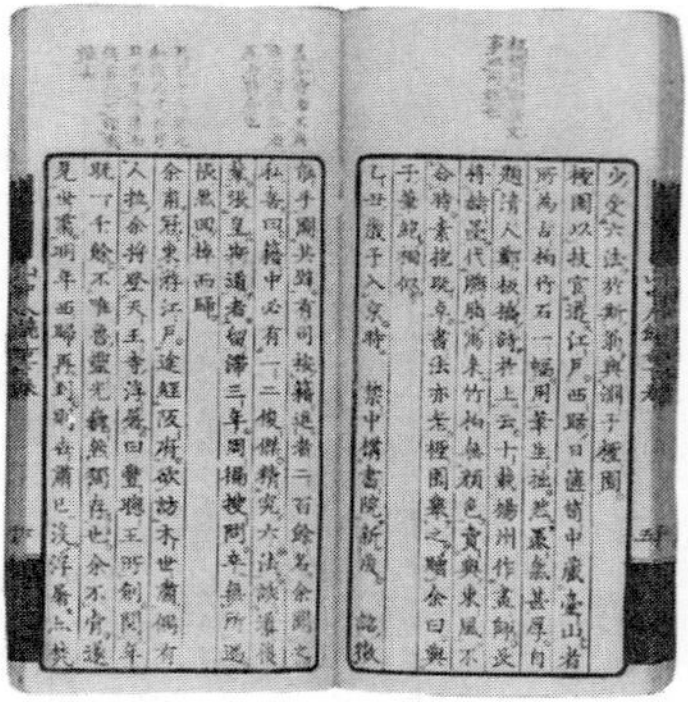

図4　『山中人饒舌』(天保6年)

籍の書誌では「注、小字双行」などと記されるのは、注の文が本文よりも小字で二行に記されているという事を示す。

付訓は、漢文の本文に返り点・送り仮名を施すことを言うが、さらに難読の字句に訓みを彫り入れる場合もあり、訓みだけならばその字句の右側につけ、白話文などの意味を説明するものはその字句の左側に付ける。例えば風来山人删訳という『删笑府《さんしょうふ》』に「大卵脬《オホキンタマ》」「癡奴《ベラボウメ》」と付訓するなどだがこのようなものは訓というよりは注に近いものでもある。江戸後期には国学者もこの方法を採り入れて、本邦古典の注釈に利用し、それをまた戯作にもじったものもある。振り仮名付きのものを「国訓本」とも言うが、江戸期の俗の範疇に入る文芸書類の大半はいわゆる総ルビの物が多く、特に読本などは、その訓に白話の左訓に当るような独特の雅俗混交の調子を考案して明治にまで至り、我が国の小説文体に大きく影響した。

「句読点」も、江戸期板本の場合はその大半が施されるようにはなるが、句読の区切りが文法的なものであれ、音読の際の息つぎに拠るものであれ、いずれにしてもいかなる法則に拠っているのかは、未だに解明されていないようである。符号の類も﹅●○﹆等が混在して、やはり一定の法則は見出せない。

墨刷りの本文の所々を朱や青墨で刷り分けたような変り刷りのものもごく稀に見うけるが、これは中国刊本にときたま三色や五色に刷り分けた套印本がありそれにならったものであろう。本邦刊本では、所見の早いものは寛保三年（一七四三）序刊の洒落本『会海通窟』で、本文の第三、四丁にかけて、文字を朱・青・黒の三色で刷り分けてある。また蕙斎《けいさい》の色刷り絵本『都の錦』の序も、文字を三色ほどに刷り分ける。何のためかはわからないが、きわめて珍しい。幕末では慶応四年（一八六八）板、川崎魯斎著『孝経参釈』が全丁にわたって本文の文字を朱と墨で刷り分けるが、これは『孝経』本文の経の部分を墨で、釈を朱で刷りわけたもので、初学に益するためのものである。

挿絵　本文中に挿入される絵を言うが「五山版」にも既に十牛図のような挿絵入りのものがあり、古活字版も慶長十三年（一六〇八）刊光悦本『伊勢物語』等の例からも察せられる通り、文芸書・娯楽書の類ではごく初期から、挿絵の存在は不可欠のものという事ができよう。無論古活字本の場合も挿絵は整版に拠るものがほとんどだが、中には絵ゴマを組み合わせて一面の絵を作るという不思議な努力をしたものや戦陣の陣立てや行列図などに絵ゴマを用いたりしたものもあるにはあるものの、やはり挿絵は整版に拠るのが普通の方法であることは言うまでもない。

板本ごく初期のものでは、応永版といわれる『融通念仏縁起絵巻』二巻や『高野大師行状図絵』十巻、『寛永行幸記』三巻、『日蓮上人註画讃』五巻などは皆、元来が絵巻物を板にしたものゆえ挿絵とは言えないが、前述の光悦本で『伊勢物語』や『二十四孝』が、まさに挿絵本の始まりと称してもよい。ただし『伊勢物語』は大本二冊に全四十九図のすべてが半丁を一面とする絵であり、見開きの絵は一面もない。『二十四孝』は半丁を上三分、下七分ほどに横に区切って、上三分ほどに絵を入れるという、おそらく中国のいわゆる帯図本に拠ったに違いないと思われる板面を見せる。いかにも挿絵本の黎明期というにふさわしい。寛永期(一六二四―四四)に入ると挿絵本は盛んに刊行されるようになり、特に『保元物語・平治物語』『義経記』『曾我物語』などの戦記類は巻冊数も多いが、挿絵の占める割合いが異常に増えて、寛永三年板の『保元物語・平治物語』六冊で七十図強、同十二年板の『義経記』八冊で六十六図、正保三年(一六四六)板の『曾我物語』では十二冊に百九十一図という多さである。架蔵の一本に古版の『太平記』巻二十八の一巻分から挿絵だけを抜いて一冊にまとめた端本があるが、全二十丁の絵で、丁付けを辿ると、ほとんど一丁おきに挿絵となる。『太平記』四十巻四十冊の全巻にわたってこの調子だとすれば、全部で約八百丁の挿絵となるわけだが、この板の刊年はまだつきとめ得ない。以後近世板本と挿絵の関係は不可分のものとなるが、その様相は水谷不倒の不朽の名著『古版小説挿画史』(昭和十年、大岡山書店刊)を始め、吉田小五郎氏の英文『TANROKU BON』(講談社版)、「口絵」の項にも前述した鈴木重三氏の『絵本と浮世絵』、あるいは山中古洞の『挿絵節用』などの専書を参照されたい。地図や鳥瞰図などを別刷りにして折り込むように綴じたものは「挿図」と称して区別する。蛇足を加えれば西鶴の『一代男』などは各巻各章の最後の半丁を必ず挿絵にしてあり、前期の読本辺りからは各冊に見開きの絵を一枚から二枚、それも何丁目と何丁目というように入れる場所さえも一定のものにする例が多く見られるようになる。そして画工名はたいてい最終巻の最後の絵に入れるとか、挿絵の丁だけが丁付けに「又」を入れて別仕立てであることを示すものがあるなど、やはり書誌的に様々の情報を含んでいるのが挿絵である。

跋　序文に対して、巻末に置かれる、編著者や、その師友の文章をいい、従ってこれも自跋と他跋とがある。「**後序**」ともいうが、これは中国の例としては元来序文は本文の末に置かれるものであったこと、『史記』の太史公自序の例などにも明らかで、その例による称呼であろう。その文体や書式は「序文」の場合とほとんど同一である。

三　内題・尾題・作者名

内題　表紙にある題簽に示された「外題」に対して、各巻の本文初頭に示されたその書の題名を「内題」という。同様に本文の最末尾にも、その書の題名を記して、さらにその末に「完」「終」「大尾」などの文字を置く場合があり、これを「尾題《びだい》」という。その他見返しにあるものを「見返し題」、序の首にあるのを「序題」、同じく「目録題」「凡例題」などの例もあるが、もっとも浮世草子を例にとれば、八文字屋本などは目録題はあるが、内題はそなえないものがほとんどであるのに、都の錦の作はほとんど内題を持ち、西鶴はあったり無かったり、という状況で、通俗的な小説戯作類では享保(一七一六―)以後、明和(一七七二)頃までの間に内題をそなえる風が定着したようである。しかしいずれにせよそのすべてが同じであったり、精々外題の文字を数字省略した程度の略題であれば問題はないが、外題と内題が全く違っている場合も無きにしもあらずなので、その場合、どちらを正式の書名とするかが問題となる。

　有名な例では、西鶴の『諸国ばなし』が、外題は、「絵入西鶴諸国はなし」であり、内題はなくて、目録題に「近年諸国咄／大下馬」。『万《よろず》の文反古《ふみほうぐ》』が、外題は「絵入西鶴文反古／世話文章」とあり、目録題が「万の文反古」で、内題はなし。『日本永代蔵』が、外題は「日本永代蔵／大福新長者教」、目録題は「日本永代蔵」、内題は「本朝永代蔵」と大揺れに揺れている。また、手近な本でその例を見れば、天明五年(一七八五)板狂歌集『故混馬鹿集』の外題のものは、内題は「狂言鶯蛙集《おうあしゅう》」であり、元禄十五年(一七〇二)板の外題「清少納言犬枕」は、内題は「ふでかくし」だが、同じ本の宝暦八年(一七五八)の求板本では外題を「清少納言ふでかくし」に改めている。『日本小説年表』の洒落本部、安永八年(一七七九)の項に『遍屁子辺《ぺんぺこぺん》』の名で収まるものは、外題だけでも「風流金玉さゞれ石」「風流目苦羅仙人」「妙々手段」と三度も改題したうえに、内題は元来もたない。いずれにしても書誌著録の上ではなはだ困ることは確かである。

従来の処置は大別して二通りで、外題に拠るべしとする「外題主義」と、内題をとる「内題主義」とに分かれる。外題主義は、外題こそその書物の顔であり、読者に最もアッピールするものゆえ、書名は外題に拠るべしとするもの。内題主義は、内題こそ、その作者自身の命名によるものと考えるべきで、外題は往々にして板元による売らんかなの意図的命名が多い。西鶴作品が外題にはやたらと、「西鶴……」とうたうのがその例で、明らかに西鶴の名声にすがって、それを強く印象づけるための板元の命名であろうという。従って拠るべきは内題であるとする。そしてこの内題主義をさらに強固にする理由として、外題を記した題簽はきわめて剥落しやすく、失われやすいが内題は失われないという。内題と外題と、どちらに作者の意図がより明確にあらわれるかはなかなか図り難いが、題簽剥落云々は物理的な理由づけで、納得しやすいことは確かである。板本の題簽というものは、本来二、三か所に薄い糊をつけるだけで、きわめて剥落しやすく貼るのが通例であることも既述した通りである。現存する伝本のすべてが題簽の無い本ばかりという事例も、きわめて良くあることなので、書名は内題によるという内題主義が、現在優位であることは事実なのだが、前掲の西鶴本の例を見ても明らかなように、現在通用している書名は決して内題主義に一本化しているわけではない。私見を述べさせてもらえば、板本というものは購買者・読者の存在を予定して作られるものである限り、その表面の、最も人目につきやすい所に現わされた題名を、その書名として認定するのがまずは妥当な所かと思われるので、外題の認定できるものは、何はともあれ外題に基づき、物理的にその確認できないものに限っては、内題もしくは目録題簽である旨をことわった上で、その書名とすれば良いのではないかと思う。出版業が、営業として成り立つ以前の古活字本時代までは、ほとんど題簽を持たなかったのが、営業形態を確立した寛永期(一六二四―四四)以降は、ほとんど百パーセントの板本が題簽を具えるようになったのは、やはりその題簽に読者への働きかけがまずは託されたわけであろうし、読者もまずその題簽の外題を以て、その作品の名前として認定したことは疑いようもないのである。ともあれ、内題主義と外題主義の混在を放置するのはやはり良くないので、早急にそのいずれかに決める必要があるだろうことを提言したい。

板本の場合、内題に付随して内題下か内題の次行にその編著者の姓氏字号、出身地などが記され、漢籍の場合などはさらに並記して、校正を受持った人の姓氏字号、出身地などが記されるのが、通例である。とはいえ、その始まりはおおむね、仏書・漢籍などの堅い領域のものからで、それが次第に和書や通俗文芸書などにも広がっていったものと見てよい。例えば俳書等は著者名は序跋等に記されるのが本来で、それでも俳論や紀行、個人の句集等には宝暦(一七五一―六四)前後頃から折々見かけるようになる。小説類では浮世草子は西鶴は勿論、八文字屋本、秋成あたりまでほとんど見かけないのが、読本、洒落本となると、あるのが当り前になる。浄瑠璃正本では近松の名が内題下に現われる確実な伝本は貞享三年(一六八六)の『佐々木先陣』からとされ、歌舞伎正本にもこの時期に作者名をあらわしたというが、その伝本は見つかっていない。しかし当時の歌舞伎界で、近松が作者名を公にしようとした事が紛糾の種になった旨を評判記『野良立役舞台大鏡』に伝えており、この問題は単に内題下作者署名の時期を云々するにとどまらず、広く文芸作品における作者名の公表、顕在化、即ちある個的な作者の存在という事を公に表明するという事と関わって、文学史上の重要な問題でもあり得るのである。

古活字本類を例にとっても、内題次行に署名のあるものは、おおむね仏書・経書・医書の類の漢字活字本であり、仮名活字のものにはほとんど見られない。『撰集抄』の内題下に「西行記」とあるなどが異例のものといえよう。漢字片カナ交りの『信長記』には、内題次行に「大田和泉守牛一輯録／小瀬甫庵《おぜほあん》道喜居士重撰」という型通りの署名があるが、甫庵の場合、その撰著は『年代紀略』や『政要抄』など、皆内題次行の署名を持っており、即ち内題次行署名は甫庵個人の趣味の問題である可能性もある。いずれにせよ、その初めは漢籍等の通例であった板本の内題次行編著者・校者署名の習慣は、そ

図 5　左：『一筮万象』右：その改題本『射覆早合点』

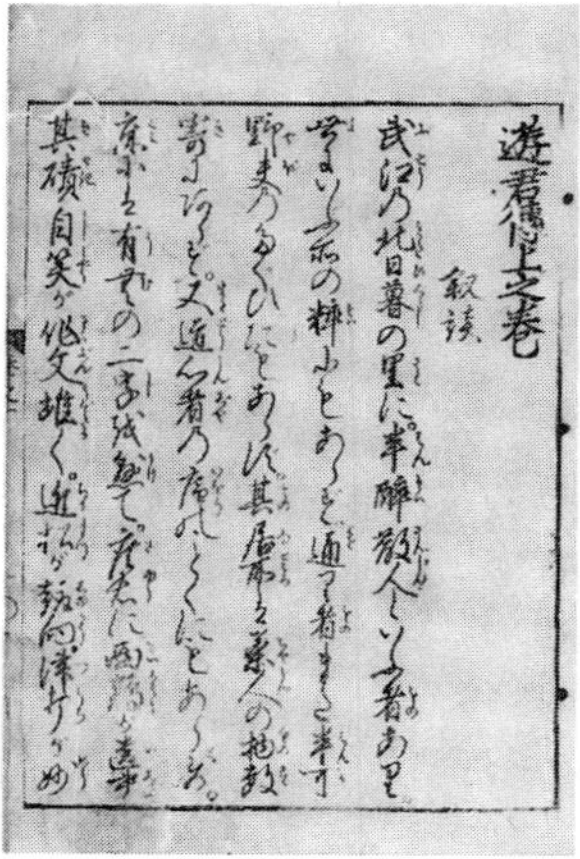

図 6　『遊君伝』『風俗七遊談』の改題(内題部分のみ埋木する).

の範囲を次第に広げて享保(一七一六—)以降は板本全体の通例となるが、それはまた、慰み草の文芸世界にも作者の存在を保証する意味をも担うことになったとも言えよう。

なお、通俗的な草子・戯作類には、往々にして既製の板木をそのままに、題名のみを改めて新板めかして刊行する、いわゆる「改題本」の類が少なくないが、その場合内題の文字全部かあるいは数字を埋木改刻して刊行することになるので注意を要する(図5)。無論それに合わせて、題簽や見返し題、尾題、柱題なども改刻するのが当然なのだが、なかにはその手間を惜しんで、内題だけを改めて、他は原のままという荒っぽいものもしばしば見うける。内題を部分的に改刻した場合などは、どうしても文字の並び具合が乱れたり、字体が異なったりして、少々馴れた目で見ればすぐに判断がつきやすいものが多い(図6)が、そっくり改刻してしまったものは、時にはまったく気づかぬほど巧妙なものもある。

四　印・落款

蔵書印ではなく、板本の造本過程において印が施される場所はおおむね定まっている。(一)に、題簽にたまに印が捺される場合があり、(二)に、見返しの右上に魁星印と、左下に蔵版者印か板元の印があり、これはたいてい朱印である。(三)に、序・跋文には、自筆刻の場合、丁寧な場合は首に関防印があり、署名下には姓氏堂号の印が設けられる。(四)に、絵本、画譜等は浮世絵系のもの以外は本文の各面に落款として捺されるのが通例であり、(五)に、巻末や奥付にはやはり蔵版者印や板元名の下に印がある場合が多い。ただし、印といっても、一つ一つ朱印を実捺するものと、印影をそのまま板に彫りつけて墨刷りにしたもの(ただし、印譜などの中には、印面を朱刷りにしたものもある)との二種があり、朱印実捺はそれだけ手間がかかるので、特製本もしくは初印本に多いのは言うまでもない。ともかく、印の状態や有無を調べることによって、その本の印刷時期の先後を知る決め手となる場合が多いので、おろそかに出来ない事柄であることを一言しておく。以下それぞれの場合につき、所見を記してみる。

(一)に題簽に朱印実捺の例は、河南版の『芥子園画伝』初集山水の部(宝暦三年板)を挙げることが出来る。各巻の題簽の文字の右肩に「山水」の文字を刻した朱印が実捺してあるのが初印本で、後印本にはこの朱印が見えない。後述する丹羽謝庵の『福善斎画譜』も天明元年板の手彩色初印本に限って、題簽の文字の下部に「初集」と彫った朱印を実捺する。

(二)に見返しの魁星印や蔵版印、板元印については、既に「見返し」や「魁星印」の項に記した所なので、ここでは省くが、この部分の印はほとんどが実捺の朱印であり、墨刷りのものは見かけない。また後印本では省略されることが多い。

㈢に序跋は儒者・仏者の場合は関防印や姓氏字号印を用いるのが通例だが、和学者・歌人などの場合は用いないのが通例と称しても良かろう。俳人は両様である。ただし儒・仏においても通例となるのは元禄頃からで、それ以前はむしろ無い場合の方が多いように思う。例えば石川丈山《じょうざん》や元政上人などの詩集には、当然用いられてよさそうに思えるが、寛文十一年刊の三冊本『覆醬集』の場合、昌三、三竹の二序共に用いず、延宝四年刊の『新編覆醬集』になっても、巻頭の林氏序と石克の後序には用いられるが、やはり昌三、三竹の二序には見えず、『続集』の野子苞序にもない。寛文三年の『元元唱和集』も、元贇序、元政序ともに印は無い。即ち延宝頃は儒者の詩文集といえどもどちらかといえば無いのが通例といえよう。また序跋の関防印や姓氏字号印は、おおむね板刻して墨刷りにするものが通例で、朱印を実捺するものは極めて少なく、もしそのような例があれば、十中八九は特製本か配り本の初印本と見てよい。例えば宋紫石の画譜『古今画藪後八種』(明和八年刊)は巻頭の紫石序と沢東宿の例言末の署名下に、初印では朱印二顆ずつが実捺されるが、流布する後印本にはすべてこの朱印が無くなっている。また自筆刻や有名書家の筆跡ではない場合や、和刻本の旧序などが付刻されたものなどには、後年まで印は用いられないのが通例とみてよい。

㈣に画譜・絵本の落款《らっかん》印の場合はかなり複雑な様相を呈するので、最も注意を要する。特に漢画系の画譜の場合など、見開きの各面ごとに落款印を施すものが多いので、一部の画譜でも数十か所に及ぶ朱印が実捺される場合があり、しかも実捺であれば、同一本でも伝本ごとにすべて捺す場所や、用いる印が微妙に違い、さらに後印本や覆刻本になると、まったく違った印が用いられていたり、まったく無くなってしまっていたりする。従ってこの種の本の場合、その板の違いや、刷りの先後を認定するのに最も有効なのが、この印の精査である。例として、所見の『福善斎画譜』の場合を記してみる。

　この画譜は、㈠に、目録末に「辛丑(天明元年)十一月鐫《せん》」とある。全丁手彩色を施した五冊本を最も早印とし(ただし、この所見本は明らかに著者自身が蔵したと思われる唯一本で、それにはさらに天明二年成とおぼしき二冊が加わって全七冊となるが、そもそもは五冊本として刊行され、著者の手元でさらに二冊が加えられたものらしい)、㈡に、㈠と同板ながら、やや後に成ると思われる、やはり全丁手彩色本、㈢に天明二年以降の刊で、絵の排列順を全面的に違えた、全丁色刷り五冊本、㈣にその後印で文化十一年の序を持つ、やはり色刷り五冊本、㈤に、さらにその後印で、乾坤二冊に仕立てたもの、㈥に、さらにその後印で明治刷りとおぼしき一冊モノ、等々の諸本があり、表紙・題簽・見返し・目録・本文柱記・本文の絵の配列順・奥付等々、すべての面にわたってその有無、板の異同、色板の違いなどの異同が多いが、ここではそれを述べるのが主眼ではないので、全く任意に㈠種本の巻二を選び、その本文に見える落款印についてのみ、㈡種本以下のものとの異同を述べてみる。

第㈠種本の巻二は「果蔬《かそ》」の巻で、全部で九図と、藤図南の跋文を含む。まず、その全部を順に、画題と文字落款、落款印を示す。「　」は文字落款、□は落款印であり、何も記していないのは無落款のものである。

①果蔬
②互列
③蓮図　「仿王穀祥」　嘉言
④桃図　竹斎影本
⑤へちまと百合根図　摹王
⑥仙人掌菓　竹斎影本
⑦番椒㈠
⑧番椒㈡
⑨番椒㈢　「辛丑七月藤嘉言」　賛

これが㈡種本になると、④図の竹斎影本の印が無くなり、⑦⑧⑨図に惺堂の印が加わる。

㈢種本では右の図の①—⑤と⑨は巻五に、⑥⑧は巻三にあって、⑦は見えない。そしてその㈡種本との印の相違は、③の印を変え、④の印を省き、⑤は右に印を加え、左の印を省く。⑥も右に印を加え、左の印を省く。

ている。

㈣種本ではすべての絵から印を省く。

㈤種本には②と③しかとられていないが、㈣と同じ。㈥種本も㈣種本をそのまま用いている。

きわめて錯雑していて分かり難い記述になったが、大概を述べれば、㈠種本から㈢種本の間では、落款印に様々の異同が見られ、㈣種本以下は一切省いてしまっている。即ち著者丹羽謝庵の存世中(天明六年没)の板本には、おそらく著者の意向を反映して、用いられる印が種々変るが、没後の後印本では、明らかに手を抜いて省略したものであろう。とまれ、画譜中の落款印は、かくのごとく、板や刷りを重ねるごとに様々に変化するものであり、また落款印を見定める事が、その刷りの先後の決定に有効な手段となるものであることは、明白になったと思う。

その他『芥子園画伝』や『十竹斎書画譜』のごとき唐本の和刻の場合も、早印本の場合は一応その落款印も模刻したものが実捺されるのが通例のようだが、その場合も捺されている印は、必ずしも原本通りに対応して用いられているのではなく、原本に見える何種類かの印を模刻しておいて、適当に捺している例がしばしば見かけられる。右の『芥子園画伝』の和刻本に関する所見は、拙稿「画本研究ノート」(三古会編『伝記』第八輯)に記しておいたのでご参照願いたい。

㈤に巻末や奥付の蔵版者印や板元印に関しては、その大概を「奥付」及び「蔵版印」

の項に既述した所である。ただし板元印に関してはなお若干を補足しておく。

　同一本で板元名の下部にその板元の朱印を捺すものと、捺さぬものとがあった場合、捺すものの方を早印、もしくは初印本と認めてよいようである。例えば鈴木芙蓉の『画図酔芙蓉』は、板元須原屋の名の下に朱印一顆を捺すのが初印で、後印本には見えない。相合板で書肆名を連記する場合、必ずしも最後尾の書肆名ではない所に朱印があったりするのは、その朱印のある書肆を主板元と認めてよい場合が多いようだが、具体例は極めて区々《まちまち》で、軽々に判断はつけ難い。例えば『淇園文集』の一本の場合は、三都四肆連名の最初の林伊兵衛の名の下に朱印があるが、印文は「製本」とあって、これは林の店で装訂を仕立てて顧客に販売したものという意味にとるべく、主板元が林だというのではないらしい。その好例は『閑田文草』の場合で、京の四肆連名の奥付があり、一本はやはり最初の林伊兵衛の名の下に「製本」の朱印があり、別の一本はまったく同板ながら、二番目の木村吉右衛門の名の下に「温故堂」の朱印がある。即ち前の一本は林の店で仕立て、後の一本は木村の店で仕立て、それぞれ販売したものの意であろう。当然、内容はまったく同板で刷りの先後も見分け難いが、外型は前者の方が縦横共に一センチほども大きく、表紙も、色は縹《はなだ》色ながら、前者は卍つなぎ、後者は布目と違っている。即ち刷り上げた紙の裁ち落しや表紙かけが、別々に行われたことを示しているのである。

　板本の歴史においては、そのごく初期から、歌書・物語類の筋の良い古写本を底本にして板行する例が数多いが、その場合、底本の署名下にある「在判」や「在印」などの文字もそのまま板にするのも多く、これもいわば国書における巻末印のさきがけとも言うべきであろう。無論「在判」とせずに、実際の書き判(花押《かおう》)をした例もあり、五色紙刷りの光悦本『伊勢物語』のように、中院通勝《なかのいんみちかつ》の跋文署名に通勝の肉筆による書き判のある物が初板で、以後に出された精巧な覆刻本にはそれがないなどは有名な例である。書き判と印を組み合わせたものでは、手鑑の最初の板本として有名な『慶安御手鑑』(慶安四年刊)にも、巻末に編者称硯子の花押と壺印、さらに板元五倫書屋の名の下に朱印を捺したものが初板とされ、和算書のエポックとして、江戸期を通じてのベスト・セラーと言うべき吉田光由編『塵劫記』も、その初発の寛永四年板あたりから板種が錯雑していて、どれが初板本かわからなかったが、ごく近年の古書展に、光由の朱印を捺した板本があらわれて、おそらくこれが初板であろうという取沙汰になってきたのは耳新しい。

草双紙類、特に黒本や青本における題簽や各巻頭の丁の頭欄に刷り込まれる板元の商標や、幕末合巻類に見える行事の極め印や改め印などもここに触れておくべきかとも思うが、前者はそれによって初めて板元が特定され、後者は刊年決定の動かぬ証拠となるなど、これらはもはや単なる印や落款のレベルを超えて、むしろそれぞれジャンルの書誌的最重要事項の一つと見なされるので、後述することにする。

その後、上野洋三氏の「慶安刊本『御手鑑』について」(「館報池田文庫」第四号)に『慶安御手鑑』の諸版について詳細な報告がなされているのが目についた。

五　正誤表

読んで字のごとく、説明は不要であろうが、正誤表をわざわざ印刷して付載するのは、極めて珍しい例でもあるので、以下にその所見を記しておく。

これにも、その正誤表を付載した本そのものの正誤を示したものと、既刊の別本の正誤を付載するものとの二通りがある。

別本の正誤を付載した例としては、享保十三年板、佚斎樗山《いっさいちょざん》著西村源六板の『河伯井蛙文談』巻末付載のものがある。奥付の後に三丁分、「田舎荘子伝写正誤」と題して、内容は同じ樗山著の『田舎荘子』(享保十二年六月刊)『田舎荘子外篇』(同年十月刊)二作に関する正誤表で、また「以下内外二篇落字幷仮名誤訂正して附于此」とあって、その余白に享保十四年刊の『画図百花鳥』『天狗芸術論』の二作を「来酉春出来」として予告するので、明らかにこの正誤表そのものも『田舎荘子』内外篇刊行直後の享保十三年に作製して付載したものである。『田舎荘子外篇』は同じ西村源六板だが、『田舎荘子』は和泉屋儀兵衛、中村多兵衛、出雲寺和泉掾等のそれぞれ単独板はあるが、西村板は見ない。従ってこの正誤表は板元西村の考えではなく、明らかに著者樗山の発意によるものであろう。内容が教訓談義本ゆえ、正誤表の発案もふさわしいといえようが、またこれあることにより、著者樗山の教訓家としての真面目な姿勢も証明されるとも言えよう。

それにしても三丁分、四十五項にわたる正誤の存在は、稿本段階ならばいざしらず、板行されたものの本文に関してなおこれだけの誤刻があるということは、これが板本の通例であるとすれば、板面に示された本文を以て定稿とみなした上で、その訓詁注釈を公にすることを業とする我々にとっては、容易ならざる事態と言うべきことではある。例えば『田舎荘子』の中で、「夫化の運命」が実は「天地の運命」であり、「我が與《アタフ》る所にあらず」の訓みが間違いで、正しくは「与《アツカ》ル」であり、「泣しむる」は「泣しむる」であり、「衛山」は「衡山」であり、「神道の術」は「神通の術」であるなどは、前後の続き具合で何とか正解を導けはするだろうが、できるだけ本文に即した注釈をと心がけた時、どのような解を施すことになるか、考えただけでもそら恐ろしい事である。

本文の正誤をそのまま付載したものの例として、一つは柏木如亭の『詩本草』を掲げることが出来る。それも初板本ではなく万延元年、水原氏蔵板と奥付に記す漫吟詩屋校刊本に付されるもので、架蔵本は巻首一丁分の遊紙の表丁に三項にわたる正誤を三行分、短冊型の罫紙に刷り込んだ紙片にして貼付してある。三項ともに初板本には誤刻はないので、水原氏の粗漏というべきか、良心的処置というべきか、いささか判断に苦しむ所ではある。

この類の正誤表を多く付すものは木活字の本で、これは本の性格上、比較的容易に正誤を付載しやすく、しばしば見かける所である。その正誤の指摘の方法も様々で、一に貼紙によって誤植を訂正するもの(榎本一菴著『癸卯百絶』天保十五年刊など)、一に当該箇所の枠外に印字して訂正するもの(小川恒編『金城集』弘化三年刊など)、正誤表一紙を作って貼付するもの(高階三子著『紀伊国神社略記』嘉永元年刊など)、巻末や巻首に「刊誤」などの丁を設けて付綴するもの(賀茂真淵著『賀茂翁家集』享和元年刊など)、巻末本文に続けて数行の訂正をするもの(永島正義編『月令詩巻』明治五年刊など)などなど区々であるが、いずれも校者の努力が直接に感得される所である。所見例の全ては先年多治比郁夫氏と共編した『近世活字版目録』(青裳堂版)に記載したのでご参照願いたい。

六　読者による書き入れなど

1　識語・奥書き・小口書き

これまで述べてきたのは、ある書物が主として著者や書肆などによって作りあげられるまでの過程に生じる諸々の事柄についてであったが、ここには若干趣を変えて、その本を購求、もしくは借覧した読者の手によって生じる事柄で、特に書誌的に重要と思われるものを述べておく。それらは無論恣意的に加えられるものゆえ、肉筆による書き加え、書き入れの類となり、本文においては随処に見られる付註・付評・付訓点、校異等となり、巻末の場合は識語・奥書きの類となる。従ってその一般的な性格づけや、総合的な記述などは成し得るものではないので、思いつくままに述べる。

これらの書き入れは、主として墨筆でなされるが、また朱墨・青墨等も用いられることが多く、漢文の訓点を付刻された和刻本などに、一旦その付点をゴフンを用いて丹念に塗りつぶして白文とし、訓みの練習にそなえたものなどもしばしば見かける。太宰春台はその手訂本のほとんどにこのゴフンによる塗沫をほどこし、その上から朱墨・青墨など五色の書き入れを満紙にほどこしていたので、まるで五色に彩色した小紋の絵を見るようであったと伝えられるし(『蘐園雑話』)、国学者の旧蔵本だと、物語類などにその別本との校異が書き込まれることが極めて多く、中にははなはだ重要・貴重な性格のものがあることは言うまでもない。時にはその筆癖に注意することによって意外な重要人物の手沢本《しゅたくぼん》であることがわかる場合も多々ある。

巻末の識語・奥書きの類はこれまた区々であるが、例えば大田南畝などは、その蔵書のかなりな数に、その本を求めた日時や場所、状況などに関する識語の類を、例の癖の強い書体で書き込んでおり、その所見のすべては、およそ百八十項ほどを岩波版『大田南畝全集』第十九・二十巻に集録しておいたので、ご参照願いたい。中には既に版の異同についての所見など、明らかに書誌学的知見を書き込んだものも見受けられる。式亭三馬も、自らの所持する本を改装して、表紙を好みのものに付け換え、その旨を識語として記しているものが多く、その洒落本に関するものの知見は、中央公論社版『洒落本大成』の解題に集録しておいたが、これらの識語の類は、その伝本の性格や刊年や著者を認定する上で、極めて貴重な情報を提供してくれるものが少なくない。

その他幕臣の大谷木醇堂や、明治に入っても富岡鉄斎などは、きわめて筆まめに架蔵本のあちこちに識語の類をほどこしているのが目につく。

各地の天満宮などを代表とする神社仏閣に書物を奉納することは、江戸期を通じて盛んに行われているが、その場合にその由来を巻頭や巻末に記しつけている例もはなはだ多い。自著やそれに類する本を奉納する場合などは特に丁寧にその奉納記とも言うべきものを記す例が、たとえば伊勢神宮の御文庫に納めた村井古巌の奉納本など、極めて有名な事例である。龍草廬の漢詩集『龍草廬先生集』は五篇三十巻が刊行された時点で、天明三年秋にその一揃い十五冊が刷りあげられ、門人宮部氏によって、やはり伊勢神宮の林崎文庫へ奉納されているが、さすがに奉納本とあってごく大ぶりの装訂で、竜文を六つ散らした縹色の艶紙表紙に紅色題簽の康熙綴じ、本文用紙も特別に黄檗の染紙を用い、巻頭には二丁分、草廬の長子世華の奉納記、巻末には三丁分、宮部正富の、やはり奉納記ともいうべき文章が、それぞれの肉筆で、朱印も正しく綴じこまれている。その

世華の文章は

家大人自少暨老所作之詩凡三十巻、門下生宮部正富纂為一帙、函封以蔵之於伊斎神庫、蓋古人蔵書于名山之徴旨也、不肖子世華喜斯盛挙而聊記其歳月以為将来之徴云。

大日本天明三稔癸卯立秋日　淡海彦根二世儒臣伏水龍世華子春謹識　印 印

とあって、その奉納の由来を述べているが、五篇三十巻の板面を仔細に眺めると、安永八年刊の第五篇は紛れもなく初板の早印で綺麗な板面を示しているのに比べ、四篇、三篇と、篇を若くするごとに、これまた紛れもなく欠画の多い後印本の特徴を濃くしていくあたり、まるでそのための見本ともいうべき様相を呈する。

祐信《すけのぶ》絵本や御《お》伽草子《とぎぞうし》・奈良絵本などに、時折り裏表紙見返しの隅などに「宝印」とか「松印」とかいう文字が墨書きされたものを見ることがあるが、これも一種の識語、と称すべく、正確には筆書きの蔵書印とも言うべきものである。これは大方、大名家や高位の武家の奥向きの蔵書で、即ちその家中の奥方、姫君、女中方の慰み物としての蔵書に記される場合が多い。これはあながち女性に限らず、部屋住みの若殿や、大名自身にも、慰み本などにはこうした合い印を書きつけたものらしく、例えば平戸の松浦静山の場合、所蔵の洒落本や黄表紙といった戯作類には、表紙に「此の主伊吉」などと墨書きしたものが多い。静山は壱岐守ゆえ、イキの音をとって町人めかした「伊吉」を名乗ったもの。他愛ない戯名のようだが、武人静山にとっていかに趣味の読書とはいえ、やはり戯作類に武人の名乗りをそのまま書きつけることには遠慮があってのことと見るべきであろう。

和本は書棚や本箱に横積みするのが通例で、従って検索の便のために、書物の下小口にその書名や巻冊数を横書きにしてあることが多い。これを「小口書き」と称する。無論購入した持主が記すのが通例だが、本の厚薄によって結構書き難いものでもあるので、専門の書き入れ職人もいたように聞いている。『図書学辞典』には唐本の場合についての説明がなされているので転記してみる。

順序数は包角(和本でいう端布)部分に多く記され、シナでは、第一冊については、「凡」字の上に「一」を加え、凡字の右上部に全冊数を記入するのを常とする。又、宋代の胡蝶装本では、背から左方の小口へ向かって記入した。なお、中華民国以来、出版の際に小口書を印刷するようにもなった。

唐本には一部としての冊数の多い書物が多いので、第一冊目に全冊数を記入しておく配慮がなされるのだが、和本には余り見ない処置といってよい。

採り合わせ本などの場合、この小口書きの揃い具合で、どの冊が入れ冊かを判断する材料になり、また一冊モノでも小口書きの乱れによって、その内容が小口書きを施された以後に部分的に抜き取られたり、綴じ直されたりした事を判断する材料となるので、やはり注意を怠らぬようにすべきであろう。

2 蔵書印

これは購入者によって施される処置の代表的なものといえよう。それだけにこの事柄に関しては既にかなりの専書があり、近年では各文庫・図書館単位で、そこの蔵書に見られる名家の蔵印を集録して一書となすものも数点を見る。それらの代表的なものを列記するので御参照願いたい。


『日本蔵書印考』小野則秋著、昭和十八年刊。

　増補改訂版『日本の蔵書印』昭和二十九年刊・昭和五十二年再刊。その歴史・沿革について述べる。

『蔵書印譜』三村竹清・横尾勇之助編、大正三年—昭和十一年成、第三集まで。

　『三村竹清集』巻一(昭和五十七年、青裳堂刊)にも再刊。名家の蔵書印譜、略伝付。

　ただし印影はすべて模刻。

『蔵書名印譜』丸山季夫・安藤菊二・林正章・朝倉治彦編、昭和二十七年—三十年刊、第四集まで。

　昭和五十二年再刊、臨川書店。名家の蔵書印譜、略伝付。

『国立国会図書館蔵書印譜』朝倉治彦解説、昭和六十年刊。

　国会図書館蔵書中に見える名家の蔵書印。すべて実物影印。

他に静嘉堂文庫(丸山季夫編)、無窮会・神習文庫(林正章)、内閣文庫(福井保)等のものあり。

『蔵書印提要』渡辺守邦・島原泰雄編、昭和六十年刊。

印文編と人名編とから成り、前者は印文、後者はその所用人名の索引。昭和五十九年以前の諸文献から参照し得る諸家の蔵書印文を網羅したもの。三千五百件余を収める。

『近代蔵書印譜』中野三敏編、第五編まで。昭和五十九—平成一九年刊。

従来の印譜が大概明治初年までのものに限られていたので、明治以降に限って集める。

以上主なものを掲出した。

古くは正倉院御物中の書物に既に蔵書印が見られるという(『日本蔵書印考』)ので、その沿革や意義・内容については極めて多事であるが、おおむねは右の小野氏の『日本蔵書印考』に尽きているので是非御参照願いたい。近世板本に見得る蔵書印は、雑本類にはその当時、もしくは明治頃までの必ずしも名家とは言い兼ねる諸家の蔵印が多いが、さすがに稀本類には名家の、それも近代に入ってからの蔵印を多く見るように思う。

印色は圧倒的に朱が多いが、室町から幕初においては僧侶、連歌師の蔵印などに黒印が多い。金沢文庫の印などがその好例である。その他緑、橙、藍、梔《くちなし》などもあるが、これらはその所用者の趣味性のあらわれで、区々である。名古屋の富田新之助氏や相見香雨氏のごとく、みずから稀本・珍本と認めたものは緑印をもってするというような区別も、それぞれにあったようで、その面の配慮もあってしかるべきであろう。近世中期以降に捺された印の場合は、黒印はまず十中八九貸本屋の商用の印と思って間違いあるまい。名家や名文庫の蔵印を偽刻して捺したり、後世になってその子孫や縁者が別に作って捺すなどの事例も多く、例えば石川丈山の「詩仙堂印」などは「仙」字の最後の画を曲げたものが正印で、直ぐなものが偽印(三村竹清『本の話』)などの報告があり、その他の諸例もやはり前掲の小野氏の著書に一章を設けて記されてもいる。

第九章　刊・印・修

——板(版)・刷り(摺り)・補(訂)

板本書誌学をいう時、最重要事として心すべきが、この「刊」と「印」と「修」の弁別にあるとは、長沢規矩也先生の常語であった。即ち書物の内容の如何を問わず、当該書物の板行日時や印刷の時点、また補修の有無などを明確にして、平たくいえば伝本の一部ごとに初板か改板(異板・別板)か、初刷か後刷か、さらにはそのいずれの場合であるにせよ、板面に何らかの手を加えたか否かなどを正確に弁別することを心がけるのが板本書誌学の最大の眼目でなければならぬということである。

それほど大事な「刊・印・修」の各語義について、何故か長沢先生の『図書学辞典』には特に立項されていないので、まずはその語義の説明から試みてみなければなるまい。

刊(板・版)

板本の出刊を意味するので、厳密に言えば、板木が彫りあげられ、その板木によって刷りあげられた本が、最初に刊行された時点を言う。

即ち「寛永八年刊」といえば寛永八年に作られた板木によって刊行された本という意味であり、それは奥付に刊記が明示されていればそれによるのが通例だが、そうした刊記を持たぬ本の場合は、他に明証を求め、その旨を明記して何年刊と推定することになる。例えば刊記を持たぬのが通例の草双紙などの場合、後期になると浮世絵と同じく行事の改め印や極め印を必要とし、その改めの年の干支を印文にしたものを巻頭に彫りつけてあるのが明証となる。そうした明証を求め得ぬ場合は、その本の刊行時に記されたと認定し得る序跋類に年記があれば、それを引用して「何年序刊」「何年跋刊」のごとくに言う。

全く同一内容の書物でも、板木が彫り代えられていれば、その彫り代えられた時点をとって「何年刊」とすべきであるが、和古書の場合、たとえ彫り代えて板を改めていても、奥付には原のままの年記を再度彫りつけていたりする場合が多く、改板の年次を知る術を持ち得ぬ場合が多いのも事実である。これは原刊本に対する再刊(再板・再版)本であり、即ち別本・異本の類として扱うべく、その場合、原刊本の刊年がわかるのであれば「何年刊本の再刊」というような記述をすべきであろう。

従来「板」「版」という用語もあるがこれはここにいう「刊」と同義であるべきで、即ち板木が彫りあげられた時点、つまり製版された意で「版」「板」と言い、またその板木を用いて刊行されたという意味で「刊」と言うものと思えばよかろう。ただし、板木は彫りあげたのに、何かの理由で数か月もしくは数年にわたって放置され、その後初めて刊行されるという事態もなきにしもあらずではあろうが、その場合も刊行されて初めて奥付に刊年が示されるのであるから、「刊」の用語で統一しておくのが本来であろう。

伊勢物語や徒然草のような古典類は、江戸期にも極めて数多く刊行されており、手近く『国書総目録』を見ても、古活字版に慶長十三年版、同十五年、その覆刻とあり、整版では寛永六年版、同二十年、正保二年、同五年、承応二年、同三年、明暦元年、万治二年、同三年など、幕末までには年号を明示したものだけで四十五版に及んでいる。ただしこの『国書総目録』にいう「版」は厳密に板木が彫り代えられたものを数えあげたものではなく、同じ板木が用いられていても、奥付の年記を違えているものをすべて挙げたものであり、それは本来は次に説明する予定の「印」(もしくは「刷」「摺」)にあたる。従って整版本伊勢物語の場合、ここにいう「刊」の用語に正確に即して数えるならば、その四十五版という数は、三分の一か、より少ない数で数えねばならなくなるであろう。従来用いられてきた「版」(「板」)は、おおむね右の様な『国書総目録』風の、奥付の年記は違うが、単に刷りの時点を違えているだけのものを言うという用い方をされている場合がほとんどで、しかも稀には、ここにいう「刊」と同意で用いられる場合もあって、極めて混雑している。そこをおもんばかって、長沢先生の「刊・印・修」を明確にすべしという主張も生じていたのである。従って今後は「刊」で統一するか、もしくは「版」「板」を用いる場合も「刊」と同義の用い方に限定し、刷りの時点を違えるだけのものについては次項の「印」(刷・摺)をあてるように注意すべきであろう。ただし、和古書の場合、従来から「初板本」「異板本」とはいうが「初刊本」「異刊本」とは言い慣れないので、書誌学用語として「板」を用いるのは「刊」と同意義に限るということを徹底させる必要があろう。

印(刷・摺)

印は「印刷」の印で即ち彫り上った板木(版)を用いて刷りあげることを言う。従って書誌学用語としての「印」はその本が実際に刷りあげられた時点をいう。即ち「元禄十三年印」といえば、ある板木を用いて元禄十三年に刷り出された本であることを言う。「初印本」とは、厳密に言えばある板木が彫り上って最初の印刷本のことであり「再印本」は二度目の、「三印本」は三度目の刷りを言うことになるが、古書の場合、当該本の印刷の時点はそれほど厳密にわからない場合が多いので、版面を見てほとんど摩滅欠損の無い正整なものの場合を「初印」(初刷り・初摺り)、逆に摩滅欠損の目立つものを「後印」(後刷り・後摺り)とするのが通例ではある。従って初板(刊)本に初印と後印(再印・三印……)があり、再板(刊)本にも初印と後印があり、三板(刊)本以外も同じことになる。

奥付の刊記が明らかに後印時点のものとわかる場合、例えば奥付には「享保十年」とあっても、その本の初板(刊)の年次は元禄十三年とわかる場合は「元禄十三年刊の享保十年印本」という事になる。前述の『国書総目録』における伊勢物語のような場合は、

「何年版」と記してあるもののほとんどは「何年印」とすべきものであることは既に述べた通りで、奥付の年記が違っていても、それは板を改めた(彫り代えた)のではなくて、同じ板を用いて、ただ印刷の時点を違えたのを刊記として記した場合が多いということである。

修(補・訂)

修は補修、修訂、補改などの行為を意味し、彫り上って完成した板木に、その後何らかの故障が生じたり、改修の必要が生じて、全面改刻ではなく、部分的に修訂を施した時点を言う。補修の方法は埋木《うめき》(入木《いれき》)、削除、追加刻などがあり、補修の必要が生じる場合とは、㈠に板木が部分的に焼失や欠損や紛失した場合に、その分だけ新刻して補う場合、㈡に部分的に摩滅して、その部分を埋木で補修する場合、㈢に部分的に不都合な箇所が生じてその部分を埋木で補修する場合、㈣改題して新板らしく装うために、外題・序題・内題・尾題・柱題などを埋木改刻する場合、㈤挿絵や序・跋などを後に追加新刻して補う場合などがある。ただしこれらの補修はほとんどの場合その時点を特定することは困難な場合が多く、ただ板面にその痕跡が残るのみであるので、「何年修」といった記述をすることはかなり難しく、単に「修」と指摘するだけがほとんどである。

また、本文や表題などを埋木改刻することは、初版本においても、その校正段階において既に行われている場合が多い。というよりは木板本の校正は、すべて埋木をもって行うのが当然なので、それまでを「修」としていたら、おそらくはすべての板本が、初板ができた時点で既に「修」本になってしまう。従って「修」の指摘は、あくまでも初板と比べて何らかの補修が行われたものという場合に限られてくる。

さて、以上で「刊・印・修」の語義の説明を終えるが、この用語は元来漢籍の書誌学用語として用いられたものであることは言うまでもあるまい。長沢先生はあえてそれを和古書にも援用して、不必要に書誌学語彙を増やすことを避けられたものと思うが、既述した通り和古書には和古書の慣用があって、「刊」よりは「板」、「印」よりは「刷り(摺り)」、「修」よりは「改(補)」といった語彙の方がより定着しているきらいもある。従って語義を明確にした上で、できるだけ早急に、右のそれぞれのいずれかに定める必要がある。でなければいたずらに表記上の混乱を生じてしまうことは『国書総目録』の例などでもわかる通り現時点でも既に進行しているのである。

とまれ「刊・印・修」の正確な認定は、本文校勘の上での最重要事であることは当然なので、以下にその実践面における注意事項のあれこれを、思いつくままに記しておく。

内容同一の二部の板本を、別々に見たとして、さてどちらが初板か再板か、あるいは同板か異板かは、初印か後印かという場合とは違って、いかに熟練した目をもってしても、単に板面を眺めるだけではわからないのが普通である。ただし覆刻本(覆《かぶ》せ彫り)の場合は比較的わかり易い。覆刻はおおむね原になる板本の紙面をそのまま板下として用いて彫りあげるのでどうしても原板よりは文字面の筆勢が死んでしまうことが多い。特に漢字よりも平仮名の場合にそれは顕著である。従って一本だけを見てもその判断はつけやすい。とはいえ、やはり正確には両者をつき合わせて判断すべきことで、これは刊・印・修の認定に関するあらゆる場合の鉄則と言ってもよかろう。

特に初板か再板か、原板か改刻板かというような別板の判断は、一点一画すべて違うのが、即ち別板である事の要件なのだから、両者を目の前でつき合わせれば、文字通り一目瞭然である。ここで本書の冒頭に述べたコピーの問題を再度思い出していただきたい。即ち二本を目の前でつき合わせるという事は、実際にはなかなか実現しにくい事で、ましてそれぞれが別々の図書館に蔵されている場合など、通常では不可能事に属する。そこで一本を写真にとって他本とつき合わせるという方法が考えられるが、写真はどうしても縮小されてしまうので、一点一画の差異を認定する作業には極めて不向きであり、そこで原寸通りにとれるコピーの有効性が絶対優位となるのである。このような刊・印・修の認定を事とする場合、コピー禁止という事態は研究の進展を阻害することはなはだしいと言わねばならぬ事を再説しておく。

同板か別板かの認定の場合、右のごとく二本の同一箇所の一点一画の違いを比べて判断する(図1)わけだが、この時案外簡便な方法がある。それは板面に匡郭《きょうかく》や界線を持つ

図1　原本（上）と覆刻板（下）『傾城買四十八手』
（早稲田大学図書館蔵）

板本の場合に限られるが(通常の板本の八割方はこの種のものとみてよい)、その場合は文字の点画の相違を比べるよりも、匡郭や界線の同一場所の欠損の有無を調べる方が遥かに簡便で、しかもわかりやすい。無論、数箇所にわたって全く同じ場所に同じ欠損があるようなら、それは、その二本が同板であることの動かぬ証拠である。ただし同じ場所を比べて、一本には欠損があるのに他の一本には欠損が無いから同板では無いという事は速断できない。何故なら同板の初印本と後印本を比べた場合、初印本には無い欠損が後印本には生じているという事例は、むしろ当然だからである(第七章・第一節図2参照)。従って欠損箇所の比較は、一箇所だけで済まさず、必ず数箇所を比較する事が必要である。またこの匡郭や界線の欠損は写真やコピーで較べた時には往々にして板木の欠損と虫損とを見まがう事がありがちなので、その点にも留意すべきである事など、既に第七章・第一節に記した。

明らかに同一場所に同一の欠損があって、当該の二本が同板であることがわかれば、次にはその二本間の刷りの先後、即ちどちらが早印で、どちらが後印かという判断も、やはりこの匡郭や界線の欠損状態を調べることによって極めて判断しやすくなる。即ち同板の二本の場合、右のような欠損箇所の多いものほど後印本という事になるのは当然である。

同一板のものの印(刷り)の先後に関しては、やや熟練すれば、一本の板面を見ただけでも大方は認定出来るものだが、初板の後印本と、改板(再板・覆刻本など)の早印本とを比べた時、一見した所では改板の早印本の方が板面の正整度が高く、そのため板の先後までを誤認してしまうことがある。従って必ずまず板の異同を確認し、その上で同板本における印(刷り)の先後の判断に及ぶべきであるのは言うまでもないこととは思うが、おちいりやすい失敗である事を言いそえておく。

原板と覆刻板の認定や、同板本の印の先後を認定するのに、匡郭の寸法を計測して比較することが極めて有効な判断材料となることについては、既に第七章・第一節「匡郭・界線・罫」の項に、木村三四吾氏の「西鶴織留諸版考」(『ビブリア』第28号)を引いて記した。また匡郭や界線の切れ目の比較が、やはり板の異同や印の先後の認定に有効なことも、既に同項に図版をもって示したので、いずれも参照されたい。

いわゆるベスト・セラーズとも言うべき本には、改板本や後印本が数多く存在することになるが、その場合、刷り出した書肆が、初板の板元と同じ場合には覆刻(改板)本の存在の比率が高く、書肆が変っている場合は、初板と同板の後印本や補修本である率が高い。これは、書肆が変るという事は、即ち変った方の書肆が、その板を前の書肆から買い求めたことになる(これを「求板」と言い、後述する)ので、買い求めた側は当然そのために投下した資本を、その本を刷り出して販売することによって取り戻さねばならないので、買い求めた板木をそのまま利用するか、若干の補修を施した形で刷り出すことになる。即ち後印本や改題本などの補修本を作るわけである。ところが初板の書肆がそのまま続けて板元として刷り出す場合は、後印本を刷り出してゆく内に板の痛みが進行するるので、覆せ彫りを行って改板する場合が多くなるのである。その実例としては、京都の佐々木竹苞楼の狂詩集をあげる事ができる。代表的な『太平楽府』の場合は、明和六年の初板以来、幕末から現在に至るまでのその板元は竹苞楼以外には移らず、代々刷り出されていて、所見の伝本は、見る物ごとに覆刻された別板といってもよく、これまでに十種に近い異板本を指摘できる。一方、読本や洒落本などによく見かける、極めて刷りの悪い後印本や改題本の多くは、奥付の書肆名が変って、求板本である事が明瞭なものが多い。即ち覆刻本になるか後印本になるかは右のように経済原則に拠る場合が極めて大きいのである。また享保以降の、出版に関する条令が整備された時点ともなれば、不徳義な覆刻本などは、仲間内の裁定によって厳しく追及されることになるので、板権を持った板元の手元でしか行われなくなるのも当然のことでもある。これらは、出版が経済活動の一端であり、また法治社会における社会活動の一端である限り、当然の現象でもあるのだが、文学研究という立場からのみ眺めていると、こうした事柄は案外気づかれずにいる事が多い。

板木の修訂、補修は、一面全部ではなくて部分的補修の場合は、すべて埋木(入木)による象嵌《ぞうがん》作業をもって行う事は既述した通りである。これは初板における校正作業も同

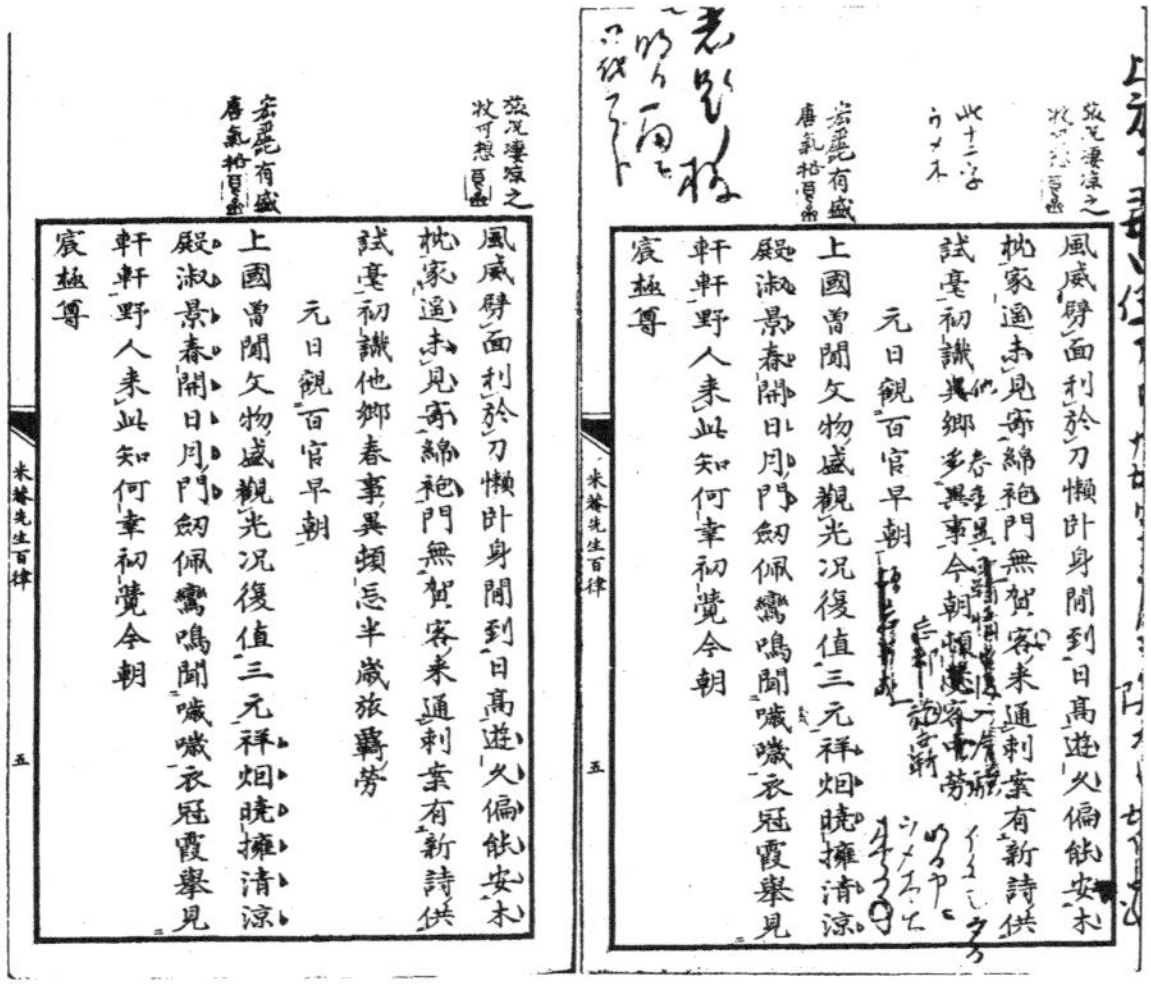

風威劈面利於刀懶卧身閒到日高遊火偏能安木
枕家遥未見寄綿袍門無賀客来通刺案有新詩供
試毫初識他郷春事異頻忘半歳旅羈勞
元日観百官早朝
上國曽聞文物盛觀光況復值三元祥烟暁擁清涼
殿淑景春開日月門紛佩鸞鳴聞噦噦衣冠霞擧見
軒軒野人来此知何幸初覺今朝
宸極尊

米菴先生百律　五

図2　『米菴先生百律』初印本(又は再印本)の校正本(右)と三印本(左)(後藤憲二氏蔵)

じことなので、初板校正時の埋木と、初板印行の後に行われる埋木(修)とは区別すべきであろうことも既述した通りである。

　校正は、無論通常は原稿段階で行われるが、その後、板木が彫り上った時点でも、かなり気軽に原稿校正と同じように行われている。その初板校正時の埋木は、作者による字句の校訂と、行事や板元による検閲の結果の訂正とがあるが、いずれもその校正刷りなどが、極めて稀にではあるが、現存するものがあって、具体的に知る事はできる(図2)。また原稿の残るものがあれば、それと初板本の文章と

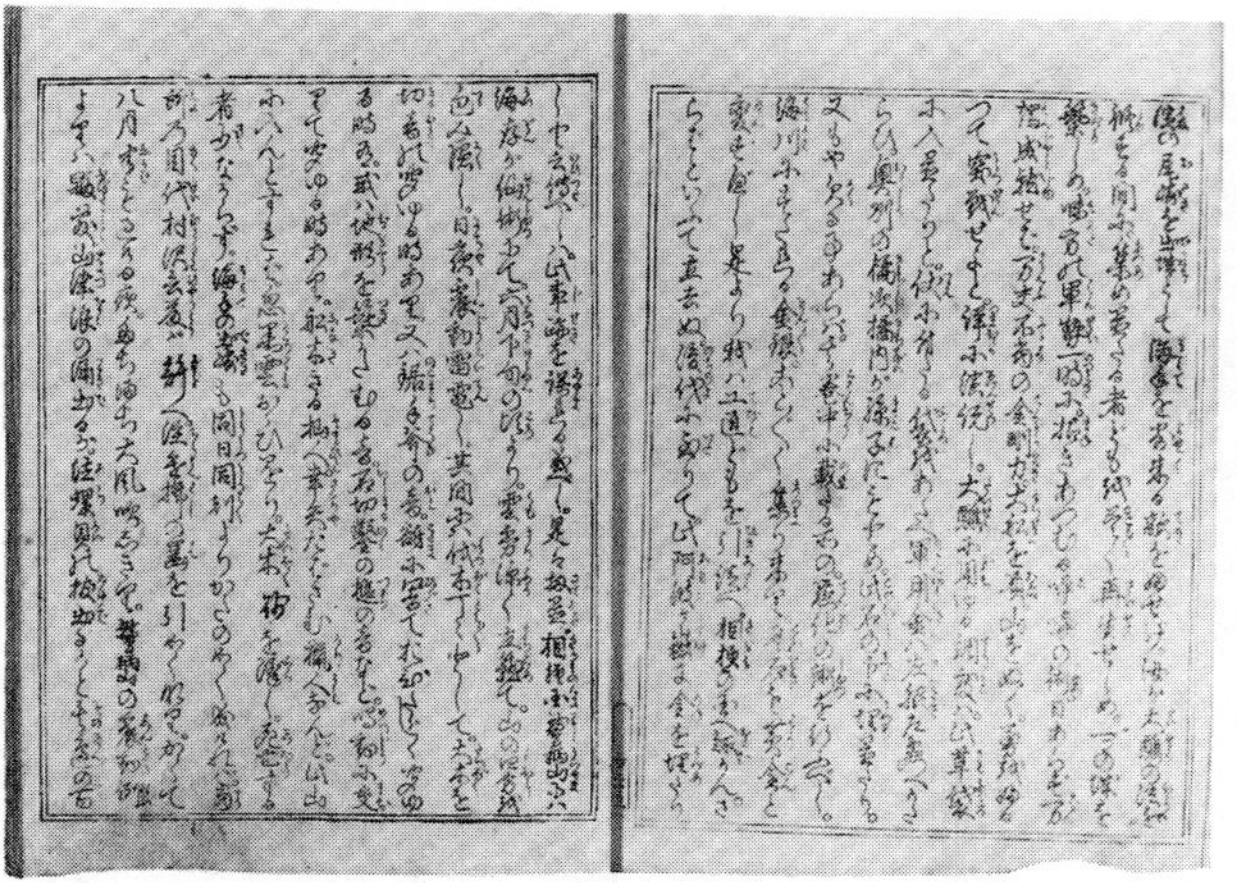

図3　埋木による訂正『泉親衡物語』墨付きの濃い文字の部分が埋木.

をつき合わせることによって、かなりな部分がわかる場合もある。さらには、やや熟練した眼をもってすれば、板本の版面を眺めただけで、墨付きの濃淡や、一行中の文字のゆがみ具合などによって、埋木部分の判断は比較的容易に行い得るものでもある(図3)。無論、板木の残るものがあれば、それこそ決定的に知り得ることではあるが、残念ながら板木類の現存状況については、今の所ほとんど判明していない。今後、この方面の調査報告が積極的に行われるべきかと思う。

　初板時において既に埋木による校正修訂が行われた様子を具体的に指摘した報告は、これまでにも種々行われているが、近い所をあげれば雑誌『読本研究』第六輯上套（平成四年九月刊）に収載される、佐藤悟「読本の校閲」と、高木元「読本の校合」の二論が、前者は『泉親衡物語』（万象亭作・文化六年刊）と『由利《ゆり》稚野居《わかのずえの》鷹《たか》』（万亭叟馬作・文化五年刊）の二本、後者は『繁野話《しげしげやわ》』（都賀庭鐘作・明和三年刊）の校正刷りと『雨月物語』の二本について詳細に報告されており、その具体例を見るのに極めて有益である。参照されたい。

「修」と呼ぶべきは、その初板刊行後に行われる補修であって、やはり作者による字句の校訂と、検閲による字句の改訂、主として板元の商策による改題、板木の摩滅破損などによる部分的補修などがその主たるものである。すべて基本的には埋木改刻が行われるが、特に緊急に行われるものでは、㈠に改訂部分に白紙を貼りつけて胡摩化したり、㈡に訂正文字を印刷した紙片を貼りつけたり、㈢にその部分を墨筆で塗りつぶしたり、㈣に墨板で消したものの、消した部分の彫り直しが間に合わずに墨格のままになっていたりするものがある。所見本では㈠は洒落本『魂膽總勘定《こんたんそうかんじょう》』（宝暦四年刊）の一本に、二箇所にわたって「警動」（隠し売女の一斉手入れを意味する）の文字のある箇所を、一つは六字分、今一つは二十四字分にわたって白紙を切り貼りしてごまかし、さらに後印本では、その部分をすっかり削り去って空白にしてしまっているもの。㈡は前引の佐藤悟氏稿中に引かれる読本『絵本胡蝶夢』（文化四年刊）で、元来は「絵本鈴鹿森」という題であったものを、一本では全巻の内題と尾題の下三字分を「胡蝶夢」と刷った紙片を貼りつけてすませ、さらに後印ではすべて埋木して「胡蝶夢」と改刻しているもの。㈢は洒落本『史林残花』(享保十五年刊)の後印の一本に、墨筆消し三箇所、墨板消し四箇所、合計七箇所の塗り消し部分があり、その後この部分は、伝本によって、墨筆消し部分を墨板消しにしたり、再度初板と同じ文字を彫り込んだり、それを再度墨板消しにしたり、さらにその上の文字まで彫り変えたりと、かなり目まぐるしい様相を呈している。事の次第は『洒落本大成』巻一の拙稿解題を参照されたいが、ともかくその順序を合理的に追うことによって、伝本の先後関係は正確に辿ることができ、刊・印・修の追究がテクスト・クリティックに必須である事を明示している。

改題を埋木によって行うのは通例であり(図4)、これは別本らしく装って利益を図る場合がほとんどであるので、改題本には改題本の奥付や刊記が備わっている例が多く、従って「〇〇年修」といった記載がなしやすい。埋木改題はほとんどの場合、熟練によって文字面にその徴証を見出しやすいのでともかく馴れる事である。

挿絵のみを改刻する例も稀に見る所である。例えば熊坂台州が、その父覇陵山人追慕の念から出した『永慕編』には文晁画《えが》く高子村廿境図二十枚が入ることで有名だが、これも実はその初板の天明八年、舟木嘉助板は台州一門の誰彼に画かせたいかにも素人然とした二十図を入れて刊行していたのを、寛政十三年に前川六左衛門が求板刊行した時、全ての図を文晁画に改刻して出したもので、即ち天明八年板の寛政十三年修本というこ

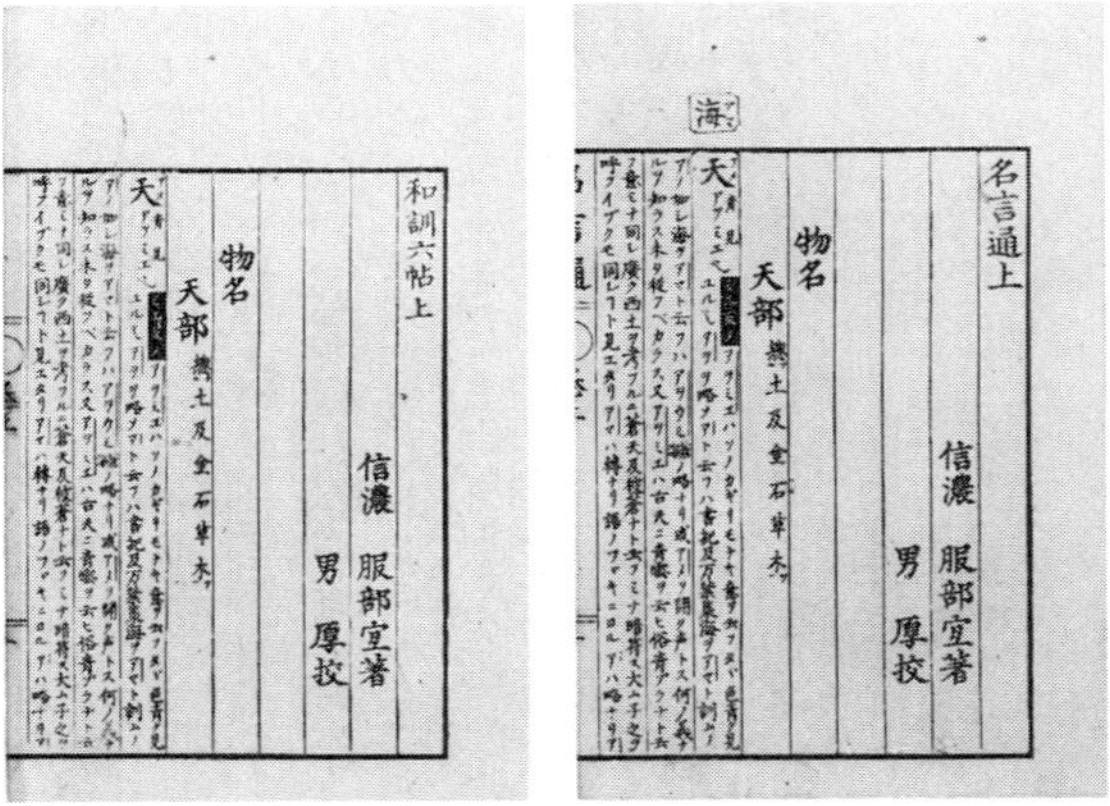

図 4　埋木による改題『名言通』と改題本『和訓六帖』.

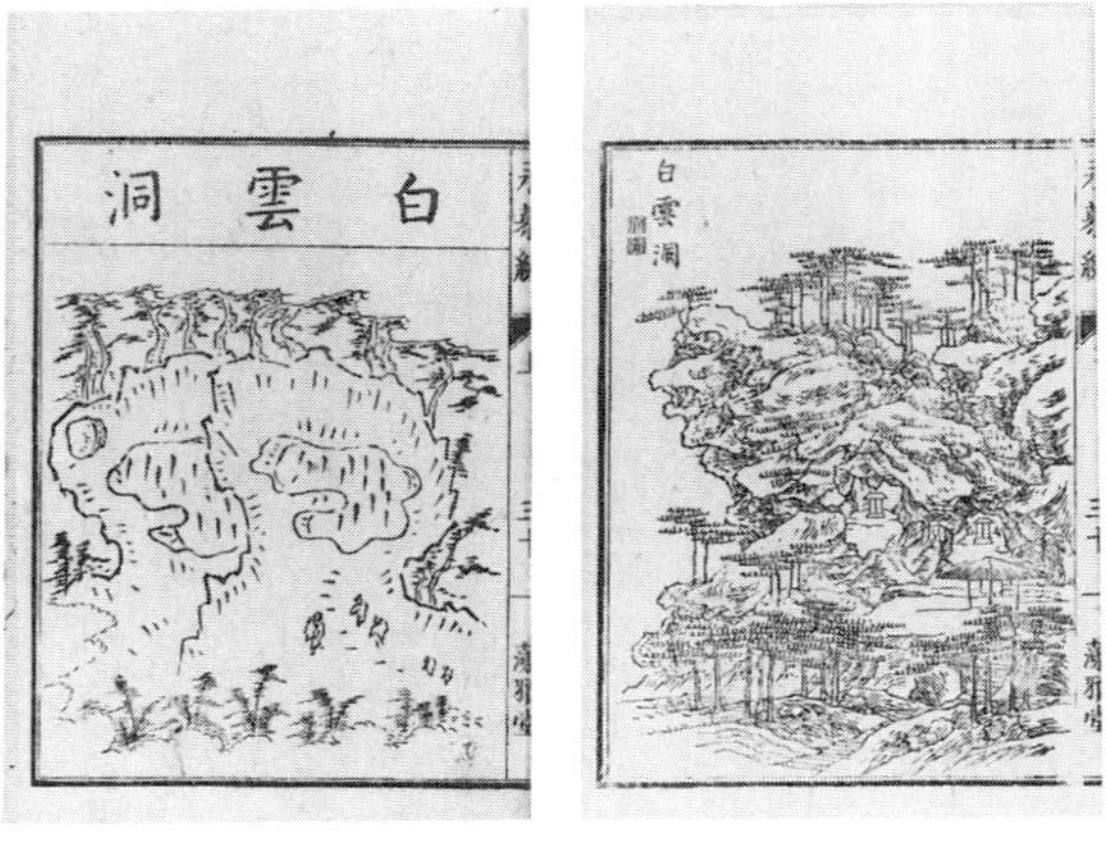

図 5　挿絵のみの改刻『永慕編』左は初板，右は前川求板本.

とになる(図5)。

より変った例では、森銑三氏によって尾張の秦鼎《はたかなえ》の著であることが明らかにされた随筆集『一宵話』(文化七年序刊)は、その初板には全部で五枚に及ぶ牧墨僊の銅板画が用いられていた形跡がある(所見本中では一本のみが一枚だけ銅板画を残し、他の四箇所は銅板画を貼り付ける台紙替りの見開きの白紙丁のままとなっているもの、見開き白紙丁を糊付けしてしまうもの、五図全部を通常の木版画に変えてしまうものなど、四種類ほどがある)。その後、すべての絵が木版画に取りかえられて、それが流布本となった。墨僊はまた『瘍科精選図解』(文政三年刊)にも銅版挿絵を画いているが、これにも後印本には全部木版画に変えたものがある。銅版と木版では造る時の費用は随分違ったろうが、一旦彫りあげてしまえば、それを用いる方が経済的にもよかろうに、わざわざ木版の後印本を作るのはどういう理由なのかわからない。銅版は彫るだけでなく、刷り上げるのにも、より費用がかさむのか、それとも刷り師の技術などに問題があったのでもあろうか。

付論　板株・求板

本屋がある書物を出版することによって、その書物に対する権利が生じる。それを「板株《はんかぶ》」と称した。これは現在の「版権」とよく似ているが、一端生じた権利は期限を持たず、しかもその書物に関して、重板や覆刻はもとより、内容的な類板まで咎めることが出来るので、その意味では現時の版権より、さらに強大な力を認められていると言って良い。またそれ自体が本屋同士の売買の対象でもあった。そのように「板株」を買い求めることを「求板」と称しているが、これは実際の板木そのものの売買も意味しており、後期になると三都に名古屋を加えた四都の間で、極めて活発に行われるようになっている。

板株という制度がいつ頃から始まったのかはなお定かではないが、勝手な重板や覆刻、さらには類板に対する不服の申立てなどが三都において明文化した形であらわれてくるのは京都の元禄七年の記録などが最も古いものに属するようだが、公的にはやはり享保期の本屋仲間の公認に伴う出版条令の整備以後であることは間違いないようで、その意味で享保の出版条令の整備を以て板株(板権)の確定期と考えることは許されよう。その具体的な行使の状況を伝える資料としては、大阪府立図書館に残る大坂本屋仲間記録類

(府立図書館から十八巻まで翻印刊行)が最大最詳のもので、他には江戸本屋仲間の「割印帳」(ゆまに書房版、影印本『江戸本屋出版記録』三冊)と、京都本屋仲間の記録帳面の若干(ゆまに書房版、『京都書林仲間記録』六冊)等があるに過ぎない。特に大坂本屋仲間の記録は、その中に「板木株帳」八冊(文化十五年作成)や、「京都江戸買板印形帳」三冊(天保五年以降)といった、まさに板株の所有状況や移動状況のみを専門に記載した帳面を含んでおり、当面はこの資料に拠らぬ限り、正確な考察は不可能というべき状況にある。という事は文化期以前の板株の実状を調査するためのまとまった資料は、今のところ求め得ないというのが実情なのである。そして、右の大坂記録を用いて幕末の大坂書林の動向を、開板活動と板株蓄積の両面から縦横に論じられたのが、浜田啓介氏の「近世後期に於ける大阪書林の趨向」(『近世文芸』第三号所収)と題する記念碑的な論文であり、特に河内屋系統の書林の動向を通じて、幕末の大坂書肆は、自前の開板企画よりも江戸・京などの他店の出板物の板株を買い求めて自家の所有とし、その増刷りによる板賃(板木使用料)収入によって安定した経営を図ったことが解明されている。さらに多治比郁夫氏による「本屋仲間外素人の板木所有」(『大阪府立中之島図書館紀要』第十八号所収)という論文では、こうした板株の購求が、本屋以外の金持ち連中をかたらって、その資本によって行われている部分が意外に大きいことを、流行医者岡敬安という人物の日記を紹介することによって実証されてもいる。即ち近世後期の大坂における板株の売買移動は、本屋以外の素人の資本までも動員して、京・江都・名古屋等の板木を大量に大坂資本の勢力下に収め、営業面の安定充実を図ったことを明白にされた。浜田稿に拠れば、天保初年以降、大坂本屋の買板合計は一万三千両という巨額に及び、多治比稿に拠れば、その内岡敬安は文化末から天保にかけて個人で二千両に近い金を投じている事が明らかにされているのである。ということは、京や江戸の書林の開板物も、後刷りは大坂書林の手によって売り出される場合が極めて多いということが明示されたわけで、その好例が馬琴ものなどを中心にした後期読本類にあり、明らかな江戸板読本の後印本類が、多く大坂の数肆の相合板によって、かなり雑な製本の姿で現存する実例を数多く知ることができる。

さて、ここには、右にあげたような諸氏のこれまでの論考によって明らかにされた板株の売買、即ち求板の実態を整理しておいてみよう。

まず「板株」には「丸株」と「部分株」とがある。前者は開板本一部の板木全部を単独で所有することを言い、後者は例えば板木が全百枚で一部の書物の場合に、その内の五十枚、三十枚、さらには数枚ずつを数人で分け持つ場合を言う。「買板印形帳」にはそれぞれ「半株」とか「八軒之壱軒分」とか記されている。また新規の開板物の場合、著者などが自費出版した時に、大部分の板木は刷り立てに便利なように専門の書肆の手元に置き、著者自身はその内の一、二枚のみを「留板《とめいた》」と称して手元に置き、刷り立ての度ごとにその留板を借し与えて全部の刊行を行うことがあるが、この留板も無論売買の対象となり、帳面にも「留板」として記される。ただしこの「留板」と「部分株」とは形式上は極めて良く似ているが、おそらく当事者の間ではきちんと区別されていたであろう。何故なら「部分株」はあくまでもその板木を用いて刷り出す際の板賃(板木使用料)収入を目的としたものであるから、わずかに一、二枚を所有したのではほとんど収入にはならなかったであろうから、新規開板の場合の「留板」のように一、二枚でも十分その目的を達するものとは、自ら性格を異にしたと思われるからである。また「焼株《やけかぶ》」と注記されるものが結構多いが、恐らくこれは板木の実物は火事で焼失したが、その板権のみが「焼株」として売買されて、それを買い求めた者は、以後その本の再板や類板に関して権利を持つというような事であろう。そしてこれらの板株の売買は、おおむね「本《ほん》屋仲間の間での「世利市会《せりいちかい》」と称する取引の会があり、その中に書物のみを扱う「本屋市《いち》」と、板木のみを扱う「板木市」とがあって、「板木市」の名は既に享保初年の記録類にも見えている(「京都書林行事上組済帳標目」)。素人が売買する場合は、一応玄人である本屋仲間の誰かが「支配人」と称して世話役を受け持つもののごとくであり、「株帳」には右の支配人の名前で登録されたようである。

ただし右の「株帳」は現存する大坂書林仲間記録の中の「株帳」を見る限り、板株の移動のたびに克明にその実態を記録するという事はほとんど行われていないようで、本来その移動を正確に記録するための帳面であるはずなのにそれが行われていないのはい

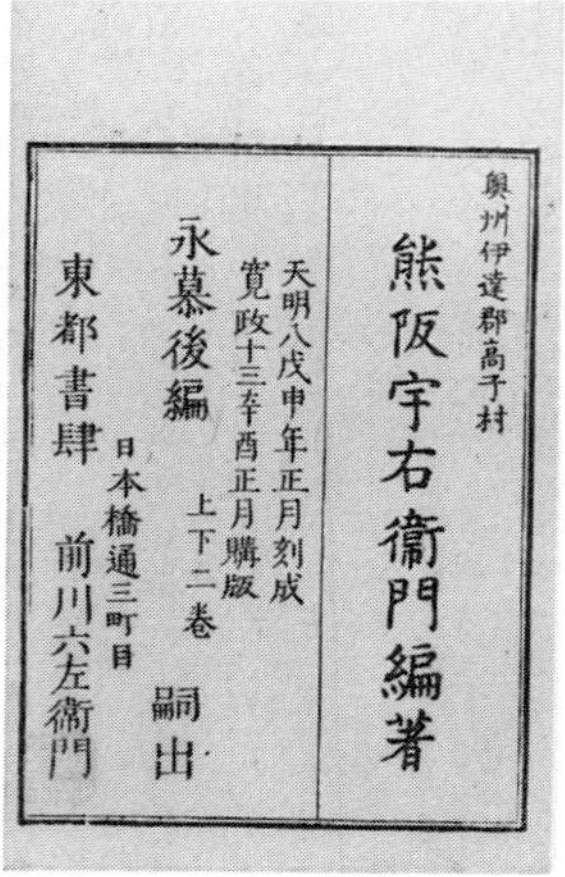
奥州伊達郡高子村
熊阪宇右衛門編著
天明八戊申年正月刻成
寛政十三辛酉正月購版
上下二巻
永慕後編　嗣出
日本橋通三町目
東都書肆　前川六左衛門

図1　『永慕編』求板本奥付

かなる理由によるものなのかよくわからない。

　さて、右の「丸株」や「部分株」の所有者は、当該板木を用いた増刷りを企てる出版者に対して、その板木を貸与して板賃(板木使用料)をとり、みずからも相合板元として奥付に名前を並べたりもするわけだが、そうして刷り出した本を「求板本」と称する。その事は奥付に「〇〇年求(購)板」などと明示する場合もあるが(図1)、大半は刊年記を単に刷り出しの年記に変え、さらに板元名を当該の者に変えた奥付を新たに作って付ける程度のものが多く、それすらもせずに初板開板時の奥付のままで、全く手を加えないままの例も数多い。ただし求板本は、前述した「刊・印・修」でいえば「後印本」に当るので、当然のこと板面はかなり荒れが目立つものが多くなっている事も言うまでもない。

　求板本は、元来営業上の利益をあげるために資本投下して購求したものなので、できるだけ余分な手を加えず、簡略化し得る所は簡略化して、少ない投資で多くの利益をあげようとする。改題して新板らしく見せかけるなどもそのための仕業なので、その手間

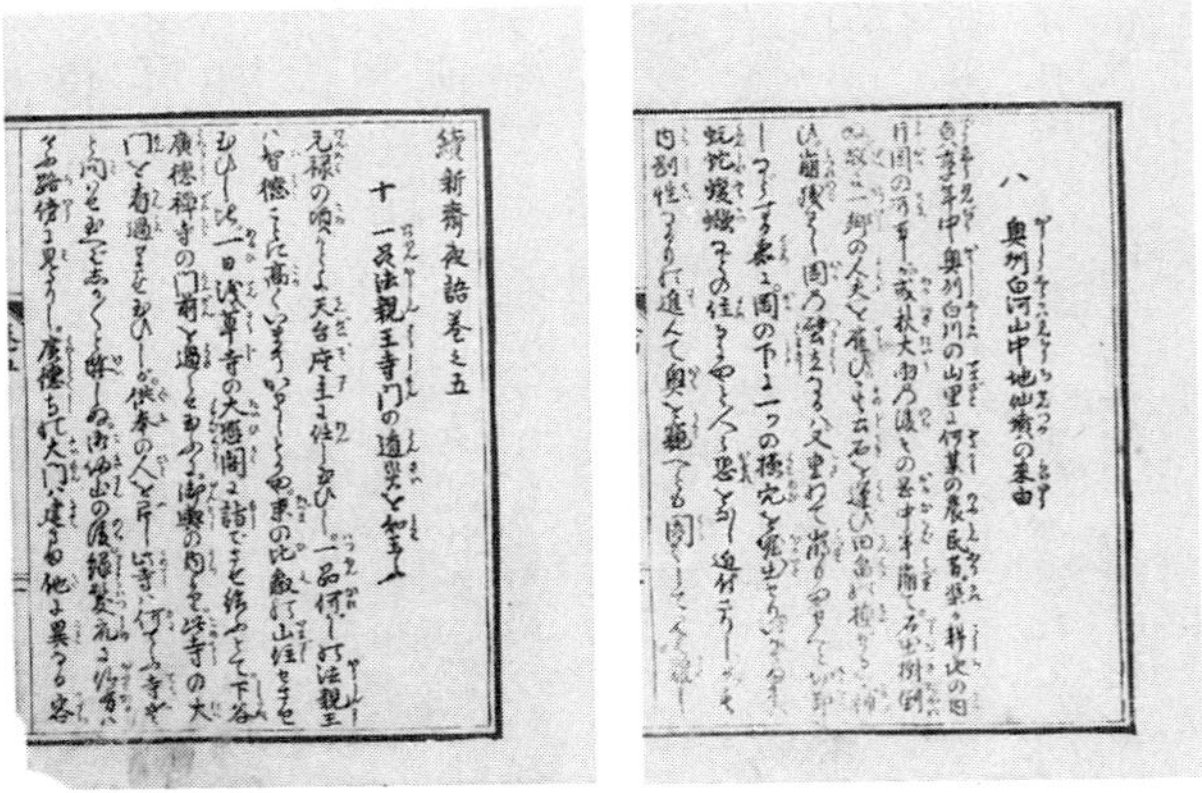
続新斎夜語巻之五

図 2 『**続新斎夜語**』の改題本『**梅園雑話**』巻四・巻五内題部分．
巻四は削り去り，巻五は原題をそのまま削り残している．

も出来るだけ省くことを第一義とするものが多い。改題本の場合、題簽・見返し題・内題・尾題・柱題などの部分に手を加えるが、たいていは題簽や内題までは埋木改刻しても、尾題や柱題など余り目立たぬ所は、単に削り去っただけという処置が多く、さらには数巻数冊のものともなると、削り落しを仕残して、例えば巻三の尾題だけを旧題のまま残すとか、巻五の一部分の柱題が旧のままなどという不手際が生じる場合もざらにある(図2)。読本などは、奥付をうんと手を省いて、半丁ほどに単なる書肆名連記のみをつけたりするのが通例だが、さらに口絵の薄墨板などを省いてしまう例も極めて多い。従って逆に読本の場合は、手の込んだ奥付があったり、口絵に薄墨や艶墨板が多用してあったりした場合は、初板本と認定してよい場合が多々あることになる。

色刷りの絵本、画譜などの場合は、求板本の手抜きの度合いは一層はなはだしく、初板本と比べてまるで別本かという印象を持つのが普通のことでもある。その場合も、最も顕著にあらわれるのは、やはり薄墨のボカシ板や、色板の重ね刷りを省いたり、画面毎に捺される落款印や関防印を省略するなどの事柄である(拙稿「画本研究ノート」、三古会編『伝記』第八輯、参照)。

前述した浜田氏や多治比氏の論によって、幕末大坂の書肆に顕著な動向として、リスクを伴う新規開板よりも、定評のある旧板を購求して実利をあげる営業政策がとられたことが明らかになったが、このように積極的な求板活動を行う書肆の存在は、それ以前からかなり顕著な実例を指摘することができる。例えば享保以前から各藩でお抱えの儒者や藩士の著述を藩版として刊行したものを、しばらくしてその実務を担当した書肆に払い下げるなどの例は、「蔵版」の問題として既にその項に述べたが、書肆側からすれば、これも求板活動の一種であったろうし、八文字屋本の板木が、明和四年に升屋に一括求板され、さらにその後、和泉屋や早川といった書肆に求板された例も、中村幸彦氏や長谷川強氏によって詳述されていること、これも既述した所である。天明・寛政期には江戸の多田屋利兵衛、上総屋利兵衛などといった書肆が、盛んに明和・安永期初板の洒落本類の求板を行って、自家蔵版として後印本を刷り出している例があるが、中でも江戸堺町住の中山清七は、本業は芝居関係書の板元らしいが、安永頃から盛んに末期浮世草子や読本・洒落本の求板を行いそのままを「再板」と称して出したり(『郭中奇譚』や『小夜しぐれ』等は、「再板」とあるけれども、同板の後印であり、『辰巳の園』は「再板」の文字通り、板を改めている)、『嫐草紙《みさお》』(明和八年板『操草紙』の改題)や『古今奇談《》紫双紙』(宝暦二年板『新編奇怪談』の改題)などのごとく、「新板」と称して実は求板本を改題するなどの実例を重ねており、その方面で目立った存在でもある。

幕末・明治期になると、岐阜の三浦源助、名古屋の梶田勘助、大阪の忠雅堂赤志忠七、京都の聖華房山田茂助などが極めて活潑な求板本の刷り出しを行っており、ごく近年になって聖華房の所蔵していたとおぼしき板木類が、大量に売り出されたことは耳目に新しい。現在も美術出版物で名高い京都寺町の芸艸堂は、元来漢籍専門の古書肆文求堂の出身らしいが、明治末・大正期から、京の五車楼菱屋や名古屋の永楽屋などが持ってい た画譜・絵本類の板木を大量に求板し、今でもただちに刷り出せるように立派な板木倉に保管してあるのを、先日初めて実見を許して頂いたが、目の前に宝暦板の『芥子園画伝』も、寛政板の『蕙斎略画式』も、初板のままの板木が丁寧に新聞紙に包まれて存在することには、一種の感動を禁じ得なかったものである。

あとがき

本書は「新日本古典文学大系」付録月報に三十七回連載(一九八九年一月—九三年三月)した「板本書誌学談義」をもとに、若干の加筆訂正を施して一書としたものです。加筆部分は、主として第八章の第六節から、第九章及び付論に至るものであり、さらに鈴木俊幸氏にお願いして、板本書誌学関係文献目録を付録とすることができたのは幸運でした。これによって本文の足らわぬ部分がどれほど補強されることか、量りしれないほどだからです。ただし、それにも紙幅の都合があり、鈴木氏御苦心の資料を大幅にカットしていただかなければならなかったのは、残念なことでした。

実のところ、自分のこうした営為に、「書誌学」という言葉を用いる事については、私自身は日頃若干のためらいを感じています。つまり「学」というほど大それた事を行っているという実感はまるでなく、単純に文芸研究の補助技術として経験してきたのです。だから「書誌術」とでも言うのが一番適切だと思っております。どうかそのおつもりでお読み下さい。

この本に書いたようなことは、私の学生時代であれば、ようするに古本屋さん達が皆、肌で覚えておられた事柄に過ぎません。つまり経験の積み重ねで容易に身につく技術なのです。というよりもそれによってしか身につかぬ技術だと言うべきでしょう。しかも本屋さんは、それが書価というものに直接むすびつくのですから、より緊張感をもって習得されたでしょうが、私は、個人的には書物を物として見ること、その技術と思っています。

たとえば宝暦元年(一七五一)に出版されたことの確実な板本を掌に載せた時、その本の手ざわりは紛れもなく宝暦元年の手ざわりであり、つまり確実に宝暦元年を手中にしているのだというのは、実に単純で明快な事実ですが、それに意味を与えるのがこの技術なのです。そしてそれは、研究者にとっては、その本の中に何が書かれているかということと、ほとんど同じく大事な体験であるはずです。しかもこれはおよそ江戸期までしか遡れない体験なのではないでしょうか。つまり江戸以前の古典籍などというものは、いまや研究者といえどもそう簡単に手の上に載せたり、まして購って自分の所有物として自在にもてあそんだりする事など、もはやほとんどできない状況であるというだけのことですが、それが江戸期の研究者に限っては、今なおかなり自由にできるのです。だから個人的には、江戸を研究対象に選んだのはたいへん幸運だったと思っていますし、そのためにはなくてはならぬ技術だとも思っています。ただ技術は伝わらなくては意味がありません。経験の集積は多いほど良いと思います。私の経験などきわめて浅いものに過ぎないのは言うまでもありませんが、これも集積の一こまとして扱っていただければ、やがては大いに期する所ありといえるでしょう。

ともあれ、三十年程度の経験では、まあこんなものかと言われることを覚悟の、捨身の業と御笑覧下さい。

平成七年　秋の彼岸の中の日

中野三敏

現代文庫版あとがきにかえて

この本の執筆にとりかかったのは、ちょうど年号が平成に代る頃だった。それも「新日本古典文学大系」の月報に載せる為だったので、いわば研究者の卵に向けて、その基本知識を説明するようなつもりだった。何故「板本《はんぽん》」の書誌学に絞って書いたのかは、序文代りの「板本書誌学のすすめ」に記した通りである。

爾来既に四半世紀を過ぎ、此方も十分に歳をとった最近になって、ふとしたことから、胸中一つの危惧が生じ、次第次第に我ながら聊《いささ》か厄介なほどに膨らんでしまった。

きっかけは「板本」という用語が、どれほどの人に何の説明もなしに通じるのかということだったように思うが、その後「和本《わほん》」という用語もほとんど同レベルにあるということにも気づいた所から、さらにはそのもう一歩前の段階として、「和本リテラシー」(草書体漢字と変体がなを読む能力)の回復をこそ、本気で考えるべきではないかという思いが、一気に膨らんだのである。

今迄の所、それは主として明治以前の書物を研究対象とする思想・歴史・文芸・芸能・風俗等の研究者及びその卵(大学院生)と、それらの書物を扱う図書館員及び業者といった人々に限定されるのは必然だろうし、多分、その数もたかだか三千人から五千人といった所ではなかろうか。本書執筆時のそもそもの対象は、まさしくそのあたりだったので、強《あなが》ち的を外してはいなかったように思うが、今となっては果してそれで良かったのかと、首を傾げざるを得ない有様となり、この所、書くこと喋ること、そればかりとなってしまった。

研究者や業者にとっては、いわば飯の種、放っておいても身につけざるをえまい。それよりも本当に必要なのは、その外側に存在して、どれほどの数になるのか見当のつけようもない真の読書人に向けて、こうした事柄をきちんと発信する必要があるのではないか。そしてそれは我々の責務ではなかろうかと考えるようになったのである。以下、ここでも筆はそちらへ向いてしまわざるをえないことを諒とせられたい。

平成という年号を迎えた頃から、我国がひた走りに走ってきたいわゆる〝近代化〟の姿勢に大きな疑問符がつき始めた。それは生活と文化の凡《すべ》ての局面に広がるものであり、いわば近代化即欧米化路線を修正して、日本モデルの樹立という方向への展開が、ようやく模索され始めたものといえよう。その時恰好の材料として意識され始めたのが、これ迄は否定の対象でしかなかった江戸文化へのまなざしであったのは、必然の成り行きであろう。近年の江戸ブームは、そこに根ざしているという意味で、従来何度か繰り返されていたものとは根本的に違い、極めて真っ当なものとなる可能性を持つ。歴史の転換期に、まずは過去に習うのは当然の営為である。その直近の過去が江戸であり、しかも非近代の権化と見做されてきたのが江戸であったのだから、従来の近代主義が未だ未熟なものであったとすれば、それを是正し批判する鍵を、まずは江戸に求めることは甚《はなは》だ理に叶っているし、いわゆるポスト・モダン志向などではなくて、真の意味の近代成熟に必須の道程を示しているといえる。

先賢の知恵に倣《なら》う最も有効な手段は、まずは書物にある。いわば書物は江戸理解のインフラそのものであり、事実それ以外に手段は無い。幸いなことに江戸の書物は人智の全方位的に存在する。そしてそれを読む手段は、和本リテラシーの回復以外にはない。

では、明治以前の書物、即ち「和本」は一体どれくらいあるものか。正確に知り得る手段は持たないが、その点数(冊数ではない)はおそらく百万から百五十万点と推定できよう(『国書総目録』が五十万点を収録するといわれる所からの類推である)。幸いなことに我国の読書人は極めて古典好きである。百五十万点の凡てを古典とはいわぬ迄も、万人の認める古典がその中に含まれることは言う迄もない。しかるにその読書人の大半は、今や和本リテラシーを決定的に欠いてしまった。要するに大好きな古典とはいえ、その活字化されたものだけに頼る以外は無いのが現状である。この現実は、過去へ通じる唯一のチャンネルを、自らほとんど決定的に絶っているのに等しかろう。

もしかして、必要な古典はほとんど活字化されていると考えられているのかもしれぬ。これはとんでもない誤解で、おそらく従来活字化された書物は、あらゆる領域を含めても一万点には届くまい。百五十万点の内の一万点では僅か一パーセントにも満たぬ数であり、我が国の読書人のほとんどは、先賢が残した書物の九九パーセントを読まずに、過去に学ぼうとしている事になるのである。無謀の一語に尽きよう。

真の古典というべきは一部の論語、一部の聖書で十分だという意見は、この際明らかに筋違いであろう。また、和本リテラシーよりも外国語リテラシーをという意見も十分に斟酌した上で、外国語リテラシーは多く空間軸上の他者理解の為とすれば、和本リテラシーは時間軸をさかのぼって、他ならぬ我々の先人という名の他者理解の為のツールである。両々相俟って初めて十全なものとなる筈であり、どちらがより重要かという議論には到底なり得るものではない。

活字が一万点もあればそれで十分、一生かかっても読み得ないのだからという意見もわからぬでもないが、これ迄に活字化されたものはほとんどが、いわば従来の近代主義的評価に沿った書物であり、その批判の為の材料としては、余り適当ではない。むしろその鍵は明らかに残りの九九パーセントの中に在ると考えるのが真っ当な様に思えるのだが。

しかも活字化された書物というものは、厳密な意味では翻訳に過ぎまい。原典回帰を一握りの研究者のみに任せることなく、読書人の凡てがそれを志すことこそが、真の意味の近代の成熟を果す鍵となるのではないか。しかもこの志は、実行してみれば驚くほど簡単に達成されるに違いない。何故なら、つい半世紀ほど前、即ち昭和の戦前迄は、我国の読書人の大半が確かに保持していた能力なのだから。しかも今現在でも街中のそば屋の看板や、料理屋の箸袋などには普通に用いられていて、何の気もなく馴れ親しんでいる文字なのだから。今ならまだ充分に間に合う筈である。

せめて小学生の低学年の時に、つい百年も前迄は、我々の先人の持つ読み書きの文字はこれしか無かったのだという事の、ほんのとば口だけでも覗かせることは出来ないものか。彼らの能力は大人のそれの十分の一程の努力で、瞬く間に和本リテラシーの回復をなしとげてくれるに違いない。その後、さらなる原典回帰を図る為のツールとして、本書などは本当の意味を持ち得る筈だし、著者としてはそのような日が来ることを、心から願わずにはいられないのである。

なお今回、現代文庫への収録にあたって、鈴木俊幸さんに、巻末の「板本書誌学関係文献」を単行本のみに整理してもらった。鈴木さんの御尽力に深謝するばかりである。

平成二十七年十月

中野三敏

（追記）「現代文庫版あとがきにかえて」は、「岩波人文書セレクションに寄せて」（二〇一〇年）に、一部加筆修正を施したものである。

本書は一九九五年に単行本として、さらに二〇一〇年に新装版〈岩波人文書セレクション〉として、岩波書店より刊行された。

索　引

あ

相合板　249, 282
相合板元・合板元　180, 284
間い紙　23
合い印　256
『愛染明王影向松』　158
相見香雨　260
青　147
蒼(アヲ)　111, 113, 118
亜欧堂　42
青表紙(本)　147
青本　111, 113, 118-122, 145-147, 160, 187, 250
赤小本　122, 145, 146
赤志忠七　287
『県居歌集』　89
赤本　111, 113, 122, 145, 146, 158, 159
秋月藩　196
秋成　91, 241
『秋の雛』　92
秋山玉山　233
朱楽菅江　57
朝川善菴　193
朝倉治彦　54, 192, 258
朝倉無声　122
朝倉屋　133
浅野弥兵衛　173
脚　211
『蘆分船』　166
阿誰軒　122
復仇弁忠誠実録　112
圧印　30, 31, 42, 86, 129
後刷り(本)　232, 265, 282
綾足　88, 228
改め(印)　250, 263
荒砥屋版　137
『安産手引草』　51, 52
安藤菊二　258

い

医学館　40
『軍舞』　145
池永道雲　228
石井研堂　47
石川丈山　245, 260
『石ずり千代之袖』　37
石摺弁筆道書　104
石摺(本)　29, 37
医書　102, 109, 132, 241
『泉親衡物語』　185, 275
和泉屋卯兵衛　191
和泉屋儀兵衛　251
和泉屋金右衛門　188
出雲寺和泉掾　251
伊勢暦　73
伊勢神宮　255
『伊勢物語』　264, 266
『伊勢物語』(古活字覆刻の)　33
『伊勢物語』(光悦本)　235, 236, 250

『伊勢物語』(整版本) 264
『伊勢物語肖聞抄』 156
板帙 127
板賃 281, 283, 284
板表紙 73, 127
板ボカシ 44
『いたみ諸白』 60
伊丹屋新七 166
一字版 28
市島春城 59
『一筵万象』 212, 242
一枚刷り 29, 49, 53
一枚版 28
一楽子 122
一九(十返舎) 144, 185, 186, 232
一向 101
佚斎樗山 251
『一宵話』 278
五つ穴 88
五つ目(綴じ) 89, 90
井筒屋 64, 122, 181
『一刀万象』 228
一風 107
『一片崑玉印譜』 60
伊藤若冲 37, 69
糸竹書 105
糸綴じ(本) 68, 72, 79, 88, 127
『田舎荘子』 251, 252
『田舎荘子外篇』 251
「田舎荘子伝写正誤」 251
田舎版 48, 49, 51, 161
稲葉通龍 142
井上和雄 49, 169
茨城柳枝軒 46, 163, 165
異板(本) 211, 213, 262, 265, 267, 272
『医方類聚』 40
異本 263
『今源氏空船』 190
『為楽庵雪川句集』 15
入木 11, 272
色板 232, 246, 286
色紙 226
色刷り(本) 42, 226, 232, 246, 286
色刷り絵本 24, 235
色表紙 145
印(刷り) 20, 138, 209, 262, 265, 267, 270, 271, 276, 284
印記 226, 227
陰刻 30, 69
印字 253
印譜 60, 108, 201, 244
印文 226, 227, 249, 259
印面 244

う

植字版 28
植字板録 106
『浮牡丹全伝』 231
浮世草子 105, 107, 121, 162, 176, 188, 190, 191, 229, 238, 241
『浮世草子の研究』 185
浮世草子風 230
『浮世風呂』 228
『雨月物語』 275
鬱金拓 37
烏糸欄 210
後表紙 127
薄墨(板) 231, 285, 286
薄茶表紙 141, 143

薄様刷り　189
歌合　109
謡本　83, 85, 97, 104, 134
宇多閣儀兵衛　185
歌麿　75
宇万伎　89
埋木　11, 181, 242, 266, 266, 272-277
埋木改刻　243, 266, 285
埋木改題　276
梅沢西郊　90
裏張り　88
裏表紙　256
売り出し元　181
鱗形屋　137, 146, 160, 161
芸艸堂　287

え

永下堂波静　121
『永慕編』　276, 277, 284
永楽屋　10, 133, 287
『絵入西鶴諸国はなし』　238
『絵入西鶴文反古／世話文章』　238
絵入根本　232
絵入り俳書　140
絵入り本　137
絵ゴマ　235
絵暦　47
画師　160
絵草子　110, 111, 113, 118
絵題簽　120, 157, 158, 160, 161, 220
『越後之板本』　54
絵尽し　216
絵手本　106
江戸戯作　108, 111
『江戸時代書林出版書籍目録集成』　95
『江戸時代の古版本』　34
江戸地本　145
江戸洒落本　191
『江戸の演劇書――歌舞伎編』　114
『江戸繁昌記』　171
江戸板読本　282
『江戸文化評判記』　178
『江戸本屋出版記録』　281
『江都名所図会』　69, 70, 73
榎本一菴　253
絵半切レ　70, 73, 74
絵本　13, 47, 75, 152, 156, 244, 245, 287
『絵本時世粧』　144
「画本研究ノート」(『伝記』)　218, 248, 286
『絵本胡蝶夢』　275
『絵本栄家種』　137
「絵本鈴鹿森」　275
『絵本と浮世絵』　148, 232, 237
『絵本秘事嚢』　189
絵本類　106, 133
絵本類書目　189
絵巻(物)　70, 117, 236
江邨伝左衛門　178
江村北海　178
演劇書　216
縁山活字本　39
遠藤諦之輔　81, 82, 87
艶本　112, 121

お

御家流　62
『笈日記』　139
応永版　69, 236
『鶯邨画譜』　76
黄檗(僧)　45, 105
『近江県物語』　185
『鸚鵡小町』　84, 135
鸚鵡石　120
『嚶鳴館詩集』　233
往来(物)　52, 96, 103, 109, 114, 230
往来物幷手本　103
大石真虎　133
大内田貞郎　4, 30, 31, 86
大江玄圃　178
大岡越前　107
大岡春卜　106
大型本　61, 88, 127
大隈言道　194
大蒟蒻　59, 116
大坂書林　281, 282
大坂書林仲間記録　283
大坂本屋　282
大坂本屋仲間　281
『大坂物語』　102
大田和泉守　242
『大田南畝全集』　254
大本　56-63, 88, 90, 123, 210
大本二つ切り型　61
大村蘭台　14
大森善清　75, 106
大谷木醇堂　255
岡敬安　281, 282
『御飾書』　62, 63
岡田琴秀　111
『岡目八目』　119
小川恒　253
小川柳枝軒　191, 196
奥書き　134, 253, 254
奥付　127, 153, 163, 173, 174, 183, 187, 192, 224, 244, 248, 251, 262, 272, 276, 284, 285
奥野彦六　34
『奥の細道』　64
奥村玉蘭　194
奥村政信　69, 75
奥目録　188
送り仮名　234
尾崎雅嘉　109
押界　211
小瀬甫庵　241
小津桂窓　169
乙　215
御伽草子　107, 136, 152, 256
『男踏歌』　77
落咄　112, 120
小野則秋　258
覚帖　82
表章　133
表丁　166, 224, 252
小山田与清　132
『和蘭文典前編』　204
折界　211
折帖(類)　70, 72, 80, 87, 126
折り本　69, 75, 85
温故堂　249

か

花案・花榜　231
『会海通窟』　235
蟹行散人　111
改刻・改刻本(板)　64, 181, 243, 266, 268, 275-278
『海国兵談』　57, 63
『快哉心事』　201
『海錯図』　88
『芥子園画伝』　44, 47, 78, 138, 244, 248, 287
魁星　169, 170
魁星印　162, 166, 167, 198, 201, 243, 244,
界線　167, 208, 233, 268, 270, 271
改装本　126, 132
改題　239, 242, 266, 275, 276, 277, 284, 287
改題本　212, 241, 243, 272, 276, 285
『怪談記野狐名玉』　203
『怪談名香富貴玉』　203
「怪談名香富貴玉再考」　203
懐中本　62
改訂　275
貝原益軒　72, 196
改板(本)　262, 263, 271, 272
『回文錦字詩』　165
改(補)　267
替表紙　145
返り点　234
『家園漫吟』　59
花押　143
歌学　109
『画学叢書』　77, 78, 145
書き入れ　253
書き題簽　150
『歌妓廿四時』　91
書き判　250
書本　129
『郭中奇譚』　287
掛物　105
花口　217
画稿　78
花口魚尾　217
画工名　179
葛西因是　171
重ね菊紋表紙　138
重ね刷り　286
飾り枠　153, 154, 167, 208
梶田勘助　287
貸本屋　112, 119, 216, 260
家集　109
賀集　225
歌書　13, 64, 85, 102, 134, 152, 156, 189, 227, 233, 249
『科場窓稿』　41
首書・頭書　211
柏木如亭　252
『画藪後八種四体譜』　226
春日神社　70
春日版　30, 69, 130
上総屋利兵衛　286
『画図酔芙蓉』　249
『画図百花鳥』　251
画題　247
型押し　129
敵討ち　73
画帖　126, 232

画帖仕立て 73, 75, 78, 79
活刻 28
活字印本 28
活字版 28, 31, 35, 42, 106
勝田 139
合羽刷り・カッパ刷り 48, 203
活版 28
『活版経籍考』 38
『桂の露』 16
『月令詩巻』 253
加藤文麗 15
金沢文庫 259
仮名草子(類) 13, 103, 105, 132, 137, 156, 162, 229
仮名仏書 104
仮名法語 104
仮名物草紙類 106
仮名和書 104
『河伯井蛙文談』 251
何必醇 60
画譜 75, 244-246, 248, 286, 287
歌舞伎脚本 232
歌舞伎正本 241
覆せ彫り 268, 272
株帳 283
花辺 208
上方絵 73
上方子供絵本 159, 217
紙表紙 127
亀井南冥 194, 196
『賀茂翁家集』 253
賀茂真淵 253
唐軍 112
からかみ式圧印 31
からかみ表紙 111, 113, 117, 136
『華洛細見図』 75
空摺り 44, 45, 47, 129
唐様 104
『瓦礫雑考』 133
川崎魯斎 235
川瀬一馬 3, 30, 131, 150, 164
河内屋系 281
河内屋喜兵衛 188, 193
河内屋宗兵衛 194
河南版 138, 244
変り刷り 235
変り綴じ 91
刊 20, 209, 262, 284
寛永卯月本 134
『寛永行幸記』 69, 236
漢画 245
『玩貨名物記』 62
刊記 174, 183, 195, 199, 262, 265, 276
「刊記書肆連名考」 180
『閑居放言』 192
管絃 109
官刻 183, 195
寛黒口 217
玩古道人 91
寒山詩 175
漢詩文集 233
巻首 252, 253
巌松堂古典部 79
『鑑賞日本古典文学』 119
巻数 157, 214, 215, 220
巻子本 30, 68, 72, 126
巻子本仕立て 126
寛政改革 17
寛政の考試 40

漢籍　12, 82, 163, 183, 198, 208, 215, 240, 241, 267
観世暮閑　134
観世元章　135
『閑窓自適』　173
巻立て　220
『勧懲故事』　165
『閑田耕筆』　182
韓天寿　37
『閑田文草』　249
神習文庫　259
官板(版)　40, 181, 183, 195, 229
看板　201
巻尾　224
雁皮　24
巻標　220
寛文無刊記本　94, 101
官報　41
関防印　226, 244-246, 286
『冠帽図会』　92
韓本　90, 197
巻末本文　253
『寒葉斎画譜』　228

き

『紀伊国神社略記』　253
『淇園文集』　249
『菊寿草』　119
菊判　57
菊屋喜兵衛　189
菊舎太兵衛　51, 181
菊屋長兵衛　190
『義経記』　236
紀行(文)　105, 227, 241
偽刻　161
忌辰録　64
起信論　103
其磧　107
北野廬　132
北野学堂　92
『北野藁草』　92
喜多村筠庭　133
奇談　108
紀竹堂　78
橘治　181
黄表紙　13, 110, 112, 118, 119, 122, 136, 145, 147, 160, 161, 200, 214, 220
『黄表紙外題索引』　220
『癸卯百絶』　253
木村嘉平　43
木村吉右衛門　249
木村蓬萊　233
木村三四吾　137, 144, 210, 271
戯名　227
脚注　233
杞憂庵　88
旧刊本　1, 3, 24, 30, 34, 42, 68, 218
『九日新誌』　90
旧序　245
『旧仙台領関係出板書目考』　54
旧題　285
旧板　286
求板(本)　136, 179, 191, 239, 271, 276, 280, 284
経　101
狂歌絵本　75
匡郭　21, 33, 75, 208, 233, 268, 270, 271
狂歌集幷咄本　104

経巻　79
教訓　102, 108
教訓談義本　252
『狂月坊』　77
『狂言鶯蛙集』　238
行事(本屋行事)　250, 273
狂詩集　141
『京雀跡追』　129
京伝(山東)　111, 119, 120, 132, 133, 142, 158, 228, 231
『京都江戸買板印形帳』　281
「京都書林行事上組済帳標目」　283
『京都書林仲間記録』　281
経文　211
魚尾　214, 215, 217, 219
雲母　73, 85
雲母刷り　134
雲母引　161
キリシタン版　2, 31, 42
切り付け表紙　127, 128
裂表紙　126
記録　109
喜和成　60
極め印　250, 263
金界　211
銀界　211
近刊予告　179, 183
『金々先生栄花夢』　118, 147
『金城集』　253
『近世怪談霜夜星』　158
『近世活字版目録』　40, 253
『近世後期書林蔵版書目集』　192
「近世後期に於ける大阪書林の趨向」　281
『近世子供の絵本集』　217
『近世出版広告集成』　192
『近世書林板元総覧』　35
『近世地方出版の研究』　49, 54
「近世地方版研究の提唱」　49
「近世の出版」　12
『近世文芸』　281
近世木活　35, 39, 40, 42
『近世物之本江戸作者部類』　111, 117, 136, 146
巾箱本　59
『近代蔵書印譜』　259
『近年諸国咄／大下馬』　238
金平浄瑠璃　117
金平本　146
『訓蒙図彙』　229
『金蘭詩集』　178

く

臭草紙　111
草双紙(類)　110, 114, 117, 118, 122, 129, 145, 157, 187, 198, 200, 220, 250, 263
草津温泉案内の一枚刷り　49
句集　241
下り絵本　111
口絵　224, 230
句読(点)　233, 234
配り本　139, 181, 245
『熊坂今物語』　190
熊坂台州　276
栗皮表紙　131
くるみ表紙　126
『廓節要』　143
黒田藩　195

黒標紙　111
黒本　111, 122, 145, 146, 159, 187, 250
「黒本青本の刊年に関する覚書き」　187
軍記　112
訓詁　252
君山　218
軍書　102
『群書一覧』　109
「群書類従」　13, 109
軍法書　102

け

罫　208, 210, 233, 271
『慶安御手鑑』　250
「慶安刊本『御手鑑』について」　250
蕙斎(鍬形)　69, 73, 133, 235
『蕙斎略画式』　287
罫紙　252
経書　104, 163, 196, 211, 227, 241
『けいせい色三味線』　185
『傾城買四十八手』　269
『傾城買談客物語』　143
『傾城買猫之巻』　143
『傾城買二筋道』　142
『けいせい掛物揃』　197
『傾城禁短気』　218, 219
罫線　211, 213, 226
経絡図　103
『蓺林伐山故事』　166
劇書　108, 114, 162, 173
戯作本　112, 214
『戯作研究』　49
「『戯作評判記』評判」　119
芥子本　59
化粧だち　10, 11
化粧綴じ　91
削り落し　285
外題　130, 145, 149, 153, 156, 157, 159-161, 215, 237-240, 266
外題変え　11
『外題鑑』　112, 115
外題主義　239, 240
外題刷り付け　52
『外題年鑑』　122
月潭　15
外典　102, 104
検閲　273
蘐園　107, 108
『蘐園雑話』　254
原刊本　263
『元元唱和集』　245
『建氏画苑』　138
原序　224, 227
獻笑閣　174, 192
献上本　65, 126, 181, 200
元政上人　175, 245
原題簽　150, 162
原拓　36
圏点　233
見当　47
元和卯月本　83, 85, 86, 134, 135
元贇　245
『絹布裁要』　60
乾隆帝　39
見料　216

こ

校異 254
後印 246, 265, 270, 276, 287
後印本 20, 78, 137, 156, 171, 179, 181, 187, 188, 193, 209, 211, 244, 256, 270, 278, 284
光悦謡本 83-85, 133
光悦本 14, 85, 86, 129, 133-135, 144, 151, 235, 250
校勘 267
合巻(本) 111, 118, 120, 122, 147, 161, 188, 201, 250
校刊本 252
康熙 44, 89
康熙式 169
康熙綴じ 89, 90, 141, 255
『孝経』 194, 235
『孝経参釈』 235
『孝経釈義便蒙』 197, 199
後期読本 282
『広吟万玉集』 88
高玄岱 37
広告 179, 224
『好古麓の花』 92
『鴻山文庫本の研究』 133
後序 224, 237, 245
『好色一代男』 137, 157, 176, 229, 237
「好色一代曾我」 185
『好色五人女』 138, 229
好色幷楽事 98, 107
「好色にし木々」 184
『好色二代男』 157
好色本 105
好色物 62
『庚辰游記』 57
校正 240, 266, 272-275
行成紙 136
校正刷り 274
行成表紙 111, 117, 118, 120, 122, 135, 137, 145
校正本 273
楮 24
蒿窓主人 158
『高僧和讃』 83
幸田露伴 121
校訂 273
『黄帝内経註證発微』 156
鼇頭 169, 211, 233
興福寺 70
高芙蓉 201
弘文荘目録 200
稿本 252
「稿本防長刊籍年表」 54
『孔門諸子像賛』 69
高野山 70, 103
『高野大師行状図絵』 69, 70, 236
高野版 30, 69, 85, 131
『甲陽軍鑑』(明暦版) 132
『光琳画譜』 76
幸若舞の本 103
『古易筌』 173
小書き 229, 230, 233
『語学と文学』 203
『五家正宗賛』 34
古活字版 2, 3, 31, 33, 34, 42, 132, 151, 155, 161, 165, 235, 264
『古活字版伝説』 129
古活字本 1, 3, 68, 70, 132, 156,

174, 235, 240
『古活字目録』　3
小金厚丸　186
古義堂　107
『古今集』　80
黒印　259
極大本　56, 57, 63, 91
谷峨　143
黒魚尾　217
国訓本　234
国史　109
刻者　218
国書　233, 250
『国書総目録』　264, 265, 267
『国姓爺忠義伝』　106
小口　9, 77
小口書き　253, 257
刻本　28
『国立国会図書館蔵書印譜』　258
『湖月抄』　13
誤刻　102, 252
『古今画藪後八種』　245
『古今奇談紫双紙』　287
『胡混馬鹿集』　238
五山版　1-3, 30, 77, 87, 130, 131, 150, 151, 155, 161, 163, 214, 235
『五山版の研究』　30, 131, 150, 164
古事　104
故事　105
『五色墨』　57, 63, 199
古写本　81, 211, 249
五車楼菱　287
『五十六字詩』　88
誤植　253
五針眼訂法　89
『御存商売物』　111
故蝶装　72, 79, 81, 82, 85, 211, 257
『国会図書館蔵古活字版図録』　156
『国花万葉記』　129
滑稽本　116, 122, 147, 172, 179, 185, 198, 232
「滑稽本の書誌学」　170, 232
刻工　9, 214, 218
黒口　217, 220
「古典全集」　95
『辞闘戦新根』　117, 136
子供絵本　118, 136, 145, 146, 157
小林新兵衛　141
『古版小説挿画史』　236
古版本　130, 131
『古版本目録』　3
胡粉　85, 254
古文辞　108
『古文真宝』　34
小本　57, 58, 60, 61, 112, 123, 127
駒絵　69
子持枠　151, 153, 154, 156, 159, 208
『古文書修補六十年』　81, 82, 87
暦　102
コヨリ綴じ　52
五倫書屋　251
『魂膽總勘定』　275
蒟蒻本　59, 116

さ

再印(本)　254, 265, 273
西鶴　105, 137, 156, 229, 237, 238
「西鶴織留諸版考」　210, 271

西鶴本　180, 183, 184, 229, 240
再刊　263
「西行記」　241
細見　62
最終丁　215, 217
歳旦帳　139, 181
再板　20, 263, 265, 267, 271, 283
在判　250
酒井銀鵝　15
酒井忠道　15
榊原芳野　81
璒口　183
嵯峨本　31, 134, 199
作画者名　161
作者　177, 242
『作者年中行事』　121
作者名　241
削除　266
桜川慈悲成　232
左訓　234
『佐々木先陣』　241
挿絵　230, 235, 276
『挿絵節用』　237
挿絵本　236
刷　264, 265
擦印　30, 31, 42, 85
『雑纂』　57
雑史　109
雑書　105, 109
『廓𢡟費字尽』　160
座本名　157
沙綾形　136
左右双辺(枠)　209
左右単辺　209
『小夜しぐれ』　287
『更紗図譜』　142
更紗表紙　141, 143
『佐羅紗便覧』　142
沢田東江　144
三印(本)　265, 273
『三英随筆』　82
山金堂　118, 136
三古会　248, 286
『三芝居あふむ石』　111
三重枠　154
算書　104
『删笑府』　234
『三草集』　59
三竹　245
『山中人饒舌』　60, 233, 234
三都　49
『山東菴一夕話』　133
三都図　103
三馬　132, 143, 144, 255
『三白宝海』　170
三板(刊)　265
三方折り込み(表紙)　127, 128
槧本　28

し

詩　102
寺院版　194
『磁印譜』　228
塩屋艶二　196
耳格　211
『仕懸文庫』　142
『自画題語』　59
『鹿の巻筆』　157
私家版　78
地紙　226

私刊本　181
『史記』　237
識語　253-256
『色道たからふね』　184
『四季色目』　63
枝曲　108
紙型　35
『繁野話』　275
重政　88
紫香　91
耳子　211
『猪の文章』　195
四周　208, 211
字集　102
四周双辺(枠)　208
四周単辺　208
字書　102, 109, 230
自序　224, 225
自笑　107
四条派風　140
四針眼訂法　88
『しづ屋のうた集』　89
私撰　109
詩箋　45
詩仙堂印　260
氏族　109
四体千字文　36
下小口　219, 220, 257
下綴じ　10, 78
『しだれ柳』　75
躾方書幷料理書　104
『十竹斎書画譜』　44, 78, 248
実捺　226, 244, 245, 248
『質問本草』　15
『斯道文庫論集』　220
芝居絵尽し本　159
芝居絵本類　159
支配人　283
司馬江漢　42
柴田光彦　112
自跋　224, 237
私版本　194
自筆刻　225, 227, 243, 245
渋井太室　233
詩文　109
詩文集　163, 226, 228, 245
『詩本草』　252
地本(類)　109, 114-116, 122, 136, 145, 157, 198
島津重豪(薩摩公)　15
『島原記』　102
雀志　91
『写山楼画本』　78
『射覆早合点』　212, 242
写本　122, 123
『三味線ひとり稽古』　172
洒落本　13, 59, 111, 116, 117, 122, 140, 172, 179, 185, 192, 197, 216, 225, 231, 241, 255, 275, 286, 287
洒落本禁令　16
『洒落本大成』　141, 186, 255, 276
「洒落本名義考」　116
首　215
朱印　180, 192, 226, 243, 246, 249, 250
修　20, 209, 262, 266, 273, 275, 284
摺　264, 265
聚雲館　45
『十牛図』　235
『秋琴堂鑑賞余興』　92

『秋香亭句集』　15
『集古浪華帖』　92
摺刷　30, 68, 204
集字版　28
繡像　231
『聚珍画帖』　57, 63
聚珍版　28
袖珍本　59
修訂　266, 272, 274
『十二段草子』　103
重板　280
修猷館　196
十六弁重菊表紙　139
十六弁大輪重ね菊　138
修験道書　106
『朱子談綺』　47
儒書　102, 104, 105, 147
朱糸欄　211
朱刷り　226, 233
手沢本　254
『首註陵墓一隅抄』　43
『出思稿』　166, 167
十進分類法　94
『十竹斎書画譜』　44, 78, 248
出版条例(享保)　163, 177, 178, 272, 280
手訂本　254
『酒顚童子物語』　117
主板元　180, 182, 249
朱墨　254
春画　232
春章　88
『春色梅児誉美』　117
春本　66, 121, 232
『春巒拆甲』　57
序　201, 215, 224-228, 235, 238, 243, 245, 263, 266
初印　70, 245, 249, 265, 267
初印本　20, 78, 138, 145, 156, 171, 187, 193, 199, 244, 265, 270
松会版　136, 137
『小学句読集疏』　196
『娼妓絹籭』　142
『乗興舟』　37, 69
上下双辺　209
称硯子　250
小黒口　217
昌三　245
小字　215, 234
上紙刷り　111, 120
小字双行　234
『賞春芳帖』　37, 38
『正信偈』　83, 101
上製本　75
丈石　197
『小説白藤伝』　171
小説(本)　108, 112, 115, 241
上層　211
正倉院御物　259
『正像末浄土和讃』　86
章題　229
松竹梅の丸　136
浄土　101
『浄土教版の研究』　85
『浄土和讃』　83
商標　250
正本　232
『聖凡唱和』　175
声明　83
『声明集』　83

正面摺り　29, 30, 36-38, 42
抄物　132
上欄　211
『笑林広記』　128
浄瑠璃　111, 112, 146
『浄瑠璃雑誌』　197
浄瑠璃正本　136, 145, 157, 241
『諸艶大鑑』　137
初折り　87
書画帖　79, 225
書画譜　79
『書画舫』　53
『書画薈粋』　155
序刊　263
植字工　33
植版　28
『女訓抄』　103
書型　56, 94, 218
『諸国はなし』　137, 138, 157, 229, 238
『書賈集覧』　129
書肆　249, 253, 286
諸子　104
書耳　211
『書誌学月報』　54
『書誌学序説』　1, 30, 82
書式　237
『諸色染手鑑』　63
序者　226
『書籍目録』　29, 75, 94, 101, 110, 114, 116, 123, 124, 190
初刷り(本)　10-12, 265
序題　226, 227, 238, 266
初丁　210, 216
植工常信　39, 106
書脳　211
序跋　228, 229, 241, 245, 263
初板(本)　10, 20, 64, 136, 162, 216, 232, 250, 252, 262, 265, 268, 271, 273, 275, 284, 286
『諸藩蔵版書目』　181
『諸藩蔵版書目筆記』　195
書眉　211
序文　216, 220, 225, 237
署名　226, 227, 241, 244, 245, 250
書名　105, 214, 215, 238, 239, 240
『書目集覧』　95
『書物三見』　49, 169
書物問屋　161
書物問屋仲間　110
書物の品格　14, 15
書物の身分　13, 14, 15, 17
書物屋　103
書物屋仲間　108
「書林文渓堂蔵版目録」　189
白河楽翁　59
『史林残花』　276
士朗　139
『心学五倫書』　103
『新群書類従』　121
『塵劫記』　44, 111, 250
『神事行灯』　133
『新修日本小説年表』　122
信州版　52
神書　102, 109, 147
『新撰御ひいなかた』　44
清朝型　59
『信長記』　241
清朝仕立て　59
清朝詩文　233

神道書　102
『神刀なみのしら鞘』　148
『甚忍記』　184
新板　243, 266, 284, 287
清版　164
新板広告　187
新板目録　187
『新板桃太郎』　120
『新編奇怪談』　287
『新編覆醤集』　245
人名録　64
『莘野茗談』　140
『人倫訓蒙図彙』　130
振鷺亭　186

す

推移軒　52
随筆　109
『翠釜亭戯画譜』　171
酔墨斎　166
『睡余小録』　133
嵩山房　141
菅野書店　53
祐信　80, 108, 136, 189
祐信絵本　118, 189, 256
鈴木重三　47, 120, 148, 232, 237
鈴木芙蓉　249
鈴屋　130
砂目石版　43
須原屋　249
須原屋伊八　173
須原屋茂兵衛　193
墨板　28, 275
墨刷り　70, 192, 226, 232, 235, 244
『墨田川二百首』　59
『墨田川両岸一覧』　73, 74
墨付き　274
隅とり　154
隅取角の枠囲　175
『住吉物語』　156
角力勝負附け　41
摺り　267
刷り師　9, 51, 278
刷り出し　180, 271, 284, 287
刷り立て　282
摺付表紙　147, 148
寸珍本　59

せ

世華　255, 256
静嘉堂文庫　259
聖華房　287
『星経』　170
正誤表　251-253
青山堂平吉　133
姓氏字号印　244
『清少納言犬枕』　238
『清少納言ふでかくし』　239
清書本　64
清田儋叟　144
整版　28, 30, 35, 42, 48, 69, 106, 151
整版印刷　34, 36, 39
整版本　1-4, 28, 33, 134, 156, 165
青墨　234, 235
製本所　194
『政要抄』　241
『青楼美人合姿鏡』　88
「施印考」　49
施印本　52, 57

『石桂堂詩集』 88
石克 245
『石城唱和集』 194
積善堂 166
石天基 90
尺牘 108
石版 43
石本 29
『せきやてう』 139
背小口 127
節用集 13, 108, 150, 230
世利市会 283
蟬羽拓 37
撰歌 109
詮海 69
『仙嶽闘路図』 225
戦記 236
線黒口 217
千首 109
撰集 109
『撰集抄』 241
占書 102
『仙嘯老人快哉心事』 202
線装本 79, 87
仙台版 53
懺法 83
『宣明暦』 44

そ

早印 246, 249, 270
蔵印 258
早印本 248, 271
象嵌 272
『宗祇諸国物語』 137
『草径集』 194
宋元版 150
宋紫石 245
草子屋 17
総集 228
叢書 228
蔵書印 243, 256, 258, 259
『蔵書印提要』 259
『蔵書印譜』 258
『草書千字文』 37
『蔵書名印譜』 258
草子(類) 10, 109, 149, 156, 159, 214, 220, 243
挿図 237
『増続韻府群玉』 156
宗達 134
双注 233
巣兆 139
装訂 68, 91, 126, 214
装訂法 82, 126
『霜轍誹諧集』 196
僧伝幷編年 105
相場付 63
宋版 150, 214, 218
蔵版 50, 94, 192, 286
蔵版印 173, 192, 195, 244, 248
蔵版記 173, 192-195
蔵版者印 166, 243
蔵版主 192, 194
蔵版目録 180, 183, 188-192
双辺 153, 208, 209
『増補外題鑑』 189
「『増補外題鑑』成立の一過程」 190
造本 221, 243
造本様式 218, 220

『総籬』　228
総目(録)　224, 228
『曾我物語』　236
『続集』　245
『続新斎夜語』　285
底本　164, 249
素紙刷り　85
外表　75, 77, 85
素檗　139
染紙　129, 131, 156, 255
徂徠学　107
反町弘文荘　3

た

大雅堂　201
『太極帖』　37
題言　215
大黒口　217
台紙　277
題字　224, 225
太史公自序　237
大小　48
帯図本　236
題簽　52, 64, 133, 139, 149, 183, 195, 201, 208, 227, 230, 237, 244, 285
題簽型　161
大惣　112
『大惣書目』　115
『大惣目録』　118
『大通山入』　130
大念仏寺本　69
大尾　238
大秘録　201
大福帳　82, 83, 219
大福帳綴じ　82
『太平楽府』　272
『太平記』　236
『太平御覧』　229
大名俳書　14
題名　149, 238
内裏図　103
「高子村廿境図」　276
高階三子　253
高嶋屋　166
『誰袖』　14
高橋残夢　88
『宝合之記』　142, 143
宝尽し　136
滝鶴台　233
拓印　42
沢東宿　245
拓版　29
拓板画　37
拓本　29, 36
竹田春庵　196, 197
『竹取物語』(古活字版)　132
太宰春台　143, 254
多治比郁夫　40, 253, 281, 282, 286
他序　224, 225
多色刷り　43, 45-47, 232
多田屋利兵衛　191, 286
橘守国　106
橘屋治兵衛　50, 181
立原任　218
『辰巳の園』　287
縦長本　59, 60
喩対物　189
田中敬　79, 80, 83, 85, 214
田辺玄々　228

種彦　121, 122, 132, 158
田能村竹田　59, 233
他跋　224, 237
打本　29
為永春水　112, 189
太夫名　157
談義本　108, 147, 251
淡彩刷り　70
短冊簽　151, 156, 160
団十郎(初世)　47
淡々　65
淡々系　183
『淡々発句集』　65
『丹波爺打栗』　146
丹波屋理兵衛　191
丹表紙(本)　131-133, 145
単辺　153, 208, 209
たんぽ　29
探幽　57
丹緑筆彩　69
『TAN-ROKU BON』　237
単枠　150, 153-155, 161, 208

ち

近松　241
地脚　211
地口つくし　111, 120
『竹堂画譜』　78
竹苞楼　130, 201, 272
『竹苞楼大秘録』　130
『父の恩』　47
池萍堂蔵　194
地方版　48, 49
地本問屋　110, 114
地本問屋仲間　110
地本屋　108, 110, 114, 120
『茶器価録』　63
茶湯書弁華書　104
中形　111
忠雅堂　287
柱記　153, 214, 218, 220
『忠義水滸伝』　106
柱刻　214
中国白話小説　115
注釈書　211, 227, 228
『中将姫本地』　103
虫損　213, 270
柱題　69, 215, 219, 243, 266, 285
中本　61, 111, 112, 117, 118, 122, 127
中本型滑稽本　110, 170
中本読本　116
丁合　10, 87, 215
丁裏　208, 219
丁表　208, 215
鳥瞰図　237
帖仕立て　68, 70, 79, 130, 211
丁子屋平兵衛　111, 189
丁数　215, 216, 220
朝鮮式活字印刷術　31
『朝鮮信使来朝図巻』　69
朝鮮本　88
丁付け　69, 86, 214, 215, 219, 229
雕本　28
蝶夢　65
勅版　194
楮紙　23, 24
著者名　164
地理　109

つ

追加刻　266
追善集　225
『通俗三国志』　106
『通俗十二朝軍談』　106
『通俗唐詩解』　171
通俗文芸書　240
通俗もの　106, 231
都賀庭鐘　275
津久井清影　42
『筑紫紀行』　65
蔦屋重三郎(蔦重)　75, 160
包み表紙　126
角書き　153, 195
壺印　250
艶紙表紙　255
艶墨(板)　231, 285
貫之紙　135
釣物幷絵図　103
鶴岡芦水　69
蔓唐草　129
『徒然草』　264

て

訂　266
手彩色　70, 140, 244, 246
『鉄荘茶譜』　59
「粘葉考」　79, 80, 214
綴葉装　31, 72, 79, 82
綴帖装　82, 91
粘葉装　72, 82, 85, 213
『伝家宝』　90
『伝記』　218, 248, 286
『天狗芸術論』　251
天台　101
天台の三大部　103
『天台例時懺法』　83
天地　80, 87
天頭　211
天王寺屋市郎兵衛　194
天文　42, 102
『天龍開山の御歌』　40

と

『棠陰比事』　156
套印本　235
藤園堂　53, 139
『唐翁詩集』　166, 167
『東海道中膝栗毛』　117, 144, 170, 232
『東海道分間絵図』　72
『灯火戯墨玉之枝』　115
『道化百人一首』　111
導言　228
『東見記』　46, 165
『東行日記』　175
道三流　62
『唐詩集註』　193
道書　104
東条琴台　181, 195
銅人図　103
頭注　233
藤堂祐範　83
藤図南　247
銅版(画)　42, 278
同板(本)　210, 246, 249, 267, 270, 271
『刀筆青砥石文』　179
「同表紙本同年代」説　131

『豆腐百珍』　60
唐本　19, 28, 59, 77, 78, 88, 89, 127, 164, 171, 175, 197, 211, 217, 227, 233, 248, 257
搨本　29
唐本仕立　141, 152
唐本趣味　163
唐本表紙　140, 141
『東遊紀稿』　175
頭欄　250
等琳　77
徳厳禅師　175
禿氏祐祥　95
特小本　59
特製本　75, 126, 226, 244
特大本　56
戸倉喜兵衛　199
綴じ糸　9, 21
綴じ代　23, 75, 127, 216
綴じ本類　126
綴じ目　211
『図書学辞典』　5, 28, 29, 164, 257, 262
飛丁　216
扉　46, 162, 224
『図惚先生詩集』　142
富岡鉄斎　59, 255
富田新之助　260
留板　283
共紙　78, 88, 127
共紙表紙　52, 129, 130
豊信　136
豊広　232
採り合わせ　257
『鳥追阿松海上新話』　204
鳥の子　90, 129, 135
『屠竜之技』　15

な

内題　149, 193, 215, 220, 227, 233, 237, 266, 275, 285
内題次行　242
内題次行署名　242
内題下　193, 240, 242
内題主義　239, 240
内典　102
直江兼続　131
永井昌玄　60
長唄本　111
中尾市郎兵衛　165
中表　73, 75, 78, 80
中沢嘉右ヱ門　52
長沢規矩也　13, 28, 82, 164, 180, 262, 267
『長沢先生古稀記念図書学論集』　49, 180, 187
永島正義　253
中締め　10
永田調兵衛　196
中綴じ　87
中院通勝　250
中野孫左衛門　176
仲間(本屋仲間)　272
中村俊定　47
中村多兵衛　251
中村長兵ヱ尉　34
中村幸彦　49, 116, 149, 170, 191, 232, 286
泣本　117
熨み本　196, 256

なぞづくし　111, 120
『浪花青楼志』　173, 174
鍋島直條　45
並製本　85
奈良絵本　256
『雷神不動桜』　190
縄張　186
南郭　141
『男女一代八卦』　111
『男女不躾方』　143
軟派モノ　114
南畝(大田)　40, 119, 133, 141, 254
『南浦文集』　104

に

二折り　86
肉筆　225, 250, 254
肉筆帖　72
西川風　62
錦絵　48
『錦絵の彫と摺』　47
錦絵風刷付表紙　161
『錦之裏』　142
西村　251
西村市郎右衛門　191
西村源六　191, 251
西村治右ヱ門　52
西村本　184
『二十四孝』(光悦本)　236
『二十不孝』　229
二重枠　153, 154, 208
二世福内鬼外　185
二代目蔦重　201
日用通俗書　173
日蓮宗　102
『日蓮上人註画讃』　236
日記　109
『日本小説年表』　239
『日本永代蔵』　184, 238
『日本永代蔵／大福新長者教』　238
『日本古典文学大辞典』　120
『日本蔵書印考』　258, 259
『日本の蔵書印』　258
入銀　183, 192, 196
如環　39
女書　104
丹羽謝庵　40, 78, 244, 248
人情本　112, 113, 117, 179, 226, 232
「人情本と中本型読本」　116

ぬ・ね・の

額田正三郎　181, 188, 190, 191
抜き本・抜き(義太夫の抜き本)　111
布表紙　126
布目　249
『寝惚先生文集』　42, 128, 141, 142
『年中狂詩』　171
『年代記』　111
『年代紀略』　241
年中行事　73
『念仏草子』　103
『農家訓』　51, 52
野田治兵衛　194
『後百番歌合』　81
ノド　18, 86, 216, 218, 219

は

排印本　28
『梅園奇賞』　92
『梅園雑話』　285
『俳諧書籍目録』　122
『売花新駅』　57
梅窩仙史　90
稗史小説　231
俳書　13, 47, 60, 138, 152, 156, 181, 227, 241
『俳書の話』　138, 197
買板印形帳　281
『佩文斎耕織図』　15
俳論　241
博多版　52
萩原緑野　88
馬琴(曲亭)　111, 115, 117, 118, 119, 136, 144-146, 158, 169, 179, 232, 282
『馬琴書翰集』　169
「馬琴読本諸版書誌ノート」　232
白界　211
白魚尾　217
白口　217
『舶載書目』　44
『白氏文集』　132
『白雪斎詩集』　90
『白雉帖』　37
『白楽天』　135
白話小説　116
白話文　234
芭蕉　64
『芭蕉翁発句集』　42
馬上本　59
柱　208, 213-217
長谷川強　180, 185, 286
秦鼎　278
『八被般若角文字』　119, 161
『八十一難経』　150
「八文字屋刊行浮世草子類書誌提要」　220
八文字屋蔵版目録　190
八文字屋本　13, 62, 107, 108, 115, 180, 184, 185, 187, 214-216, 219, 220, 238, 241
「八文字屋本板木彼方」　191
八文字屋横本　218, 220
跋　215, 224, 230, 237, 266
跋刊　263
『八犬伝』　144
『初春のいわひ』　145
跋文　228, 243, 246, 250
発凡　228
花切れ・端布　9, 257
咄本　104, 105, 111, 113, 116
花枠　208
端本　14, 192, 246
浜田義一郎　160
浜田啓介　281, 286
早川兵助　191, 286
林伊兵衛　244
林九成　176
林九兵衛　201
林五郎兵衛　175
林崎文庫　255
林子平　57
林述斎　59
林正章　258
早引　111, 113, 114

貼り見返し　18
覇陵山人　276
春信　47, 136
春信絵本　118
春町(恋川)　117, 136, 147
板　262
半株　282
板株　280
『槃澗先生文集』　90
板木市　283
板木株帳　281
板木倉　287
板木屋　53
板権　178, 272, 280
板刻　209, 225, 245
板式　28
板下書き　9
板下筆者名　179
半紙判　57
半紙版絵本類　136
半紙本　56-58, 60-63, 80, 90, 116, 118, 120, 123, 219
半紙本二つ切り型　62
『播州舞子浜』　232
盤上書　104
板心(柱)　61, 69, 213, 214, 216, 218, 219
「藩政時代の金沢の書林」　54
販売目録　227
藩版　50, 181, 193, 195, 196, 286
板元印　244, 248, 249
『版元別年代順黄表紙絵題簽集』　160
凡例　215, 224, 228
凡例題　238
万暦式　169

ひ

尾　215
雛形　102
雛本　59
雛豆本　59, 122
引き付け　48
久川靫負　178
斐紙　23, 24
毘沙門亀甲形　117, 136
毘沙門格子　136
眉上　211
尾題　176, 215, 227, 233, 237, 243, 266, 275, 285
左り版　29, 36, 37, 42
筆耕　9
眉標　211
『素見数子(ひやかし かずのこ)』　185
百首　109
『百人一詩』　102
『百人女郎品定』　184
「百万塔陀羅尼」　30
『瓢金窟』　192
評語　233
表紙　9, 64, 117, 126-150, 152, 155, 162, 237, 249, 255
表紙絵　129, 148
表紙かけ　249
「表紙 ── 書誌学の内と外」　149
「表紙模様記述用語集成」　149
「表紙模様集成稿」　149
表紙屋　129, 130
表題　266
評判記　147, 241

評文　233
平塚飄斎　42
平野勝左衛門　166

ふ

『風雨天眼通』　63
封切紙　172
風月　138
『風月外伝』　193
『風俗七遊談』　242
封面　46, 163
風来山人　234
『風流金玉さゞれ石』　239
風流読本　108
『風流目苦羅仙人』　239
武英殿聚珍版程式　38, 39
武鑑　104
ふきボカシ　44
福井保　259
『復讐奇語雙名伝』　158
『福善斎画譜』　78, 244, 246
『福鼠尻尾太棹』　232
福森兵左衛門　176
袋　10, 87, 196, 201, 203
袋入り(本)　111, 118, 119, 120, 160, 167, 200
袋綴じ　56, 61, 75, 79, 82, 87, 91, 126, 129, 164, 172
付訓　233, 234
付訓点　254
『武家義理物語』　229
付刻　245
布告　41
房紐　91
藤田錦江　37
『覆醬集』　245
藤原行成　135
付箋　24
『榑桑名賢詩集』　167, 176, 177
『扶桑名勝図』　72
蕪村系　183
二つ切り本　63
付注　233
普通本　75
物価表　63
覆刻本　187, 210, 245, 250, 267, 271
仏書　83, 101, 102, 104, 106, 132, 183, 196, 211, 214, 240, 242
仏典　72
「ふでかくし」　238
付点　254
舟木嘉助　276
付評　254
部分株　282-284
『冬の日』　138
文運東漸　110
『文華帖』　92
文求堂　287
『文教温故』　172
『文芸類纂』　81
文刻堂寿梓目録　191
文集　108
文集幷書簡　104
文昌帝君　169
文晁　69, 77, 78, 145, 218, 276
『分福茶釜功薬鑵平』　188
『文墨余談』　59
文流　107
文禄版　69

へ

『米菴先生百律』　273
『平家物語』(寛永古活字版)　132
『平治物語』　236
『碧巌録』　164
別刷り　230
別板　262, 268, 272
別本　263, 276
紅摺絵　47
『遍屁子辺』　239

ほ

補　266, 267
抱一　15, 135, 218
鳳凰丸文　138
包角　257
『保元物語』　236
法帖　13, 29, 36, 72, 109
朋誠堂喜三二　119
方簽　151-153, 155-158, 160
『泡茶訣』　59
旁注　233
法帖　13, 29, 36-38, 62, 72, 73, 104, 109, 126, 138, 144
『方丈記』　134
法帖仕立て　72
『防長文化史雑考』　54
奉納本　255
包背装　78, 79, 126, 131
包背装仕立て　72, 77
蓬莱山人　142
補改　266
ボカシ　44, 45, 47
ボカシ板　286
北斎　75
『北斎漫画』　133
『北雪美談時代鏡』　148
墨筆　254
『菩薩戒経』　150
補修　266, 272, 275
補修本　271
細井広沢　37
細井平洲　233
『北海先生詩鈔』　178
墨格　220, 275
彫師　9, 51, 214
彫り直し　275
本市　283
翻印　95, 186, 281
本草書　15
『本草通串証図』　15
「本朝永代蔵」　238
『本朝画纂』　77, 78, 145
『本朝小説』　159
『本朝名臣言行』　90
『本の話』　260
本文　230, 233-235, 237, 238, 244, 246, 252-254
本屋新七　34
本屋仲間　280, 283
「本屋仲間外素人の板木所有」　281

ま

舞弁草紙　103
舞の本　136
前川六左衛門　276
前田利保　15
前表紙　127

まき刷り（本）　68, 71
牧墨僊　42, 278
巻竜文（表紙）　136, 144
枕本　62
正木正幹　60
正宗敦夫　95
増刷り　10, 281, 284
『増鏡』（九大本）　151, 152, 156
枡型本　64, 83
升屋　191, 286
馬田江鵜城　140
町版　173, 181, 194
松井河楽　175
松浦静山　256
松浦武四郎　57, 59
『松島一覧図』　69
松平雪川　15
松平佐渡守沾嶺　15
松平不昧　15, 135
松永花遁　194
『松の葉』　137, 138
豆本　57-59
丸株　282, 284
丸山季夫　258, 259
漫吟詩屋　252
卍つなぎ　249
卍つなぎ牡丹唐草　145
万象亭　185, 275
万亭叟馬　275
『万病回春』　165

み

三浦源助　287
三浦瓶山　173
見返し　18, 46, 127, 162-167, 170, 192-196, 198, 224, 238, 243, 244, 285
見返し題　238, 243, 285
三雲仙嘯　201
『操草紙』　287
『水かゞみ』　103
水谷不倒　236
水原氏　252
見立　230
三つ切り本　61, 63
三椏　24
皆川淇園　193
源保之　88
『身のかゞみ』　103
美濃紙　63, 69, 219
美濃判紙　56
美濃本　56
見開き　75, 213, 236, 245
耳　211
三村竹清　220, 260
『三村竹清集』　258
『都の錦』　235, 238
宮部正富　255
『妙々手段』　239
『明朝紫硯』　47
明朝綴じ　141
明版　164, 170

む

無界　210
無匡郭　208
無罫　210
武者絵　73
結び綴じ　91, 126
『夢中問答集』　150

無辺　153
村井古厳　255
村上勘兵衛　175
村上平楽寺　196
無落款　247
『むら花とり』　140
無枠　153, 154, 156, 214

め

名画尽　104
『名言通』　277
『名賢文集』　176
明治刷り　246
名所絵　73
名所尽　104
名物評判記　230
明和改正謡本　135
目つけ絵　111, 120

も

『孟子繹解』　193
目次　224, 228
「木版印刷本について」　4, 30
木版本　28
目録題　156, 238
目録題簽　156, 230, 240
模刻　69, 150, 155, 161, 214, 248
『藻塩草』(古活字覆刻の)　33
『捩手摺昔木偶』　158
文字落款　247
望月三英　82
木活(字)　106, 201, 253
木活本　201
木記　175, 193
没骨　44, 45
もと糸　22-24
本居大平　88
本居宣長　11
元題簽　150
元版　164
物の本　17, 214
物の本屋　17
『もみぢかり』　158
模様紙　81
森川世黄　91
森傘露　15
森銑三　278
森田庄太郎　184
師宣　75, 106
『文選』(慶安版)　132
紋蠟箋　133

や

『役者絵尽し』　75
『役者口三味線』　230
役者名題　157
役者評判記(類)　62, 147, 191, 230
「野傾咲分色孖」　184
焼株　283
『野山艸集』　166, 168
野子苞　245
屋代輪池　132
『八十浦の玉』　88
野坡系俳書　181
山岸徳平　1, 3, 30, 82
山崎金兵衛　136
山崎普山　52
山崎美成　171
山田美喬　173
山田茂助　287

大和綴じ　79-83, 85-87, 91, 126
『やまとにしき・からにしき』　88
『大和西銘』　103
『やまと物語』　156
山中古洞　237
『山中鹿介稚物語』　147
山本九兵衛　145
山本北山　227
山本理兵衛　166
『野良立役舞台大鏡』　241

ゆ

有界　210
『遊君伝』　242
有罫　210
遊紙　252
『遊子戯語』　232
『遊子方言』　191
遊女評判記　61, 229
『融通念仏縁起絵巻』　69-71, 236
『友禅ひいながた』　176, 177
有職　102, 109
祐田善雄　197, 199
『由利稚野居鷹』　275

よ

『瘍科精選図解』　278
『陽台遺編(・妣閣秘言)』　174, 192
用文章　111, 114
横尾勇之助　258
横綴半紙本　220
横本　56, 61-63, 123, 161, 218-220
横本浮世草子　62
横山重　197, 200
『夜桜』　15
吉田篁墩　38
吉田小五郎　236
吉田光由　250
『義経風流鑑』　184
吉野屋　165
吉野屋権兵衛　196
吉宗　105, 107
吉原細見　111, 127, 128, 161, 202, 203
吉原本　121, 162
四つ穴(綴じ)　88, 89
四つ切り本　61
四つ目(綴じ)　88, 90
餘二稿　137
読本　108, 111, 112, 114, 115, 122, 157, 179, 185, 189, 198, 225, 229, 231, 234, 241, 272, 285
『読本研究』　190, 274
「読本の校合」　275
『読本の研究』　115
「読本の校閲」　275
読み和　121
嫁入り本　134
『万の文反古』　238
万屋　181

ら

楽歳堂図書記　193
落丁(本)　225, 229
『羅山文集』　104
落款　244, 250
落款印　245, 247, 248, 286
欄外　211
欄脚　211

欄上　211
『蘭亭脩禊図巻』　69
欄眉　211
『蘭品』　201, 202

り

理学　104
李義山　57
六樹園　185
立花　105
略外題　220
略題　219, 238
龍草廬(衛門)　138, 144, 178, 255
『龍草廬先生集』　178, 255
柳里恭　90
両面刷り　30, 85
料理書　105
林家　45
隣松　77
琳派　135

る・れ・ろ

類書　228
流布本　277
『麗画選』　15
例言　224, 228, 245
「暦書」　102
「暦占」　102
歴代弁伝記　105
『歴代名公画譜』　218
列帖装　72, 82, 91
列葉装　82
連歌懐紙　219
聯句　102
連続体活字　31
蓮牌木記　175, 176
六針眼訂法　89
露月　92
『露滴斎句集』　15
『論語』　92
『論語語由』　196
『論語集解攷異』　39

わ

和歌雑類　109
『和歌職原捷径』　178
枠取り　224, 229
『和訓六帖』　182, 277
「分里艶行脚」　184
和刻(本)　15, 47, 69, 78, 102, 156, 193, 217, 218, 227, 229, 245, 248, 254
和古書　123, 263, 265
和讃　83, 101
『和山居艸』　166
和算書　250
和書幷仮名類　102-104
ワ印　121
「「わせの香や分入右は有磯海」考」　65
和文　109
『和文章』　63
和本　77, 88-90, 163, 171, 217, 257
和様　103
笑本　121
割印帳　281
割書き　233
割注　233

板本書誌学関係文献

旧版出版時(1995年)から年数が経過し，付載の目録はかなり古い情報となった．その後，この分野で多くの成果が公刊されたのである．そこで文庫化にあたり新たにこれを編み直すことにした．

今回は大まかな分類をほどこし，その括りの中でおおよそ出版年次順に文献を配列した．それぞれ著編者名・書名・発行所・発行年月を記載してある．また，雑誌論文は今回割愛し，単行本のみを収載した．雑誌論文も含めて，当該分野の文献をさらに博く得たい場合は下記の拙編に依られたい．

『増補改訂 近世書籍研究文献目録』(2007年，ぺりかん社)
『近世・近代初期 書籍研究文献目録』(2014年，勉誠出版)

鈴木俊幸

■書誌学，工具書

長澤規矩也『漢籍整理法』汲古書院　1974.5
長澤規矩也『和刻本漢籍分類目録』汲古書院　1976. 10
長澤規矩也『図解 書誌学入門《図書学参考図録入門篇4》』汲古書院　1976.11
長澤規矩也『図書学参考図録3-5』汲古書院　1977.5-12
長澤規矩也『図書学辞典』汲古書院　1979.1
長澤規矩也『新編 和漢古書目録法』汲古書院　1979.4 修訂版
田中敬『田中敬著作集(全6巻)』早川図書　1979.8-1985.8
栗田元次『書誌学の発達 ── 附栗田文庫善本書目(日本書誌学大系8)』青裳堂書店　1979.9
長澤規矩也『新編 和漢古書分類法』自刊，汲古書院発売　1980 修訂版
長澤規矩也『和刻本漢籍分類目録補正 ── 附書名索引・校点者索引・使用法』汲古書院　1980.1
長澤規矩也『長澤規矩也著作集1-10・別巻』汲古書院　1982.8-1989.7

川瀬一馬『日本書誌学用語辞典』雄松堂書店　1982.10
中村幸彦『中村幸彦著述集 14 書誌聚談』中央公論社　1983.3
陳国慶著，沢谷昭次訳『漢籍版本入門』研文出版　1984.1
藤井隆『日本古典書誌学総説』和泉書院　1991.4
林望『書誌学の回廊』日本経済新聞社　1995.7
廣庭基介・長友千代治『日本書誌学を学ぶ人のために』世界思想社　1998.5
井上宗雄・岡雅彦・尾崎康・片桐洋一・鈴木淳・中野三敏・長谷川強・松野陽一編『日本古典籍書誌学辞典』岩波書店　1999.3
印刷史研究会編『本と活字の歴史事典』柏書房　2000.6
川瀬一馬著，岡崎久司編『書誌学入門』雄松堂出版　2001.12
山本信吉『古典籍が語る ―― 書物の文化史』八木書店　2004.11
橋口侯之介『和本入門』平凡社　2005.10
櫛笥節男『宮内庁書陵部 書庫渉猟 ―― 書写と装訂』おうふう　2006.2
鈴木俊幸『増補改訂 近世書籍研究文献目録』ぺりかん社　2007.3
橋口侯之介『続和本入門 ―― 江戸の本屋と本づくり』平凡社　2007.10
堀川貴司『書誌学入門 ―― 古典籍を見る・知る・読む』勉誠出版　2010.3
慶應義塾大学附属研究所斯道文庫『慶應義塾大学附属研究所斯道文庫開設 50 年記念 書誌学展図録』同文庫　2010.12
宍倉佐敏『必携 古典籍古文書料紙事典』八木書店　2011.7
渡辺守邦『表紙裏の書誌学』笠間書院　2012.12
金子貴昭『近世出版の板木研究』法藏館　2013.2
渡辺守邦・後藤憲二編『増訂 新編蔵書印譜 上・中・下(日本書誌学大系 103)』青裳堂書店　2013.10-2014.12
永井一彰『板木は語る』笠間書院　2014.2

鈴木俊幸『近世・近代初期 書籍研究文献目録』勉誠出版 2014.9

■本屋(本屋仲間，出版書肆，絵草紙屋，貸本屋)

石井研堂・広瀬菊雄『地本錦絵問屋譜』伊勢辰商店 1920.8 ＊クレス出版刊「近世文芸研究叢書」第1期文学篇9(1995.5)に再録
蒔田稲城『京阪書籍商史』出版タイムス社刊(「日本出版大観」上) 1928.12 ＊1982.5，臨川書店より復刊
上里春生『江戸書籍商史』出版タイムス社 1930
三浦兼助『姑射書賈略年譜』其中堂 1931.8
皎亭主人『官板書目』古芸閣 1932.4
杉浦三郎兵衛編『雲泉荘山誌・別冊四――家蔵松会板之書目』自刊 1934.7
梶田保編『名古屋書籍商史』名古屋書籍商史刊行会 1936.3
井上和雄・坂本宗子『増訂 慶長以来 書賈集覧』高尾書店 1970.12
矢島玄亮『徳川時代出版者出版物集覧』徳川時代出版者出版物集覧刊行会 1976.8
矢島玄亮『徳川時代出版者出版物集覧 続編』万葉堂書店 1976.12
今田洋三『江戸の本屋さん――近世文化史の側面』日本放送出版協会 1977.10 ＊2009.11，平凡社より再刊
長澤規矩也編『本屋のはなし(日本書誌学大系16)』青裳堂書店 1981.5
名古屋市博物館編『名古屋の出版――江戸時代の本屋さん』名古屋市博物館 1981.5
坂本宗子『享保以後 板元別書籍目録』清文堂出版 1982.4
長友千代治『近世貸本屋の研究』東京堂出版 1982.5

京都書肆変遷史編纂委員会編『出版文化の源流・京都書肆変遷史 ── 江戸時代―昭和二十年』京都府書店商業組合発行　1994. 11
太田正弘『尾張出版文化史』六甲出版　1995. 3
井上隆明『改訂増補 近世書林板元総覧(日本書誌学大系 76)』青裳堂書店　1998. 2
鈴木俊幸『蔦重出版書目(日本書誌学大系 77)』青裳堂書店　1998. 12
岸雅裕『尾張の書林と出版(日本書誌学大系 82)』青裳堂書店　1999. 10
俵元昭『江戸の地図屋さん ── 販売競争の舞台裏』吉川弘文館　2003. 12
柏崎順子『増補松会版書目(日本書誌学大系 96)』青裳堂書店　2009. 4
鈴木俊幸『絵草紙屋 江戸の浮世絵ショップ』平凡社　2010. 12
鈴木俊幸『新版 蔦屋重三郎』平凡社　2012. 2
市古夏生『元禄・正徳 板元別出版書総覧』勉誠出版　2014. 11

■印刷・出版史，書籍文化史

牧野善兵衛『徳川幕府時代書籍考』東京書籍商組合事務所発行　1912. 11　＊1976. 12，書誌書目シリーズ 3 として ゆまに書房より復刊
小林善八『日本出版文化史』日本出版文化史刊行会　1938. 4　＊日本書誌学大系 1 として 1978. 3，青裳堂書店刊より復刊
岡沢慶三郎『咸章堂巌田健文』岩田化学研究所事務所　1942. 6
早川孝太郎『大蔵永常』山岡書店　1943. 3
中村喜代三『近世出版法の研究』日本学術振興会　1972. 3
幸田成友『書誌学の話(日本書誌学大系 7)』青裳堂書店　1979. 6
森潤三郎『考證学論攷 ── 江戸の古書と蔵書家の調査(日本書誌

学大系 9)』青裳堂書店　1979. 11
福井保『内閣文庫書誌の研究 ── 江戸幕府紅葉山文庫本の考証(日本書誌学大系 12)』青裳堂書店　1980. 6
木村嘉次『字彫り板木師 木村嘉平とその刻本(日本書誌学大系 13)』青裳堂書店　1980. 9
弥吉光長『弥吉光長著作集 3 江戸時代の出版と人』日外アソシエーツ　1980. 9
禿氏祐祥『東洋印刷史研究(日本書誌学大系 17)』青裳堂書店　1981. 6
沓掛伊佐吉『沓掛伊佐吉著作集 ── 書物文化史考』八潮書店　1982. 6
丸山季夫『国学者雑攷』吉川弘文館　1982. 9
宗政五十緒『近世京都出版文化の研究』同朋舎　1982. 12
川瀬一馬『入門講話 日本出版文化史』日本エディタースクール出版部　1983. 7
冠賢一『近世日蓮宗出版史研究』平楽寺書店　1983. 9
長友千代治『本のある風景(こつう豆本 70)』日本古書通信社　1985. 11
長友千代治『近世の読書(日本書誌学大系 52)』青裳堂書店　1987. 9
国立国会図書館編『出版のあゆみ展』国立国会図書館　1988. 11
朝倉治彦・大和博幸編『近世地方出版の研究』東京堂出版　1993. 5
大庭脩『漢籍輸入の文化史 ── 聖徳太子から吉宗へ』研文出版　1997. 1
市古夏生『近世初期文学と出版文化』若草書房　1998. 6
長友千代治『近世上方 浄瑠璃本出版の研究』東京堂出版　1999. 3
秋山高志『近世常陸の出版(日本書誌学大系 83)』青裳堂書店

1999. 4
藤實久美子『武鑑出版と近世社会』東洋書林　1999. 9
『江戸時代の印刷文化 ── 家康は活字人間だった!!』印刷博物館　2000. 10
長友千代治『江戸時代の書物と読書』東京堂出版　2001. 3
長友千代治『江戸時代の図書流通』思文閣出版　2002. 10
中野三敏監修『江戸の出版』ぺりかん社　2005. 11
藤實久美子『近世書籍文化論 ── 史料論的アプローチ』吉川弘文館　2006. 1
鈴木俊幸『江戸の読書熱 ── 自学する読者と書籍流通』平凡社　2007. 2
多治比郁夫『京阪文芸史料 5(日本書誌学大系 89-5)』青裳堂書店　2007. 10
藤實久美子『江戸の武家名鑑 ── 武鑑と出版競争』吉川弘文館　2008. 6
北海道の出版文化史編集委員会『北海道の出版文化史 ── 幕末から昭和まで』北海道出版企画センター　2008. 11
杉仁『近世の在村文化と書物出版』吉川弘文館　2009. 4
山本秀樹『江戸時代三都出版法大概 ── 文学史・出版史のために(岡山大学文学部研究叢書 29)』岡山大学文学部　2010. 2
クリストフ・マルケ，マリアンヌ・シモン・及川，クレール碧子・ブリッセ，パスカル・グリオレ共編『日本の文字文化を探る ── 日仏の視点から』勉誠出版　2010. 3
松塚俊三・八鍬友広編『識字と読書 ── リテラシーの比較社会史』昭和堂　2010. 3
鈴木俊幸『江戸の本づくし　黄表紙で読む江戸の出版事情』平凡社新書　2011. 1
印刷博物館学芸企画室・トッパンアイデアセンター・五柳書院『空海からのおくりもの ── 高野山の書庫の扉をひらく』印刷

博物館　2011.4
鈴木俊幸『書籍流通史料論 序説』勉誠出版　2012.6
吉田麻子『知の共鳴――平田篤胤をめぐる書物の社会史』ぺりかん社　2012.7
井上泰至『江戸の発禁本――欲望と抑圧の近世』角川書店　2013.7
原淳一郎『江戸の旅と出版文化――寺社参詣史の新視角』三弥井書店　2013.12
鈴木俊幸・山本英二編『信州松本藩崇教館と多湖文庫』新典社　2015.2
鈴木広光『日本語活字印刷史』名古屋大学出版会　2015.2
横田冬彦編『シリーズ〈本の文化史 1〉読書と読者』平凡社　2015.5
若尾政希編『シリーズ〈本の文化史 3〉書籍文化とその基底』平凡社　2015.10

■古版本，キリシタン版，古活字版，木活字版

和田維四郎『嵯峨本考』私家版　1916.5　＊クレス出版刊「近世文芸研究叢書」第 1 期文学編 9(1995.5)に再録
水原尭栄『高野版の研究』上弦書洞　1921.1
大屋徳城『寧楽刊経史』内外出版社　1923.6
鈴鹿三七編『勅板集影』小林写真製版所出版部　1930.1
藤堂祐範『浄土教版の研究』大東出版社　1930.6　＊増訂新版『藤堂祐範著作集 中』(1976.2，山喜房佛書林)収載
木宮泰彦『日本古印刷文化史』冨山房　1932.2
川瀬一馬『嵯峨本図考』一誠堂　1932.9
川瀬一馬『旧刊影譜』日本書誌学会発行　1932.11
吉澤義則『日本古刊書目』帝都出版社　1933.1　＊1984.8，文化図書より復刊

一誠堂書店編『古板本図録』一誠堂書店発行　1933. 11
藤堂祐範『浄土教古活字版図録』貴重図書影本刊行会　1934. 6
＊『藤堂祐範著作集 下　浄土教文化史論』(1979. 10, 山喜房佛書林) 収載
川瀬一馬『古活字版の研究』川瀬一馬私刊　1937. 10
大屋徳城『春日板雕造攷』便利堂　1940. 4　＊『大屋徳城著作選集 9』(1988. 6, 国書刊行会) に再録
和田萬吉『古活字本研究資料』清閑舎　1944. 4
川瀬一馬『増補 古活字版之研究』The Antiquarian Booksellers Association of Japan　1967. 12
川瀬一馬『五山版の研究』The Antiquarian Booksellers Association of Japan　1970. 3
国立国会図書館編『国立国会図書館所蔵貴重書解題 2 ── 古活字版の部』国立国会図書館発行　1970. 3
天理図書館編『きりしたん版の研究』天理大学出版部発行　1973. 3
大阪府立図書館編『近世活字本目録』清文堂出版　1973. 9
奥野彦六『江戸時代の古版本 ── 増訂版』臨川書店　1982. 4
朝倉治彦・深沢秋男編『近世木活図録─国会図書館本─(日本書誌学大系 37)』青裳堂書店　1984. 5
天理図書館編『天理図書館蔵 木活字版目録』天理図書館発行　1984. 10
国立国会図書館編『国立国会図書館所蔵貴重書解題 13 ── 古活字版の部　第二』国立国会図書館発行　1985. 2
渡辺守邦『古活字版伝説(日本書誌学大系 54)』青裳堂書店　1987. 12
国立国会図書館図書部編『国立国会図書館所蔵古活字版図録』国立国会図書館発行　1989. 11
後藤憲二編『近世活字版図録(日本書誌学大系 61)』青裳堂書店

1990. 6
多治比郁夫・中野三敏『近世活字版目録(日本書誌学大系 50)』青裳堂書店　1990. 10
白石克『慶応義塾図書館所蔵 日本古刊本図録 上・下』慶応義塾三田メディアセンター　1995. 3・1996. 3
太田正弘『寛永版目録』太田正弘　2003. 5
後藤憲二『寛永版書目并図版(日本書誌学大系 91)』青裳堂書店 2003. 6
小秋元段『太平記と古活字版の時代』新典社　2006. 10
後藤憲二『近世木活続貂 上・下(日本書誌学大系 99)』青裳堂書店　2010. 4・5
岡雅彦・市古夏生・大橋正叔・岡本勝・落合博志・雲英末雄・鈴木俊幸・堀川貴司・柳沢昌紀・和田恭幸編『江戸時代初期出版年表[天正十九年—明暦四年]』勉誠出版　2011. 2
豊島正之編『キリシタンと出版』八木書店　2013. 10

■板本しなじな

和田萬吉『古版地誌解題』和田維四郎発行　1916. 4　*1933. 9, 改訂重刊(大岡山書店)
水谷不倒『絵入浄瑠璃史』水谷文庫　1916. 5
和田維四郎『訪書余録』私家版　1918. 10
水谷不倒『仮名草子』水谷文庫　1919. 9
稀書複製会編『版画礼賛』春陽堂　1925. 3
高木利太『家蔵日本地誌目録』自刊　1927. 11　*1976. 8, 名著出版より復刻
杉浦三郎兵衛編『雲泉荘山誌 巻之二 —— 江戸時代之書目』自刊 1929. 10
高木利太『家蔵日本地誌目録 続編』自刊　1930. 12　*1976. 8, 名著出版より復刻

斎藤報恩会博物館図書部編『維新前東北地方刊行物解題』財団法人斎藤報恩会　1934.12
河原萬吉『古書叢話』啓文社　1936.4
菅竹浦『狂歌書目集成』星野書店　1936.6
河原萬吉『稀籍考』竹酔書房　1936.9
水谷不倒『新修 絵入浄瑠璃史』太洋社発行　1936.12
斎藤治吉『越後之板本』新潟県書籍雑誌商組合発行　1941.5
＊1970.10，増補複製
川瀬一馬『日本書誌学之研究』大日本雄弁会講談社　1943.6
中田勝之助『絵本の研究 —— 絵本の美術史的研究』美術出版社　1950.5　＊1977.10，八潮書房より復刊
笠井助治『近世藩校に於ける出版書の研究』吉川弘文館　1962.3
矢島玄亮『藩版一覧稿』東北大学附属図書館発行　1966.7
長谷川強『浮世草子の研究 —— 八文字屋本を中心とする』桜楓社　1969.3
佐々木求巳『真宗典籍刊行史稿』『同 補遺』伝久寺　1973.11・1988.5
市島春城『市島春城古書談叢』(日本書誌学大系3)』青裳堂書店　1978.8
井上和雄『増補書物三見(日本書誌学大系4)』青裳堂書店　1978.9
筒井紘一『茶書の系譜』文一総合出版　1978.11
横山重『書物捜索 上・下』角川書店　1978.11・1979.4
八木佐吉編『内田魯庵書物関係著作集1-3(日本書誌学大系5)』青裳堂書店　1979.1-7
鈴木重三『絵本と浮世絵 —— 江戸出版文化の考察』美術出版社　1979.3
稀書複製会編『近世文芸 名著標本集(日本書誌学大系6)』青裳堂書店　1979.4

牧孝治『北陸古俳書探訪 ── 北枝と珈涼の周辺』北国出版社 1979.4
山口武美『明治前期 戯作本書目(日本書誌学大系 10)』青裳堂書店 1980.2
川瀬一馬『続日本書誌学之研究』雄松堂書店 1980.11
近松書誌研究会『正本近松全集 別巻1── 近松浄瑠璃本奥書集覧』勉誠社 1980.11
中根粛治『日本印書考(日本書誌学大系 20)』青裳堂書店 1982.1
さるみの会『尾三古俳書解題』さるみの会 1982.10
漆山又四郎『近世の絵入本(日本書誌学大系 33)』青裳堂書店 1983.9
市橋鐸『稀書珍籍 忘れじの尾張本』生田芳宣発行 1983.10
福井保『江戸幕府編纂物』雄松堂出版 1983.12
反町茂雄『日本の古典籍 その面白さその尊さ』八木書店 1984.4
安藤菊二『江戸の和学者(日本書誌学大系 39)』青裳堂書店 1984.9
長谷川強『浮世草子考証年表 ── 宝永以降(日本書誌学大系 42)』青裳堂書店 1984.12
福井保『江戸幕府刊行物』雄松堂出版 1985.8
中野三敏『江戸名物評判記案内』岩波書店 1985.9
棚橋正博『黄表紙総覧 前・中・後編・索引編・図録編(日本書誌学大系 48)』青裳堂書店 1986.8-2004.6
惣郷正明『洋語辞書事始(こつう豆本 72)』日本古書通信社 1986.10
朝倉治彦『書庫縦横』出版ニュース社 1987.3
朝倉治彦『図書館屋の書物捜索』東京堂出版 1987.5
吉田幸一『絵入本源氏物語考(日本書誌学大系 53)』青裳堂書店

1987.10
松平進『師宣祐信絵本書誌(日本書誌学大系 57)』青裳堂書店　1988.6
雲英末雄『俳書の話(日本書誌学大系 60)』青裳堂書店　1989.9
東洋文庫日本研究委員会編『岩崎文庫貴重書書誌解題Ⅰ—Ⅶ』財団法人東洋文庫　1990.3-2013.3
清水孝晏『日本将棋書総覧—その1，江戸期刊本・付手書き本』私家版　1990.5
橋本萬平『素人学者の古書探求』東京堂出版　1992.1
近世文学読書会編『東京大学所蔵 草雙紙目録 初—5，補編(日本書誌学大系 67)』青裳堂書店　1993.2-2006.12
長友千代治『近世上方 作家・書肆研究』東京堂出版　1994.8
雲英末雄『古俳書雑記(こつう豆本 118)』日本古書通信社　1995.11
小泉吉永『女子用往来刊本総目録』大空社　1996.2
八木敬一・丹羽謙治『吉原細見年表(日本書誌学大系 72)』青裳堂書店　1996.3
慶應義塾大学附属研究所斯道文庫『慶応義塾大学附属研究所 斯道文庫 貴重書蒐選 図録解題』汲古書院　1997.2
斎田作楽『狂詩書目(日本書誌学大系 81)』青裳堂書店　1999.1
石山洋『洋学の人と本(こつう豆本 131)』日本古書通信社　1999.2
長友千代治『近世上方 浄瑠璃本出版の研究』東京堂出版　1999.3
小曽戸洋『日本漢方典籍辞典』大修館書店　1999.6
吉海直人『百人一首注釈書目略解題』和泉書院　1999.11
藤澤紫『鈴木春信絵本全集 研究篇』勉誠出版　2000.2　*2003.7，改訂新版
雲英末雄『続古俳書雑記(こつう豆本 137)』日本古書通信社

2000. 11
小泉吉永編『往来物解題辞典』大空社　2001. 3
筒井紘一編『茶道学大系 10 茶の古典』淡交社　2001. 4
高木崇世芝『松浦武四郎「刊行本」書誌』北海道出版企画センター　2001. 10
演劇博物館編・赤間亮著『図説 江戸の演劇書 ── 歌舞伎篇』八木書店　2003. 2
清水婦久子『源氏物語版本の研究』和泉書院　2003. 3
宮田正信『雑俳史料解題(日本書誌学大系 90)』青裳堂書店　2003. 8
長友千代治『重宝記の調方記 ── 生活史百科事典発掘』臨川書店　2005. 9
佐岐えりぬ・ロバート　キャンベル・堀川貴司・鈴木一正『中村真一郎江戸漢詩コレクション』人間文化研究機構 国文学研究資料館　2007. 1
塩村耕『こんな本があった！ 江戸珍奇本の世界』家の光協会　2007. 4
国文学研究資料館・八戸市立図書館編『読本事典 ── 江戸の伝奇小説』笠間書院　2008. 2
神津武男『浄瑠璃本史研究 ── 近松・義太夫から昭和の文楽まで』八木書店　2009. 2
中野三敏『和本の海へ ── 豊饒の江戸文化』角川書店　2009. 2
木村八重子『赤本黒本青本書誌 ── 赤本以前之部(日本書誌学大系 95-1)』青裳堂書店　2009. 3
木村八重子『草双紙の世界 ── 江戸の出版文化』ぺりかん社　2009. 7
国文学研究資料館編『人情本事典 ── 江戸文政期，娘たちの小説』笠間書院　2010. 1
鈴木淳・浅野秀剛編『江戸の絵本 ── 画像とテキストの綾なせる

世界』八木書店　2010. 3
佐藤悟『正本写合巻年表〈正本写合巻集・別冊〉』日本芸術文化振興会　2011. 3
橋口侯之介『日本人と書物の歴史 和本への招待』角川書店　2011. 6
中野三敏『中野三敏蔵書目録 和刻法帖 目録篇・図版篇(日本書誌学大系 100)』青裳堂書店　2011. 10
中野三敏『和本のすすめ――江戸を読み解くために』岩波書店　2011. 10
棚橋正博・播本眞一・村田裕司・佐々木亨・二又淳編『早稲田大学所蔵 合巻集覧 上・中(日本書誌学大系 101)』青裳堂書店　2012. 5・2013. 3
大沼晴暉『図書大概』汲古書院　2012. 11
高梨章編『井上和雄 出版・浮世絵関係著作集 附．書誌』金沢文圃閣　2013. 11
人間文化研究機構国文学研究資料館編『シーボルト日本書籍コレクション 現存書目録と研究』勉誠出版　2014. 12
石上阿希『日本の春画・艶本研究』平凡社　2015. 2
鈴木俊幸編『シリーズ〈本の文化史 2〉書籍の宇宙　広がりと体系』平凡社　2015. 5
若尾政希編『シリーズ日本人と宗教 近世から近代へ 5 書物・メディアと社会』春秋社　2015. 5

■一枚摺(地図，浮世絵等)

石井研堂『錦絵の改印の考証――一名錦絵の発行年代推定法』伊勢辰商店　1916. 5
石井研堂『錦絵の彫と摺』芸艸堂　1929. 6　＊1994. 1，改定増補版
小野秀雄『かわら版物語』雄山閣出版　1960. 12

鈴木重三『日本版画便覧』講談社　1962. 3
沢寿郎『鎌倉の古版絵図』鎌倉市教育委員会発行　1965. 12
岩田豊樹著・室賀信夫監修『江戸図総目録(日本書誌学大系 11)』青裳堂書店　1980. 4
大塚隆『京都図総目録(日本書誌学大系 18)』青裳堂書店　1981. 9
日本浮世絵協会編『原色浮世絵大百科事典 3 ── 様式・彫摺・版元』大修館書店　1982. 4
日本浮世絵協会編『原色浮世絵大百科事典 2 ── 浮世絵師』大修館書店　1982. 8
樋口二葉『浮世絵と板画の研究 ── 浮世絵板画の画工彫工摺工(日本書誌学大系 35)』青裳堂書店　1983. 10
早稲田大学図書館編『幕末・明治のメディア展 ── 新聞・錦絵・引札』早稲田大学出版部　1987. 10
荻田清『上方板歌舞伎関係一枚摺考』清文堂出版　1999. 1
松平進『上方浮世絵の再発見』講談社　1999. 4
木下直之・吉見俊哉編『ニュースの誕生 ── かわら版と新聞錦絵の情報世界』東京大学総合研究博物館　1999. 10
松平進『上方浮世絵の世界』和泉書院　2000. 9
藤澤茜『歌川派の浮世絵と江戸出版界 ── 役者絵を中心に』勉誠出版　2001. 10
菅野陽『江戸の銅版画〈新訂版〉』臨川書店　2003. 3
富澤達三『錦絵のちから ── 幕末の時事的錦絵とかわら版』文生書院　2004. 2
岩切信一郎『明治版画史』吉川弘文館　2009. 8
大久保純一『浮世絵出版論 ── 大量生産・消費される〈美術〉』吉川弘文館　2013. 4
河野実編『詩歌とイメージ ── 江戸の版本・一枚摺にみる夢』勉誠出版　2013. 5

■資料

三木佐助『玉淵叢話』　1902.1　＊『明治出版史話(書誌書目シリーズ 4)』(1977.3, ゆまに書房)と改題復刻
伊藤千可良・斎藤松太郎校訂『解題叢書』国書刊行会　1916.1　＊1996.6, 書誌書目シリーズ 41 として ゆまに書房より復刊
石川巌編『阿誰軒編集 元禄五年 誹諧書籍目録』井上書店　1924.9
禿氏祐祥編『書目集覧(1・2)』東林書房　1928.12・1931.10
正宗敦夫編『書目集 上・中・下・続』日本古典全集刊行会　1931.11-1937.7
大阪図書出版業組合編『享保以後 大阪出版書籍目録』大阪図書出版業組合　1936.5
横山重編『寛文十年書籍目録(未刊文芸資料 3-2)』古典文庫　1953.5
慶応義塾大学附属研究所斯道文庫編『江戸時代書林出版書籍目録集成 1-3, 索引』井上書房　1962.12-1964.4
宗政五十緒・若林正治編『近世京都出版資料』日本古書通信社　1965.11
朝倉治彦・佐久間信子『明治初期 三都新刻書目』日本古書通信社　1971.7
水田紀久解説『複製 戊辰以来 新刻書目一覧(大阪)』中尾松泉堂書店　1973.1
財団法人東洋文庫・日本古典文学会編『青本絵外題集(岩崎文庫貴重本叢刊〈近世編〉別巻)』貴重本刊行会　1974.7
大阪府立中之島図書館編『大坂本屋仲間記録 1-18』清文堂　1975.3-1993.3
水田紀久編『若竹集―創業期出版記録』佐々木竹苞楼書店　1975.8
谷省吾『平田篤胤の著述目録』皇学館大学出版部　1976.8

宗政五十緒・朝倉治彦編『京都書林仲間記録 1-6(書誌書目シリーズ 5)』ゆまに書房　1977. 6-1980. 4
国立国会図書館編『旧幕引継書目録 諸問屋名前帳』湖北社　1978. 4
長澤規矩也・阿部隆一編『日本書目大成(1-4)』汲古書院　1979. 3-5
浜田義一郎『板元別年代順 黄表紙絵題簽集(書誌書目シリーズ 8)』ゆまに書房　1979. 4
朝倉治彦編『江戸本屋出版記録　上・中・下(書誌書目シリーズ 10)』ゆまに書房　1980. 6-1982. 9
岸雅裕『京都書林仲間資料』自刊　1981. 9
京都大学文学部国語学国文学研究室編『竹苞楼来翰集 ── 佐々木竹苞楼蔵(京都大学国語国文資料叢書 31)』臨川書店　1982. 4
弥吉光長校『松澤老泉資料集(日本書誌学大系 25)』青裳堂書店　1982. 8
朝倉治彦監修『近世出版広告集成(書誌書目シリーズ 11)』ゆまに書房　1983. 3
柴田光彦『大惣蔵書目録と研究 ── 貸本屋大野屋惣兵衛旧蔵書目 本文篇・索引篇(日本書誌学大系 27)』青裳堂書店　1983. 3・8
書誌研究会編『近世後期 書林蔵版書目集(書誌書目シリーズ 12)』ゆまに書房　1984. 3
書誌研究会編『典籍秦鏡(書誌書目シリーズ 15)』ゆまに書房　1984. 10
横山邦治編『為永春水編 増補外題鑑』和泉書院　1985. 11
東京大学史料編纂所『大日本近世史料 市中取締類集 18-21(書物錦絵之部 1-4)』東京大学出版会　1988. 3-1994. 3
弥吉光長『未刊史料による 日本出版文化 1-8(書誌書目シリーズ 26)』ゆまに書房　1988. 4-1993. 12
管宗次『群書一覧研究』和泉書院　1989. 6

北小路健校訂『板木屋組合文書』日本エディタースクール出版部　1993.11
朝倉治彦・大和博幸編『享保以後 江戸出版書目 ── 新訂版』臨川書店　1993.12
市古夏生『書籍覚書』青裳堂書店　2000.11
小泉吉永『近世蔵版目録集成 往来物編1-3』岩田書院　2005.10-2006.1
中村正明編『草双紙研究資料叢書7 書目』クレス出版　2006.6
朝倉治彦監修『割印帳 東博本影印版(書誌書目シリーズ83)』ゆまに書房　2007.8
津市教育委員会『平松楽斎文書32・33資治通鑑板木購求往復書簡(一・二)』津市教育委員会　2009.3・2010.3
永井一彰『藤井文政堂板木売買文書(日本書誌学大系97)』青裳堂書店　2009.6

書誌学談義 江戸の板本

2015年12月16日 第1刷発行

著 者 中野三敏《なかのみつとし》

発行者 岡本 厚

発行所 株式会社 岩波書店
〒101-8002 東京都千代田区一ツ橋2-5-5

案内 03-5210-4000 販売部 03-5210-4111
現代文庫編集部 03-5210-4136
http://www.iwanami.co.jp/

印刷・精興社 製本・中永製本

ISBN 978-4-00-600339-5 Printed in Japan

岩波現代文庫の発足に際して

新しい世紀が目前に迫っている。しかし二〇世紀は、戦争、貧困、差別と抑圧、民族間の憎悪等に対して本質的な解決策を見いだすことができなかったばかりか、文明の名による自然破壊は人類の存続を脅かすまでに拡大した。一方、第二次大戦後より半世紀余の間、ひたすら追い求めてきた物質的豊かさが必ずしも真の幸福に直結せず、むしろ社会のありかたを歪め、人間精神の荒廃をもたらすという逆説を、われわれは人類史上はじめて痛切に体験した。

それゆえ先人たちが第二次世界大戦後の諸問題といかに取り組み、思考し、解決を模索したかの軌跡を読みとくことは、今日の緊急の課題であるにとどまらず、将来にわたって必須の知的営為となるはずである。幸いわれわれの前には、この時代の様ざまな葛藤から生まれた、人文、社会、自然諸科学をはじめ、文学作品、ヒューマン・ドキュメントにいたる広範な分野のすぐれた成果の蓄積が存在する。

岩波現代文庫は、これらの学問的、文芸的な達成を、日本人の思索に切実な影響を与えた諸外国の著作とともに、厳選して収録し、次代に手渡していこうという目的をもって発刊される。いまや、次々に生起する大小の悲喜劇に対してわれわれは傍観者であることは許されない。一人ひとりが生活と思想を再構築すべき時である。

岩波現代文庫は、戦後日本人の知的自叙伝ともいうべき書物群であり、現状に甘んずることなく困難な事態に正対して、持続的に思考し、未来を拓こうとする同時代人の糧となるであろう。

（二〇〇〇年一月）

G282
中国民主改革派の主張
中国共産党私史

李　鋭
小島晋治編訳

中国共産党の老幹部で民主改革派の重鎮である著者の一九三〇年代から今日に至る党史に関わる評論集。胡耀邦総書記辞任の内情を明かす貴重な証言も収録。

G283
『コーラン』を読む

井筒俊彦

『コーラン』をテキストにそって解読して、イスラームの精神性を明確にする。優れた『コーラン』入門書であり、「井筒哲学入門」の最良の書でもある。〈解説〉若松英輔

G284
脱常識の社会学　第二版
―社会の読み方入門―

ランドル・コリンズ
井上　俊
磯部卓三訳

当たり前のこととして片づけられている日常の生活をめぐる「常識」。その深層構造を儀礼と象徴を通して解明してゆく社会学入門の定番。原書第二版。

G285
不動明王

渡辺照宏

「お不動さま」の名で知られる不動明王信仰は、日本人に広く深く浸透している。不動明王の由来、その解釈、受容の歴史等を、分かり易く解き明かす。〈解説〉松本照敬

G286
ボードレール語録

横張誠編訳

ボードレールの「現代性(モデルニテ)」の美学とは何か。19のテクストを解説し、近代と格闘したボードレールを浮かび上がらせる。書下ろし。岩波現代文庫オリジナル版。

G292
数学が生まれる物語 第6週 図形

志賀浩二

平面幾何、解析幾何、図形の面積や体積を求める積分について学びます。図形を通して方程式、関数、微分、積分などの考えが総合されます。（全六冊完結）

G293
西田哲学を開く ―〈永遠の今〉をめぐって―

小林敏明

西田哲学の時間に関する中心概念である「永遠の今」を様々な角度、立場から考察する。西田哲学を開放して、新たな可能性を探る。岩波現代文庫オリジナル版。

G294
漢語からみえる世界と世間 ―日本語と中国語はどこでずれるか―

中川正之

漢語には体感に基づく「世間語」と抽象的な「世界語」があるが、中国語ではそれが曖昧である。両者の区別を念頭に日本語と中国語のずれを探究する。

G295
文楽の歴史

倉田喜弘

義太夫、近松、文楽軒らの業績、明治期の摂津大掾の活躍、松竹の経営、文楽協会・国立劇場の創立から現在まで、大阪の芸能・文楽の通史。岩波現代文庫オリジナル版。

G296
出口なお ―女性教祖と救済思想―

安丸良夫

大本教の開祖出口なおのラディカルな千年王国的終末思想はどこから生まれたのか。民衆思想史家が宗教者の内面に迫る傑作評伝。

2015. 12

G297
田中正造
―未来を紡ぐ思想人―
小松裕

近代文明を厳しく批判しその克服への道筋を模索した思想家・田中正造。その全体像を、正造研究の第一人者が平明に解説する。

G298
人文学と批評の使命
―デモクラシーのために―
エドワード・W・サイード
村山敏勝
三宅敦子 訳

人文学的価値観はいかにデモクラシーに寄与しうるか。人文学教育の真の目的とはなにか。人文学再生にむけた、サイード最後のメッセージ。〈解説〉富山太佳夫

G299
父 岡倉天心
岡倉一雄

没後百年、生誕百五十年を迎える巨人岡倉天心の代表的評伝。著者である息子岡倉一雄が、波乱万丈のその生涯を、いきいきと再現する。〈解説〉酒井忠康

G300
現代語訳 学問のすすめ
伊藤正雄訳

今なお読み継がれている国民的古典であり、福沢諭吉の代表的作品を、現代語訳で、現代の読者に味わい楽しんでもらうための一冊。

G301
プロト工業化の時代
―西欧と日本の比較史―
斎藤修

産業革命以前、農村部に展開した手工業が近代工業化や人びとの社会行動、家族形成にどのような影響を与えたかを理論化した名著。

2015. 12

岩波現代文庫［学術］

G302
岡倉天心『茶の本』を読む
若松英輔

東洋の美を代表する茶道を、詩情豊かな名文で西洋に初めて伝えた岡倉天心の代表作を、気鋭の批評家が、新たな視点から読み解く。岩波現代文庫オリジナル版。

G303
「平和国家」日本の再検討
古関彰一

戦後日本の平和主義をどう総括するか。憲法と安保条約に対する私達の認識は果たして正しかったか。新資料とグローバルな視点で憲法の誕生から現在までを問う。

G304
ロック『市民政府論』を読む
松下圭一

ロック思想の普遍性を明らかにした本書は、政治学・政治思想史の良き道案内であり、〈現代〉とは何かという問いにも答える。

G305
本の神話学
山口昌男

真に独創的な思想家の記念碑的作品、山口ワールドへの入門書。自由で快活な知を自らのものとする技法を明示。博覧強記の神話的一冊。〈解説〉今福龍太

G306
歴史・祝祭・神話
山口昌男

歴史の中で犠牲に供されたトロツキーやメイエルホリドらの軌跡を通して、スケープゴートを必要としそれを再生産する社会の深層構造をあぶり出す。〈解説〉今福龍太

G307-308
コロンブスからカストロまで(I・II)
—カリブ海域史、一四九二—一九六九—
E・ウィリアムズ
川北 稔訳

帝国主義に侵され、分断されてきたカリブ海域の五世紀に及ぶ歴史を、同地出身の黒人歴史家で卓越した政治指導者が描く。(全2冊)

G309
中国再考
その領域・民族・文化
葛兆光
辻康吾監修
永田小絵訳

現在の中国は歴史的にいかに形成されたのか。歴史を考察して得られる理性によって民族主義的情緒を批判し、他国民と敬意をもって共存する道を探る。

G310
音楽史と音楽論
柴田南雄

人類史において音楽はどう変遷してきたか。本書は日本を軸に東洋・西洋の音楽史を共時的に比較する。実作と理論活動の精髄を凝縮。〈解説〉佐野光司

G311
医学者は公害事件で何をしてきたのか
津田敏秀

水俣病などの公害事件で、非科学的な論理を展開し被害者を切り捨ててきた学者の言動を検証し、その後の情報を加えた改訂版。

G312
過去は死なない
—メディア・記憶・歴史—
テッサ・モーリス-スズキ
田代泰子訳

長き論争を超えて、歴史への新たな対話はいかに可能か。過去のイメージを再生産する小説や映画など諸メディアの歴史像と対峙する。〈解説〉成田龍一

岩波現代文庫［学術］

G313
デカルト『方法序説』を読む
谷川多佳子

このあまりにも有名な著作の思索のプロセスとその背景を追究し、デカルト思想の全体像を平明に読み解いてゆく入門書の決定版。

G314
デカルトの旅／デカルトの夢
―『方法序説』を読む―
田中仁彦

謎のバラ十字団を追うデカルトの青春彷徨と「炉部屋の夢」を追体験し、『方法序説』に結実した近代精神の生誕のドラマを再現。

G315
法華経物語
渡辺照宏

『法華経』は、代表的な大乗経典であり、仏教の根本テーマが、長大な物語文学として語られる。仏教学の泰斗による『法華経』入門のための名著。

G316
フロイトとユング
―精神分析運動とヨーロッパ知識社会―
上山安敏

精神分析運動の創始者フロイトと集合的無意識の発見者ユング。二人の出会いと別離に潜む現代思想のドラマをヴィヴィッドに描く。〈解説〉鷲田清一

G317
原始仏典を読む
中村元

原始仏典を読みながら、釈尊の教えと生涯を平明に解き明かしていく。仏教の根本的思想が、わかり易く具体的に明らかにされる。

2015.12

岩波現代文庫[学術]

G318
古代中国の思想
戸川芳郎

中国文明の始まりから漢魏の時代にいたる思想の流れを、一五のテーマで語る概説書。年表のほか詳細な参考文献と索引を付す。

G319
丸山眞男を読む
間宮陽介

丸山眞男は何を問い、その問いといかに格闘したのか。通俗的な理解を排し、「現代に生きる」ラディカルな思索者として描き直す、スリリングな力作論考。

G320
『維摩経』を読む
長尾雅人

汚濁の現実の中にあって。在家の人々を救うことを目的とした『維摩経』こそ、現代人にふさわしい経典である。経典研究の第一人者が読み解く。〈解説〉桂　紹隆

G321
イエスという経験
大貫　隆

イエスその人の言葉と行為から、その経験の全体像にせまる。原理主義的な聖書理解に抗してイエス物語を読みなおす野心的な企て。

G322
『涅槃経』を読む
高崎直道

釈尊が入滅する最後の日の説法を伝える経典。「仏の永遠性」など大乗仏教の根本真理が語られる。経典の教えを、分かりやすく解読する。〈解説〉下田正弘

岩波現代文庫［学術］

G323
世界史の構造
柄谷行人

世界史を交換様式の観点から捉え直し、人類社会の秘められた次元を浮かび上がらせた本書は、私たちに未来への構想力を回復させる。ロングセラーの改訂版。

G324
生命の政治学
―福祉国家・エコロジー・生命倫理―
広井良典

社会保障、環境政策、生命倫理――別個に扱われがちな課題を統合的に考察。新たな人間理解の視座と定常型社会を進める構想を示す。

G325
戦間期国際政治史
斉藤孝

二つの世界大戦の間の二〇年の国際政治史を、各国の内政史、経済史、社会史、思想史などの諸分野との関連で捉える画期的な概説書。〈解説〉木畑洋一

G326
十字架と三色旗
―近代フランスにおける政教分離―
谷川稔

フランス革命は人びとの生活規範をどう変えたのか？　革命期から現代まで、カトリック教会と共和派の文化的ヘゲモニー闘争のあとをたどる。

G327
権力政治を超える道
坂本義和

権力政治は世界が直面している問題の解決にならない。これに代わる構想と展望を市民の視点から追求してきた著者の論考を厳選。〈解説〉中村研一

2015. 12

岩波現代文庫[学術]

G328
シュタイナー哲学入門
—もう一つの近代思想史—
高橋 巖

近代思想の根底をなす霊性探求の学・神秘学、その創始者が明らかにした「もう一つの」近代思想史。シュタイナー思想を理解するための最良の書。〈解説〉若松英輔

G329
朝鮮人BC級戦犯の記録
内海愛子

日本の戦争責任の末端を担って戦犯に問われた朝鮮人一四八人。その多くが監視員として過ごした各地の俘虜収容所で、何が起こっていたのか。

G330
ユング
魂の現実性《リアリティー》
河合俊雄

ユングはなぜ超心理学、錬金術、宗教など神秘主義的な対象を取り上げたのか。その独自でラディカルな思想に真正面から取り組んだ知的評伝。

G331
福沢諭吉
ひろたまさき

「一身独立」を熱く説き、日本の近代への転換を体現した福沢諭吉。激動の生涯を克明に跡づけ、その思想的転回の意味を歴史の中で問い直す評伝。〈解説〉成田龍一

G332-333
中江兆民評伝(上・下)
松永昌三

時代を先取りした兆民の鋭い問題提起は、いまなおその輝きを失っていない。画期的な『全集』の成果を駆使して〝操守ある理想家〟の苦闘の生涯を活写した、決定版の伝記。

2015.12

岩波現代文庫[学術]

G334
差異の政治学 新版
上野千鶴子

「われわれ」と「かれら」、「内部」と「外部」との間にひかれる切断線の力学を読み解き、フェミニズムがもたらしたパラダイム・シフトの意義を示す。

G335
発情装置 新版
上野千鶴子

ヒトを発情させる、「エロスのシナリオ」を徹底解読。時代ごとの性風俗やアートから、性のアラレもない姿を堂々と示す迫力の一冊。

G336
権力論
杉田敦

われわれは権力現象にいかに向き合うべきか。『思考のフロンティア 権力』と『権力の系譜学』を再編集。権力の本質を考える際の必読書。

G337
境界線の政治学 増補版
杉田敦

国家の内部と外部、正義と邪悪、文明と野蛮の境界線にこそ政治は立ち現れる。近代の政治理解に縛られる我々の思考を揺さぶる論集。

G338
ジャングル・クルーズにうってつけの日
―ヴェトナム戦争の文化とイメージ―
生井英考

アメリカにとってヴェトナム戦争とはどのような経験だったのか。様々な表象を分析しながら戦争の実相を多面的に描き、その本質に迫る。

2015.12

岩波現代文庫[学術]

G339

書誌学談義 江戸の板本

中野三敏

江戸の板本を通じて時代の手ざわりを実感するための基礎知識を、近世文学研究の泰斗がわかりやすく伝授する、和本リテラシー入門。

2015. 12